Alguma Crítica

CRÍTICA HOJE I

JOÃO ALEXANDRE BARBOSA

Alguma Crítica

Copyright © 2002 João Alexandre Barbosa

Direitos reservados e protegidos pela Lei 9.610 de 19.02.1998.
É proibida a reprodução total ou parcial sem autorização,
por escrito, da editora.

1ª ed., 2002
2ª ed., 2007

ISBN 85-7480-068-6

Direitos reservados à
Ateliê Editorial
Estrada da Aldeia de Carapicuíba, 897
06709-300 – Granja Viana – Cotia – SP
Telefax (11) 4612-9666
www.atelie.com.br   atelie@atelie.com.br
2007

Foi feito depósito legal

para ANA LIA

Sumário

PARTE 1

1. Literatura e Sociedade do Fim do Século 13
2. Para a Biblioteca do Século 29
3. Os Limites da Curiosidade 35
4. Literatura e História: Aspectos da Crítica de Machado de Assis ... 57
5. José Veríssimo, Leitor de Estrangeiros 75
6. A *História da Literatura Brasileira* de José Veríssimo 111
7. O Método Crítico de Antonio Candido 131

PARTE 2

1. Dimensões do Quixote 149
2. Ainda Cervantes 155
3. Borges, Leitor do Quixote 161
4. Lendo Dostoiévski 187

5. Permanência de Dostoiévski 195

6. Variações sobre *A Ilustre Casa de Ramires* 203

7. Calvino e as Passagens Obrigatórias 223

PARTE 3

1. Os Cadernos de Paul Valéry 233

2. O Murmúrio da Poesia 241

3. A Lição de João Cabral 249

4. A Poesia Crítica de João Cabral 293

5. A Raridade da Poesia 301

6. Meio Século de Haroldo de Campos 307

7. Raro entre os Raros 323

Índice Onomástico 337

PARTE I

I

Literatura e Sociedade do Fim do Século*

Cada vez mais perto do século XXI, é natural que ocorram tentativas de balanço do século em que vamos vivendo e que, por outro lado, se procure vislumbrar aquilo que, de nossa época, passará para aquela que se aproxima.

É uma recorrência de todas as épocas: buscar a continuidade entre elas por intermédio de sínteses históricas que estabeleçam o domínio da memória sobre a fugacidade e apontem para a perenidade.

O tempo passa mas algo fica e este algo é a matéria da memória histórica, que busca resgatá-lo para um presente que sempre é feito de passado e cujas marcas e imagens são inscrições para uma futura busca de decifração.

Por isso, a continuidade entre as épocas nunca é feita de diacronias absolutas: as rupturas que, em geral, apontam para o futuro fazem parte, mesmo no passado, daquelas inscrições que só o futuro virá decifrar. Mas não há passado sem uma intervenção do presente e se o futuro do que passou é o nosso presente é porque a memória histórica, ela mesma, recusa o puro diacronismo e se afirma como presença sincrônica.

---

* Este texto foi, inicialmente, uma conferência proferida na Universidade Nacional Autônoma do México (UNAM) e depois publicado pelo Instituto de Investigaciones Filológicas, Colección de Bolsillo, n.5, 1997, em tradução espanhola, e depois, no original português, na *Revista USP*, n. 37, mar.-abr.-maio, 1998.

Sendo assim, somente aquelas sínteses que envolvem o presente situado do intérprete (para utilizar uma expressão já antiga de sabor sartriano) podem oferecer interesse: as demais são, em geral, jeremiadas, quando se referem ao passado, ou, no outro pólo temporal, vagos exercícios de futurologia.

Neste sentido, quando se procura hoje dizer o que foi este século XX que vamos terminando – e o que ele foi é tanto o resultado daquilo que o precedeu quanto das projeções para os anos vindouros –, a melhor via talvez seja esboçar, a partir de um tema singular, o modo pelo qual este tema não apenas é apreendido pelo presente do intérprete mas como esta apreensão é o resultado antes de um movimento, cujas razões históricas e sociais são elementos definidores quer da linguagem da época, quer da própria metalinguagem com que o esboço é proposto, que de uma volição pessoal do intérprete.

Deste modo, se tomarmos como fulcro de meditação o largo tema das relações entre literatura e sociedade, e não de uma aproximação particularizada a uma ou a outra, veremos que, para início de conversa, seria impossível marcar o teor dessas relações sem que fosse levada em conta a própria transformação conceitual que sofreram os dois termos em decorrência do modo pelo qual quer literatura quer sociedade passaram a designar aspectos diversos da realidade.

A pergunta pelo lugar que ocupam literatura e sociedade no conjunto das reflexões que possam ser feitas em fins do século XX envolve, por isso, não somente a questão mais ampla da própria representação da realidade, o que significa dizer modos de representação por onde as vinculações entre literatura e sociedade são extremadas, mas ainda a própria qualidade ou intensidade com que se dá tal representação. (Lembre-se, entre parênteses, que o rastreamento deste tema já foi abordado, de modo magistral, no livro *Mimesis*, de Erich Auerbach, publicado em 1942, e cujo subtítulo é expressamente "a representação da realidade na literatura ocidental".)

É um tema aglutinador: desde os inícios das reflexões poéticas, desde, pelo menos, Platão e Aristóteles, a questão da representação é a contraparte teórica da própria operação poética. E não poderia ser de outra forma de vez que, se instaurando no espaço ficcional, mas traduzindo elementos obtidos nas relações sociais, o poético tem a sua singularidade em operar intensamente nos intervalos entre a experiência e a representação da experiência pelos deslocamentos possíveis da linguagem.

Experiência, representação e linguagem: termos sem os quais não seria possível hoje, em fins do século, pensar tudo aquilo que foi realizado em nome da literatura e do poético ou das sociedades que viabilizaram as suas articulações. E isto porque, sobretudo, não se trata mais de falar em adequação entre literatura e sociedade como resultado de suas relações mas em incluir, como elemento fundamental de caracterização, quer da literatura quer da sociedade, os momentos de inadequação através dos quais o poético se expande na criação de um espaço e de um tempo capazes de romper com os estreitos limites de uma diacronia evolutiva de causa e efeito.

As conseqüências disso para as reflexões que preenchem os estudos literários são evidentes, indo desde as análises particularizadas das obras, em que os estímulos sociais são pensados na mais ampla integração estrutural que define a composição literária, até as leituras de história literária, não mais pensadas como etapas de uma evolução unilateral mas como cortes sincrônicos operados numa ampla diacronia.

Por outro lado, as conseqüências referidas estão alicerçadas numa aguda sensibilidade para aquilo que um crítico fora de moda e de extração eliotiana, Lionel Trilling, chamou de "sentido do passado", isto é, uma certa intuição de que, mesmo em obras as mais contemporâneas, estamos sempre lendo, ao lado das realizações formais que somente a contemporaneidade sabe decifrar, um substrato histórico que permite que a obra transcenda a sua própria existência temporal. Mas é uma transcendência paradoxal porque ela se firma, como já foi dito, numa presença sincrônica articuladora de diacronias.

Numa direção semelhante, a leitura das obras do passado, uma vez que se tenha escapado aos perigos do arqueologismo e do anacronismo – as duas principais ameaças que sempre rondam a leitura histórica –, somente se completa na medida em que são preenchidos ou recuperados aqueles "acréscimos de significante", para usar uma expressão do crítico Frank Kermode, no ensaio *The Classic*, através dos quais a obra se transforma em nossa contemporânea. "Acréscimos de significante", e não apenas de significados, que permitem à leitura presente um sentido de continuidade para além do tempo de realização da obra, desde que, entre o espaço e o tempo da obra e sua atualização pelo leitor futuro, está a experiência de outras obras e de outras leituras – elementos isomórficos de outras realidades sociais.

Por isso, é possível dizer que a leitura atual de um clássico como o *D. Quixote* é a leitura da obra de Cervantes acrescentada por aquilo que, por exemplo, um Américo Castro leu na obra, mais a experiência de leituras diversificadas do leitor singular do Quixote, acrescidas das diferentes relações sociais e históricas que identificam este leitor.

Assim, toda a experiência histórica ou social do leitor contemporâneo, mais a leitura pontual de uma já extensíssima bibliografia cervantina, faz a diferença entre a sua percepção de Alonso Quijano e a daquele leitor que, ainda próximo das maravilhas das novelas de cavalaria, lia Cervantes no século XVII. (É claro que, mesmo num parêntese, não é possível deixar de mencionar, como ecos de uma crítica contemporânea de leituras de Cervantes, o memorável texto de Borges, "Pierre Menard, Autor del Quijote", de *Ficciones*, ou mesmo o não menos notável "Magias Parciales del Quijote", de *Otras Inquisiciones*.)

Mas esta insistência nas categorias de leitura e de leitor que vai dominando as minhas reflexões não pode e não deve ser escamoteada: pelo contrário, ela é reveladora de uma atitude com relação ao texto literário que encontra o seu respaldo nas próprias transformações que vêm sofrendo os modos de articulação entre experiência, representação e linguagem, que são, por sua vez, os vetores principais das relações entre literatura e sociedade.

Na verdade, na leitura de uma obra há sempre uma pergunta de base tripartite e que, embora não explicitada e nem sempre nesta ordem, corresponde àquelas articulações: que tipo de experiência se representa na obra por meio de tal ou qual linguagem?

Se num texto realista-naturalista a resposta poderá ser tramada a partir das relações mais ou menos evidentes entre experiência e representação, através de uma linguagem que busca o seu próprio desaparecimento enquanto linguagem, no limite desejando-se enquanto transparência para a revelação da própria experiência, como está, por exemplo, em Gustave

Flaubert, para quem o ideal seria escrever uma obra sem assunto, que se sustentasse pela força do estilo, ou simplesmente desconhecendo outra função para a linguagem que não fosse a eminentemente representativa ou referencial, como está em Émile Zola, em textos posteriores, digamos os simbolistas e seus sucessores, a densidade de linguagem dificulta a apreensão das relações entre experiência e representação, na medida em que acrescenta àquelas a necessidade de uma por assim dizer *consciência de leitura da literatura* em que a experiência e sua representação parecem advir de uma realidade de segundo grau, produto já da ficção poética. E esta consciência, que talvez não seja mais do que uma intensificação daquela *consciência literária* de origens românticas, sobretudo anglo-germânicas, é dominante em grande parte da literatura pós-simbolista: uma consciência que se, por um lado, aponta para uma crise da representação, por outro, especifica a condição da literatura enquanto literatura e, como decorrência, do leitor enquanto leitor. Deste modo, a experiência que se representa é também, ou sobretudo, uma experiência de leitura.

Num outro contexto, Gaëtan Picon soube registrar o problema, escrevendo:

> O movimento poético que, partindo do Simbolismo do fim do século, conduz, através de múltiplas transformações, ao movimento surrealista, é uma consciência antes de ser uma criação. Nunca tantos escritos teóricos acompanharam o movimento da criação. A poesia contemporânea é uma poesia reflexiva, crítica, uma poesia de cultura, ligada à meditação e à leitura de obras anteriores[1].

Mas foi, certamente, Paul Valéry, um dos herdeiros diretos do Simbolismo, que, em texto de 1938, intitulado *Existence du Symbolisme*, soube estabelecer a articulação precisa entre essa qualidade do *estilo da nova poesia*, para usar os termos de Picon, e suas relações com o público. Referindo-se aos simbolistas diz ele:

> Ils opèrent ainsi une sorte de révolution dans l'ordre des valeurs, puisqu'ils substituent progressivement à la notion des oeuvres qui sollicitent le public, qui le prennent

---

[1]. Cf. "Le style de la nouvelle poésie", em *Histoire des Littératures*, II, Paris, NRF, 1957, p. 212 (Encyclopédie de la Pléiade).

par ses habitudes ou par ses côtés faibles, celle des oeuvres qui créent leur public. Loin d'écrire pour satisfaire un désir ou un besoin préexistant, ils écrivent avec l'espoir de créer ce désir et ce besoin; et ils ne se refusent rien qui puisse rebuter ou choquer cent lecteurs, s'ils estiment par là conquérir un seul de qualité supérieure.

C'est là dire qu'ils exigent une sorte de collaboration active des esprits, nouveauté très remarquable, et trait essentiel de notre Symbolisme. Peut-être ne serait-il impossible ni faux, de déduire de l'attitude de renoncement et de négation que j'ai dégagée tout à l'heure, d'abord ce changement dont je parle et qui consista à prendre pour partenaire de l'écrivain, pour lecteur, l'individu choisi par l'effort intellectuel dont il est capable; et ensuite, cette conséquence seconde, que l'on peut désormais offrir à ce lecteur laborieux et raffiné, des textes où ne manquent ni les difficultés, ni les effets insolites, ni les essais prosodiques et même graphiques qu'une tête hardie et inventive peut proposer de produire. La voie nouvelle est ouverte aux inventeurs. Par là, le Symbolisme se découvre comme une époque d'inventions; et le raisonnement très simple que je viens d'esquisser devant vous nous conduit, à partir d'une considération étrangère à l'esthétique, mais véritablement éthique, jusqu'au principe même de son activité technique, qui est la libre recherche, l'aventure absolue dans l'ordre de la création artistique aux risques et périls de ceux qui s'y livrent[2].

Vê-se como Paul Valéry é capaz de apreender a grande mudança nas relações entre literatura e sociedade, desencadeada pelo que chama de revolução dos simbolistas.

2. Cf. *Existence du Symbolisme*, em Paul Valéry, *Oeuvres*, Paris, NRF, 1957, pp. 691-692 (Bibliothèque de la Pléiade). Eis uma tradução do texto: "Operam, assim, uma espécie de revolução na ordem dos valores, já que substituem progressivamente a noção das obras que solicitam o público, que o tomam por seus hábitos ou por seus pontos fracos, por aquela das obras que criam seu público. Longe de escrever para satisfazer um desejo ou uma necessidade preexistentes, escrevem com a esperança de criar esse desejo e essa necessidade; e nada recusam que possa repugnar ou chocar cem leitores se calcularem que, desse modo, conquistarão um único de qualidade superior. "Isso significa que exigem uma espécie de colaboração ativa dos espíritos, novidade muito importante e traço essencial de nosso Simbolismo. Talvez não fosse impossível ou falso deduzir da atitude de renúncia e de negação, que esclareci há pouco, primeiro essa mudança sobre a qual estou falando e que consistiu em tomar como parceiro do escritor, como leitor, o indivíduo escolhido pelo esforço intelectual de que é capaz; e, em seguida, esta outra conseqüência: de hoje em diante, podem ser oferecidos a esse leitor laborioso e refinado textos em que não faltam nem dificuldades, nem os efeitos insólitos, nem os ensaios prosódicos, e até gráficos, que uma cabeça ousada e inventiva pode se propor a produzir. O novo caminho está aberto aos inventores. Neste, o Simbolismo descobre-se como uma época de invenções; e o raciocínio bem simples que acabo de esboçar diante de vocês nos leva, a partir de uma consideração alheia à estética, mas verdadeiramente ética, até o próprio princípio de sua atividade técnica, que é a livre procura, a aventura absoluta na ordem da criação artística dos riscos e perigos daqueles que a ela se entregam" (Paul Valéry, *Variedades*, organização e introdução de João Alexandre Barbosa, tradução de Maiza Martins de Siqueira, São Paulo, Iluminuras, 1991).

Na primeira parte do texto, a tônica é precisamente o modo pelo qual os simbolistas criaram antes *um público* do que *para um público*, conferindo às experiências literárias o teor de uma necessidade, ou criação de uma necessidade, que passa, então, a ser exigida pelo leitor, bem na senda daquelas teorias das trocas mercadológicas elaboradas pela economia política de origem marxista; na segunda parte, o argumento central gira em torno da interação entre autor e leitor, em que este último assume uma posição de grande atividade na circulação da obra: o leitor não mais apenas como recipiente da obra produzida pelo autor mas um *parceiro do escritor*, como diz Valéry. E, por isso, capaz de seguir, e mesmo solicitar, as inovações inventivas e mesmo caprichosas das *cabeças mais ousadas*. Uma ética da leitura, portanto, que não despreza o estágio técnico, como lembra o próprio Valéry nas últimas frases do texto.

Este ensaio de Valéry foi escrito às vésperas da Segunda Guerra Mundial, quando as realizações do Simbolismo já se haviam transformado em moeda corrente da literatura e das artes e a revolução, por ele anotada no início do texto, havia sido responsável por todas aquelas pesquisas que, entre as últimas décadas do século XIX e as primeiras do XX, seriam a base dos vários movimentos de vanguarda (Expressionismo, Cubismo, Futurismo, Dadaísmo etc.), via aberta das invenções, como também anota Valéry, que puseram em xeque os esquemas naturalistas e positivistas com que a crítica de então buscava estabelecer as relações entre literatura, sociedade e história.

Mas entre a existência do simbolismo, tal como ele foi pensado e praticado entre os anos 70 e 90 do século XIX, e os inícios da Segunda Guerra Mundial, a sociedade já se defrontara com o primeiro conflito de âmbito mundial, a Grande Guerra de 1914-1918, a partir da qual, mais precisamente no ensaio com que abre o primeiro volume de *Variété*, de 1924, "La crise de l'esprit", que é de 1919, podia Valéry registrar a sensibilidade para o grande desastre a que havia chegado a civilização européia, escrevendo de modo lapidar:

> Nous autres, civilisations, nous savons maintenant que nous sommes mortelles.
> Nous avions entendu parler de mondes disparus tout entiers, d'empires coulés à pic avec tous leurs hommes et tous leurs engins; descendus au fond inexplorable des

siècles avec leurs dieux et leurs lois, les académies et leurs sciences pures et appliquées, avec leurs grammaires, leurs dictionnaires, leurs classiques, leurs romantiques et leurs symbolistes, leurs critiques et les critiques de leurs critiques. Nous savions bien que toute la terre apparente est faite de cendres, que la cendre signifie quelque chose. Nous apercevions à travers l'épaisseur de l'histoire, les fantômes d'immenses navires qui furent chargés de richesse et d'esprit. Nous ne pouvions pas les compter. Mais ces naufrages, après tout, n'étaient pas notre affaire.

Élam, Ninive, Babylone étaient de beaux noms vagues, et la ruine totale de ces mondes avait aussi peu de signification pour nous que leur existence même. Mais *France, Angleterre, Russie...* ce seraient aussi de beaux noms. *Lusitania* aussi est un beau nom. Et nous voyons maintenant que l'abîme de l'histoire est assez grand pour tout le monde. Nous sentons qu'une civilisation a la même fragilité qu'une vie. Les circonstances qui enverraient les oeuvres de Keats et celles de Baudelaire rejoindre les oeuvres de Ménandre ne sont plus du tout inconcevables: elles sont dans les journaux[3].

A representação dessa sensibilidade para um mundo destroçado, cujos fragmentos dinamitaram a paz e o conforto da *belle époque* européia, seria a tarefa ingrata para aqueles escritores que, embora nascidos ou formados sob a égide da crise de representação percebida, mas também cultuada, pelos simbolistas, não mais se sentiam confortáveis ou pacificados e que, portanto, se defrontavam com uma dupla tarefa: a de representar, mas incluindo na representação a crítica de sua própria crise.

E os caminhos escolhidos por cada um serão os mais diversos: desde o desvio simbolista de um T. S. Eliot, na composição de um poema em mo-

---

3. Cf. "La crise de l'esprit", em Paul Valéry, *Variété*, Paris, Gallimard, 1924, pp. 11-12. Eis uma tradução: "Nós outras, civilizações, sabemos agora que somos mortais.
"Tínhamos ouvido falar de mundos inteiramente desaparecidos, de impérios que foram a pique com todos os seus homens e todos os seus engenhos; descidos ao fundo inexplorável dos séculos com os seus deuses e suas leis, suas academias e suas ciências puras e aplicadas, com suas gramáticas, seus dicionários, seus clássicos, seus românticos e seus simbolistas, seus críticos e os críticos de seus críticos. Sabíamos ainda que toda a terra aparente é feita de cinzas, que a cinza significa alguma coisa. Percebíamos através da espessura da história, os fantasmas de imensos navios que foram carregados de riqueza e de espírito. Não podíamos contá-los. Mas estes naufrágios, de qualquer modo, não nos diziam respeito.
"*Elam, Nínive, Babilônia* eram grandes nomes vagos, e a ruína total destes mundos tinha tão pouca significação para nós quanto sua própria existência. Mas *França, Inglaterra, Rússia...* eram também grandes nomes. *Lusitânia* também é um grande nome. E vemos agora que o abismo da história é bastante grande para todo o mundo. Sentimos que uma civilização tem a mesma fragilidade que uma vida. Já não são de modo nenhum inconcebíveis as circunstâncias que mandam que se juntem as obras de Keats e de Baudelaire às de Menandro: elas estão nos jornais diários".

saico, como *The Waste Land*, em que as alusões a literaturas dos mais diferentes lugares e épocas são passadas pelo tom menor da herança simbolista de um Laforgue ou de um Corbière, sem esquecer o tom elevado, mas irônico, de um Baudelaire, que vem literalmente citado no último verso da primeira estrofe, tudo estaqueado por sobre os seus próprios fragmentos, como está dito num dos últimos versos do poema, até a utilização de um alemão solene e de cadências goethianas, como está no Thomas Mann de *A Montanha Mágica* ou, sobretudo, do *Doutor Fausto*, ou ainda na admirável prosa, de longos e remansosos parágrafos, do Hermann Broch de *A Morte de Virgílio*, ou na prosa ácida e de redução de um Kafka, conferindo a seu alemão os sombrios desvãos de uma experiência judaica das circunstâncias particulares de uma Europa Central, no entanto marginalizada pelos avanços guerreiros dos capitalismos das grandes potências de uma outra Europa. Ou mesmo o caso notável de um James Joyce, dando um sentido épico aos destroços do Império Britânico a partir de uma leitura irlandesa daquele império, mas convocando para aquela leitura a tradição mais nobre da herança cultural européia, estabelecendo uma dependência, quase sem precedentes na história literária, entre experiência, representação e linguagem de tal maneira que nas páginas do *Ulysses* o leitor encontra o máximo de intervenção na linguagem e uma representação da realidade tão intensa que seria difícil, ou mesmo impossível, marcar onde começa uma e termina a outra, na medida em que a experiência pessoal e coletiva é, sobretudo, uma experiência de leitura desde a cultura grega até os livros de ficção popular (os *penny-books*) da gíria londrina dos caminhos e descaminhos dos Blooms.

Estas e muitas outras obras apontam para aquilo que o crítico norte-americano R. P. Blackmur, em ensaio de 1948, chamava de *a burden for critics*, que traduziríamos aproximadamente por *um fardo para os críticos*, isto é, segundo o crítico, como passar da grande tônica conferida à representação de uma sociedade que é, já por si mesma, um *fardo* para a experiência dos autores, para a apreensão daquilo que é o próprio ato de criação literária, ou seja, a instauração de um espaço ficcional por intermédio da linguagem que, por sua vez, responde à beleza e ao mais completo sentido da obra literária. Esta parecia ao então *new critic*, e apenas encerrada há três anos a Segunda Guerra Mundial, o trabalho crítico essencial: um ato performativo capaz de revelar a bela complexidade da literatura. Diz ele:

> The beauty of literature is that it is exigent in the mind and will not only stand still but indeed never comes fully into its life of symbolic action until criticism has taken up the burden of bringing it into performance and finding its relation to the momentum of the whole enterprise[4].

É claro que esta tarefa não é invenção da experiência moderna ou contemporânea da literatura: em todas as épocas, os leitores ou espectadores foram chamados a intervir na realização plena das obras e as observações de Blackmur se referem precisamente à intensidade das intervenções a que a crítica é chamada a exercer. Mas a questão está em como se há de pensar numa intervenção, ou numa *performance*, para usar a terminologia de Blackmur, que conserve a tensão entre o teor de representação – a essência do *fardo* – e seu modo de articulação poética. Mais ainda quando se vive uma época em que a própria viabilidade da representação entra em crise por força das transformações históricas e sociais que terminaram por caracterizar a nossa como uma *era de suspeita*, para utilizar os termos de um ensaio famoso de Nathalie Sarraute[5].

Embora pensado e escrito sob o fogo cruzado das propostas radicais do *Nouveau Roman*, o ensaio tinha o mérito de ampliar o seu alcance para uma reflexão mais abrangente, acrescentando elementos essenciais para uma reflexão acerca da tarefa da crítica diante de uma literatura que parecia caminhar para a sua própria destruição, como vigorosamente afirmava Maurice Blanchot, em artigo publicado nos anos 60, na *Nouvelle Revue Française*, em que se perguntava pelo destino da literatura ("Où va la littérature? La littérature va envers elle-même, c'est-à-dire, envers sa destruction").

---

4. Cf. "A Burden for Critics", em *Lectures in Criticism*, The Johns Hopkins University, introduction by Huntington Cairns, New York, Pantheon Books (Bollingen Series XVI), 1949. Eis uma tradução do texto: "A beleza da literatura é que ela é exigente na mente e não somente permanece estática mas, de fato, nunca realiza completamente sua vida de ação simbólica até que a crítica assuma o fardo de performá-la e encontrar suas relações com o momento de todo o conjunto".
5. Nathalie Sarraute, *L'ère du soupçon, Essais sur le roman*, Paris, Gallimard, 1956.

Era o mesmo Blanchot que, numa de suas colaborações para a mesma *Nouvelle Revue Française*, de maio de 1960, chamava a atenção para a singularidade anti-retórica da obra de Albert Camus, exercendo-se, como pensava o crítico, no sentido de *um desvio para a simplicidade*, título de sua crônica, em que os traços de estilo eram por assim dizer rasurados pelo peso concedido à representação agônica de um mundo despedaçado pela tensão entre o indivíduo e as circunstâncias absurdas da história e da sociedade.

Todas estas reflexões realizadas nos anos 50 e 60, que, de certa forma, se juntavam àquelas dos anos 40 e 50 do *New Criticism*, deságuam nos vários textos que vão compor a *Nouvelle Critique* francesa, cujo principal traço seria precisamente fazer convergir a análise particularizada das obras, pelo uso de uma lente por assim dizer de aproximação lingüística, e uma leitura das estruturas míticas, sociais e históricas da representação literária.

Mais do que uma convergência: uma leitura da obra literária em que se buscava manter a tensão entre aquele *fardo* da representação descrito por Blackmur e a própria composição literária. O que significava apontar para uma percepção dos elementos sociais e históricos que configuram a obra em seus momentos de formalização, quer dizer, enquanto integradores de uma morfologia através da qual a obra é definida.

Por isso, no plano das teorizações sobre a história literária, o principal alvo dos *nouveaux critiques* é Gustave Lanson, cuja *Histoire de la littérature française* havia sido publicada em 1894 e cujas edições sucessivas fizeram dela o paradigma por excelência da crítica histórica em que se articulavam as heranças naturalistas e positivistas do século XIX e um certo humanismo crítico, de laivos impressionistas, embora fazendo a defesa do rigor histórico e da objetividade filológica. Sobre esta articulação, e sob a qual ele via passar de contrabando (o termo é dele mesmo) uma ideologia conservadora de domínio do saber, Roland Barthes escreveu o polêmico texto *Sur Racine*, buscando libertar o grande poeta trágico das interpretações cristalizadas dos vários e sucessivos naturalismos críticos capazes de falar de sua obra sem, em nenhum momento, repensar a sua significação, para a literatura francesa, enquanto poeta e não apenas enquanto monumento daquela literatura que, por sua vez, operara a cristalização de certas ideologias dominantes no século XVII francês.

Na verdade, um ano antes da publicação da *Histoire*, em 1893, Gustave Lanson publicara um ensaio sobre Mallarmé através do qual é possível ver como ele estava aprisionado ao paradigma crítico de seu tempo, aquele cujas linhas mestras eram ainda as do naturalismo e do positivismo que privilegiavam a referencialidade.

A acusação de ininteligibilidade que faz à obra de Mallarmé, como se lerá em seguida, respondia à prevalência, naquela poesia, do princípio de construção sobre o da representação que, por então, problematizava as abordagens crítica e histórico-literária fundadas naquelas linhas. Eis um trecho substancial do ensaio:

> Ele [Mallarmé] dá por objetivo da arte realizar o irreal, exprimir o inexprimível, comunicar o incomunicável. Seja; admito esta ambição; de fato, não existe sem isso grande poesia, nem arte elevada. Mas a impossibilidade manifesta-se quando se olham os meios que ele pretende empregar. Ele quer desvencilhar-se de formas reais, signos expressivos, valores comunicativos: em outros termos, quer apreender o ininteligível e transmiti-lo sem o ter convertido de algum modo em inteligível. É esquecer a condição, a miséria, se se quiser, de nossa humanidade, fadada por seus pecados aos atos distintos da inteligência. Nós não atingimos diretamente pelo espírito qualquer realidade, nem sensível, nem espiritual, nem finita, nem infinita. Não podemos senão usar um desvio, substituir as realidades por signos inteligíveis, por símbolos suscetíveis de demonstração. A ciência existe a este preço e a arte não tem uma outra lei. Criação da inteligência, como a ciência, não pode ser outra coisa senão intelectual e se, às vezes, aspira a dar a sensação, a comunicação do ininteligível, fá-lo por intermédio de signos e de relações que exprimem inteligivelmente o caráter ininteligível. Aqueles que conhecem Pascal sabem bem o que quero dizer. O Sr. Mallarmé, querendo usar signos inteligíveis fazendo abstração de seu valor de signos inteligíveis e querendo formar símbolos irreais e infinitos que manifestem diretamente o *eu* essencial e o ideal infinito, põe-se em contradição com as condições próprias da arte[6].

O que é esta inteligibilidade tão acirradamente defendida por Lanson e que, logo em seguida, ele traduzirá também por clareza de idéias, numa

---

6. Cf. "Stephane Mallarmé", *Essais de méthode de critique et d'histoire littéraire*, rassemblés et présentés par Henri Peyre, Paris, Hachette, 1965, p. 474.

réplica evidente ao famoso dito de Mallarmé (*...que se entenda que a obra literária, fazendo-se com palavras, faz-se com idéias... entre uma idéia clara e uma idéia confusa, é a idéia clara que, mostrando mais, contém mais, e que é o grau superior da idéia*), o que é esta inteligibilidade senão a vitória da representação sobre a construção, sem que se passe por aqueles estágios decisivos da própria *poiesis* que identifica o texto artístico?

Esta, de fato, vai ser a grande tarefa da crítica e da história literária que surgem a partir dos anos 60: sem desprezar o *fardo* da representação, para o qual está convocada toda a obra que pretenda ultrapassar a tendência ao solipsismo dos novos tempos, instaurar um espaço de reflexão capaz de insinuar o modo pelo qual o social e o histórico passam a ser percebidos como elementos interiorizados pelas tensões construtivas do texto artístico.

Para isso, foram importantes tanto as heranças do *close reading* apreendidas a partir das experiências de leitura do *New Criticism* anglo-americano, quanto as análises estilísticas e filológicas da Estilística alemã ou espanhola, como ainda as novas pesquisas do Estruturalismo de origens antropológicas, marcadamente francês, ou mesmo a redescoberta das teses formalistas e estruturalistas do Formalismo Russo ou do Estruturalismo Tcheco. O que, diga-se de modo complementar, seria explicitado pelas teses avançadas por aqueles teóricos da crítica e da história literária que passaram a pensar na leitura e no leitor como ângulos privilegiados de um processo de sutura entre forma e história, tais como eles eram discutidos em ensaios da chamada Estética da Recepção e do Efeito.

É claro que estas aproximações, reivindicando a qualidade artística da obra literária, muitas vezes parecem, em seus piores momentos, fazer inclinar a leitura para uma espécie aguda de formalismo, sem que as tensões entre formalização e representação sejam preservadas. Mas são exemplos por assim dizer caricaturais a que a própria integridade da obra artística termina por oferecer resistência. E a melhor demonstração está nas mais recentes leituras do chamado Desconstrucionismo por onde se pode vislumbrar o peso concedido ao esforço desenvolvido por alguns críticos – tais Paul de Man, Miller, Hartmann ou Bloom – em fazer integrar a uma leitura que suspende a procura do sentido os despojos de uma história enclausurada nos índices filológicos dos textos.

Mais do que uma negação da história, tais leituras (enquanto são marcadas por um tempo e uma paciência que somente o verbo inglês *peruse* parece ser capaz de traduzir, significando *ler cuidadosamente*) pretendem rasurar a distância entre o leitor e o objeto lido, tornando também aquele um objeto que se lê – e sua história pessoal e coletiva – no próprio ato de ler o objeto. De tal maneira que é precisamente no seio do movimento de desconstrução que se vai encontrar novas maneiras de uma defesa da filologia, como está em Paul de Man, por exemplo, que até parece reviver os antigos argumentos de Servais Etienne no já clássico *Défense de la Philologie*[7].

Por outro lado, se o peso concedido à representação, sem o necessário aporte crítico-filológico, transforma a reflexão crítico-histórica numa via de mão única, amolecendo a tensão entre fazer e dizer, que é o texto artístico, ele foi, sem dúvida, responsável pela incorporação à literatura dos grandes temas sociais e históricos que vêm dominando a cena mundial, assim como a abertura do cânone literário para aquelas literaturas marginalizadas por aqueles mesmos temas quando tratados pelas nações que concentram o poder político e o poder do saber.

Neste sentido, a renovação do cânone da literatura ocidental, com a entrada à consideração de temas relacionados a gêneros e etnias minoritárias, embora ainda percebidos, em sua grande maioria, dentro dos parâmetros de uma crítica naturalista tardia, às vezes travestida de um marxismo requentado, é, talvez, o acontecimento mais relevante da crítica, em suas relações com a sociedade e a história, de fins do século.

Foi o caso, por exemplo, da decisiva incorporação à literatura mundial das literaturas ibéricas da América, sobretudo as de língua espanhola, mas preparando o caminho para alguns textos em língua portuguesa do Brasil, no bojo daqueles movimentos de libertação que agitaram os países colonizados pela Europa entre os anos 50 e 60.

---

7. Cf. Servais Etienne, *Défense de la Philologie et autres écrits*, Paris, La Renaissance du Livre, 1965. Trata-se da reedição do livro de 1933, publicado em Liège. Quanto a Paul de Man, leia-se, por exemplo, o ensaio "The Return to Philology", hoje fazendo parte do volume *The Resistence to Theory*, Minneapolis, University of Minnesota Press, 1986.

É importante observar que as obras agora recolhidas pela abertura do cânone, se, em grande parte, respondiam a um viés político e social, traziam, não obstante, as marcas das tensões entre representação e formalização literária, fosse por terem suas origens numa crítica interna aos grandes movimentos literários da vanguarda histórica européia (e foi o caso do Surrealismo, tal como ele foi repensado na obra de um Octavio Paz, de um Julio Cortázar, de um Alejo Carpentier, de um Lezama Lima, de um García Márquez ou do poeta brasileiro João Cabral de Melo Neto), fosse por afirmarem a singularidade de uma voz que, a partir do continente latino-americano, interiorizava a crítica das articulações entre tradição e modernidade, um dos grandes *topos* da crítica histórica européia, tal como ocorria na obra de um Jorge Luis Borges, na Argentina, ou de um João Guimarães Rosa, no Brasil.

É claro que a tais obras respondiam os ensaios crítico-históricos, não apenas surgindo como decorrência do teor inventivo daquelas, mas, em alguns casos excepcionais, antecipando o tipo de relações que aquelas obras seriam forçadas a manter com a complexidade da vida social e de sua estrutura histórica, como foi o caso, para dar um só exemplo, que conheço melhor, do ensaísmo crítico-histórico de Antonio Candido no Brasil[8].

Sendo assim, é possível dizer que a própria conceituação de sociedade que interessa à reflexão sobre a literatura sofre uma transformação de base, na medida em que se intensifica a noção fundamental, a que já anteriormente acenei, de que não se trata mais de investigar relações de adequação entre literatura e sociedade, mas de fazer operacionais, para a crítica das obras artísticas, os momentos de inadequação, sobretudo em países em que as pressões de ordem histórica, política e econômica impossibilitam qualquer leitura de causa e efeito na ordem intelectual e artística.

Por isso mesmo, será uma constante crítico-histórica, nesses países, a vinculação entre os movimentos de vanguarda e as leituras historicizadas do texto literário, manifestando-se através de revisões e resgates de obras e autores para os quais o futuro é, então, determinado por uma espécie de

---

8. Refiro-me, sobretudo, a *Formação da Literatura Brasileira. Momentos Decisivos*, São Paulo, Livraria Martins Editora, 1959, 2 vols.

leitura anacrônica ou, melhor dizendo, sincrônica se referida ao presente situado do leitor.

De qualquer modo, uma leitura inexoravelmente histórica. Mas uma história que não elide a poeticidade porque sabe que a sua é uma natureza sobretudo discursiva e, portanto, informada por todas as ambigüidades do discurso. Não uma história de datas, fatos e personagens, mas aquela que põe sob suspeita, para voltar aos termos de Nathalie Sarraute, a própria capacidade de sua representação.

No caso estrito da literatura, não uma história da poética mas uma poética da história em que o analista, o estudioso, o crítico, ou seja lá qual for o seu nome, existe, antes de mais nada, num intervalo de tensões entre a realidade e a linguagem de sua representação. A leitura desse intervalo é uma leitura insegura, instável, sempre *en abîme*: mas que literatura e sociedade que valha a pena ser considerada é totalmente segura, estável, sem sobressaltos abismais? Talvez as totalitárias e dessas não quero tratar.

2

Para a Biblioteca do Século*

É POSSÍVEL que, a partir de agora, comecem a aparecer os vários resumos daquilo que o século XX foi capaz de oferecer à tradição literária. Um exemplo disso é a lista dos *cem melhores romances em língua inglesa do século XX*, preparada por um grupo de escritores reunidos sob a égide da Modern Library, hoje parte da poderosa Random House, especializada em publicar clássicos da literatura daquela língua desde 1917, e por onde se nota que o *Ulysses*, de James Joyce, figura em primeiro lugar e que os outros quatro primeiros são *The Great Gatsby*, de F. Scott Fitzgerald, *A Portrait of the Artist as a Young Man*, do mesmo Joyce, *Lolita*, de Vladímir Nabókov, e *Brave New World*, de Aldous Huxley.

Como todas as listas desse tipo, esta é muito discutível e o leitor pode ficar se perguntando, por exemplo, por que o grande livro de William Faulkner, *The Sound and the Fury*, aparece em sexto lugar ou mesmo o notável e dostoievskiano romance de Ralph Ellison, *Invisible Man*, está apenas em décimo nono na lista.

De qualquer modo, não são muitas as literaturas nacionais que podem oferecer um conjunto de obras tão significativas dentro da literatura do

---

* Com o título de "O Cânone do Século", este texto foi publicado na CULT, *Revista Brasileira de Literatura,* Ano II, n. 16.

século XX, ainda que, para completar o número redondo dos cem, tenha que incluir o inexpressivo e enxundioso James T. Farrell, de *The Studs Lonigan Trilogy*, ou o lacrimoso James Jones, de *From Here to Eternity*.

Não é, certamente, uma lista crítica e serve antes como orientação para um leitor médio que é visado pela Random House, buscando, com ela, retomar as vendagens espantosas da Modern Library e não é, por isso, sem coerência que tenha sido o *New York Times* o primeiro jornal a publicá-la, fazendo, por outro lado, com que a Amazon.com logo abrisse um *site* especializado nas cem obras listadas.

(Diga-se, entre parênteses, que, se não chega aos cem por cento, está muito perto disso o número das obras já traduzidas no Brasil e uma, pelo menos, com um título estapafúrdio quando se traduziu o romance de Graham Greene, *The Heart of the Matter*, que é o quadragésimo da lista, por O *Coração da Matéria*!)

Mas se o leitor desejar uma orientação crítica por entre aquilo que se fez, pelo menos em língua inglesa, na literatura do século XX, há um livro que reputo essencial. Refiro-me a *The Modern Movement*, que reúne textos publicados no *Times Literary Supplement* desde a sua criação, em 1902 (uma carta de W. B. Yeats), até 1989 (um poema de Seamus Heaney)[1].

De fato, editado e introduzido por John Gross, que é autor de um importante e curioso volume de ensaios, intitulado *The Rise and Fall of the Man of Letters. A Study of the Idiosyncratic and the Humane in Modern Literature*[2] (cujo primeiro capítulo é um rico texto sobre o nascimento da resenha crítica em jornais e revistas, "The Rise of the Reviewer"), assim como de dois volumes antológicos para a Oxford University Press, *The Oxford Book of Aphorisms* e *The Oxford Book of Essays*, além de ter sido o editor do próprio *Times Literary Supplement* entre 1974 e 1981, este volume contém aquilo que de mais importante foi publicado no suplemento londrino, sejam textos completos ou excertos de ensaios, sobre a literatura que se pode chamar de moderna na área anglo-americana ou mesmo mais largamente européia e com repercussão nos países de língua

---

1. *The Modern Movement: a TLS Companion*, edited and with an introduction by John Gross, Chicago, The University of Chicago Press, 1992.
2. New York, The Macmillan Company, 1969.

inglesa. E o maior interesse, para o leitor de hoje, está não apenas nos próprios textos ou nos excertos publicados, como nos autores que são objetos das resenhas e que, vistos de hoje, constituem, por assim dizer, a tradição moderna por excelência.

A própria estrutura do livro já indica este sentido de escolha operada pelo tempo: são quatro partes, em que a primeira, intitulada "Twelve Writers Reviewed", coleta textos sobre W. B. Yeats, Ezra Pound, D. H. Lawrence, James Joyce, T. S. Eliot, Wyndham Lewis, Virginia Woolf, W. H. Auden, Marcel Proust, Thomas Mann, Rainer Maria Rilke e Franz Kafka; a segunda, "International Focus", trata de Marianne Moore, Wallace Stevens, Robert Musil, Italo Svevo, Anna Akhmátova, Jorge Luis Borges e C. P. Cavafy; a terceira, "T. S. Eliot and Virginia Woolf Review...", é um conjunto, respectivamente, de cinco e três resenhas dos dois autores, e a última parte, "A TLS Treasury", traz resenhas ou poemas de W. B. Yeats, Ezra Pound, F. S. Flint, T. S. Eliot, W. H. Auden, Hugh Walpole, Wyndham Lewis, Wallace Stevens, Gavin Ewart e Seamus Heaney.

(A razão de Proust, Mann, Rilke e Kafka aparecerem na primeira parte e não na segunda, onde seria mais normal que estivessem, se explica pelo fato de que aqueles quatro autores foram sempre os que, de línguas francesa e alemã, mais freqüentemente tiveram resenhas nas páginas do Suplemento, sobretudo a partir dos anos 20, concorrendo mesmo com os autores fundadores do Modernismo anglo-americano.)

Com exceção de Auden, cuja fortuna crítica é representada, sobretudo, por textos publicados nos anos 30, quando começa a publicar os seus poemas, os autores de língua inglesa reunidos na primeira parte são, de fato, aqueles que constituem o cerne do modernismo anglo-americano e a abertura com Yeats faz justiça à sua enorme influência sobre aqueles que vieram depois, e não apenas os poetas, Pound e Eliot, ou mesmo Auden, o que parece óbvio, mas Joyce, Woolf, Lewis e Lawrence, como herdeiros de um projeto de pesquisa no universo da língua inglesa de que o grande irlandês foi, sem dúvida, um dos pioneiros.

Yeats é matéria de oito textos que abordam desde o remoto *Responsabilities and Other Poems. Reveries Over Childhood and Youth*, de 1916, até *The Variorum Edition of the Poems of W. B. Yeats*, de 1958, num texto de síntese da evolução do poeta, sugestivamente intitulado "Yeats in Youth and Maturity", por Joseph Hone, passando por resenhas sobre *The Tower*, recentemente traduzido de modo quase inacreditável por Augusto de Campos para o português, e sobre *The Collected Poems of W. B. Yeats*, de 1928 e 1934, respectivamente.

Não são textos de grande densidade crítica, mas resenhas curtas, fragmentos de resenhas mais abrangentes, cujo maior interesse, contudo, está precisamente em apontar para os inícios de uma fortuna crítica que não parou de crescer. E quem se interessa pelo poeta e pela poesia certamente vai encontrar matéria para a reflexão nos textos coletados.

De maneira semelhante, os onze textos sobre Ezra Pound, desde aquele de 1912 que trata de *Ripostes* até o escrito por Christine Brooke-Rose, de 1960, sobre *Pavannes and Divagations.Thrones: 96-109 de Los Cantares*, são, com exceção do texto de G. S. Fraser, intitulado "The Poet as Translator", de 1953, sobre *The Translations of Ezra Pound*, resenhas fragmentárias que apenas indiciam a recepção inicial, em geral perplexa, do poeta. O que não significa, todavia, que não se possa extrair, com proveito, uma ou outra observação para a leitura dele. É o caso, por exemplo, das sumárias observações feitas por Arthur Clutton-Brock, ao escrever, em 1915, sobre *Cathay: Translations by Ezra Pound*, quando, desde já, aponta para aquilo que será parte da herança crítica sobre o poeta: o peso concedido seja à língua de que se traduz, seja à língua para a qual se traduz. Deste modo, diz Clutton-Brock:

> Existe uma forte superstição entre nós de que uma tradução deve sempre parecer Inglês. Entretanto, quando é feita de uma literatura muito diversa em método e pensamento, não é absolutamente uma tradução se parece Inglês. Além disso, uma tradução literal de algo estranho e bom pode surpreender nossa língua com novas belezas. Se convidamos um estranho de gênio para nosso meio, não queremos fazê-lo se comportar apenas como nós mesmos; teremos mais prazer com ele e aprenderemos mais dele se ele for ele mesmo. Deste modo, pensamos que Mr. Pound escolheu o método correto para essas traduções e não nos incomodamos que elas, com freqüência, "não sejam Inglês". As palavras são Inglês e dão-nos o sentido; e, além disso, a tarefa do escritor é moldar a língua a novos propósitos, não dizer algo novo tal como seus predecessores disseram algo velho. Assim é tarefa do leitor não ficar aborrecido ou surpreso com um uso estranho da língua se é um uso próprio ao sentido.

Mas é na resenha citada de G. S. Fraser que se encontra, talvez, o melhor juízo acerca do trabalho de tradução de Pound:

> É como uma adição durável a, e influência sobre, a poesia original na língua inglesa neste século, que as traduções de Mr. Pound serão finalmente valorizadas. São poemas, não plágios.

São exemplos que, da mesma maneira, também podem ser fisgados nos textos que concernem aos demais escritores de língua inglesa que compõem a primeira parte do livro.

A maior singularidade desta primeira parte está, no entanto, nas resenhas que dizem respeito aos quatro escritores estrangeiros e chega a ser espantoso que Marcel Proust tenha um número de resenhas somente menor àquele dedicado a T. S. Eliot e James Joyce (e neste último caso, perdendo apenas por uma!).

Desde o primeiro texto coletado, de Mary Duclaux, de 1913, e que trata do aparecimento do primeiro volume de *A la Recherche du Temps Perdu*, onde há uma curiosa nota de comparação literária quando a autora lembra Henry James para pensar na presença da infância na literatura, afirma-se a extraodinária importância da obra proustiana e o próprio título da resenha indicia o futuro discurso crítico a seu respeito: "Art or Life?" Mais interessante talvez seja aquela escrita, em 1923, por John Middleton Murry, "Proust and the Modern Consciousness", que é precedida por um *Tribute to Marcel Proust* assinado por numerosos escritores ingleses quando da morte do grande escritor (dentre os mais conhecidos estão Clive Bell, Arnold Bennet, Joseph Conrad, E. M. Forster, Roger Fry, Aldous Huxley, Lytton Strachey, Arthur Waley e Virginia Woolf).

Na verdade, o texto de Murry é precioso na medida em que não apenas medita sobre a própria construção da obra de Proust, acentuando o modo pelo qual o Narrador deixa passar ao leitor o sentido das apreensões da consciência bem de acordo com teorias até então recentes acerca do espaço e do tempo, mas insiste em seu modo de recepção pelo público leitor inglês que, segundo Murry, logo percebeu em Proust "uma das grandes figuras da literatura moderna", acrescentando:

O sentimento é comum a muitos de seus leitores de que de alguma forma sua obra marca uma época.

Por outro lado, não obstante o que há de fragmentário nos textos das resenhas incluídas, é notável a recepção imediata que foi dada, desde as primeiras traduções para o inglês de suas obras, a Thomas Mann, Rilke ou Kafka, sobressaindo textos como os de Erich Heller ou Michael Hamburger sobre o primeiro, ou os de Alec Randall, dos anos 20, 30 e 40, sobre Rilke e, dos mesmos anos, do próprio Randall e de R. D. Charques, Edwin Muir e Anthony Powell sobre Kafka.

No que diz respeito, entretanto, à repercussão internacional de alguns autores, ao mesmo tempo em que ratifica o seu lugar numa biblioteca do século XX, a leitura da segunda parte do livro, "International Focus", é a grande e inestimável contribuição de todo o volume.

Na verdade, escritos por Thom Gunn, Roy Fuller, Ernst Kaiser, Anthony Burgess, John Bayley, John Sturrock e Henry Gifford, ali estão textos integrais sobre Marianne Moore, Wallace Stevens, Italo Svevo, Robert Musil, Anna Akhmátova, Jorge Luis Borges e C. P. Cavafy.

Que biblioteca do século XX estará aproximadamente completa se não incluir *Um Homem Sem Qualidades*, de Musil, ou *A Consciência de Zeno*, de Svevo? Para não falar nos poemas de Akhmátova ou de Cavafy, já traduzidos, com competência, ou mesmo estudados, com competência, às vezes, ainda maior, no Brasil? Ou a obra de Borges, cuja tradução para o inglês já nos anos 60 é objeto do texto incluído?

Se o leitor acrescentar a todos esses autores um ou outro de sua preferência que não tenha comparecido (e se ele não esquecer a literatura brasileira, será obrigatória a presença de um Guimarães Rosa, de um Carlos Drummond de Andrade ou de um João Cabral), relendo a lista dos cem romances da Modern Library, já pode ir organizando a sua biblioteca para o século XX, que será, sem dúvida, o fundamento para o XXI, conforme aconselham ou sugerem os sentimentos de fim-de-século.

3

Os Limites da Curiosidade*

É UM LIVRO que se lê com admiração e desconfiança. Na verdade, o que dizer de um livro que traz, antes do índice de conteúdos, a frase de advertência "pais e professores devem ser alertados de que o Capítulo VII não é uma leitura apropriada para crianças e menores"? Imediatamente, o leitor vai ao capítulo mencionado e vê que se trata de *O Divino Marquês*, isto é, de uma discussão sobre o Marquês de Sade. A pergunta inevitável é se "crianças e menores" lerão os eruditos seis capítulos anteriores, em que são discutidos problemas de arte, literatura e ciência. Mas como "pais e professores" podem lê-los, é bom mantê-los longe de curiosas criaturinhas, sobretudo o indigitado sétimo[1].

Lendo pela primeira vez este livro de Roger Shattuck, *Forbidden Knowledge. From Prometheus to Pornography*[2], lembrei constantemente de duas histórias de que fui testemunha, ambas dos anos 70. A primeira envolvendo o poeta Ezra Pound e a segunda, o crítico Otto Maria Carpeaux.

---

* Texto publicado, em duas partes, na *CULT, Revista Brasileira de Literatura*, Ano II, n. 15 e 16 e republicado em *Letras – Revista do Mestrado em Letras da UFSM (RS)*, jan.-jun., 1998.

1. Sei que há algo de irônico na advertência de Shattuck, sobretudo se se pensar na voga do politicamente correto em seu país. Não posso, contudo, desconhecer o fato de que, na época de realização do livro, o autor era o presidente da Association of Literary Scholars and Critics, hoje presidida pelo crítico Robert Alter, e que surgiu como oposição à famosa MLA, defendendo uma posição mais conservadora em relação aos estudos literários.

2. New York, St. Martin's Press, 1996, 369 p.

Quando da morte do poeta norte-americano, em 1972, eu estava em universidade dos Estados Unidos e pude assistir a uma homenagem que lhe foi prestada num dos auditórios da Universidade. A mesa era composta por poetas (Allen Ginsberg estava lá), críticos (lembro de Cleanth Brooks) e o editor americano de Pound, o notável James Laughlin, da New Directions. O público, que enchia completamente a enorme sala, era, sobretudo, de jovens. Anunciou-se que os alto-falantes iriam fazer ouvir a última entrevista concedida por Pound a uma jornalista norte-americana. O silêncio era total. A jornalista fez uma pergunta. Nada. Completo silêncio do poeta. E outra, a mesma coisa. Até que, depois de insistir umas cinco vezes, a jornalista pediu que o poeta, pelo menos, dissesse algo que pudesse servir de conselho às novas gerações de poetas; uma palavra que fosse. Então, como se viesse de muito longe, ouviu-se uma voz, como que cantada: *Curiosity*. E só. A palavra era a mensagem do poeta para as novas gerações. Agora, a segunda lembrança.

Numa de suas últimas visitas a São Paulo, sofrendo uma enorme perseguição política, que envolvia processos e mais processos em tribunais de exceção, Carpeaux jantou em restaurante paulistano com quatro ou cinco amigos e admiradores, e entre estes últimos eu me incluía. A conversa ia animada, apesar da dificuldade que o crítico tinha para falar, quando, de repente, alguém falou em gêneros literários. Foi o bastante para que Carpeaux se inflamasse e, de forma enérgica, respondesse que se opunha à consideração de aceitar a idéia de obediência a regras de gêneros literários pois isto, a seu ver, era mais uma maneira de limitar a liberdade de criação e tinha que ver com a falta de liberdade em geral que, então, se experimentava no país.

E a razão da lembrança dessas histórias é uma só: em ambos os casos, trata-se de uma recusa de acomodação, um sentimento de que é sempre possível ir para diante, seja impondo a curiosidade como trilha essencial para a realização poética, a vontade de experimentar que estava, sem dúvida, no centro das preocupações intelectuais de Pound, seja se opondo a restrições ou regras na esfera da criação literária, como se depreendia da exasperação de Carpeaux, ainda que, neste caso, arte e vida fossem confundidas pelo sofrimento pessoal e coletivo.

Deste modo, um dos motivos determinantes da desconfiança com que lia o livro de Shattuck era um certo ranço moralista e conservador que sentia contaminar as suas admiráveis incursões pelo universo da literatura, das artes e das ciências, sobretudo as biológicas, para não falar nas ilações éticas que o autor estabelecia.

Por outro lado, todavia, desde o seu início, o livro se propõe exatamente isto: trazer para a esfera da discussão moral os grandes temas da curiosidade e do progresso do conhecimento, bases das artes, literatura e ciência do mundo ocidental. A partir mesmo das primeiras frases do "Prefácio", Shattuck é incisivo em seus propósitos:

> Existem coisas que nós devemos *não* saber? Pode alguém ou alguma instituição, nesta cultura de iniciativa e crescimento sem peias, seriamente propor limites ao conhecimento? Perdemos a capacidade de perceber e honrar as dimensões morais de tais questões?

Os motivos de admiração, portanto, resultavam desta decisão do autor em se fazer porta-voz de tais "dimensões morais", propondo "seriamente [...] limites ao conhecimento". Não é fácil marchar contra a corrente, sobretudo em campo tão minado quanto este em que a cultura artística, literária e científica se envolve com questões de ordem ética e moral. Mais ainda, em se tratando de autor cuja obra anterior de crítico literário teve como objetos de análise autores e obras quase sempre vistos como irreverentes em seus respectivos espaços de cultura. Por isso mesmo, me impus uma releitura e é sobre ela que agora escrevo.

Na verdade, Roger Shattuck não é um estreante em estudos culturais abrangentes, em que a literatura, sobretudo a francesa, é apreendida como movimento de repercussões amplas e solidárias. É o caso, por exemplo, do seu livro sobre as vanguardas francesas de fins do século XIX e inícios do XX, tendo como eixo as obras dos controvertidos Alfred Jarry, Henri Rousseau, Erik Satie e Apollinaire, intitulado *The Banquet Years: The Arts in France, 1885-1918: Alfred Jarry, Henri Rousseau, Erik Satie, Guillaume Apollinaire*[3]. Nem tampouco jejuno em discutir proibições, como o de-

---

3. New York, Doubleday, 1958.

monstra o seu livro de 1980 sobre o "menino-lobo", *The Forbidden Experiment: The Story of the Wild Boy of Aveyron*[4]. (A obra de Shattuck inclui ainda a edição de uma importante antologia sobre a tradução, *The Craft and Context of Translation*, de 1961, dois livros sobre Proust, de 1963 e 1974, e uma coleção de ensaios sobre arte e literatura, *The Innocent Eye: On Modern Literature and the Arts*, de 1984.)

Deste modo, a leitura e a releitura de *Forbidden Knowledge*, hesitando entre a admiração e a desconfiança, devem ser feitas sob o signo do respeito, da compreensão dos argumentos do autor e de sua discussão. E, para começar, é preciso logo dizer que este livro é de enorme interesse e atualidade, quer pelas leituras que Shattuck realiza de numerosas e importantes obras literárias, quer pelas belas e seguras incursões que faz no âmbito das mais aventurosas pesquisas científicas.

Neste sentido, a obra é dividida em duas partes: na primeira, "Literary Narratives", compreendendo cinco capítulos e o que autor chama de um "Interlude", são lidos textos que rastreiam a história da curiosidade, dos limites impostos ao conhecimento humano e de suas transgressões desde as mais antigas representações dos mitos de Adão e Eva e Prometeu até as suas transformações modernas. Os cinco capítulos desta primeira parte, intitulados "The Far Side of Curiosity", "Milton in the Garden of Eden", "Faust and Frankenstein", "The Pleasures of Abstinence: Mme De Lafayette and Emily Dickinson" e "Guilt, Justice and Empathy in Melville and Camus", mais o interlúdio "Taking Stock", constituem por assim dizer o motivo central da obra em torno do qual orbitam os três capítulos da segunda parte, "Case Histories", e que se intitulam "Knowledge Exploding: Science and Technology", "The Divine Marquis" e "The Sphinx and the Unicorn", a que se seguem três apêndices ("Six Categories of Forbidden Knowledge", "The Occult" e "'The Sphinx', by Francis Bacon") e uma excelente bibliografia.

Embora no "Prefácio", com modéstia exemplar, Shattuck afirme que o livro, "mais do que uma história de idéias, [...] oferece uma história de estórias"[5], as suas análises de obras literárias e suas interpretações cultu-

---

4. New York, Farrar Straus Giroux, 1980.
5. *Op. cit.*, p. 9.

rais de certos avanços científicos transcendem de muito os limites das narrações a que, aparentemente, se propõe. De fato, narrando novamente as histórias que foram fixadas nos textos das tradições bíblica, grega e mesmo oriental (através da tradução européia das *Mil e Uma Noites*), o que Shattuck persegue é aquele instante em que o conhecimento humano se defronta com suas próprias limitações e a ambição por ultrapassá-las. Assim, pode afirmar num trecho do primeiro capítulo:

> Consideradas cuidadosamente em suas versões completas, as antigas estórias de Adão e Eva, de Prometeu e Pandora, de Psiquê e Cupido, e mesmo do gênio na garrafa, parecem dar mais créditos aos limites do que às liberdades, aos perigos do conhecimento desautorizado do que a suas recompensas. A ignorância pode não ser uma bênção, porém a observação de restrições prudentes ao conhecimento teria evitado o destino de Orfeu, de Ícaro e da mulher de Lot[6].

Depois de assim sumariar o argumento de parte do primeiro capítulo, este ainda vai mais longe com a inclusão de nomes como Dante, Petrarca, Montaigne, Pascal, Francis Bacon, o fisiologista William Harvey e o químico Robert Boyle, Voltaire, Thomas Henry Huxley, Emil du Bois-Reymond e Hobbes, entre outros, através dos quais Shattuck discute o modo pelo qual o conhecimento humano foi sendo limitado ou expandido em suas possibilidades, sempre atento para uma pergunta de base, qual seja, a de saber se há alguma coisa que não apenas *possamos* conhecer mas que *não devamos* conhecer.

Na verdade, em cada um daqueles autores mencionados, é possível encontrar momentos de reflexão acerca dos limites da curiosidade desencadeada por suas maneiras de conhecer a realidade, seja em trechos da poesia de Dante (e o autor transcreve duas estrofes do Canto XXI do *Paraíso*, em que se diz: "Però che sì s'inoltra nell'abisso / Dell'eterno statuto quel che chiedi, / Che da ogni creata vista è scisso. // Ed al mondo mortal, quando tu riedi, / Questo rapporta, sì che non presuma / A tanto segno più muover li piedi")[7], seja no conceito de *portée* (alcance) que está tanto

---

6. *Idem*, p. 23.
7. Dante Alighieri, *La Divina Commedia*, riveduta nel testo e commentata da G. A. Scartazzini, Milano, Ulrico Hoepli, 1899, pp. 911-912. Ou, na tradução brasileira: "que o que ora pedes tão

em Montaigne quanto em Pascal e que sugere uma limitação de conhecimento para o homem: "Um homem só pode ser o que ele é e imaginar somente de acordo com o seu alcance (*portée*)" (Montaigne) ou "Conheçamos então nosso alcance (*portée*). Somos algo, e não tudo... Nossa inteligência ocupa na ordem das coisas inteligíveis o mesmo lugar que o nosso corpo na extensão da natureza" (Pascal), seja narrando a experiência secularizadora de Petrarca, subindo ao monte Ventoux, na Provença, só "para ver o que uma tão grande elevação tinha para oferecer" para depois afirmar que quase perdeu sua alma pela "admiração das coisas terrenas"[8].

Mas estes são exemplos de limitações, bem configurados pela concepção de *portée*. Existiram, existem e possivelmente sempre existirão exemplos de vontade de ultrapassá-las, movidos quer por uma curiosidade pelo que está além das próprias possibilidades do conhecimento humano, quer pela conjunção de curiosidade intelectual e desejo sexual que já os antigos chamavam de *libido sciendi*. (E Shattuck, para este último caso, lembra os nomes de Santo Agostinho e Hobbes, citando deste uma frase que vai na direção daquela conjunção: "Desejo de conhecer como e por quê, CURIOSIDADE... é uma luxúria da mente que por uma perseverança de gozo na geração contínua e infatigável de conhecimento excede a pequena veemência do prazer carnal"[9].)

E o próprio Roger Shattuck encerra este capítulo da obra acenando para o dinamismo fundamental da curiosidade como responsável pela criação inovadora do conhecimento humano:

> Porque ela alimenta tanto nossa glória quanto nossa vergonha, a curiosidade oferece o motivo de muitas de nossas maiores narrativas de procura e conquista, de amor e paixão[10].

---

aprofundado / se encontra no mistério celestial / que não pode atingi-lo o ser criado. // E, pois, tornado ao mundo teu mortal, / explica-o lá, por que ninguém pretenda / da terra se elevar à altura tal" , em Dante Alighieri, *A Divina Comédia*, integralmente traduzida, anòtada e comentada por Cristiano Martins, São Paulo/Belo Horizonte, Edusp/Editora Itatiaia, segundo volume, p. 465.
8. Todos os textos citados estão em Roger Shattuck, *op. cit.*, pp. 29-31.
9. *Idem*, p. 46.
10. *Idem*, p. 47.

Os dois capítulos seguintes estão centrados em torno de três destas narrativas: "O Paraíso Perdido", "O Fausto e Frankenstein", ou o "Prometeu Moderno".

A cuidadosa leitura da obra de Milton, ela própria uma leitura audaciosa do livro bíblico em que se narram as aventuras e desventuras do primeiro casal humano, possibilita a Shattuck atacar de frente o problema central do livro, qual seja, o da proibição do conhecimento, tal como ele ocorre nas invenções bíblicas das árvores da vida e do conhecimento. O paraíso é perdido porque o casal ultrapassou as fronteiras do conhecimento permissível e a sua recuperação é anunciada pela volta de um novo Adão que, na forma do Filho, há de operar a redenção, rasurando as limitações entre Vida e Conhecimento. Ao experimentar da árvore do conhecimento, o velho Adão e sua parceira, Eva, perderam os direitos que lhes haviam sido concedidos à árvore da vida e estes somente lhes serão restituídos pela redenção posterior através do novo Adão.

Sabendo explorar em detalhes a narrativa miltoniana, Shattuck propõe, como conclusão, quatro caminhos que, a partir de Milton, levariam ao conhecimento em sua dimensão mais substancial, isto é, a sabedoria. Diz ele:

> Milton nunca se demora muito sobre o primeiro estado de pura ignorância ou inocência. Tanto Eva quanto Adão mostram traços de curiosidade, vaidade, extravio, que pairam perigosamente entre inconsciência e corrupção. A segunda forma de conhecimento vem através de fantasia ou sonho, um encontro puramente imaginário com ações mundanas, como no sonho de Eva. Estes cinco versos [e aqui Shattuck está se referindo à estrofe que diz:
>
> > Evil into the mind of god or man
> > May come and go, so unapproved, and leave
> > No spot or blame behind; which gives me hope
> > That what in sleep thou didst abhor to dream
> > Waking thou never wilt consent to do – JAB
>
> nos assegura que tais encontros imaginários com o mal não deixam mácula; eles implicam não infecção mas algo que se aproxima de uma teoria catártica da imaginação – uma aventura vicária seguida de limpeza. Não obstante, a passagem gentilmente resiste à interpretação que eu dei agora. "Mente" significa fantasia? Ou razão? Ou am-

bas? Adão diz "abominar"; a narração de Eva revela que sua primeira tentação num sonho interrompido lhe inspira tanto "horror" quanto "exaltação". Ela está ainda sem mácula?

O terceiro grau de conhecimento é a experiência plena, o fazer real que compromete razão, fantasia, e todos os sentidos. Enquanto que a fantasia por si mesma, o entretenimento de idéias ou imagens, permanece sem culpa, a experiência implica as conseqüências de livre escolha e responsabilidade. No Livro IX, a experiência plena de comer o fruto proibido faz surgir a Queda. Tanto Adão, discutindo suas "dúvidas" com Rafael, quanto Eva, ainda toda embaraçada por ter comido o fruto, ambos explicitamente nomeiam a "experiência" como a grande mestra. O que pode ela ensinar além de si mesma? Além de bênção e dor? Neste caso, além de mortalidade?

Para este quarto estágio, Milton usa uma outra palavra tradicional, mais clássica do que Cristã, que agora abrange o conhecimento do bem e do mal. O aviso de Rafael a Adão durante a longa conversa deles antes da Queda surge logo: "...sê humildemente sábio". Porque a verdadeira sabedoria só vem no fim da narrativa épica, quando a experiência operou, depois de Adão ter admitido, "De hoje em diante aprendi que obedecer é melhor". Então o Arcanjo Miguel pronuncia o que é essencialmente o veredito e a bênção deste longo julgamento:

> This having learned, thou hast attained the sum
> Of wisdom; hope no higher.

Esta lição de modéstia não foi, entretanto, aprendida pelos protagonistas das duas narrativas lidas a seguir por Shattuck.

Tanto o *Fausto I e II*, de Goethe, o da tradição popular germânica ou o de Marlowe no século XVI, quanto o *Frankenstein*, de Mary Shelley, são expressões da desmesura da curiosidade e da insatisfação humana com os limites do conhecimento.

Na verdade, são mitos modernos, ou "mitos do individualismo moderno", como prefere Ian Watt numa obra exemplar sobre o tema[11], que, juntamente com Don Quixote, Don Juan e Robinson Crusoe, constituiriam um dos conjuntos mais fortes daquela mitologia sem origem clássica, referida por Shattuck no início de suas páginas sobre o *Fausto*[12]. Watt não

---

11. Cf. *Myths of Modern Individualism. Faust, Don Quixote, Don Juan, Robinson Crusoe*, Cambridge, Cambridge University Press, 1996.
12. Shattuck, *op. cit.*, pp. 79-80.

utiliza o personagem de Mary Shelley, nem, o que poderá parecer falta mais grave para alguns leitores, o *Hamlet* shakespeariano. (Diga-se, entre parêntese, que a obra de Watt não poderia ter sido mencionada por Roger Shattuck, publicada que foi no mesmo ano que a sua, embora ele faça uma referência negativa à obra anterior do autor (*The Rise of the Novel*) por não incluir em seu estudo a obra de Mme de La Fayette[13].)

De qualquer modo, é muito rico o pequeno capítulo de inúmeras sugestões: a habilidade com que traça o roteiro de evolução do próprio mito fáustico, o que chama de "cenas do *Fausto*", ou "cenas do *Frankenstein*", a continuidade, quer do *Fausto*, quer do *Frankenstein*, em autores posteriores como Poe, R. L. Stevenson, Oscar Wilde, Hawthorne ou Thomas Mann, ou mesmo lembrando a utilização, pela primeira vez, da expressão *homem fáustico* por Oswald Spengler na obra *O Declínio do Ocidente*, de 1918, para descrever o que Shattuck chama de *princípio do excesso*.

E é para isto que aponta a leitura destas duas grandes narrativas: para a recusa de limitações ao conhecimento, para *o excesso* de confiança na capacidade do homem em lidar com as ilimitações, para aquilo, enfim, que Shattuck, utilizando um termo grego, chama de *pleonexia*, isto é, "a recusa de qualquer limite, qualquer horizonte"[14].

É claro, no entanto, a ocorrência do contrário: são muitos os exemplos, sobretudo na literatura, de autores e obras que se realizaram em obediência a estritos códigos e regras, como aqueles de unidades ou de *bienséances* que dominaram o teatro clássico do século XVII, de que o maior e mais completo exemplo é a obra admirável de Racine, não só por sua capacidade de fazer das limitações o ambiente ideal para a intensidade de seus versos contidos, como pela oportunidade que daí extraía para a reflexão sobre os próprios limites da condição humana. Sem esta relação por assim dizer dialética, é muito difícil apreender todo o significado do conceito de destino que é explorado pelo grande poeta trágico (*je me livre en aveugle au destin que m'entraîne*, é o notável verso que se encontra em *Phèdre*).

---

13. *Idem*, p. 111.
14. *Idem*, p. 105.

Mas não só Racine: é deste mesmo século XVII um dos exemplos escolhidos por Shattuck para acentuar o lado positivo das limitações. Trata-se do romance *La Princesse de Clèves*, de Mme de La Fayette, publicado anonimamente em 1678.

Tendo por eixo narrativo os sentimentos experimentados pela jovem Princesa em relação a um homem fora de seu casamento com o Príncipe de Clèves, o Duque de Nemours, o romance se constrói por força mesma da contenção daqueles sentimentos, jamais declarados ao Duque, embora partilhados, num gesto de extrema honestidade pessoal, com o Príncipe. Neste sentido, como acentua Shattuck, "a heroína vive a saga essencial do conhecimento proibido no domínio do amor romântico"[15]. Encurralada pelas regras de *bienséances* de seu tempo e meio, a protagonista de Mme de La Fayette é já um exemplo de experimento psicológico que se ampliará nos séculos seguintes. E é, de fato, notável como, depois da morte do Príncipe, sendo assediada pelo Duque, a Princesa resiste às investidas, movida pela crença de que teria sido precisamente o obstáculo a origem da paixão entre ela e o Duque. A fala da Princesa é citada por Shattuck e, em seguida, a transcrevo no original, seguida de tradução no rodapé:

> M. de Clèves estoit peut-estre l'unique homme du monde capable de conserver de l'amour dans le marriage. Ma destinée n'a pas voulu que j'aye pu profiter de ce bonheur; peut-estre aussi que sa passion n'avoit subsisté que parce qu'il n'en avoit pas trouvé en moy. Mais je n'aurois pas le mesme moyen de conserver la vostre: je croy mesme que les obstacles ont fait vostre constance[16].

Neste caso, portanto, a proibição representada pelo casamento não apenas intensifica os valores da paixão, como obriga à sutileza, aos torneios preciosos de estilo que caracterizam a escrita de Mme de La Fayette.

---

15. *Idem*, p. 111.
16. Mme de La Fayette, *La Princesse de Clèves*, em *Romanciers du XVIIe siècle*, textes présentés et annotés par Antoine Adam, Paris, Gallimard, 1958, p. 1247 (Bibliothèque de La Pléiade). Eis uma tradução aproximada: "O Senhor de Clèves era talvez o único homem do mundo capaz de conservar o amor no casamento. Meu destino não quis que eu gozasse desta felicidade; talvez também sua paixão não tivesse subsistido se ele não a tivesse encontrado em mim. Mas não terei o mesmo meio de conservar a vossa: creio mesmo que os obstáculos fizeram vossa constância". A transcrição, traduzida, de Shattuck, encontra-se em *op. cit.*, p. 113.

Aquilo que a Princesa não quer, ou não pode, conhecer, isto é, os prazeres de uma relação fora do casamento, é, ao mesmo tempo, aquilo que permite a Mme de La Fayette construir o espaço narrativo de uma notável exploração psicológica. Roger Shattuck chama este processo de *prazeres da abstinência*: uma espécie de lucidez conquistada por força da recusa à liberação dos sentidos e dos desejos que, por sua vez, transforma um elemento de *bienséance* em acerto estilístico. Para este caso da autora do século XVII, Shattuck usa também, como termo de descrição, o conceito de *ascetismo*. Para o outro exemplo de positividade das limitações, ele fala de *esteticismo de Emily Dickinson*. E, compreendendo os dois, o termo utilizado é o de *sublimação*: ambos os exemplos "dizem não tanto de como ultrapassar os limites e os constrangimentos da experiência como de fazê-los bem-vindos e tirar vantagens deles"[17].

Pela leitura miúda e detalhada do poema "A Charm"[18] e por algumas observações acerca de sua correspondência, Emily Dickinson é incluída por Shattuck nos *prazeres da abstinência*.

Na verdade, o rigor e a discrição com que cercou a sua existência pessoal fez de Emily Dickinson um caso exemplar de entrega total à poesia, não apenas propiciando um modo muito particular de escrita que está não somente nos poemas mas na correspondência trocada com poucos amigos, como ainda transformando o lirismo subjetivo em agudos momentos de reflexão objetiva. Como, se vivendo de e para a fabricação de seus curtos textos, a sua relação com a experiência do mundo fosse sempre uma renovada forma de inquietação pessoal e solitária.

Neste sentido, a sua *abstinência*, para usar o termo adotado por Shattuck, é diversa da de Mme de La Fayette: se na romancista ela decorre de

---

17. Roger Shattuck, *op. cit.*, p. 109.
18. Eis o texto do poema lido por Shattuck:
    "A Charm invests a face
    Imperfectly beheld –
    The Lady dare not lift her Veil
    For fear it be dispelled –
    But peers beyond her mesh –
    And wishes – and denies –
    Lest Interview – annul a want
    That Image – satisfies –".

uma escolha pessoal e pensada de recusa de uma experiência contrária às *bienséances* da época, no caso da poeta trata-se, de fato, como quer Shattuck, de uma eleição estética. Nem mesmo a recusa, mencionada pelo crítico, do casamento proposto pelo Juiz da Suprema Corte de Massachusetts, Otis Lord, que, na verdade, possui algo de semelhante com relação ao assédio do Duque de Nemours no caso da Princesa de Clèves, iguala as abstinências das duas.

No caso de Emily Dickinson, a recusa é antes uma maneira de conservar intocável a esfera pessoal da realização poética que ela pressentia ameaçada se baixasse a guarda de sua intimidade. Há, entretanto, um elemento que mais distancia as duas escritoras e que, a meu ver, não foi suficientemente abordado por Shattuck. Refiro-me à formação em meios sociais inteiramente distintos das duas: Mme de La Fayette existindo num ambiente cortesão em que a literatura era parte de uma educação de requinte; Emily Dickinson convivendo com os rigores de uma educação puritana para a qual a leitura que transcendesse os limites das continuadas interpretações bíblicas era vista, sobretudo em se tratando de uma mulher, como aventura arriscada de formação espiritual.

Sendo assim, o campo de atuação da norte-americana era muito mais estreito: a sua poesia só seria admissível se deixasse passar, por sob o lirismo pessoal, algo daquela tensão intelectual e meditativa que a própria poeta lia nos textos, às vezes grandiloquentes e enviesados, de Emerson. A leitura efetuada por Shattuck do poema "A Charm" termina apontando para este difícil equilíbrio em que se parece manter o texto dickinsoniano: cutucando com vara curta os mais escondidos valores semânticos da língua inglesa, criando ecos não apenas de significantes, mas de significados, a poeta consegue comunicar os mais sutis jogos que vão articulando os sentidos e a inteligibilidade deles pelo poema.

Neste sentido, ao fazer a sua leitura a partir de uma tradução literal de cada uma das palavras utilizadas no texto (ficando, curiosamente, sem comentário uma em cada uma das estrofes: os verbos *lift*, na primeira, e *annul*, na segunda, quando entre *levantar* e *anular* parece estar a tensão primordial do texto!), Roger Shattuck, a meu ver, corre o risco de desencaminhar o leitor, ainda que a sua intenção parafrástica fosse exatamente o contrário. Embora haja, em parte, uma recuperação no último item do capítulo, intitulado "An Epicurean at 'The Banquet of Abstemiousness'", a sua leitura inicial inclina-se demasiadamente para o lado da clareza do texto, conseguida pela paráfrase, quando, na verdade, é precisamente daquilo que é dito de modo oblíquo e enviesado que o poema extrai a sua extraordinária força de sentido. Ou seja: entre não levantar o véu ("The Lady dare not lift her Veil") e posicionar-se de tal modo que seja anulado o desejo ("Lest Interview annul a want"), a realização maior cabe à própria instauração da imagem que é o poema ("That Image satisfies"). Ou ainda, dizendo de outro modo, a abstinência de Emily Dickinson é de ordem estética, ou poética, porque ela implica em precisamente não buscar ir além daquilo que foi possível dizer nos limites da linguagem do poema. Que a experiência que fica do texto seja também de autolimitação é outra história, ou, melhor, é uma história que compete ao leitor elucidar trazendo para o jogo da linguagem dickinsoniana a sua própria experiência, ou não, de limitações. O que fica, sobretudo, como queria a poeta, é a imagem: tradução sempre aproximativa da experiência pessoal que se traduziu em literatura.

Por enfatizar em excesso a experiência como motivação poética, o que, no demais, faz sentido com relação aos propósitos básicos do ensaio, Shattuck opera um desvio de leitura tão danoso quanto qualquer outro de uma interpretação mecanicista ou ingenuamente biográfica.

É o que parece ocorrer também no capítulo seguinte, dedicado à leitura de Melville e Camus, através do exame das obras *Billy Budd, Sailor (An Inside Narrative)*, texto de um manuscrito deixado inédito por Melville quando de sua morte em 1891 e somente publicado em 1924, e *L'Étranger*, de 1942.

No primeiro texto, trata-se do julgamento e da condenação de um marinheiro, Billy Budd, que, num rompante de raiva ao se ver acusado de motim por outro, Claggart, na presença do Capitão Vere, agride o acusador e termina por matá-lo. Segue-se o julgamento e a sentença de morte é proferida, condenando-se Billy ao enforcamento. Para o Capitão Vere, entretanto, que presidiu o julgamento e a condenação de acordo com as leis marciais, não há certeza quanto à culpabilidade de Billy ou à pureza de Claggart, os valores do bem e do mal sendo permanentemente trocados pelo que, num determinado trecho da obra, recorrendo à Bíblia, chama de "mistério da iniqüidade". Entre os rigores da lei marcial e as motivações subjetivas, instaura-se um campo de dúvidas, indecisões e incertezas que transformam a sentença de morte naquilo que o próprio Shattuck chama de "alegoria realista", dando razão ao subtítulo da narrativa: uma *narrativa interior*. Diz Shattuck:

> A investigação aprofundada de *Billy Budd* de estados da mente subentendidos pode muito bem ser o que Melville queria designar com o enigmático subtítulo que escreveu a lápis à margem do manuscrito: "Uma narrativa interior". Não se refere a qualquer forma de onisciência narrativa; muitos acontecimentos cruciais permanecem desconhecidos ao narrador sem face[19].

Mas, se na narrativa de Melville, segundo Shattuck, o leitor tem a possibilidade de julgar a partir do veredito a que chega o tribunal instalado pelo Capitão Vere, a este cabendo tão-somente a aplicação de seu resultado, no caso da narrativa de Camus, ainda segundo Shattuck,

> o lugar do Capitão Vere é ocupado não por qualquer personagem correspondente, não pelos três juízes e pelo júri, mas pelo leitor. É uma enorme diferença. O leitor deve decidir entre a narração aparentemente franca de Meursault de como os estranhos acontecimentos ocorreram por si mesmos sem falta de sua parte e a narrativa desorganizada e às vezes odiosamente direta do promotor sobre o comportamento criminoso de Meursault[20].

Por isso, para Shattuck, o subtítulo da narrativa de Melville cabe "como uma luva" no texto camusiano. Quer dizer: por ser "interior", a escrita de Camus, protegendo Meursault de possíveis acusações de cinismo e de indiferença pelo assassínio do Árabe, induz o leitor a absolvê-lo, sem que, em nenhum momento, atente para que um homicídio foi cometido e confessado, nem sequer refletindo sobre a existência de uma outra vida humana que foi destruída por seu ato. Uma coisa, entretanto, parece ser o

---

19. Roger Shattuck, *op. cit.*, p. 141.
20. *Idem*, p. 145.

julgamento do personagem, problema a ser indefinidamente discutido a partir do romance, outra coisa é fazer, como o faz Shattuck, uma confusão de ordem moral e estética, condenando o escritor e sua obra por não se posicionar quanto à culpabilidade do personagem. E o que me parece ainda mais estranho, embora coerente, é vincular esta neutralidade ao próprio estilo do romance, como se entre a representação que ocorre na obra e sua recepção pelo leitor não estivesse precisamente todo o trabalho de sua construção, sem a qual o mesmo leitor não chegaria àquela. Diz Roger Shattuck:

> Camus criou um estilo frio, raso, artificialmente natural para a maior parte dos episódios. Colocado contra esta paisagem monótona, o assassinato semi-ritualístico na praia faz saltar de Meursault um glorioso impulso de intensidade lírica. A cena do crime combina os crescendos de um ato gratuito e uma epifania. O transe daquele momento aparentemente faz Meursault perder a consciência e sofrer perda de memória. Suas derradeiras atitudes e comportamento permanecem misteriosos porque nunca nos é dada uma narração completa do que aconteceu logo depois do assassinato e como ele foi preso[21].

Agora, à diferença daquilo que ocorria na leitura de Emily Dickinson, como ficou assinalado, não é apenas a experiência do criador que é enfatizada, mas uma derivada: a experiência do leitor que, caindo na armadilha do autor, ultrapassa os limites da moral e compactua com o personagem, por intermédio do que Shattuck chama de empatia, terminando não apenas por compreender e perdoar o assassinato por ele cometido como, o que parece muito mais grave, por louvar o modo de sua expressão. E, embora o crítico conceda em ver o romance de Camus como uma parábola, ao que parece menos evidente do que no caso de Melville, o seu julgamento final da obra é decepcionante:

> Não posso evitar de ver esta novela-miniatura como uma parábola, uma peça de sutil escrita didática cujo significado se revela gradualmente para aqueles que lêem cuidadosamente. Não obstante, dadas as adulações da narrativa interior, que seduzem muitos leitores que empatizam com um criminoso, a parábola erra o alvo. A li-

---

21. *Idem*, p. 147.

ção moral – que nenhuma existência pode ser chamada humana se não aceita o mínimo de responsabilidade por si mesma, por suas ações e pelos outros – é facilmente passada por alto[22].

Por não reconhecer o intervalo que está entre a representação da obra e sua apreensão pelo leitor, que, ao fim e ao cabo, é a recuperação de seus valores propriamente estético-estruturais, o crítico, mesmo sem querer, deixa passar aquele ranço moralista sobre o qual se montava a minha desconfiança desde o início de sua leitura e que se confirma pela releitura da obra. Aliás, este traço ainda mais se torna claro no pequeno capítulo final desta primeira parte do livro, intitulado "Interlude: Taking Stock", em que resume a sua posição no que se refere aos conceitos de *conhecimento proibido* e *conhecimento aberto*, buscando marcar a sua eqüidistância e, portanto, fugindo à pecha de "política e intelectualmente reacionário". Diz ele:

> Hoje, o princípio de conhecimento aberto e o de livre circulação de todos os bens e idéias se estabeleceram tão firmemente no Ocidente que quaisquer ressalvas a esta conquista são vistas usualmente como política e intelectualmente reacionárias. Entretanto, as estórias examinadas nos capítulos precedentes demonstram de diversas maneiras que o princípio de conhecimento aberto não afastou em todo lugar o princípio do conhecimento proibido[23].

Não só as estórias anteriores: as *Case Histories*, da segunda parte do livro, apontam para formas perigosas de transgressão nos limites da proibição do conhecimento, seja no caso das pesquisas e aplicações nas áreas científicas e tecnológicas, seja na leitura que Shattuck realiza da obra do Marquês de Sade.

Sendo assim, o primeiro capítulo desta segunda parte, intitulado "Knowledge Exploding: Science and Technology", é um belo exemplo da habilidade de Shattuck em realizar sínteses significativas e esclarecedoras, percorrendo as várias fases que vão da ciência pura à aplicada, tomando por eixo de reflexão, por um lado, os vários momentos de pes-

---

22. *Idem*, p. 150.
23. *Idem*, p. 167.

quisa e utilização da energia nuclear, e, por outro, as experiências nas áreas da biologia molecular e da engenharia genética, buscando assinalar os momentos de inquietação e de dúvida e também de euforia que marcaram estas mesmas fases.

As duas epígrafes utilizadas para o capítulo dão bem conta desta oscilação: a primeira, de J. Robert Oppenheimer, o principal articulador do Projeto Manhattan, de onde resultou a explosão da primeira bomba em Alamogordo, New Mexico, é expressão do momento de dúvida e inquietação. Diz ela:

De uma maneira brutal... os físicos conheceram o pecado;

a segunda de Walter Gilbert, um dos responsáveis pelo chamado "The Human Genome Project", isto é, pelo mapeamento do código genético humano cujo conhecimento resultou das pesquisas do DNA, é indicadora da euforia com que foi, e ainda é, vista a possibilidade que se abre para o conhecimento a partir de tais pesquisas:

(O Projeto de Gene Humano) é o graal da genética humana... a última resposta ao mandamento "Conhece-te a ti mesmo"[24].

É pena que, tendo sendo publicado alguns meses antes, o livro não pudesse acrescentar aos cinco casos de limites à pesquisa científica explorados por Shattuck, o da clonagem da ovelha Dolly, cujas conseqüências éticas e morais foram, são e ainda serão muito discutidas quer pela comunidade científica, quer pela sociedade de modo geral, pois os cinco casos de limites estudados por Shattuck, isto é, considerações práticas, prudentes, legais, morais e mistas, abrangem, de fato, o espectro de inquietações eufóricas e disfóricas motivadas pelas pesquisas científicas e tecnológicas. E os últimos parágrafos do capítulo são, ao mesmo tempo, um reconhecimento do que há de irreversível nas descobertas científicas e uma meditação sobre suas aplicabilidades:

---

24. *Idem*, p. 173.

O conhecimento que nossas muitas ciências descobrem não é proibido em si e por si mesmo. Todavia os agentes humanos que perseguem tal conhecimento jamais foram capazes de ficar à parte de ou controlar ou prevenir sua aplicação em nossas vidas. Não obstante o episódio de Odisseu e as Sereias, "pesquisa pura" é um mito moderno. Deste modo, como a ciência explode de umas poucas áreas para uma vasta empresa impulsionada tanto pelo comércio e pela guerra quanto pela curiosidade, precisamos investigar este crescimento desproporcional. O mercado livre pode não ser o melhor guia para o desenvolvimento do conhecimento. O planejamento estatal nem sempre nos tem servido melhor. Enquanto ponderamos estas questões dilacerantes, não nos esqueçamos das estórias de Ícaro e da "Esfinge" de Bacon e as histórias de caso muito diferentes do programa de *Lebensborn* de Himmler e o Projeto Manhattan. Nesta era de liberação e permissividade, pode bem ser que um judicioso juramento para cientistas ajude a prevenir-nos de agir como o Aprendiz de Feiticeiro[25].

Mas é para o sétimo capítulo, aquele mesmo ao qual se dirige a advertência com que Shattuck abre o livro e para o qual chamei, logo de início, a atenção do possível leitor, acentuando a sua estranheza, que parecem convergir as linhas essenciais de discussão sobre o conhecimento proibido.

De fato, usando como título do capítulo a mesma frase que Apollinaire utilizou para nomear o seu ensaio introdutório à antologia das obras do Marquês de Sade de 1909, "O Divino Marquês", com a qual iniciou o processo de reabilitação do escritor, o texto de Shattuck é não apenas uma excelente introdução a Sade, narrando aspectos decisivos de sua vida e de sua obra, e fazendo, por assim dizer, o processo de sua recepção, mas uma prova de fogo para a sua habilidade em discutir, no âmbito da criação literária, as implicações morais de uma obra. Porque, na verdade, a pergunta, depois de mais de dois séculos de sua existência, é ainda a mesma: o que fazer com Sade? Que ele fazia parte dos "infernos" das bibliotecas é fato corriqueiro. Que hoje se tenha que usar o pretérito imperfeito é a novidade, confirmada por sua edição na prestigiosa coleção Pléiade, da Gallimard, ou, como lembra o próprio Shattuck, pelo fato de que, na mais recente e revisionista História da Literatura Francesa, aquela organizada por Dennis Hollier e publicada em 1989 pela Harvard University Press, o

---

25. *Idem*, p. 225.

Marquês, "de nove séculos de escrita, é o único autor a merecer duas entradas plenas"[26].

Os sete itens do capítulo "O Divino Marquês" são de uma organização exemplar: em primeiro lugar algumas notas biográficas com as circunstâncias históricas, sociais e políticas de sua existência ("The Sade Case"), em seguida, todo o processo de releitura a que foi submetida a sua obra, desde o citado Apollinaire, passando por Klossowski, Bataille, Paulhan, Camus, Foucault, Barthes, até à consagração atual nas referidas edição e história literária ("Rehabilitating a Prophet"); os dois capítulos seguintes são, por assim dizer, provas da realidade pela narração de dois casos famosos, nos Estados Unidos, de assassínios perpetrados sob a aparente ou comprovada inspiração das obras do Marquês ("The Moors Murders Case" e "Ted Bundy's Sermon"); o quinto item é o centro da leitura de Shattuck: uma análise minuciosa de alguns textos da obra de Sade, sem exclusão daqueles mais explicitamente perversos, o que ocasiona mais uma adevertência, a meu ver desnecessária, aos pudibundos leitores, através dos quais vai marcando, sobretudo, os equívocos da reabilitação do autor ("A Closer Walk with Sade"); no sexto item, retomando a famosa questão proposta por Simone de Beauvoir, que dá título ao item, discute as teses de inclusão ou exclusão da obra do Marquês do cânone da cultura e da literatura ("'Must we burn Sade?'") e, finalmente, no último item, trata-se de escolher uma maneira adequada de situar o autor no universo de nossas experiências culturais, tendo anteriormente recusado quer a sua consagração, quer a sua rasura radical que ocorreria caso a questão de Beauvoir recebesse uma resposta positiva.

É um capítulo decisivo para o julgamento desta obra de Shattuck: a sua organização, o modo pelo qual desenvolve os seus argumentos, a erudição precisa e adequada com que cerca o seu objeto e, enfim, os juízos serenos e objetivos com que lê a tradição crítica já existente sobre Sade, dão prova de sua iluminadora perspicácia em repropor o exame de uma obra tão polêmica quanto a do Marquês. Mais do que isso, no entanto, a

---

26. *Idem*, p. 252. A edição francesa da obra de Hollier é de quatro anos depois, *De la Littérature Française*, sous la Direction de Denis Hollier, Paris, Bordas, 1993.

leitura de Sade é também uma prova de fogo para toda a sua discussão anterior acerca do conhecimento proibido. A necessidade de ler o autor do século XVIII parece, para ele, resultar precisamente do conhecimento que se obtém de um extremo de ilimitação e não é por acaso que, já nos últimos parágrafos do item quinto, ocorre a lembrança de Nietzsche, como que acentuando a presença do Marquês num aspecto fundamental de nossa cultura. Diz ele:

> Em Nietzsche, a ética da transgressão foi aliviada de cenas de tortura e destruição sexual explícitas e elevada a uma atrativa Valhala intelectual de filosofia lírica. Não temos evidência de que Nietzsche leu alguma vez o divino marquês. No entanto, o filósofo do Super-homem oferece um produto modificado com amplo apelo para alguns: Sade sem orgasmo.
> Os escritos de Sade fazem-nos confrontar com a tentativa extrema na cultura ocidental de rasgar os limites da civilização a fim de retornar à barbárie. Em todos os seus maiores escritos, Sade visa uma completa rejeição das lei e profecia hebraicas, da filosofia e visão trágica gregas, da caridade e ritual cristãos, e de todos os princípios de justiça igualitária e de democracia. Ele busca reviver a pena de talião do olho por olho e de que o poder é o certo. Talvez haja algo "grande" na absoluta atrocidade da obra de Sade, alguma monumental aberração e lição objetiva que devamos reverenciar. Mas parecerá menos admirável se nós o lemos todo e guardamos suas idéias niilísticas sobre egoísmo e poder amarradas a suas vívidas cenas pingando sangue e fezes. Ele sabia "a importância destas cenas para o desenvolvimento da alma" e como "pôr as mãos sem medo no coração humano e pintar suas divagações gigantescas (*Justine*)". Sade sempre foi o professor e o evangelista[27].

Não se deve queimar Sade, parece dizer Shattuck: deve-se ler o Marquês como a qualquer outro autor extremado, sem cair na idolatria nem, por outro lado, na perseguição inquisitorial. Os seus excessos são também parte de uma condição que, ainda nos limites, continuamos chamando de humana. E esta condição, quer se queira ou não, inclui a curiosidade e, o que é terrivelmente difícil de aceitar, os seus limites. A conclusão de Shattuck para este capítulo, e que poderia ser a do livro, é exemplar:

---

27. Roger Shattuck, *op. cit.*, p. 282.

O divino marquês representa o conhecimento proibido que não podemos proibir. Conseqüentemente, devemos rotular os seus escritos cuidadosamente: veneno potencial, poluidor de nosso meio moral e intelectual[28].

Poderia ser o capítulo final do livro, como disse, pois os demais são explicitações, ou mesmo redundâncias, de argumentos já desenvolvidos. Mas são generosos, oferecendo ao leitor elementos de sobra para uma reflexão de bom tamanho. Entre a admiração e a desconfiança do início, a leitura e a releitura terminaram impondo a primeira.

---

28. *Idem*, p. 299.

4

Literatura e História: Aspectos da Crítica de Machado de Assis*

*Para Antonio Candido,
nos seus oitent'anos*

Em 1873 e 1879, Machado de Assis publicou dois textos críticos de importância fundamental para o estudo acerca das relações entre literatura e história no Brasil.

O primeiro, intitulado "Notícia da Atual Literatura Brasileira. O Instinto de Nacionalidade", foi publicado no jornal *O Novo Mundo* que se editava, em língua portuguesa, em Nova Iorque. O segundo, "A Nova Geração", apareceu no volume II da *Revista Brasileira*, onde, no ano seguinte, iniciaria a publicação dos capítulos que seriam, em 1881, enfeixados sob o título de *Memórias Póstumas de Brás Cubas*[1].

Escritos sob o pano de fundo das grandes transformações culturais que o crítico Sílvio Romero vai caracterizar como o decênio decisivo em nossa história das idéias, 1868-1878, e que outro crítico e historiador literário, José Veríssimo, vai chamar, mais tarde, em sua *História da Literatura Brasileira*, de 1916, de O Modernismo, isto é, o momento de difusão

---

* Texto publicado em *Machado de Assis. Uma Revisão*, organização de Antonio Carlos Secchin, José Maurício Gomes de Almeida e Ronaldes de Melo e Souza, Rio de Janeiro, In-folio, 1998.
1. As citações de ambos os textos serão extraídas de Machado de Assis, *Obra Completa*, Rio de Janeiro, Editora José Aguilar, 1959, vol. III, pp. 815-849.

daquele "bando de idéias novas" (a expressão é de Romero) que compreende formas diversas e adaptadas de positivismo e evolucionismo, os dois ensaios machadianos se singularizam pelo modo como buscam, por um lado, ler o passado literário brasileiro, fixando um elemento de articulação que dá resistência teórica a suas observações de ordem histórica e, por outro, a acuidade propriamente literária, e até mesmo técnica, com que lê a poesia pós-romântica de seu momento, tal como era cultivada por jovens escritores.

No primeiro caso, trata-se de elucidar, problematizando, o que está por trás da frase com que abre o ensaio: "Quem examina a atual literatura brasileira reconhece-lhe logo, como primeiro traço, certo instinto de nacionalidade" (p. 815); no segundo, sob a aparente despretensão de resenha de alguns volumes de poemas de jovens escritores, a anotação crítica da crise por que passava a poesia pós-romântica, sabendo exercer escolhas poéticas e juízos de valor literário, sempre fundados em observações críticas pertinentes. Em ambos os casos, o que dava, por assim dizer, atualidade aos textos era o traço de intervenção que os caracterizava com relação à tradição crítica que se forjara nos anos 30 e 40 com o aparecimento das primeiras tentativas de interpretação crítico-histórica da literatura brasileira. Sabe-se como tais tentativas, seja nos textos de Gonçalves de Magalhães, Santiago Nunes Ribeiro, Gonçalves Dias, José de Alencar ou de Francisco Adolfo Varnhagen, todas convergindo, apesar de diferenças localizadas, no sentido de acertar o passo da cultura e da literatura com relação à Independência de 1822, orbitam sempre em torno do grau de autonomia ou de dependência com referência à Metrópole. Em todos, a defesa da existência de uma literatura nacional, fundada, sobretudo, nos aspectos expressivos de temas americanos, não obstante a utilização de uma língua comum, dando como conseqüência o domínio de obras indianistas ou regionalistas de que José de Alencar, através de um verdadeiro mapeamento ficcional do país, indo deste *O Gaúcho* a *O Sertanejo*, incluindo em sua trajetória obras como *Iracema* e *O Guarani*, foi o grande representante.

De todos os autores e textos mencionados, talvez o mais interessante no que diz respeito ao tópico em apreço, quer dizer, o da reflexão acerca da nacionalidade na literatura brasileira, seja Santiago Nunes Ribeiro e seu ensaio "Da Nacionalidade da Literatura Brasileira", publicado na revista *Minerva Brasiliense* em 1843[2].

Escrito com ânimo polêmico, pois era uma resposta a dois autores – Abreu e Lima, que negava a existência de uma literatura brasileira e parcialmente a da própria portuguesa, e "se rejeitarmos a literatura portuguesa ficaremos reduzidos a uma condição quase selvagem", e Gama e Castro, para o qual não seria possível existir uma literatura sem língua específica, como seria o caso da brasileira – o texto de Santiago Nunes Ribeiro como que resume, no melhor sentido, o principal daqueles argumentos que constituíram o centro dos debates de nossa crítica romântica.

Na verdade, na crítica que faz a Abreu e Lima, muito mais concisa do que a que dedica a Gama e Castro, o essencial está em particularizar a aplicação do próprio termo literatura, resgatando para o seu campo específico aqueles autores e aquelas obras que eram vistos pelo ensaísta e general pernambucano apenas como acessórios de um "corpo de doutrina", como ele o denomina, marcado pela existência (ou quase inexistência, no caso de Portugal, e inexistência completa no caso do Brasil) do que chama de "ciências de utilidade". (Ou, interpretando o pensamento de Abreu e Lima, diz Santiago Nunes Ribeiro:

> Entende ele [...] que o essencial numa literatura consiste na cópia, variedade e originalidade de obras relativas às ciências exatas, experimentais e positivas; e que a poesia, a eloqüência, a história apenas são acessórios, apêndices de pouca monta. A prova disto é que o autor insiste de contínuo na penúria de obras portuguesas e brasileiras sobre as referidas ciências, e isto para mostrar que Portugal não tem *um corpo de doutrinas* etc.[3]).

E a particularização empreendida pelo jovem autor chileno, de grande fortuna na história posterior da crítica brasileira (e a polêmica de Sílvio Romero e José Veríssimo a respeito é apenas um caso exemplar), completa-se pelo seguinte trecho final do ensaio:

---

2. Utilizo o texto tal como está publicado em Afrânio Coutinho, *Caminhos do Pensamento Crítico*, Rio de Janeiro, Companhia Editora Americana, 1974, vol. I, pp. 30-61.
3. *Op. cit.*, p. 33.

Sem dúvida nenhuma, a palavra literatura, na sua mais lata acepção, significa a totalidade dos escritos literários ou científicos, e é neste sentido que dizemos literatura teológica, médica, jurídica. Mas daqui se não segue que devamos admitir tal acepção quando se trata da literatura propriamente dita[4].

É, no entanto, na segunda parte do ensaio, quando contesta os argumentos do ensaísta português Gama e Castro, que o ensaio de Santiago Nunes Ribeiro deixa ver o alcance de suas reflexões sobre a questão da nacionalidade na literatura brasileira.

Começando por refutar o recorrente argumento de que uma literatura não existe se não tiver uma língua própria, examinando, para isso, as modificações introduzidas pelas condições naturais e sociais que modificam a fisionomia do país novo com relação ao colonizador, chega, entretanto, a estabelecer um aspecto de ordem por assim dizer psicológica que muito se aproxima daquele *instinto* machadiano do texto de 1873. Diz ele:

> Não é princípio incontestável que a divisão das literaturas deva ser feita invariavelmente segundo as línguas em que se acham consignadas. Outra divisão talvez mais filosófica seria a que atendesse ao espírito que anima, à idéia que preside aos trabalhos intelectuais de um povo, isto é, de um sistema, de um centro, de um foco de vida social[5].

Três páginas adiante vai falar, mais explicitamente, em *princípio íntimo*, a partir do qual a literatura brasileira não só tem um lugar ao lado da portuguesa, sendo, como ele frisa, *mais uma* literatura em língua portuguesa, como a imitação praticada pelos brasileiros é colocada no mesmo nível daquelas imitações por ele registradas em diversas literaturas, inclusive a portuguesa que, segundo o crítico, não era a única fonte para os poetas brasileiros. (Neste sentido, diga-se entre parênteses, chega mesmo a impressionar a erudição demonstrada pelo jovem ensaísta, sabendo passar das literaturas em língua portuguesa para as mais importantes da Europa, realizando um genuíno e precursor trabalho de comparatista na história das idéias críticas no Brasil.) Na verdade, apoiando-se no que sig-

4. *Idem, ibidem.*
5. *Idem,* p. 34.

nificara a literatura realizada no Brasil no século anterior, citando Cláudio Manuel da Costa, Santa Rita Durão, Basílio da Gama, Alvarenga Peixoto, Silva Alvarenga, Tomás Antônio Gonzaga, Souza Caldas e Francisco de São Carlos, passa em revista o que de mais importante fora feito nas literaturas Espanhola, Francesa, Inglesa, para não mencionar a Portuguesa, tratando, com enorme perspicácia, os movimentos de imitação e de tradução operados em cada uma delas, apontando para uma perspectiva de originalidade relativa, bastante incomum em seu momento romântico. A conclusão a que chega é de que a literatura brasileira não escapa, mas antes participa, de um movimento geral de época, sabendo, pelo contrário, ser parcimoniosa nos aspectos imitativos, fulcros daqueles que não admitem a sua existência original. Pergunta ele:

> Não se deveria antes louvar a moderação com que imitam e sobretudo as novas direções que tomam no que se nota originalidade e uma aspiração que os poetas portugueses não tinham?[6]

Por outro lado, mostrando de que maneira os poetas brasileiros eram versados nas mais diferentes línguas e literaturas, sem negar o princípio fundamental da imitação (ele chega a citar, com graça, através de Villemain, um poeta inglês que afirmava que nascemos originais e morremos cópias...), a sua conclusão é de que, em suas palavras,

> [...] os brasileiros não estavam reduzidos a reproduzir as imitações portuguesas, que não era através dos escritos da mãe pátria que eles viam o que de melhor havia sido publicado, que bebiam nas fontes, recebiam a luz e não o reflexo[7].

Em seguida, sem se circunscrever ao plano das generalidades, Santiago Nunes Ribeiro elabora, por assim dizer, uma verdadeira antologia da literatura brasileira, organizado segundo a representatividade nacional dos autores e obras, fazendo lúcidas comparações com autores portugueses, integrando em suas escolhas conceitos de imitação e de tradução, anotando aspectos interessantes e sugestivos, como, por exemplo, ao falar da

---

6. *Idem*, p. 45.
7. *Idem*, p. 46.

existência de uma "epopéia miltoniana", aquela representada pelo poema (de que hoje só se conhecem fragmentos) "A Assunção", de Frei Francisco de São Carlos, a par de uma "epopéia homérica", que corresponderia aos poemas de Santa Rita Durão e Basílio da Gama.

Finalmente, fundado naquele "princípio íntimo" que orienta toda a sua reflexão, podia propor uma curiosa caracterização de épocas da poesia brasileira (a que chama de *nacional*, não obstante iniciar-se com o descobrimento), afirmando:

> Resta-nos fixar e caracterizar as épocas da poesia nacional, porque nos parece que nas divisões propostas não se atendeu às evoluções íntimas da literatura, nem ao princípio que as determinava, mas tão somente aos fastos e épocas da história política. Nós entendemos dever dividir a história literária do Brasil em três períodos. O primeiro abrange os tempos decorridos desde o descobrimento do Brasil até o meado do século XVII. Cláudio Manuel da Costa faz a transição desta época para o segundo que termina em 1830. Os Padres Caldas e São Carlos, bem como o Sr. José Bonifácio, formam a transição para este terceiro em que nos achamos. A primeira época pode ser representada por Manoel Botelho de Oliveira; nela reina o pensamento da literatura espanhola da decadência. A segunda dificilmente pode achar representante, mas julgamos que Silva Alvarenga é o mais próprio, é o que mais idéias mostra filhas da influência então dominadora. Esta época é regida pelo espírito das literaturas do século de Luís XIV e de Voltaire. Terceira época. O seu representante legítimo e natural é o Sr. Dr. Magalhães[8].

Parece que Santiago Nunes Ribeiro sabia ver entre representatividade e valor literário: a epígrafe a seu ensaio, embora nem uma única vez mencionada no corpo do trabalho, aponta nesta direção. A frase, extraída do *Hamlet*, suspende o poeta entre o cronista da realidade e o criador da linguagem, pólos de uma mesma sujeição: "Poets are abstract and brief chronicle of the time".

Mas quem, de fato, sabia era Machado de Assis: o balanço que faz da literatura brasileira, em 1873, está, a todo momento, tensamente pensado na convergência da crônica histórica com a avaliação propriamente crítica da literatura.

---

8. *Idem*, p. 61.

Desta maneira, logo no início, sabe fixar, com propriedade, o princípio básico para a história literária da tradição, indicando, de maneira precisa, aqueles autores que importariam para a continuidade literária. Diz ele:

> As tradições de Gonçalves Dias, Porto Alegre e Magalhães são assim continuadas pela geração já feita e pela que ainda agora madruga, como aqueles continuaram as de José Basílio da Gama e Santa Rita Durão"[9]. E que tradições são estas? Aquelas que se sustentam sobre aquele *instinto de nacionalidade* do parágrafo inicial e que, no seguinte, é traduzido em termos de *cores do país* com que poetas e romancistas buscam vestir, em suas palavras, *todas as formas literárias do pensamento*. Ao contrário, entretanto, daqueles que acreditavam numa espécie mágica de simultaneidade entre a independência política e a literária, Machado de Assis afirma a necessidade do trabalho do tempo para que o que chama de *fisionomia própria do pensamento nacional* possa constituir-se.
>
> Esta outra independência não tem Sete de Setembro nem campo de Ipiranga; não se fará num dia, mas pausadamente, para sair mais duradoura; não será obra de uma geração nem duas; muitas trabalharão para ela até perfazê-la de todo[10].

Por outro lado, procura discriminar aquilo que é opinião geral, muitas vezes sem exame acurado das obras, na exaltação patriótica de alguns autores e obras, e exerce a correção crítica necessária. É assim, por exemplo, quando, ao assinalar de que modo os nomes de Durão e Basílio da Gama *são citados e amados como precursores da poesia brasileira*, ainda quando as suas obras não tenham sido meditadas *com aquela atenção que tais obras estão pedindo*, para usar suas palavras, põe sob suspeita o julgamento passado sobre a obra dos árcades:

> A razão [da admiração pelos dois épicos – JAB] é que eles buscaram em roda de si os elementos de uma poesia nova, e deram os primeiros traços de nossa fisionomia literária, enquanto que outros, Gonzaga por exemplo, respirando aliás os ares da pátria, não souberam desligar-se das faixas da Arcádia nem dos preceitos do tempo. Admira-se-lhes o talento, mas não se lhes perdoa o cajado e a pastora, e nisto há mais erro que acerto[11].

9. *Op. cit.*, p. 815.
10. *Idem, ibidem.*
11. *Idem, ibidem.*

Neste momento do texto, o erro indiciado é aquele do anacronismo, ou seja, o de querer que os poetas não sofram a pressão de seu tempo, impondo-lhes uma missão que as circunstâncias históricas ainda não propiciavam. Se está no âmbito daquela *crônica* assinalada na frase de Shakespeare da epígrafe de Santiago Nunes Ribeiro; o pêndulo da *abstração*, que a completa, virá em seguida.

De fato, depois de examinar de que modo a literatura brasileira integrou e, logo depois, rejeitou o tema indianista que, a certa altura, foi encarado como o único a conferir uma fisionomia nacional à produção poética (e o exemplo escolhido por Machado é, sobretudo, Gonçalves Dias e seus poemas indianistas), e de assinalar o caminho do estudo dos costumes regionais, sobretudo no romance de Bernardo de Guimarães, José de Alencar, Joaquim Manuel de Macedo ou Franklin Távora, o ensaio atinge o cerne de sua argumentação, fazendo prevalecer a intuição crítica sobre a crônica histórica. Diz ele:

> Devo acrescentar que neste ponto manifesta-se às vezes uma opinião, que tenho por errônea: é a de que só reconhece espírito nacional nas obras que tratam de assunto local, doutrina que, a ser exata, limitaria muito os cabedais da nossa literatura[12].

E, depois de fazer a pergunta intrigante sobre a nacionalidade da obra de Shakespeare,

> (...perguntarei mais se o *Hamlet*, o *Otelo*, o *Júlio César*, a *Julieta e Romeu* têm alguma coisa com a história inglesa nem com o território britânico, e se, entretanto, Shakespeare não é, além de um gênio universal, um poeta essencialmente inglês[13]),

vem a conclusão teórica fundamental:

> Não há dúvida que uma literatura, sobretudo uma literatura nascente, deve principalmente alimentar-se dos assuntos que lhe oferece a sua região; mas não estabeleçamos doutrinas tão absolutas que a empobreçam. *O que se deve exigir do escritor antes de tudo, é certo sentimento íntimo, que o torne homem do seu tempo e do seu*

---

12. *Idem*, p. 817.
13. *Idem, ibidem*.

país, ainda quando trate de assuntos remotos no tempo e no espaço. Um notável crítico da França, analisando há tempos um escritor escocês, Masson, com muito acerto dizia que do mesmo modo que se podia ser bretão sem falar sempre do tojo, assim Masson era bem escocês, sem dizer palavra do cardo, e explicava o dito acrescentando que havia nele um *scotticismo* interior, diverso e melhor do que se fora apenas superficial[14].

Mais adiante, fazendo a síntese do que se tinha realizado, até a data do ensaio, no romance, na poesia e no teatro, terminando com algumas considerações rápidas sobre o uso da língua pelos escritores brasileiros (em que defende inclusive o aproveitamento do linguajar popular pelo escritor culto), ainda voltará ao tema central de seu argumento, negando o privilégio de nacional apenas àquelas obras que são adornadas por *nomes de flores ou aves do país*, segundo suas expressões:

> Um poeta não é nacional só porque insere nos seus versos muitos nomes de flores ou aves do país, o que pode dar uma nacionalidade de vocabulário e nada mais. Aprecia-se a cor local, mas é preciso que a imaginação lhe dê os seus toques, e que estes sejam naturais, não de acarreto[15].

Sem negar, portanto, os valores da tradição, o que fica patente pela organização inicial do ensaio, quando estabelece linhas precisas de continuidade entre os autores arcádicos, românticos e pós-românticos, fazendo prevalecer a noção de uma história literária de caráter evolutivo, o ensaio termina por problematizar esta mesma noção pela inserção de um elemento de ordem crítica que sabe discriminar aquilo que é invenção de uma por assim dizer *naturalidade* literária, daquilo que são apenas toques *de acarreto*, conforme suas próprias expressões.

Deste modo, entre os extremos de um evolucionismo literário, tal como começava a ser incorporado e defendido por certa crítica realista-naturalista, e o nacionalismo *à outrance* de certo romantismo, a intuição crítica de Machado de Assis levava-o a optar pelo *instinto de nacionalidade*, uma categoria de ordem psicológica mas que se objetivava pela leitura textual

---

14. *Idem, ibidem* (o grifo é meu).
15. *Idem*, p. 821.

que ele, Machado, fazia das obras e autores que o representavam literariamente. Basta lembrar de que modo opera o resgate de Gonzaga e de todo o arcadismo lírico em face da hipervalorização épica concedida a Basílio da Gama e Santa Rita Durão pelos nacionalistas românticos, como já se assinalou páginas atrás. Ou a leitura que faz, interiorizando-a como criador, da formação do romance brasileiro, levando a crítica de suas limitações e possibilidades (seja os estudos de costumes, seja o paisagismo das novelas indianistas) para a constituição de seu próprio discurso ficcional, quer nos contos que escreve entre os anos 70 e 80, quer nos romances que se inicia com a publicação, na *Revista Brasileira*, das *Memórias Póstumas de Brás Cubas*. Este romance, cujos nove capítulos iniciais surgem no tomo III da *Revista*, de 1880, e vai se completar no tomo VI, do mesmo ano, perfazendo os seus cento e sessenta e dois curtos capítulos, e trazendo como epígrafe um trecho de Shakespeare extraído de *As You Like It*, posteriormente excluído da edição em livro ("I will chide no breather in the world but myself: against whom I know most faults"), aparecia na *Revista* precedido de um conjunto de poemas de um jovem poeta, Teófilo Dias, intitulada "Flores Funestas"[16]. E este será o segundo dos onze poetas lidos por Machado de Assis no ensaio "A Nova Geração", publicado no tomo II da mesma *Revista Brasileira*, conforme foi dito no início. (Os outros dez são: Carvalho Júnior, Afonso Celso Júnior, Fontoura Xavier, Valentim Magalhães, Alberto de Oliveira, Mariano de Oliveira, Sílvio Romero, Francisco de Castro, Ezequiel Freire e Múcio Teixeira.) Poetas que se afirmam entre os primeiros anos da década de 70 e década de 80, sobretudo antes do domínio triunfal da moda parnasiana no Brasil, e logo após a exaustão de nosso romantismo, e que ficaram, em nossa história literária, mais ou menos num limbo classificatório, sendo, às vezes, reunidos sob o rótulo genérico de Realismo Poético. (Na verdade, a única leitura renovadora que, realmente, se fez desses poetas está no ensaio de Antonio Candido, "Os Primeiros Baudelairianos", de 1973, hoje constante do volume de ensaios do autor, intitulado *A Educação Pela Noite*, ao qual

---

16. Cf. *Revista Brazileira*, primeiro anno, tomo III, Rio de Janeiro, N. Midosi, Editor, Escriptorio da Revista Brazileira, MDCCCLXXIX, pp. 347-352.

ainda voltaremos[17].) Escrevendo sobre eles no momento mesmo em que publicavam seus primeiros poemas, Machado de Assis inicia o seu texto precisamente pela indagação de seu lugar na história da lírica brasileira.

> Há entre nós uma nova geração poética, geração viçosa e galharda, cheia de fervor e convicção. Mas haverá também uma poesia nova, uma tentativa, ao menos? Fora absurdo negá-lo; há uma tentativa de poesia nova, uma expressão incompleta, difusa, transitiva, alguma coisa que, se ainda não é o futuro, não é já o passado. Nem tudo é ouro nessa produção recente; e o mesmo ouro nem sempre se revela de bom quilate; não há um fôlego igual e constante; mas o essencial é que um espírito novo parece animar a geração que alvorece, o essencial é que esta geração não se quer dar ao trabalho de prolongar o ocaso de um dia que verdadeiramente acabou.
> Já é alguma coisa. Esse dia, que foi o Romantismo, teve as suas horas de arrebatamento, de cansaço e por fim de sonolência, até que sobreveio a tarde e negrejou a noite[18].

Deste modo, toda a primeira parte do ensaio (de um conjunto de três, em que a segunda é a mais longa e mais importante por ser a de análise dos poetas mais representativos) é uma reflexão de ordem histórico-literária visando a caracterização do momento poético vivido pelos autores escolhidos para leitura. E que vai desde o anti-romantismo desses poetas até aspectos de ordem técnica, como o abandono do verso livre e o uso indiscriminado do alexandrino, passando pelo otimismo de origens pseudo-científicas que os marcava, expresso em alguns deles pela crença num futuro de justiça social, dando como resultado uma poesia de corte político e didático, ou mesmo por uma mistura de Realismo e Romantismo, em que se ressaltariam as influências de Victor Hugo e Baudelaire. Quanto a estas, Machado de Assis, com argúcia, aponta o quanto tinham de inapropriadas, mostrando, por um lado, a exaustão a que havia chegado a influência de Hugo nos assim chamados poetas *condoreiros* anteriores (em que se destacara Castro Alves), e, por outro, recusando o rótulo de realistas utilizado para tais poetas como resultado da leitura da poesia baudelairiana, em que não percebe *realismo*, tal como era invocado para os caracterizar. Eis o que diz ele:

---

17. Cf. *A Educação Pela Noite & Outros Ensaios*, São Paulo, Editora Ática, 1987, pp. 23-38.
18. *Op. cit.*, p. 823.

Reina em certa região da poesia nova um reflexo mui direto de V. Hugo e Baudelaire; é verdade que V. Hugo produziu já entre nós, principalmente no Norte, certo movimento de imitação que começou em Pernambuco, a escola hugoísta como dizem alguns, ou a escola *Condoreira* [...]. Esse movimento, porém, creio ter acabado com o poeta das *Vozes d'África*. Distinguia-o certa pompa, às vezes excessiva, certo intumescimento de idéia e de frase, um grande arrojo de metáforas, coisas todas que nunca jamais poderiam constituir virtudes de uma escola; por isso mesmo é que o movimento acabou. [...] Quanto a Baudelaire, não sei se diga que a imitação é mais intencional do que feliz. O tom dos imitadores é demasiado cru; e aliás não é outra a tradição de Baudelaire entre nós. Tradição errônea. Satânico, vá; mas realista o autor de *D. Juan aux Enfers* e da *Tristesse de la Lune*! Ora, essa reprodução, quase exclusiva, essa assimilação do sentir e da maneira de dois engenhos, tão originais, tão soberanamente próprios, não diminuirá a pujança do talento, não será obstáculo a um desenvolvimento maior, não traz principalmente o perigo de reproduzir os ademanes, não o espírito – a cara, não a fisionomia? Mais: não chegará também a tentação de só reproduzir os defeitos, e reproduzi-los exagerando-os, que é a tendência de todo o discípulo intransigente?[19]

Foi exatamente este *tom demasiado cru dos imitadores*, anotado por Machado de Assis de forma negativa nos jovens poetas que então surgiam, que foi retomado, agora de forma positiva como adaptação não apenas literária, mas cultural, por Antonio Candido, no ensaio já antes mencionado. Diz o autor de "Os Primeiros Baudelairianos":

> Machado tinha razão formalmente; mas hoje podemos perceber que historicamente a razão estava com os moços que deformavam segundo as suas necessidades expressivas, escolhendo os elementos mais adequados à renovação que pretendiam promover e que de fato promoveram. Esses elementos (o "descompassado amor à carne" e o "satanismo", para usar as expressões de Artur Barreiros) representavam atitudes de rebeldia. Como os de hoje, os jovens daquele tempo, no Brasil provinciano e atrasado, faziam do sexo uma plataforma de libertação e combate, que se articulava à negação das instituições. Eles eram agressivamente eróticos, com a mesma truculência com que eram republicanos e agrediam o Imperador, chegando alguns ao limiar do socialismo. Portanto, foi um grande instrumento libertador esse Baudelaire unilateral ou deformado, visto por um pedaço, que fornecia descrições arrojadas da vida amorosa e favo-

---

19. *Idem*, p. 827.

recia uma atitude de oposição aos valores tradicionais, por meio de dissolventes como o tédio, a irreverência e a amargura[20].

É, de fato, notável o modo pelo qual Antonio Candido, utilizando aquilo que era defeito para Machado, transforma, por assim dizer, o *cru* da imitação baudelairiana, que está na apreciação machadiana, em instrumento cultural demolidor pela nova geração de poetas. O distanciamento histórico permite-lhe extrair da influência baudelairiana uma complexidade social que, de fato, não foi, ou não poderia ter sido, vislumbrada por Machado de Assis e ele mesmo, na última parte de seu ensaio, anota as razões da limitação machadiana:

> A opinião de Machado de Assis no artigo de 1879 foi enunciada num momento em que Teófilo Dias e Fontoura Xavier ainda não tinham reunido em livro a sua melhor produção. Por isso não abrange outros aspectos da influência de Baudelaire, além da que ele condena como deformação. Quanto a esta, vimos que, embora tenha razão formalmente, a perspectiva histórica mostra que ela funcionou de maneira construtiva, dadas as condições locais[21].

Na verdade, o texto de Antonio Candido, escrito mais de cem anos depois do de Machado de Assis, aponta para uma renovação fundamental nas relações entre literatura e história, em que o texto literário é lido como integrando, para usar uma expressão do gosto do autor, um sistema de motivações sociais e culturais que terminam por ser tão formais quanto, por exemplo, os esquemas estróficos ou versificatórios que o distinguem. Dizer, portanto, que formalmente Machado de Assis estava correto na apreciação daqueles jovens poetas, apenas lhe faltando uma perspectiva histórica para que o seu julgamento fosse completo, é resgatar uma intuição crítica de base sem a qual aquela perspectiva também não se completa. E a leitura da segunda parte do ensaio machadiano é prova cabal dessa intuição.

Iniciando-se por observações acerca da obra de Carvalho Júnior, o poema que escolhe para leitura é aquele mesmo soneto escolhido por An-

---

20. *Op. cit.*, p. 26.
21. *Idem*, p. 37.

tonio Candido para também iniciar o seu texto. O que começa pelos versos "Odeio as virgens pálidas, cloróticas / Belezas de missal" e que termina pelo terceto "Prefiro a exuberância dos contornos, / As belezas da forma, seus adornos, / A saúde, a matéria, a vida enfim". Sem deixar de referir aquilo que lhe parecia artificialismo do poeta, seguindo nisto a opinião do organizador das poesias de Carvalho Júnior, a avaliação de Machado de Assis é feita, por assim dizer, colada ao texto: quer na citação de versos, quer na comparação que faz com versos de Baudelaire, trata-se antes de uma leitura analítica e não de uma interpretação generalizadora – o caminho mais trilhado pela crítica de seu tempo. Deste modo, é notável, por exemplo, quando, lembrando o título do soneto por ele citado, *Antropofagia*, tira disto um partido crítico para afirmar:

Não conheço em nossa língua uma página daquele tom; é a sensualidade levada efetivamente à antropofagia. Os desejos do poeta são instintos canibais, que ele mesmo compara a jumentas lúbricas:

Como um bando voraz de lúbricas jumentas;

e isso, que parece muito, não é ainda tudo; a imagem não chegou ainda ao ponto máximo, que é simplesmente a besta-fera:

Como a besta feroz a dilatar as ventas,
Mede a presa infeliz por dar-lhe o bote a jeito,
De meu fúlgido olhar às chispas odientas
Envolvo-te, e, convulso, ao seio meu t'estreito[22].

Em seguida, percebendo a presença de Baudelaire no poeta brasileiro, faz anotações pontuais de empréstimos, como ao acentuar a tradução de *beautés de vignettes* por *belezas de missal* ou *cloróticas*, que, na observação de Machado, o poeta das *Flores do Mal* deixou "a Gavarni, *poète de chloroses*".

De maneira semelhante, o rigor e a objetividade estão presentes nas observações localizadas que faz acerca dos demais poetas dessa *nova gera-*

---

22. *Op. cit.*, p. 829.

ção, sabendo indicar qualidades e defeitos que se articulam, de modo preciso, com as idéias gerais, de época, com que a percebe. Assim, por exemplo, ao ler os poemas de Teófilo Dias, incluídos nos livros *Cantos Tropicais* e *Lira dos Verdes Anos*, ao mesmo tempo que estabelece filiações, sobretudo em relação ao tio do poeta, o grande Gonçalves Dias, chegando a falar de *um ar de família* com relação aos *Cantos Tropicais*, não deixa de anotar o que chama de *certas audácias de estilo, que não se acham no autor do I-Juca-Pirama, e são por assim dizer a marca do tempo*. Diz Machado de Assis:

> Citarei, por exemplo, este princípio de um soneto, que é das melhores composições dos *Cantos Tropicais*:
>
> *Na luz que o teu olhar azul transpira,*
> *Há sons espirituais;*
>
> estes *sons espirituais*, – aquele *olhar azul*, – aquele *olhar que transpira*, são atrevimentos poéticos ainda mais desta geração que da outra; e se algum dos meus leitores – dos velhos leitores – circunflexar as sobrancelhas, como fizeram os guardas do antigo Parnaso ao surgir a lua do travesso Musset, não lhes citarei decerto este verso de um recente compatriota de Racine:
>
> *Quelque chose comme une odeur qui serait blonde.*
>
> Porque ele poderá averbá-lo de suspeição; vou à boa e velha prata de casa, vou ao Porto Alegre:
>
> *E derrama no ar sonoro lume*[23].

Deste modo, se a sua intuição crítica e certeira revela, por um lado, a admiração com que lia a efetivação, em terras brasileiras, da criação poética capaz de ecoar aquelas correspondências sinestésicas baudelairianas (e até um exemplo de verso francês lhe vem à mente), por outro lado, articula a novidade à tradição, chamando o exemplo de Porto Alegre. É esta

---

23. *Idem*, p. 831.

capacidade de ler a história por entre os arrrojos da invenção literária, sem que, entretanto, assuma ares de *guarda do Parnaso*, segundo ele mesmo diz, que permite a Machado de Assis o exercício da discriminação crítica sem perda do controle do contexto histórico. E da mesma forma que pode apontar as limitações e as empostações da lírica política de Fontoura Xavier, exemplificando com uma enxurrada de versos repetitivos e surrados pela retórica de afogadilho, pode também indicar, a partir de uma leitura compreensiva dos aspectos mais técnicos de sua obra (como é o caso do domínio do verso alexandrino pelo poeta), aquilo que lhe parece verdadeira possibilidade de inovação para o jovem escritor. Vale a pena ler um trecho da crítica machadiana:

> Ele pede a eliminação de todas as coroas, régias ou sacerdotais, mas é implícito que excetua a de poeta, e está disposto a cingi-la. [...] O Sr. Fontoura Xavier [...] está arriscando as suas qualidades nativas, com um estilo, que é já a puída ornamentação de certa ordem de discursos do Velho Mundo. Sem abrir mão das opiniões políticas, era mais propício ao seu futuro poético exprimi-las em estilo diferente, – tão enérgico, se lhe parecesse, mas diferente. O distinto escritor que lhe prefaciou o opúsculo cita Juvenal, para justificar o tom da sátira, e o próprio poeta nos fala de Roma; mas, francamente, é abusar dos termos. Onde está Roma, isto é, o declínio de um mundo, nesta escassa nação de ontem, sem fisionomia acabada, sem nenhuma influência no século, apenas com um prólogo de história? Para que reproduzir essas velharias enfáticas? Inversamente, cai o Sr. Fontoura Xavier no defeito daquela escola que, em estrofes inflamadas, nos proclamava tão *grandes* como os *Andes*, – a mais fátua e funesta das rimas. [...].
>
> Não digo ao Sr. Fontoura Xavier que rejeite as suas opiniões políticas, por menos arraigadas que lhas julgue, respeito-as. Digo-lhe que não deixe abafar as qualidades poéticas, que exerça a imaginação, alteie e aprimore o estilo, e não empregue o seu belo verso em dar vida nova a metáforas caducas; fique isso aos que não tiverem outro meio de convocar a atenção dos leitores.
>
> Não está nesse caso o Sr. Fontoura Xavier. Entre os modernos é ele um dos que melhormente trabalham o alexandrino; creio que às vezes sacrifica a perspicuidade à harmonia, mas não é o único nesse defeito, e aliás não é defeito comum nos seus versos, nos poucos versos que me foi dado ler[24].

---

24. *Idem*, p. 836.

É, na verdade, a intuição crítica aliada ao sentido da história: o *instinto* do crítico que sabe enxergar as riquezas da *nacionalidade* por entre os usos indevidos daquilo que, como ele mesmo diz, é literatura de acarreto. Entre literatura e história, estava preparado o caminho mais rico de nossa reflexão crítica.

5

José Veríssimo,
Leitor de Estrangeiros*

I

NASCIDO EM meados do século XIX, em 1857, para ser preciso, data do início por assim dizer oficial da modernidade na literatura do Ocidente com a publicação de *Les Fleurs du Mal*, de Baudelaire, e de *Madame Bovary*, de Flaubert, e vivendo os seus anos de formação em pleno apogeu do Segundo Reinado (ele tinha trinta e dois anos quando a República foi proclamada), José Veríssimo atinge a maturidade como crítico da literatura e da cultura brasileiras entre os primeiros anos da República e aqueles que correspondem à nossa *Belle Époque*, isto é, entre os 1900 e a deflagração da Grande Guerra em 1914.

Dois anos depois, em pleno conflito mundial, ele morre e é publicada a obra pela qual ficou mais conhecido: a *História da Literatura Brasileira*. Ou mesmo unilateralmente conhecido, pois todo o restante de sua obra, aquela que já vinha publicando desde a sua província do Pará entre os finais dos anos 70 e nos anos 80, e mesmo aquela que publica já no Rio de Janeiro a partir dos anos 90, ficou mais ou menos ofuscado pela *História*

---

* Texto escrito como introdução à reedição de *Homens e Coisas Estrangeiras*, de José Veríssimo, Rio de Janeiro, Topbooks, 2000.

de 1916 e algumas obras só foram reeditadas muito recentemente, enquanto outras nem tanto, permanecendo em primeiras edições.

É, por um lado, o caso de *A Educação Nacional*, que teve a sua primeira edição publicada no Pará, em 1890, e uma segunda, no Rio de Janeiro, em 1906, e só em 1985 foi republicada pela editora Mercado Aberto, do Rio Grande do Sul, e, por outro, o caso dos dois volumes de seus *Estudos Brasileiros*, o primeiro publicado no Pará, em 1889, e o segundo no Rio, em 1894, e que até hoje não foram reeditados.

Ou, ainda, por um lado, o caso das seis séries dos *Estudos de Literatura Brasileira*, publicadas originalmente entre 1901 e 1907, e que somente entre 1976 e 1977 foram republicadas pela Editora Itatiaia, de Belo Horizonte, e pela Editora da Universidade de São Paulo, a que se acrescentou, em 1979, uma sétima série, deixada inédita pelo autor, e, por outro lado, o caso do volume *Que é Literatura? e Outros Escritos*, de 1907, que permanece ainda em primeira edição.

Deve-se referir ainda todos aqueles pequenos estudos acerca da região amazônica (tais *A Amazônia: Aspectos Econômicos*, de 1892, *Pará e Amazonas – Questão de Limites*, de 1899, ou *Interesses da Amazônia*, de 1915), que permaneceram mais ou menos esquecidos em suas primeiras e únicas edições. Na verdade, os únicos trabalhos do autor sobre a região amazônica que têm sido republicados modernamente são o livro de narrativas *Cenas da Vida Amazônica*, cuja primeira edição é de 1886, e *A Pesca na Amazônia*, de 1895[1].

O caso mais grave dessa atropelada trajetória editorial, no entanto, foi terem permanecido em primeiras edições os três volumes da obra *Homens e Coisas Estrangeiras*, de 1902, 1905 e 1910, respectivamente, e que somente agora, quase um século depois, encontra em José Mário Pereira, da Topbooks, um editor decidido a reparar tal indigência editorial.

E foi mais grave, sobretudo, por duas razões: em primeiro lugar, com referência à própria imagem do crítico que, do escritor apenas ocupado por assuntos de literatura e cultura brasileiras, tal como geralmente é vis-

---

1. Um bom resumo desta parte da obra de José Veríssimo é o ensaio "José Veríssimo: Pensamento Social e Etnografia (1877-1915)", de José Maia Bezerra Neto, em *Dados. Revista de Ciências Sociais*, Rio de Janeiro, vol. 42, n. 3, 1999, pp. 539-563.

to, ali se revela como um leitor da literatura universal que, num trabalho sempre vinculado ao jornalismo imediato, buscava atualizar-se, e ao leitor brasileiro, com o que de mais contemporâneo se fazia e se debatia no terreno das idéias e das letras; em segundo lugar, os textos escritos por José Veríssimo terminam por ser uma importante contribuição para o próprio estudo da época brasileira em que se inscrevem, termômetros sensíveis de aspirações e circulações intelectuais.

Deste modo, na articulação entre essas duas ordens de razões, as três séries de *Homens e Coisas Estrangeiras*, agora reunidas neste volume único, podem ser lidas, ao lado dos *Estudos de Literatura Brasileira*, como expressões do momento mais significativo da obra crítica de José Veríssimo.

Na verdade, os textos que constituem as duas obras foram não apenas escritos pela mesma época – entre 1895 e 1906, para os *Estudos*, e entre 1899 e 1908, para *Homens e Coisas Estrangeiras* –, mas tiveram como veículos primários, com uma ou outra exceção (é o caso, por exemplo, para a primeira série dos *Estudos*, dos textos publicados na *Revista Brasileira*, que circulou entre 1895 e 1899[2], fase em que o próprio crítico era o seu editor), os mesmos periódicos: os jornais *Jornal do Comércio* e *Correio da Manhã* e as revistas *Kosmos* e *Renascença*, todos do Rio de Janeiro.

Sendo assim, o que primeiro caracteriza ambas as obras é o fato de que os ensaios que as constituem foram, sobretudo, matéria jornalística, resenhas de livros ou discussão de tópicos literários e culturais escritos para os periódicos mencionados. E dadas a freqüência e a posição de destaque com que eram publicados (no *Correio da Manhã* as matérias de José Veríssimo eram estampadas, quase sempre, na primeira página, ao lado do editorial assinado pelo criador e diretor do jornal, Edmundo Bittencourt), pode-se imaginar o peso que tais escritos representavam para a presença cultural do crítico e da crítica na imprensa da época.

2. Faço questão de acentuar a circulação da *Revista*, pois existe um vigésimo número, datado de 1900, inteiramente preparado para circulação, trazendo um precioso "Índice Alfabético das Matérias Contidas nos Vinte Volumes da *Revista Brasileira* (janeiro de 1895 a dezembro de 1899)", mas que não foi publicado, e que se achava na Academia Brasileira de Letras quando foi localizado por José Cavalcante de Souza, doutor em Literatura Brasileira pela USP, ao escrever a sua tese sobre a mencionada *Revista*, em 1982, sob a orientação do Professor José Aderaldo Castello.

De fato, a partir de 1891, quando, aos trinta e quatro anos, transfere-se do Pará para o Rio de Janeiro, logo José Veríssimo passou a escrever para o *Jornal do Brasil*, então dirigido por Rodolfo Dantas, iniciando uma atividade de crítica jornalística na capital do país que o acompanhará até às vésperas de sua morte através das colaborações para *O Imparcial – Diário Ilustrado do Rio de Janeiro*, em que publica até maio de 1915 (parte de seus escritos foram reunidos, em 1936, no volume *Letras e Literatos: Estudinhos Críticos Acerca da Nossa Literatura do Dia (1912-1914)*).

Quanto à sua colaboração para o *Jornal do Brasil*, ela foi incluída no livro que publicou em 1894, *Estudos Brasileiros. Segunda Série (1889-1893)*, tendo a primeira, reunindo textos de 1877 a 1885, sido publicada ainda no Pará, em 1889.

Graças a uma carta escrita pelo crítico neste ano de 1889 e dirigida ao Instituto Histórico e Geográfico Brasileiro, com a finalidade de completar a sua matrícula como sócio correspondente da instituição, carta esta existente na Seção de Manuscritos do mesmo Instituto, é possível ter, com fidelidade, o quadro de suas atividades essenciais até àquela data.

Pelo documento manuscrito, endereçado a João Severiano da Fonseca, ficamos sabendo não apenas de sua matrícula, em 1874, na Escola Politécnica do Rio de Janeiro, onde também estudou os preparatórios, e de seu regresso, por doença, em 1876, à província natal, onde desenvolveu atividades como funcionário público e, posteriormente, como professor do magistério particular, criando e dirigindo o Colégio Americano, que existiu de 1884 a 1890, data em que passou a ser Diretor da Instrução Pública do Pará, e como jornalista, fundando e dirigindo a *Revista Amazônica* (de 1883 a 1884, de que foram publicados dez fascículos), mas somos informados ainda de sua participação, em 1880, no Congresso Literário Internacional reunido em Lisboa, ocasião em que viu Eça de Queirós, acontecimento de que dá notícia num dos ensaios de *Homens e Coisas Estrangeiras*, quando da morte do escritor português, e no Congresso de Antropologia e Arqueologia Pré-histórica, que se reuniu em Paris em 1889 e onde apresentou um trabalho sobre "O Homem de Marajó e a Antiga Civilização Amazônica"[3].

---

3. Cf. *Ms. cit.*, pp. 4-5.

Se a estas informações forem acrescentadas as cinco obras de sua autoria que arrola em seu currículo – *Primeiras Páginas* (1878), *Emílio Littré* (1881), *Carlos Gomes* (1882), *Cenas da Vida Amazônica* (1886) e *Estudos Brasileiros* (1889) – percebe-se que não era culturalmente jejuno o jovem crítico que, em 1891, mudava-se para o Rio de Janeiro e iniciava a sua atividade jornalística no *Jornal do Brasil*.

Mas é, de fato, em 1899, ou, para ser mais preciso, em 2 de janeiro daquele ano, com o artigo intitulado *O Ano Passado*, que inicia a sua extensa colaboração para o *Jornal do Comércio*, que se estenderá até 13 de agosto de 1915, com o texto *O Sr. Roosevelt e o Perigo Alemão nos Estados Unidos*, e com a qual afirma definitivamente a sua presença como crítico na capital do país, sobretudo a partir de sua colaboração simultânea, a partir de 2 de julho de 1901, com o artigo "O Pan-americanismo", no *Correio da Manhã* e que se manterá por dois anos, até 26 de janeiro de 1903, quando publica o texto *França e Alemanha: Sua Influência Espiritual*.

O resultado de toda esta atividade, juntamente com alguns artigos publicados nas revistas *Kosmos, Renascença* e *Revista Brasileira*, foram, como já se disse, os dois conjuntos de livros editados entre 1901 e 1910: as seis (hoje sete) séries dos *Estudos de Literatura Brasileira* e as três séries de *Homens e Coisas Estrangeiras*, com os quais assumiu uma espécie de liderança crítica no Brasil de nossa *Belle Époque*.

Acerca do primeiro conjunto, já escrevi mais detidamente na introdução para a reedição das seis séries em 1976, já referida[4].

Examinemos agora o segundo conjunto por ocasião de sua primeira reedição.

II

Dos vinte e cinco textos da primeira série da obra, publicada em 1902, vinte e quatro foram originalmente publicados pelo *Jornal do Comércio*, entre 13 de fevereiro de 1899 e 24 de dezembro de 1900, e um, "Um Ro-

---

4. Cf. *A Crítica em Série*, em José Veríssimo, *Estudos de Literatura Brasileira. Iª Série*, Belo Horizonte/São Paulo, Editora Itatiaia/Edusp, 1976, pp. 9-33.

mance Mexicano", foi incluído naquele vigésimo número da *Revista Brasileira*, de 1900, e que, como já foi dito, não circulou[5].

Alguns textos sofreram, na passagem do jornal para a edição em livro, alterações de título, casos de "O Duque de Palmella", "Augusto Comte e Stuart Mill", "O Melhor dos Mundos", "A Doença da Vontade num Romance de Sienkiewicz" e "O Feminismo no Romance" que eram, no jornal, "Vida do Duque de Palmella", "Correspondência de Dois Filósofos", "Um Livro de Horrores", "Um Romance de Sienkiewicz" e "Um Romance Feminista", respectivamente.

Há um único caso em que diversos artigos foram fundidos num só texto: o ensaio *Tolstói*, que resultou dos artigos "Tolstói", de 15 de janeiro de 1900, "O Último Romance de Tolstói", de 22 de janeiro e "Ainda a 'Ressurreição' de Tolstói", de 12 de março do mesmo ano, e que correspondem às três partes do ensaio, tal como está publicado no volume.

É claro que aquilo que, em primeiro lugar, e de um modo geral, chama a atenção na leitura desses textos é o fato de que, não obstante serem escritos sob a pressão da comum urgência jornalística, eles possuem um ritmo meditativo e uma tranqüilidade de exposição nada comum nessa espécie de escrito, sobretudo se comparados com o que ocorre em nossos dias de textos jornalísticos apenas informativos.

Neste sentido, um dos traços marcantes dos diversos ensaios é que, sendo sempre motivados por obras específicas que deveriam, em princípio, ser resenhadas pelo crítico, eles quase nunca se esgotam no âmbito puro e simples da resenha, estabelecendo-se relações que de muito ultrapassam o objetivo mais imediato do artigo e de onde, quase sempre, resulta o interesse maior do texto.

É o caso, por exemplo, do primeiro ensaio do livro, aquele em que comenta o livro *Vida do Duque de Palmella*, de Maria Amália Vaz de Carvalho, onde, a partir da biografia de D. Pedro de Souza e Holstein, depois conde, marquês e duque de Palmella, o seu texto se inicia pela lembrança de um outro estudo sobre o mesmo assunto, aquele em que o personagem

---

5. Cf. "Um Romance Mexicano", *Revista Brasileira*, Quinto ano, Tomo vigésimo, Rio de Janeiro, Sociedade Revista Brasileira, 1900, pp. 343-354.

biografado é percebido por Oliveira Martins nas páginas escritas pelo historiador português na análise do *Portugal Contemporâneo*.

A partir daí, o ensaio de José Veríssimo assume duas vertentes que terminam por confluir: uma discussão do método utilizado pelo historiador português, em contraste com aquele adotado pela autora do livro em pauta, e, em resumo, a sua posição acerca do assunto tratado por ambos os autores.

Deste modo, desde o início de seu texto, o crítico busca caracterizar o modo de percepção de Oliveira Martins, terminando por apontar as limitações de seu método:

> Oliveira Martins não é favorável a Palmella. Historiador a Carlyle e a Taine, a fantasia e a imaginação entram por muito no seu processo histórico, feito principalmente pela aplicação da psicologia à história. Essa aplicação encerra em si mesma um motivo de erro, é a necessidade para o historiador de tudo explicar no caráter, no temperamento, nos atos dos indivíduos históricos. Tarefa difícil entre todas é o conhecimento dos homens, e os psicólogos da história ou do romance são inconscientemente e de boa fé levados por essa mesma, freqüentemente quase insuperável dificuldade, a se facilitarem a sua tarefa simplificando a psicologia das suas personagens. A observação direta sendo impossível aos primeiros, como muitas vezes o é também aos segundos, são ambos obrigados a um trabalho de imaginação em que, por mais penetrante e imparcial que seja a sua observação indireta, feita no estudo dos documentos e dos atos, entra por muito o elemento subjetivo. [...] Daí principalmente a enorme discrepância que há entre os historiadores no juízo que fazem das personagens históricas e dos seus atos. A psicologia aplicada à história tem porém a vantagem de explicar tudo e de torná-la mais interessante. Se a torna mais exata e verdadeira é duvidoso[6].

Para o crítico, o método de psicologia da história adotado por Oliveira Martins, além de contrariar o sentido de objetividade no estudo da história defendido por ele, termina por se articular com o que chama de *critério étnico* do historiador português ("O abuso ou mau emprego do critério étnico é um dos defeitos capitais da obra de Oliveira Martins", diz Veríssimo[7]), na medida em que aquele entendia a origem italiana do Du-

---

6. Cf. José Veríssimo, *Homens e Coisas Estrangeiras I (1899-1900)*, Rio de Janeiro/Paris, H. Garnier, Livreiro Editor, 1902, pp. 1-2.
7. *Idem*, p. 4.

que como empecilho fundamental para uma compreensão adequada da vida portuguesa.

Ora, para José Veríssimo, foi exatamente essa por assim dizer inadequação do personagem com relação a Portugal que possibilitou a ele ter se

> [...] empenhado na obra da modificação das suas instituições no sentido moderno, porque de fato, como o demonstra excelentemente o autor do Portugal contemporâneo, o povo português todo era pelo antigo regime contra o novo, por D. Miguel contra D. Pedro, pelo absolutismo contra o constitucionalismo[8].

Sendo assim, é mesmo notável como José Veríssimo, a partir da crítica que faz à posição antagônica assumida por Oliveira Martins com relação ao personagem, consegue argumentar de modo historicamente válido e complexo, ao mesmo tempo em que, voltando ao livro sob resenha, o de Maria Amália Vaz de Carvalho, consegue ajuizá-lo favoravelmente: o constitucionalismo português havia sido obra de uma minoria – aquela dos Mousinho, Saldanha, Silva Carvalho e Passos que se opuseram a D. Miguel e defenderam D. Pedro – e, como o Duque de Palmella, sem a compreensão de Portugal, como o acusava Oliveira Martins, termina por se opor à maioria miguelista, teria razão a autora da biografia, *mostrando,* diz o crítico, "como a transformação de Portugal era principalmente a conseqüência das idéias do tempo, e, poderia acrescentar, que, a despeito da vontade do povo português, ela se havia de fazer, como com efeito se fez, mais dia menos dia"[9].

Vê-se assim como o interesse maior do ensaio parece ultrapassar o objetivo imediato da resenha: o lastro de informação histórica do crítico lhe permite, sem grande alarde todavia, problematizar o método de psicologia da história, aliada a um *critério étnico,* tal como ele era praticado por Oliveira Martins, ao mesmo tempo em que, aproveitando de elementos constantes do livro resenhado, termina por traçar um quadro mais amplo das injunções políticas, internas e externas, que, em grande parte, haveriam de explicar a atuação do personagem.

8. *Idem, ibidem.*
9. *Idem,* p. 5.

Isto sem deixar de fixar, sobretudo para o leitor brasileiro, o interesse que também teve para o Brasil o Duque de Palmella quando esteve no Rio, em 1820, como membro do ministério de D. João VI e uma espécie de seu conselheiro, muito próximo, portanto, de decisões que teriam repercussões importantes sobre o nosso movimento de independência.

Diz José Veríssimo:

> Na crise que atravessava a Monarquia, agravada pela irresolução e imbecilidade – no lídimo sentido português – de D. João VI, indeciso entre Portugal e o Brasil, os conselhos de Palmella parecem ter sido sempre que a dinastia se não deixasse assoberbar pelos acontecimentos, antes tomasse a sua dianteira e direção.
> Palmella era um liberal, dinástico, conservador, aristocrata à inglesa. D. João não querendo deixar o Brasil, Palmella queria que fosse para Portugal D. Pedro[10].

É outro traço marcante dos diversos ensaios que constituem as três séries desta obra: o modo pelo qual, embora tratando de *homens e coisas estrangeiras*, às vezes muito distanciados no tempo e lugar, o crítico sempre encontra uma maneira de trazer seus argumentos para espaços e tempos que repercutem aqueles de sua circunstância brasileira.

Os objetos, homens e coisas podem ser *estrangeiros*, mas a crítica deles é diferencialmente brasileira. Mas aquilo que, de fato, impressiona o leitor de hoje é, sem dúvida, a abrangência de autores e temas tratados pelo crítico, o que, certamente, teria exigido um enorme acúmulo de leituras e de demorada reflexão sobre elas.

Assim, nesta primeira série, não é só Anatole France, cujos três últimos romances publicados são lidos no segundo texto desta primeira série, e lidos como matéria de uma larga reflexão sobre a sensibilidade social e histórica da época, que testemunha a atualização de leitura do crítico.

Logo em seguida, no terceiro ensaio, o leitor defronta-se com uma resenha da correspondência, até então inédita, e em sua tradução francesa, entre Stuart Mill e Augusto Comte, em que é tal a profusão de elementos extraídos pelo crítico como caracterizadores do pensamento de um e de outro, sem deixar de lado aspectos de ordem pessoal que dão sal e sabor

10. *Idem*, p. 12.

ao texto, que o leitor brasileiro de então, numa época em que era fortíssima a presença da doutrina de Comte, ali encontrava matéria para um debate intelectual mais amplo sobre temas então de grande atualidade, como, por exemplo, as posições assumidas, quer pelo francês, quer pelo inglês, com respeito à questão da mulher na sociedade do século XIX e depois.

É claro que a presença da cultura européia, sobretudo a francesa, e nem sempre a de primeira ordem, é dominante nesses textos de José Veríssimo.

Se, por um lado, o leitor encontra o crítico tratando de autores hoje inteiramente esquecidos, como os franceses Octave Mirbeau, Eugénie de Guérin ou Marcel Prévost, ou os portugueses Cláudia de Campos ou João de Castro, ou mesmo o polonês Sienkiewicz, cujos romances eram lidos pelo crítico em suas versões para o inglês (caso do famoso e muito lido *Quo Vadis?*) e para o italiano (caso do desconhecido *Oltre il Mistero*, na tradução italiana lida pelo crítico), por outro, entretanto, ressalta a importância, sobretudo para o momento em que escrevia, de alguns temas, como o caso Dreyfus, assunto do livro de Bérenger resenhado por ele, ou o feminismo no romance do mencionado Marcel Prévost, ou ainda o que chama de *doença da vontade*, que não é senão o sentimento de alienação que se agudizou no fim do século, tal como ele o discute no segundo romance de Sienkiewicz mencionado.

Oito ensaios, no entanto, são dedicados a figuras marcantes da literatura e da cultura européia: sejam as relações que estabelece entre Chateaubriand e Napoleão, a síntese certeira que realiza de Zola ao ler as suas últimas obras, as relações entre poesia e filosofia a partir de uma leitura de Victor Hugo, a desmontagem completa das poses farsescas de d'Annunzio e, sobretudo, e a meu ver o ponto mais alto desta primeira série de *Homens e Coisas Estrangeiras*, os três textos em que discute os valores sociais e morais, e não só da literatura, ao comentar obras de Tolstói, Ruskin e Kropótkin.

Bastaria a leitura destes três ensaios para se ter uma retificação vigorosa daquela nomeada de crítico nefelibata de que foi vítima José Veríssimo, sobretudo a partir de uma leitura parcial daquela afirmação, que está feita de modo explícito na introdução que escreveu para a *História*, em que define a literatura como arte literária.

Na verdade, os três autores lidos por ele são por ele exaltados exatamente por assumirem uma perspectiva acerca da literatura, da arte e da vida em que os elementos de ordem estética são articulados e viabilizados por uma intensa preocupação moral e social. Ou, por outra, por um viés moral que encontra o seu fundamento e, por assim dizer, sua prática, numa definição de compromisso social.

Deste modo, no texto sobre Tolstói, sobretudo aquele posterior ao ensaio "Que é a Arte?", buscando localizar a obra do grande romancista no contexto geral da literatura russa, escreve o crítico:

> Dois elementos morais completavam a distinção da ficção russa em meio do romance ocidental, o trágico, ainda forte na sociedade bárbara que ela representava, e o místico, ainda tão vivo na alma eslava. E na obra dos escritores, como na sua alma e na do povo por eles descrito, esses sentimentos se casavam íntima e fundamente. Era essa obra tão viva e sincera que seu efeito não foi só moral ou intelectual, mas prático, e o romance russo, de Gogol para cá, teve uma poderosa influência na nova constituição espiritual e política do grande império eslavo. A falta de uma tradição literária e filosófica e as ardentes aspirações de melhorias sociais na Rússia explicam a sua facilidade de recepção e aceitação de todas as correntes espirituais que lhe pareçam satisfazer essas aspirações. Sabe-se como as teorias de Darwin, de Spencer, de Lassalle, de Marx e as modernas doutrinas filosóficas, econômicas e sociais agiram poderosamente na consciência russa contemporânea, e não só de uma maneira teórica e especulativa, mas praticamente, criando o proselitismo político e revolucionário[11].

Da mesma maneira, no ensaio sobre Ruskin, publicado dez dias depois do falecimento do escritor inglês, o que mais o comove é a atividade do escritor em propagar a sua utopia estética, fazendo de sua vida uma incessante tarefa de difusão do gosto pela arte e pela cultura artística, sobretudo visando as classes menos favorecidas da sociedade inglesa, quando cria, como refere José Veríssimo,

> [...] em plena Inglaterra a colônia comunista Saint George's Guild, e ressuscita em várias partes do país as indústrias da escultura de madeira, da fiação e da tecelagem à mão, numa guerra contra a máquina que mata a arte, destrói a iniciativa do artífice e deixa sem trabalho o operário[12].

11. *Idem*, p. 225.
12. *Idem*, p. 265.

Sendo assim, aquilo que mais o encanta em Ruskin é precisamente a ação social decorrente de toda uma concepção da arte e da sociedade que termina por se configurar numa utopia e este é o maior elogio que lhe faz o crítico nas últimas linhas de seu ensaio:

> A utopia ruskiniana não se realizará talvez nunca; mas uma utopia é, como disse Victor Hugo, um berço, isto é, um assento de vida. A que já saiu da obra de Ruskin é considerável e bela; porções do seu sonho, de Beleza e de Ventura, se hão de esvaecer e perder, outras, porém, hão de vingar, florescer e frutificar. Em todo o caso, a contemplação da obra de Ruskin é um belo espetáculo, e o Mestre ensinou que *a thing of beauty is a joy for ever*[13].

Mas é nos comentários que faz à obra de Kropótkin, as suas memórias de revolucionário, que o crítico lê em tradução inglesa, em dois volumes, publicados em Londres em 1899, traçando-lhe um belo e preciso retrato, que José Veríssimo revela, de modo cabal, o seu interesse precípuo por obras, como a do revolucionário russo, que somente morrerá nos anos vinte do século XX, em que a paixão pela cultura e pela arte, passada pela ação anarquista, como é o caso, se traduz na tarefa modificadora das condições sociais opressoras da liberdade e, por conseqüência, da criação espiritual.

Deste modo, pode José Veríssimo terminar o seu texto subscrevendo aquilo que o crítico dinamarquês Georges Brandes, um de seus mestres incontestáveis de crítica, escreveu sobre Kropótkin ao afirmar que "a vida fez dele uma das pedras angulares do edifício do futuro"[14].

O que a leitura destes três textos sobretudo revela, ainda mais quando comparados com a indigência crítica que se percebe na leitura que o crítico faz dos dois autores portugueses de ficção antes mencionados, é aquilo que me parece ser a grande questão que toda a sua obra propõe, isto é, a dificuldade em fazer passar para a análise das obras de criação literária a mesma largueza de ponto de vista que assume na leitura das obras de não-ficção, o que certamente decorre do entranhado conceito da arte como representação de sua herança naturalista[15].

---

13. *Idem*, p. 267.
14. *Idem*, p. 293.
15. Anteriormente, tratei mais detidamente deste aspecto em *A Tradição do Impasse. Linguagem da Crítica & Crítica da Linguagem em José Veríssimo*, São Paulo, Ática, 1974.

Mas não é só de assuntos vinculados à presença da cultura européia que são feitos os ensaios: em cinco textos, são abordados temas referentes à cultura e à literatura do continente americano, sendo que, em dois, são resenhadas e discutidas obras de ficção latino-americanas, isto é, o já referido "Um Romance Mexicano" e "Um Romance Uruguaio".

Os outros três tratam dos Estados Unidos e, como não poderia deixar de ser, de suas relações com os países latino-americanos: seja ao resenhar as idéias de um publicista norte-americano acerca das relações entre a literatura norte-americana e a própria nacionalidade, publicadas em revista, seja ao tratar do livro de Oliveira Lima sobre os Estados Unidos que ao crítico parece excessivamente apologético e mesmo equivocado, sobretudo ao tratar da questão racial naquele país, seja ao comentar dois livros de autores hispano-americanos, um deles o famosíssimo *Ariel*, do uruguaio Rodó, em que a ameaça da imposição de valores norte-americanos parece seguir à preponderância política e econômica, obrigando os autores a uma escrita de convocação da juventude para a defesa dos valores autóctones.

Aqui, mais uma vez, não era um estreante em tais assuntos, pois, no último capítulo de sua obra *A Educação Nacional*, intitulado "Brasil e Estados Unidos", cuja primeira edição, como já foi dito, é de 1890, já tratara dos Estados Unidos em comparação com o Brasil, tendo mesmo precedência em relação a algumas afirmações de Rodó ao, não obstante saber da grandeza do país norte-americano, considerar os perigos que representaria, para o Brasil e para toda a América latina, uma imitação canhestra de suas conquistas, chegando àquela frase, que também está no *Ariel* uruguaio, isto é, "essa civilização sobretudo material, comercial, arrogante e reclamista, não a nego grande; admiro-a, mas não a estimo"[16].

No entanto, se impressiona a lógica dos argumentos para abordar as relações dos países latino-americanos com os Estados Unidos, sabendo sempre utilizar de um certeiro ceticismo quanto às intenções já imperialis-

---

16. Cf. *A Educação Nacional*, 2ª ed., Rio de Janeiro, Livraria Francisco Alves, 1906, p. 177. A frase de Rodó aparece no seguinte trecho de *Ariel*, ao se referir aos Estados Unidos: "Su grandeza titánica se impone así, aun a los más prevenidos por las enormes desproporciones de su carácter o por las violencias recientes de su historia. Y por mi parte, ya veis que, aunque no les amo, les admiro", em José Enrique Rodó, *Obras Completas*, editadas con introducción, prólogo y notas por Emir Rodríguez Monegal, 2ª ed., Madrid, Aguilar, 1967, p. 235.

tas da política norte-americana, o que levou o crítico Astrogildo Pereira, escrevendo sobre ensaio acerca de obras do mesmo Oliveira Lima e de Arhur Orlando reunidos na terceira série de *Homens e Coisas Estrangeiras*, a falar em *José Veríssimo sem Ilusão Americana*[17], também impressiona a pobreza de análise, certamente decorrente daquele impasse já referido, ao ler as duas obras de ficção, os romances mexicano e uruguaio, com que, nesta primeira série de *Homens e Coisas Estrangeiras*, completa a sua vertente latino-americana[18].

III

Os nove primeiros ensaios da segunda série de *Homens e Coisas Estrangeiras*, de 1905, foram publicados no *Jornal do Comércio*, entre 6 de fevereiro e 29 de julho de 1901, e os dez últimos, a começar por "A Gente da Língua Inglesa", saíram, pela primeira vez, no *Correio da Manhã*, entre 3 de março e 22 de dezembro de 1902.

Por outro lado, assim como ocorrera com os textos incluídos na primeira série, as únicas alterações registradas na passagem do jornal para o livro são de títulos: *Os Escritores Franceses à Outra Luz* passou a ser *Os Escritores Franceses Vistos Fora* e *A Vida Complicada e a Vida Simples* recebeu o nome de *A Cidade e o Campo*.

Creio que o traço identificador mais forte desta segunda série está na presença dominante daqueles textos que tratam da história: seja a história antiga, como em "O Fim do Paganismo", "Petrônio" e "Quem Incendiou Roma?", seja a história moderna, como em "Cromwell", "A Literatura Contra a Guerra" e "Um Romance da História", ou mesmo a história latino-americana, como em "Um Retrato de Rosas".

E o que chama a atenção nestes textos é, por um lado, a segurança da informação do crítico, dominando amplamente a bibliografia existente sobre cada tema tratado, e, por outro, aquele mecanismo, já referido, de

---

17. Cf. Astrogildo Pereira, *Crítica Impura: Autores e Problemas*, Rio de Janeiro, Civilização Brasileira, 1963, pp. 82-88.
18. Sobre esta vertente do crítico, ver João Alexandre Barbosa, "Duas Vertentes de José Veríssimo", *Entre Livros*, São Paulo, Ateliê Editorial, 1999.

trazer para a sua circunstância brasileira alguns dos elementos extraídos da experiência histórica com Homens e Coisas Estrangeiras.

Estão, no primeiro caso, sobretudo os ensaios referentes à história antiga, seja ao tratar, no primeiro texto, das passagens entre o helenismo e o cristianismo, tais como foram percebidas pelo imperador Juliano, recriado em romance que é lido por José Veríssimo, por onde o crítico dá exemplo de vasto conhecimento da cultura clássica; seja no eruditíssimo trabalho acerca de Petrônio, no segundo texto, que chega a surpreender não apenas pela massa de informações históricas e biográficas ali reveladas, mas também pelo sentido de descriminação crítica e filológica capaz de qualificar o crítico brasileiro como um legítimo historiador da cultura clássica.

Para isso, é só atentar para o cuidado com que discute os dois possíveis Petrônios: o autor do *Satiricon* e o da lenda, sabendo ler os testemunhos históricos de Tácito, Plutarco e Plínio, sem descurar da crítica francesa sua contemporânea, matéria principal de seu texto, tal como ela se revela em trabalhos de Guerle, Renan, Duruy, Pierron e Boissier, sem mesmo deixar de mencionar o artigo sobre Petrônio da edição da *Enciclopédia Britânica* a que tinha acesso.

Acrescente-se, à margem, que tais temas de história antiga eram assuntos muito comumente abordados na imprensa da época, sobretudo como demonstrações mais ou menos provincianas de erudição escolar e, sem dúvida, embora os dois textos mencionados do crítico ultrapassem em muito este paradigma, o terceiro texto, "Quem Incendiou Roma?", não consegue dele fugir, o que se revela até mesmo a partir de seu título.

Por isso mesmo, para o leitor de hoje, os temas abordados nos ensaios de história moderna têm um maior interesse e, embora sejam pensados e escritos em torno de biografias – casos de Cromwell e Rosas – ou como expressão de um pacifismo que a própria evolução histórica posterior encarregou-se de desatualizar, como no caso da leitura que faz de dois romances franceses que recriam a guerra franco-alemã de 1871, *Le Calvaire*, de Octave Mirbeau, e *Les Tronçons du glaive*, de Paul e Victor Margueritte, o modo pelo qual o crítico seleciona aspectos das obras lidas para expressar relações com a sociedade brasileira em que existia re-atualizam os seus temas e, por aí, incitam o maior interesse. "Um Romance da História" é um caso à parte e a ele voltaremos.

Assim, por exemplo, no caso do ensaio "Cromwell", o eixo da reflexão de José Veríssimo se constrói em sua clara oposição, por um lado, ao individualismo como explicação dos fatos históricos e, portanto, a defesa dos processos sociais, e, por outro, e em decorrência da primeira, ao autoritarismo como estratégia individual, muitas vezes camuflada, de salvação nacional. Daí a crítica que faz ao chamado protetorado de Cromwell, terminando por sugerir equivalências que ultrapassam a história inglesa. Diz José Veríssimo:

> O protetorado não foi [...] um sistema, mas apenas um expediente transitório de supremacia individual. Com a morte de Cromwell mais uma vez se viu na história o que valem os chamados "governos fortes". O seu resultado, as mais das vezes, é a falência das nações que os sofrem. Na nossa América superabundam os salvadores da pátria, os consolidadores da República, os restauradores da ordem; mas quando se lhes dá balanço ao espólio, fica-se em dúvida se o devemos aceitar senão a benefício de inventário. Não houve talvez nunca governo mais forte que o de Cromwell. Mas como todos os governos de forma ditatorial ou cesarista, que dependem da capacidade e da vida de um homem, a sua força, o seu resultado imediato, a sua eficiência acabou com o poderoso sujeito que o exercia[19].

É esta oposição forte ao culto do herói e da personalidade que é, sem dúvida, uma constante dos ensaios de José Veríssimo sobre temas históricos e políticos, e que o leva a restrições constantes à admiração, generalizada em seu tempo, pela personalidade e pela política de Napoleão, agravando a sua sempre declarada antipatia pelo método histórico de um Carlyle, por exemplo, que, de certa forma, explica, por um lado, a sua irredutível tendência ao anarquismo e, por outro, a sua intransigente defesa do pacifismo e das utopias sociais de um Ruskin, de um Tolstói ou de um Kropótkin. O que também concorre para as suas contraditórias aproximações a Nietzsche, como, mais adiante, se vai ver nos dois textos sobre o filósofo alemão que fazem parte da terceira série de *Homens e Coisas Estrangeiras*.

19. Cf. José Veríssimo, *Homens e Coisas Estrangeiras, Segunda série (1901-1902)*, Rio de Janeiro, H. Garnier, Livreiro Editor, 1905, p. 66.

É de igual teor, mas agora aplicável à própria história política da América Latina, a leitura que faz de um dos números dos *Anales de la Biblioteca de Buenos Aires*, publicado pelo então diretor da Biblioteca, o escritor Paul Groussac, detendo-se em texto escrito por ele: uma *Notícia Biográfica* acerca de Diego Alcorta, que foi deputado e professor de ideologia na Universidade de Buenos Aires nos anos 30 do século XIX, vivendo a agitada história argentina do governo Rivadavia e da ditadura de Rosas. Do escrito de Groussac, José Veríssimo privilegia o perfil do famoso caudilho e ditador, traçado por ele, e sua inserção no momento histórico e político argentino.

Na verdade, através da biografia do obscuro deputado e professor, o que pretende Paul Groussac é voltar-se contra aqueles que defendem uma história revisionista que, sobretudo alicerçada em bases deterministas, pretende uma reabilitação de Rosas, não obstante, como diz José Veríssimo, a sua condenação *pela tradição e pela história*[20].

A veemência com que Groussac se volta contra a tendência revisionista, enumerando em detalhes os crimes cometidos pelo ditador e enfatizando o império da impunidade sustentado pelos caprichos da glorificação pessoal, é vivamente compartilhada pelo crítico brasileiro que, no final de seu texto, é levado a lembrar a própria experiência brasileira (leia-se: a do florianismo então recente):

> Nós brasileiros, diz José Veríssimo, desgraçadamente podemos hoje compreender e apreciar o que há de profunda verdade neste admirável retrato daquele que foi talvez o protótipo do tirano da América. Também já o tivemos; e o "salvador da pátria" não é mais para nós uma entidade estrangeira. E à sinistra galeria dos Francias, dos Lopez, dos Rosas, e de dezenas de outros, podemos juntar um nome que, como aqueles, acha também glorificadores[21].

---

20. O texto de José Veríssimo que inclui a frase mencionada é o seguinte: "Por influência e a exemplo de certos eruditos alemães, e também das doutrinas do culto dos chamados grandes homens, pregadas por Carlyle, Emerson, Nietzsche e menores, seus discípulos ou simples macaqueadores, e da sociolatria positivista, foi moda, que ainda não passou de todo, a revisão de alguns processos e juízos históricos, menos com o fim de apurar a verdade, fosse ela qual fosse, mas de exculpar e reabilitar memórias e nomes infamados pela tradição e pela história.Também os miseráveis tiranos da América, caudilhos sem capacidade nem coração, raça de bandidos políticos, tiveram os seus advogados". (*Idem*, p. 217).
21. *Idem*, p. 220.

Anteriormente foi dito que o ensaio "Um Romance da História" seria um caso à parte. Qualifiquemos melhor a afirmação.

Na verdade, este texto de José Veríssimo, em que lê dois livros de Frantz Funck-Brentano, *L'affaire du collier* e *La Mort de la Reine* (*les suites de l'affaire du collier*), é bastante instigador, e por dois motivos: em primeiro lugar, por acentuar a importância, para a história, de enredos, em que são protagonistas personagens secundários da mesma história, e que terminam por envolver, em sua trama, personagens principais e, em segundo lugar, e como decorrência, pelo apreço demonstrado pelo crítico por aquilo que um dia já se chamou de *petite histoire* e que hoje, na trilha de um Carlo Ginzburg, por exemplo, se chama de *micro-história*, sem deixar de lado, está claro, as subjacentes e complexas relações entre história e literatura que o caso vai propondo à reflexão do crítico e ao leitor de seu texto. E o caso é aquele, para usar as palavras de José Veríssimo, "que para o fim do século XVIII envolveu em um processo de gatunice e em uma infamante intriga amorosa o nome da rainha de França, a desventurada Maria Antonieta"[22].

Lembrando-lhe a matéria de que são feitos os romances de Alexandre Dumas, que eram lidos "nos bons tempos em que o Atlas Delamarche ou o Magnum Lexicon serviam de anteparo e disfarce às leituras proibidas"[23], José Veríssimo propõe, desde o início de seu texto, uma reflexão sobre aquelas relações entre história e literatura:

> A história tem os seus romances, e às vezes mais curiosos e comoventes que os dos mais interessantes romancistas. O caso do colar que uns ricos joalheiros, por intermédio de uma intrigante de grande marca, julgaram ter vendido àquela rainha, e que um príncipe, o cardeal de Rohan, acreditando ingenuamente corresponder a um capricho real, pagou pela extraordinária soma de quase mil contos, é um desses e dos mais singulares e atraentes. Estou certo que contado com todo o rigor de um fato histórico, de que cada circunstância é comprovada com documentos e autoridades, ele é mais interessante no livro do Sr. Brentano que no romance do velho Dumas[24].

---

22. *Idem*, p. 161.
23. *Idem*, p. 162.
24. *Idem*, pp. 162-163.

De fato, mesmo sem ter lido os livros resenhados pelo crítico, como é o meu caso, é possível, graças a seu modo de organização dos acontecimentos narrados, sentir a importância do *fait divers*, como ele próprio o chama, para completar a leitura da história mais ampla da política e de seus agentes, sem desprezar a intensidade com que a imaginação literária preenche as lacunas deixadas pela pesquisa, ainda a mais acurada, dos testemunhos e documentos. Entre a ficção possível e a história cria-se, para o leitor, uma tal solidariedade que a verdade factual nesta presumida é intensificada pela verossimilhança que se vai identificando naquela.

Mas não se chega, por isso mesmo, à importância da micro-história sem o conhecimento da história e o ensaio de José Veríssimo o confirma.

A sua familiaridade com a história francesa é de tal magnitude que os personagens envolvidos no caso do colar são dados ao leitor de seu ensaio em sua unidade, isto é, quer como personagens históricos, quer como figuras ficcionalizadas pela matéria romanesca que, sem dúvida, existe no caso. A protagonista, a rainha Maria Antonieta, é, deste modo, vivificada historicamente na medida mesma em que a trama que a envolveu não só possui substrato factual, mas se revela ao leitor do texto do crítico como possível antecipadora da Revolução, ou, como está em frase de Mirabeau, transcrita pelo crítico, "o processo do colar foi o prelúdio da Revolução"[25]. Ou, em texto do próprio José Veríssimo:

> O caso do colar não é uma simples anedota; é um fato, um *fait divers* da corte de Luiz XVI, que, rodeado das circunstâncias mais romanescas, mostra, melhor que dissertações e documentos, os vícios e falhas da realeza nas vésperas da Revolução, e serve também para compreendermos a relativa facilidade com que cedeu ao impulso popular essa instituição, quatorze vezes secular[26].

Vê-se, assim, como, não obstante toda a sua formação positivista e de corte tradicional nos estudos históricos, em que, como aliás já foi dito, sobressai o apego à objetividade dos fatos e documentos, José Veríssimo, por esses anos, já flexibilizava, talvez mesmo por força de sua já longa

---

25. *Idem*, p. 163.
26. *Idem, ibidem.*

experiência literária, a sua noção da história, da Grande História, pela inclusão da pequena, como elemento de complementação importante. Mas era uma inclusão, deve-se acentuar, que vinha acoplada a um extenso conhecimento daquela, sem o que, é de ver, a última haveria de se perder na anotação à margem da anedota ocasional, e de que ele dá provas neste ensaio. Daí a singularidade do texto e o que se queria dizer quando se falava de um caso à parte: uma espécie de exercício de metodologia prática da história.

Mas esta segunda série de *Homens e Coisas Estrangeiras* não se resume aos ensaios mais especificamente de ordem histórica. Deste modo, cinco textos tratam de autores que já compareciam na primeira série, Chateaubriand, Tolstói, Eça de Queirós, Zola e Anatole France, quatro outros são incluídos pela primeira vez, Pérez Galdós, Maeterlinck, Alexandre Dumas e Max Nordau, um texto tem por tema questões gerais, caso de "A Gente de Língua Inglesa" e dois outros abordam escritores portugueses, um romancista, Malheiro Dias, e um poeta, Corrêa de Oliveira.

Na verdade, não há grande novidade nas aproximações do crítico àqueles autores já antes considerados na primeira série, com exceção de seu texto sobre Eça de Queirós, embora aqui e ali existam observações que completam as relações do crítico com aqueles autores.

Assim, por exemplo, ao considerar a publicação do último volume da reedição, pela Garnier, das *Mémoires d'outre-tombe*, de Chateaubriand, organizada por Edmond Biré, José Veríssimo centra-se naquela imagem de pacificador de reis e príncipes que o grande rebelde romântico se criara para si mesmo, assumindo posturas liberais que não chegavam a contrariar o seu mais íntimo conservadorismo, assim como, e isto é dito pelo crítico, o seu catolicismo de imaginação, e não de sentimento, mal se acomodava à ortodoxia da Igreja, tudo projetando aquela aura de grandiloqüência por onde era difícil sustentar o desejo e a imagem de simplicidade idílica de que o escritor se queria porta-voz. E os parágrafos finais do ensaio de José Veríssimo buscam acentuar tais contradições:

[...] não morreu de todo no seu túmulo do Grand-Bé, solitário e espetaculoso na sua rebuscada simplicidade, o grande escritor. Sem ser verdadeiramente um pensador,

Chateaubriand soube revestir o seu pensamento de tal prestígio de forma que ele continua a comover-nos e a perturbar-nos. Poeta extraordinário, ele viu no passado e no futuro aspectos cuja realidade ainda hoje nos impressiona, e os descreveu numa língua a cujos encantos não sabemos de todo resistir. E, ao cabo, não obstante os seus defeitos – e quem já houve sem eles? – em Chateaubriand o homem é grande, apenas menor talvez que o escritor[27].

Da mesma forma, o ensaio sobre Tolstói, lendo alguns textos do escritor russo que lhe serviam como veículos de doutrina e de proselitismo, na verdade um Tolstói menor como escritor que buscava conciliar uma espécie de cristianismo primitivo (e do catolicismo oficial ele já havia, por essa época, sido excomungado) com as suas ações sociais que se aproximavam de um anarquismo que, de certa maneira, requentavam traços seculares da tradição russa, nada acrescenta àquele, mais completo e menos hagiológico, incluído na primeira série, servindo apenas, talvez, para marcar a preferência do crítico por escritos, para não dizer literatura, de claros compromissos sociais.

Neste sentido, é ainda mais explícito o ensaio sobre Zola, publicado apenas um mês depois da morte trágica (o crítico fala em *morte inopinada*) do escritor. Sendo, como é, uma nota necrológica e, por isso, assumindo um tom de resumo e conclusão, o texto de José Veríssimo, sobretudo em seu final, não deixa de assumir uma posição de defesa das idéias do grande escritor, principalmente o viés social, ou mesmo socialista, como está no texto do crítico:

Se eu me empenhasse em definir o gênio de Zola, creio que me ateria à fórmula, um moderno, um positivista, no sentido geral desta expressão, que, sem nenhuma crença no sobrenatural, nem nas potências consagradas deste mundo, não espera nada senão da ciência e do esforço humano, emancipado de todo o preconceito social ou religioso. Um personagem de Roma faz do Manual do Bacharelado uma espécie de Bíblia do futuro. Não faltaram críticos que metessem Zola à bulha pela idéia. Não era, entretanto, difícil ver nisso um símbolo, o fácil símbolo da Ciência, regeneradora da vida. Foi esta a crença viva, forte, impertérrita, ingênua, pode dizer-se, de Zola. A ela misturou-se uma sentida piedade humana, nascida talvez mais do contacto dos miseráveis

---

27. *Idem*, pp. 116-117.

que ele estudou, que só da influência socialista – na mais larga acepção desta palavra – que nos últimos anos influiu nele. Não há dúvida que neste momento todos os grandes artistas e escritores, por todo o mundo, são socialistas. Todos eles voltam-se para os interesses sociais, representados pelos miseráveis e sofredores, pelo enorme proletariado, vítima dos regimes burgueses. Nunca a arte mostrou um caráter tão social como hoje, e a sua tendência, tudo o anuncia, é fazer-se cada vez mais social – ao menos onde ela vale alguma coisa, onde não é uma simples macaqueação desvaliosa, mas procede da própria alma nacional[28].

Quanto ao ensaio sobre Eça de Queirós, autor sobre quem escrevera, na primeira série de *Homens e Coisas Estrangeiras*, um texto que ficava entre a necrologia e a rememoração de seu primeiro encontro com o escritor português, encontro cuja maior curiosidade é se ter dado no famoso sarau da Trindade, poucos anos depois recriado por Eça de Queirós numa das mais célebres passagens de *Os Maias*, é, na verdade, o único texto do crítico a tratar de obra específica de Eça de Queirós, no caso *A Cidade e as Serras*, cuja primeira edição, póstuma, é de 1901.

Sem chegar a problematizar a relação das duas últimas obras do escritor – esta agora lida e a anterior *A Ilustre Casa de Ramires* – com o conjunto de romances escritos por ele, o que, talvez, o poderia ter levado a uma percepção mais justa e larga da obra criticada, como levou, por exemplo, Antonio Candido em sua precisa e magistral síntese da obra queirosiana em ensaio de título muito semelhante ao de José Veríssimo[29], o crítico soube fixar a dualidade que está no título de seu ensaio, *A Cidade e o Campo*, ou, mais ainda, naquele com que foi publicado originalmente no jornal, "A Vida Complicada e a Vida Simples", como elemento capaz de melhor explicar as tensões existentes na obra de Eça de Queirós, sobretudo aquelas que dele faziam um escritor cujo sentimento íntimo da nacionalidade (para adaptar uma famosa expressão machadiana) resistia às injunções de uma existência vivida longe do próprio país. É o que está no seguinte trecho do ensaio:

---

28. *Idem*, p. 275.
29. Refiro-me ao texto do autor "Entre Campo e Cidade", *Tese e Antítese. Ensaios,* São Paulo, Companhia Editora Nacional, 1965, pp. 31-56.

O que faz que a obra de Eça de Queirós, ainda quando reflete a influência e até aspectos de obras exóticas, conserve a sua superioridade, e seja ainda assim original, mesmo de uma forte originalidade, é o espírito, o sentimento português que a anima. Eça de Queirós, como com bem mau gosto lhe exprobaram, não era talvez um patriota, no sentido político, estreito e freqüentemente imoral da expressão; não era como Tomás Ribeiro, Pinheiro Chagas, Bulhão Pato e agora o Sr. Fialho de Almeida, um profissional dessa virtude; mas nenhum escrito português teve mais que ele o íntimo, o profundo, o intenso sentimento do seu torrão natal, em nenhum refletiu com mais vigor e relevo a terra portuguesa nos seus variados aspectos e a alma portuguesa nas suas diversas feições. Este amoroso do exotismo, este fino e nervoso artista que sufocava talvez no acanhado e postiço meio nacional, que viveu e escreveu por terras alheias e de alta e refinada cultura, não perdeu jamais este doce sentimento, e a nostalgia, que é uma idiossincrasia nacional, obrando nele, pôs na sua obra dos últimos anos a nota melancólica, a saudade que se revela já nas páginas da Ilustre casa de Ramires e é o próprio fundo deste livro, A cidade e as serras[30].

Precedida por considerações, ainda muito atuais, sobre a questão da novidade e a reatualização dos temas literários, a leitura de José Veríssimo, sobretudo se pensada no momento e circunstância em que foi feita, aponta, por certo, para uma futura reavaliação da obra de Eça de Queirós, tal como ela foi empreendida quase meio século depois, por ocasião do centenário de nascimento do escritor, sobretudo no que diz respeito à recepção de sua obra sem os preconceitos patriotas de que foi vítima e com a necessária compreensão de seu substrato irônico e satírico.

Deixando-se de lado o texto sobre Anatole France, simples, embora curiosa, paráfrase que faz de um conto do autor francês, aquele em que narra episódio ocorrido com a figura histórica de Pôncio Pilatos depois da crucificação, quando não se recorda de um certo Jesus de Nazaré, os demais ensaios, em que aborda autores que comparecem pela primeira vez entre *Homens e Coisas Estrangeiras* consideradas pelo crítico, oferecem interesse variado.

Assim, por exemplo, o ensaio sobre Galdós, que trata especificamente de um drama do escritor, *Electra*, ao mesmo tempo que dá notícia de "graves perturbações da ordem pública, motins e arruaças, vias de fato, ata-

---

30. *Op. cit.*, pp. 154-155.

ques a clérigos e a estabelecimentos e instituições religiosas, tudo provocado pela representação – e depois pelas representações – de um drama de um escritor indígena"[31], o que leva José Veríssimo a meditar sobre a poderosa influência de que são capazes as obras de imaginação se encontram um meio favorável para a sua intensificação, serve ao crítico de ocasião para, mais uma vez, enfatizar a sua oposição aos fanatismos de qualquer espécie, e sobretudo, como é o caso, daqueles de ordem religiosa.

Deste modo, é com palavras duras e mesmo desabridas que o crítico fustiga o catolicismo de extração hispânica:

> O catolicismo é o velho e duro, e ao cabo odiado, tirano das populações espanholas. Mudaram ali os regimes, liberais, conservadores, reacionários, militares, teocráticos, monárquicos, republicanos, absolutistas, constitucionais, mas permaneceu intangível o clericalismo soez ou cruel, hipócrita ou desfaçado, galã e cortesão, ou lôbrego e sórdido, sabedor ou ignaro, dominando a escola, a choupana, o palácio, o campo e a cidade, sotopondo a sua autoridade, o seu prestígio, não só à da autoridade civil, mas à da mesma Igreja, servindo-a segundo um programa e um ideal seus, profundamente católico, mas estreitamente nacional, da nação dos Felipes e da Inquisição[32].

E se os textos sobre Maeterlinck, singela resenha de idéias possíveis a serem extraídas da poesia do autor, mas não idéias *na* poesia, que só assim poderiam ter interesse maior, e aquele sobre Alexandre Dumas têm apenas a comoção e a coragem de ser um tributo a escritor cuja popularidade era, no momento do crítico, vista sob suspeita pela crítica enfatuada, já o ensaio sobre Max Nordau, sobre o livro *Vus de dehors*, publicado em 1903, é relevante por deixar transparecer, sobretudo em suas páginas finais, o preconceito por assim dizer naturalista, próprio de sua formação intelectual, e de que nunca inteiramente conseguiu livrar-se o crítico, conforme já foi assinalado.

De fato, seguindo de perto, infelizmente de bem perto, o tresloucado e confuso autor do famoso *Degenerescência*, José Veríssimo reforça aquele mencionado preconceito ao subscrever as palavras do crítico franco-ale-

---

31. *Idem*, p. 69.
32. *Idem*, p. 84.

mão, em trecho de grande incompreensão crítica e, o que talvez ainda seja pior, de completo desacerto histórico-literário, ao escrever:

> Se há na história literária contemporânea um caso típico de humbug, de mistificação, consciente ou inconsciente, de uns e de esnobismo e paspalhice de outros, é de Stephane Mallarmé. Aliás o caso é mais fácil de compreender e explicar pela crítica do que o homem que lhe deu motivo. Esse eu nunca o entendi, e rio comigo dos que pretendem tê-lo entendido. O sr. Nordau consagra-lhe páginas decisivas, certamente das melhores, mais bem pensadas e mais justas de seu livro. É curioso que aqueles "cuja mocidade não os protege contra o amolecimento cerebral", como diz duramente na sua linguagem de clínico o sr. Nordau, depois do místico, popular e claro Verlaine, tenham escolhido para seu príncipe o nebuloso, o oco, o vago Mallarmé, e morto este – e morto para sempre, podem crer – entregassem o cetro ao sr. Leão Dierx, um puro parnasiano[33].

Apesar de tudo, no entanto, este texto de José Veríssimo tem a utilidade de poder explicar, mais uma vez, aquela defasagem existente entre os seus ensaios críticos, mesmo aqueles reunidos nestas séries de *Homens e Coisas Estrangeiras*, e que melhor se revela quando o crítico pretende analisar obras de ficção em prosa ou de poesia de autores novos seus contemporâneos. É o que vai acontecer em seus *Estudos de Literatura Brasileira* ou mesmo na *História da Literatura Brasileira* ao tratar do movimento simbolista ou aqui, nesta segunda série, quando não passa de comentários canhestros ao ler os dois autores portugueses já mencionados nos ensaios "Novo Romancista Português" e "Um Moderno Trovador Português".

Já o último texto a considerar, "A Gente de Língua Inglesa", insistindo, a partir de comentários a artigo publicado em revista norte-americana, sobre o indisfarçado desejo de expansão e de consolidação, para isso, de uma comunidade muito viva dos países de língua inglesa, o crítico sabe ver a significação de tal desejo agora não apenas para os países latino-americanos, mas para o mundo, na medida em que ele implica desenvolvimentos políticos de estratégias imperialistas e colonizadoras. Mas este tema será, de certa forma, dominante naqueles textos sobre a América

---

33. *Idem*, p. 335.

Latina que serão mais numerosos na terceira e última série de *Homens e Coisa Estrangeiras*.

IV

Nesta terceira série da obra, publicada em 1910, os dois textos iniciais, *Miguel de Cervantes e "D. Quixote"* e *Bocage*, foram publicados, respectivamente, nas revistas *Renascença*, de junho de 1905, e *Kosmos*, de dezembro do mesmo ano, e todos os demais no *Jornal do Comércio*, entre fevereiro de 1907 e março de 1908. Aqui também, como ocorrera nas séries anteriores, as mudanças, na passagem do jornal ao livro, foram de títulos: os ensaios "Letras Argentinas", "Formação da Alemanha Atual", "Aspectos da Moderna Evolução Alemã", "Literatura Latina e História Romana" e "Retórica de Nietzsche" eram, respectivamente, "Livros Argentinos", "Como se Fez a Alemanha de Hoje", "Alguns Aspectos da Moderna Evolução Alemã", "A Literatura Latina na História de Roma" e "As Idéias Literárias de Nietzsche".

O maior conjunto de ensaios é aquele representado por temas latino-americanos, traço que se acentuará em sua colaboração jornalística a partir de 1912, quando José Veríssimo passa a escrever regularmente em *O Imparcial*.

De fato, são quatro artigos: "Letras Hispano-americanas", em que lê a antologia *La Joven Literatura Hispano-americana*, organizada por Manoel Ugarte e publicada em 1906, "Letras Argentinas", em que trata das obras *Stella* e *Mecha Iturbe*, de Cesar Duayen, *Alma Nativa*, de Martiniano Leguizamon, e de um tomo dos *Anales de la Biblioteca*, editado por P. Groussac, "O Perigo Americano", acerca dos livros de Oliveira Lima, *Pan-americanismo*, e de Arthur Orlando, com o mesmo título, ambos de 1906, e *Letras Venezuelanas*, sobre um livro de ficção, *El Hombre de Hierro*, por Rufino Blanco Fombona, e um de história diplomática, *La Segunda Misión a España de Don Fermín Toro*, de Ángel Oscar Rivas.

A não ser por serem demonstrações inequívocas da curiosidade que tinha José Veríssimo por homens e coisas latino-americanas, buscando uma informação e um trânsito cultural entre o Brasil e os países hispano-americanos até hoje raro, lendo uma ficção pouco conhecida por aqui e se atualizando acerca das pesquisas históricas, de que dá prova a leitura que faz dos Anais da Biblioteca de Buenos Aires, o forte dessas suas aproximações à América Latina é mesmo a reflexão, que o ocupava desde os anos finais do século XIX através do último capítulo de sua *A Educação Nacional*, como já se viu, sobre as relações tensas entre os países latino-americanos e os Estados Unidos. E o exemplo disso, nesta terceira série de *Homens e Coisas Estrangeiras*, é o ensaio "O Perigo Americano".

Na verdade, trata-se de um dos textos mais contundentes escritos por José Veríssimo acerca daquilo que está expresso na doutrina Monroe como *manifesto destino* dos Estados Unidos, isto é, a influência e mesmo a conquista e a colonização sobre o resto da América.

Comentando um livro, o de John Fiske, *American Political Ideas*, e um artigo de revista, "The Territorial Expansion of the United States", escrito por John Bassett Moore, o crítico subscreve o que está dito pelo primeiro autor norte-americano quando afirma "que tempo virá em que se realize na terra um tal estado de coisas que seja possível [...] falar dos ESTADOS UNIDOS estendendo-se de pólo a pólo"[34]. Diz José Veríssimo:

> Eu por mim piamente acredito que esses tempos não estão muito longe. Tudo na política americana os anuncia próximos. E quando vejo os Estados Unidos romperem com a tradição muito recomendada pelos veneráveis pais da sua República, de se absterem de quaisquer procedimentos e intervenções exteriores, empenharem-se visível e disfarçadamente, qualquer que fosse o pretexto, em guerras de conquista, como foi a da Espanha, a quem tomaram as Filipinas, Porto Rico e quase se pode dizer Cuba, sem falar do que antes já haviam conquistado ao México, introduzirem sob e subrepticiamente no seu regime político entidades novas, que eles mesmos não sabem como qualificar e incorporar, e meterem no seu organismo republicano e democrático o vírus funestíssimo das instituições militares, como qualquer Alemanha ou Rússia, da posse de uma grande esquadra e de um poderoso exército um ideal de governo, ultrapassando com tudo isto o que o citado professor Moore chama de "as barreiras do pensamento político americano" e, tomando uma atitude francamente imperialista, ao lado das monarquias retrógradas da Europa, quando tudo isto vejo e considero, acabo de convencer-me das profecias não só de John Fiske, de Benjamin Kidd e de

---

34. *Idem*, p. 275.

quase todos os sociólogos norte-americanos, mas dos seus estadistas, os Blaines, os Roots, os Roosevelts, todos ali igualmente capacitados de que o "manifesto destino" da sua grandíssima nação é virtual ou efetivamente avassalar a América[35].

Por isso, o crítico vê com pessimismo os ideais do pan-americanismo e não vislumbra qualquer saída para a inevitável vocação imperialista norte-americana em suas relações com as outras nações do continente e, num arroubo de previsão (de certa maneira equivocada ao se assentar numa estatística de John Fiske que não se confirmou, isto é, de que os Estados Unidos, até o fim do século XX, teria uma população de seiscentos ou setecentos milhões de habitantes), afirma:

> Qual não será, ajuizada pelo que já é, a força, a potência verdadeiramente assombrosa e incontestável desse colosso de 600 ou 700 milhões de braços lá por 1990 e tantos? Primeiro porão o resto do continente sob a preponderância da sua força moral de ainda por muitos anos a única real grande potência mundial da América, depois sob a sua imediata dependência econômica e finalmente sob a sua plena hegemonia política. Desta se transformar, ao menos para alguns países, em suserania de fato e até de direito, não vai mais que um passo[36].

Deste modo, prevendo assim o futuro da América ou antes do resto da América ante a grandeza assombrosa e ilimitadamente crescente dos Estados Unidos[37], José Veríssimo lê os livros de Arthur Orlando e de Oliveira Lima como vãs tentativas, ou de atenuar o perigo americano, caso do primeiro, ou de a ele se opor, caso do segundo. E a este a sua principal objeção é exatamente a de ser, como foi a do próprio Rio Branco, uma política de amizade equivocada. Pois, diz o crítico, se o perigo americano "pode ser contrastado somente o será por uma política que não faça da amizade americana uma questão nacional, como foi, por exemplo, exemplo infelicíssimo, a abolição"[38].

E a sua conclusão não poderia ser outra:

---

35. *Idem*, pp. 275-276.
36. *Idem*, pp. 276-277.
37. *Idem*, p. 277.
38. *Idem*, p. 281.

O pan-americanismo, tal como o entendem e querem os Estados Unidos, invenção de Blaine, principal fautor do imperialismo americano e pai espiritual de Roosevelt, é, e todo o livro do Sr. Oliveira Lima concorre para o demonstrar, a encarnação daquele ideal do "manifesto destino" de uns Estados Unidos estendendo-se de pólo a pólo[39].

Estava preparado o caminho para aquilo que será uma constante de seus textos sobre a América Latina, sobretudo aqueles que escreverá sobre temas culturais, literários e políticos no jornal O *Imparcial*, a partir de 1912, como já foi observado[40].

Mas a variedade de temas e autores desta terceira série é, como nas duas outras, muito grande, embora se possa organizar alguns conjuntos de textos que estão publicados sem qualquer preocupação neste sentido.

É o caso, por exemplo, de três ensaios que, ou tratando de história antiga ou de raça e cultura, "O Maior dos Romanos" e "Literatura Latina e História Romana", por um lado, e "Raça e Cultura – Latinos e Germanos", por outro, todos orbitando em torno da figura do historiador italiano Guglielmo Ferrero, cuja presença no Brasil daqueles dias, quando pronunciou conferências, foi um acontecimento cultural de grande impacto, provocando polêmicas e instigando reações, de que o último texto citado de José Veríssimo é um exemplo.

É também o caso de dois textos que tratam da história e da cultura na Alemanha, cuja presença no quadro político europeu se fazia mais e mais proeminente, até a atuação central que resultou na Grande Guerra de 1914-1918: "Formação da Alemanha Atual" e "Aspectos da Moderna Evolução Alemã".

Ou mesmo os textos em que aborda a literatura e a cultura de Portugal, como são o ensaio comemorativo dos cem anos da morte do poeta, em *Bocage*, aquele em que escreve sobre o livro de Carolina Michaelis de Vasconcelos, *A Infanta D. Maria e suas Damas*, aquele outro em que volta ao poeta Antônio Corrêa de Oliveira, já abordado em texto da segunda série, ao escrever sobre o seu livro *Tentações de Sam Frei Gil*, e o que comenta a nova edição de *Sermões,* de Antônio Vieira, primeiro volume das

---

39. *Idem, ibidem.*
40. Alguns desses textos estão reunidos em José Veríssimo, *Cultura, Literatura e Política na América Latina,* seleção e apresentação de João Alexandre Barbosa, São Paulo, Livraria Brasiliense, 1986.

Obras Completas do Padre Antonio Vieira, organizadas pelo Padre Gonçalo Alves, e publicadas em 1907.

Ou ainda, e como não poderia deixar de ser, três ensaios que giram em torno de temas e obras da França, como ocorre com "A Lenda Napoleônica", em que discute a obra *Les Origines de la Légende Napoléonienne*, de Philippe Gonnard, "Teatro e Sociedade Francesa Contemporânea", precioso ensaio sobre dramaturgia numa bibliografia reconhecidamente escassa, e "Taine e a Revolução Francesa", cujo objeto de leitura é a obra *Taine historien de la Révolution Française*, de A. Aulard, publicada em 1907.

Finalmente, e a meu ver, juntamente com aquele sobre temas e autores hispano-americanos, o mais interessante dos conjuntos presentes nesta terceira série, os dois ensaios sobre Nietzsche: "Um Ideal de Cultura", com o subtítulo "Sobre uma Página de Nietzsche", e "Retórica de Nietzsche", em que comenta quatro obras em torno do filósofo, *En lisant Nietzsche*, de Émile Faguet, *Pages choisies de Frédéric Nietzsche*, de Henri Albert, *Friedrich Nietzsche*, de Henri Lichtenberger, e *Friedrich Nietzsche*, de Eugène de Roberty.

Se a estes dois ensaios for acrescentado aquele que publicou no jornal *Correio da Manhã*, de 19 de janeiro de 1903, posteriormente recolhido no volume *Que é Literatura? e Outros Escritos*, de 1907[41], tem-se o conjunto completo de textos do crítico sobre o filósofo.

O primeiro ensaio tem por tema uma definição de cultura expressa por Nietzsche numa das páginas de suas *Considerações Inatuais*, e que José Veríssimo lê na tradução francesa publicada pela Mercure de France, em 1907, e que ele traduz da seguinte maneira: "A cultura é antes de tudo a unidade do estilo artístico em todas as manifestações vitais de um povo"[42] e a que se segue o comentário do crítico brasileiro:

> Já se tem dito, mas cumpre repetir: Nietzsche é principalmente, primariamente, e talvez somente, um artista, isto é, um homem em cujo cérebro todas as impressões do mundo exterior, ou todas as intuições da sua inteligência, todas as suas emoções ou

---

41. Cf. Nietzsche, *Que é Literatura? e Outros Escritos*, Rio de Janeiro, H. Garnier, Livreiro Editor, 1907, pp. 153-163.
42. *Op. cit.*, p. 363.

sensações, se apresentam e representam como emoções ou sensações estéticas. De uma estesia particular, pessoal, como é tudo nele, fora talvez da realidade objetiva, mas de uma singular força e beleza. Esta idéia – talvez imprecisa e indefinida para os mesmos que se presumem de nietzschianos – a tirou ele da sua concepção, insensata perante a melhor exigência da civilização grega, das origens da tragédia helênica. Sabe-se como fantasiou uma vida, uma sociedade, uma cultura grega, com bem pouca realidade na história. Como quer que seja, dessa criação da sua imaginativa formou um conceito de cultura que quisera aplicar a todas as nossas manifestações vitais; seria ela como o resíduo sublimado, a expressão última e sobreexcelente de todos os nossos progressos na ordem espiritual e ainda na ordem social e moral[43].

Deste modo, embora freqüentemente reticente com relação aos conceitos de Nietzsche no que se refere à idéia do super-homem como explicação do processo histórico, aspecto pelo qual era superficial e unilateralmente conhecido pelo leitor médio brasileiro – contra o que o crítico sempre se declara –, e que levou, muitas páginas atrás, a se falar nas relações contraditórias de José Veríssimo com o filósofo alemão, ele encontra em sua definição de cultura um motivo para reverenciar a capacidade imaginativa de quem ele sempre definiu antes como poeta do que como filósofo sistemático.

Por este ensaio, percebe-se como aquilo que o afastava de Nietzsche, e logo nas primeiras linhas ele chega a falar de "repugnância da leitura de Nietzsche"[44], era, sobretudo, a aceitação superficial daquilo que não parecia senão extravagância de sua filosofia ao desmontar os alicerces de um moralismo tradicional. E é, por certo, de grande sensibilidade crítica aquilo que escreve José Veríssimo sobre a cegueira de sua recepção por aqueles que, se presumindo de nietzschianos, confundem os conceitos do filósofo no que se refere a valores morais. Diz ele:

> Superficialmente vista, a filosofia de Nietzsche é a filosofia dos amorais e dos imorais. Não que o seu amoralismo, como já lhe chamaram, seja imoral. Ao contrário, resulta em uma transcendente e pura ética. Mas, em antes de lá chegar e antes de a compreenderem e poderem praticar, os literatos e estetas, já de natureza minguados

---

43. *Idem*, pp. 363-364.
44. *Idem*, p. 359.

do nosso comum senso moral, acham na sua soberba, e realmente profunda, teoria da transmutação dos valores, um acoroçoamento e uma justificativa às suas próprias tendências anti-sociais ou anti-humanas. E como estas são comuns nessa classe de gente, é justamente nela que mais penetrou, se bem mal compreendido e até deturpado, o pensamento nietzschiano[45].

Neste sentido, sabendo buscar uma coerência por sob a aparente desorganização de uma grande sensibilidade, que era a do filósofo, José Veríssimo se desvencilha daqueles elementos naturalistas de sua formação e recupera aquilo que, em Nietzsche, é, como ele mesmo diz, "momentos lucidíssimos, em que a sua imaginação homérica, inquieta e desvairada, projeta clarões intermitentes, de intensidades diversas, mas freqüentemente vivíssimos e luminosos, nos problemas da cultura e da vida"[46].

E é naquela *unidade do estilo artístico* da definição de cultura proposta por ele que o crítico encontra o caminho para apreender como síntese a visão do filósofo, cuja expressão *natural e ingênua* que resulta do sentido da ordem e harmonia aprendida com o trato da cultura grega, segundo José Veríssimo, faz da obra de Nietzsche um magnífico exemplo de superação daquilo que chega a chamar de *vesânico* em sua filosofia.

Sendo assim, na interpretação do crítico, para Nietzsche "a cultura não é saber e conhecimento, ciência ou erudição, mas o expoente e o resultado de tudo isso, quando esse resultado se produz do modo superior por ele chamado estilo"[47].

A partir daí, o ensaio de José Veríssimo volta-se para o caso brasileiro, numa verdadeira diatribe contra o hábito de falsear a cultura com adornos eruditos de superfície:

> A expressão de nós mesmos, como povo e como indivíduos, quando temos alguma coisa a exprimir e sabemos exprimi-la, é em suma a cultura, e não conhecimentos acumulados sem discrição, a ciência ou a erudição apenas ingeridas e mal assimiladas e que, como uma alimentação indigesta, de fato não nutre e avigora o organismo.

---

45. *Idem*, pp. 359-360.
46. *Idem*, p. 360.
47. *Idem*, p. 366.

Impando com estas vitualhas excessivas, despeja-as o estômago tal qual as recebeu. Mas não falta quem lhe tome o ímpeto e o arroto como sinal de saúde e força. Desses vômitos de erudição temos aqui, como outro dia notei, um asqueroso exemplo nas citações intemperantes e desapropositadas, puro, indiscreto e vaidoso alarde de conhecimentos e leituras, que só aos simples ou parvos pode embair[48].

Já o segundo ensaio mencionado, e que é segundo na publicação em livro, pois apareceu no *Jornal do Comércio* um ano antes do anterior, isto é, em 1907, tem sobretudo o interesse em apontar aquilo que, para o crítico, seria não um estilo de cultura, como no texto precedente, mas o estilo do próprio Nietzsche. E este estilo é, segundo o crítico, caracterizado por uma ordem clássica em que a clareza e a impersonalidade são traços essenciais, senão de realização, de desejo ou vontade de arte. Sobre a primeira, diz ele:

> Nietzsche é pela clareza. Ele adorou a clareza grega e a clareza francesa. A clareza era para ele a lealdade do filósofo, o que não é senão, em outros termos, o velho conceito francês: a clareza é a probidade do escritor. E a nenhum talvez admirou mais Nietzsche que a Voltaire, que é o mais claro de todos. Mas esta clareza não é para ele a vulgaridade de tudo dizer plenamente, chatamente, como se o leitor fora um néscio, de modo a impedir-lhe o gosto de colaborar com o autor, que é um dos encantos da leitura[49].

E sobre a segunda:

> A impersonalidade do artista está em que ele não entre voluntariamente na sua obra, ou como ele diz "que o autor se deve calar quando a sua obra fala". É um pouco aquilo de Victor Hugo, que não é aliás um artista impessoal: "Ami, cache ta vie et répand ton esprit". Mas é pessoal justamente porque, não intervindo, a sua personalidade voluntária, sua personalidade sensível, sua personalidade de temperamento enche-lhe a obra. Tal teoria, sutil sem dúvida, mas porventura verdadeira, se resume afinal na parte do inconsciente na obra de arte. Eu por mim sempre pensei que, fora dos tempos modernos, a obra de arte, os grandes poemas antigos, a tragédia grega, e ainda o drama shakespeariano, como as eminentes artes plásticas da Renascença, foram

---

48. *Idem*, p. 370.
49. *Idem*, p. 418.

por muito inconscientes ou nelas teve parte proeminente a personalidade de temperamento do artista, para falar como Nietzsche[50].

Além desses conjuntos de ensaios, aqui descritos para que se possa melhor compreender a organização da obra, esta terceira e última série de *Homens e Coisas Estrangeiras* completa-se com mais três textos: uma leitura do ensaio de Tolstói sobre Shakespeare, que o crítico lê na segunda edição da tradução francesa editada por Calmann-Lévy em 1907, uma resenha do livro *I Vantaggi della Degenerazione*, por Gina Lombroso, e sobretudo o ensaio sobre Cervantes, *Miguel Cervantes e D. Quixote*, com que abre o livro. E sobretudo porque é um texto que, sem ser resenha de obra ou de autor, revela, sem dúvida, a aturada reflexão do crítico sobre uma obra clássica, trazendo uma importante contribuição para a sua recepção crítica no Brasil.

E isto, creio, por duas razões: em primeiro lugar, por saber situar a obra de Cervantes como peça fundamental na criação de um novo gênero, o romance, nas articulações com as próprias mudanças sociais e históricas, e, em segundo lugar, por ultrapassar as puras e simples visões da obra cervantina como sátira, que seriam, segundo as melhores lições dos estudiosos da obra, uma primeira etapa de sua história crítica.

Na verdade, desde o início, o ensaio de José Veríssimo se propõe como uma leitura do *Dom Quixote* que o situe como parte substancial da transformação do gênero épico e como peça importante na consolidação do romance como gênero próprio da burguesia. Assim, diz o crítico:

O homem antigo, isto é, a sociedade antiga, definiu-se na epopéia. A sua própria tragédia não é senão a epopéia dialogada, numa ação mais rápida e movimentada. O romance, não obstante tentado pelos gregos, iniciadores de tudo, mas criação moderna, é a nossa epopéia, a nossa forma de literariamente nos definirmos e à nossa sociedade. [...] Quando a vida tomou outra direção e não foi mais, ou não foi principalmente, a atividade guerreira, com as suas empresas ousadas e grandiosas, as suas façanhas maravilhosas, aventuras extraordinárias e feitos sobre-humanos, [...] quando os deuses e semideuses e os heróis cederam lugar ao homem e a sociedade, de hie-

---

50. *Idem*, pp. 413-414.

rárquica e aristocrática que era, entrou a tornar-se igualitária e democrática, as classes e castas foram desaparecendo e o costume antes da lei começou a igualar a todos, a epopéia, acompanhando a evolução social, foi pouco a pouco evoluindo no romance, a história idealizada da vida burguesa e popular, que substitui a vida patrícia e militar[51].

No que se refere à segunda razão assinalada, aquela de ultrapassar a leitura da obra de Cervantes como exemplo satírico que só poderia ser devidamente apreendido em função da experiência do leitor com as obras de cavalaria anteriores, dominante no período em que José Veríssimo escreve o seu texto, a sua reflexão é de grande acerto crítico, sabendo apontar as razões mais íntimas da perenidade do grande livro:

E hoje, diz ele, que nenhum resto sequer sobrevive da cavalaria andante, que ninguém escreve ou lê romances de cavalaria, nem é, pois, influenciado por eles, e, portanto, a sátira de Dom Quixote fica sem objeto, ou tem apenas um alcance retrospectivo sem interesse, o que vive nesse livro de uma vida perene e imortal, é a sua realização da vida e da natureza humana[52].

Aliás, um dos traços marcantes do ensaio de José Veríssimo é saber manter a tensão entre os elementos realistas e idealistas que, como se sabe, estruturam a obra de Cervantes, embora, é claro, movido pelos próprios preconceitos de época, a sua tendência seja a de acentuar os valores de idealização da obra, sem que, no entanto, isto o estorve de assumir uma perspectiva acertadamente crítica, como se pode ver no pequeno trecho a seguir:

E assim, diz, o mais realista talvez dos grandes poemas humanos, é porventura aquele que melhor exprimiu a capacidade de ideal que no homem há, e com tão profunda e exata ciência da vida, tão claro sentimento da realidade, que o herói protagonista dessa vesânia, só pela vesânia escapa às miseráveis condições egoísticas da existência[53].

---

51. *Idem*, pp. 9-10.
52. *Idem*, p. 24.
53. *Idem*, p. 28.

Acrescente-se, como observação derradeira, que o comentário a este texto de José Veríssimo serve muito bem como conclusão para estas notas introdutórias e até mesmo por uma razão ocasional que, não obstante, teve a sua importância para a reedição destas séries de estudos do crítico.

Isto porque foi a partir de artigo em revista acerca deste ensaio de José Veríssimo, em grande parte utilizado aqui, no contexto mais amplo de uma discussão sobre a recepção crítica da obra de Cervantes no Brasil, que tive a oportunidade de chamar a atenção, nomeando explicitamente duas editoras, para a necessidade cultural de uma reedição das três séries de *Homens e Coisas Estrangeiras*[54].

Que uma delas, a Topbooks, através de José Mário Pereira, tivesse atendido ao apelo é motivo para uma renovação de confiança em nossa indústria editorial.

---

54. Cf. João Alexandre Barbosa, "Homens e Coisas Estrangeiras", *CULT – Revista Brasileira de Literatura*, Ano II, n. 23, junho de 1999, pp. 18-20. O trecho completo do artigo mencionado é o seguinte: "Obra que, sem dúvida, mereceria a coragem editorial de uma republicação (penso, por exemplo, na mencionada Topbooks ou na Companhia das Letras que vêm meritoriamente republicando textos básicos de nossa tradição) não apenas por curiosidade bibliográfica, mas porque revela um ângulo muito pouco conhecido não somente do crítico, como de todo o seu momento cultural, vale dizer, o fim do século XIX e inícios do XX no Brasil".

6

A *História da Literatura Brasileira* de José Veríssimo*

CREIO QUE A melhor maneira de ler esta obra de José Veríssimo é começar situando-a em dois contextos: o da própria obra do autor e aquele das atividades críticas e histórico-literárias do tempo em que lhe foi dado viver (1857-1916).

I

No que diz respeito ao primeiro, é preciso logo acentuar que a publicação da *História da Literatura Brasileira. De Bento Teixeira (1601) a Machado de Assis (1908)* foi póstuma, ocorrendo no mesmo ano da morte do autor.

Desta maneira, pode-se dizer que, de um modo até mesmo literal, foi uma súmula de sua vida literária, ou *remate*, para usar o termo preferido por ele na dedicatória do livro. E, ao morrer, José Veríssimo deixava uma obra que, de fato, o identificava como uma das principais lideranças críticas do Brasil da última década do século XIX e da primeira do XX.

Na verdade, embora tenha publicado quatro livros ainda no período em que vivia na sua província natal do Pará, *Primeiras Páginas*, de 1878,

---

* Texto publicado em *Introdução ao Brasil. Um Banquete no Trópico*, vol. II, organização de Lourenço Dantas Mota, São Paulo, Editora Senac, 2001.

Cenas da Vida Amazônica, de 1886, *Estudos Brasileiros (1877-1885)*, de 1889 e *A Educação Nacional*, de 1890, é somente depois de sua mudança para o Rio de Janeiro, em 1891, que inicia uma atividade ininterrupta de jornalismo literário, a começar pelo *Jornal do Brasil*, cujo primeiro resultado valioso para sua trajetória crítica é a publicação, em 1894, da segunda série dos *Estudos Brasileiros* (1889-1893).

A edição e direção da *Revista Brasileira*, de que se encarregou a partir de 1895, e cujos dezenove tomos foram publicados até 1899 (existe um vigésimo, que ficou pronto e com a data de 1900, mas que não circulou) e em cuja redação nasceu a idéia da fundação da Academia Brasileira de Letras, deu ao crítico não apenas a oportunidade de publicar numerosos ensaios críticos e notas bibliográficas, muitos dos quais vão compor a primeira série dos *Estudos de Literatura Brasileira*, de 1901, mas ainda uma enorme visibilidade no cenário cultural da capital do país.

Por outro lado, a colaboração, sobretudo, em três jornais do Rio de Janeiro, o *Jornal do Comércio*, *Correio da Manhã* e *O Imparcial* e nas revistas *Kosmos*, *Renascença*, *Almanaque Garnier* e na *Revista da Academia Brasileira de Letras* resultou na publicação das seis séries dos *Estudos de Literatura Brasileira*, das três séries de *Homens e Coisas Estrangeiras* e do volume *Que é Literatura? e Outros Escritos*.

Deste modo, os livros publicados por José Veríssimo entre 1901 e 1910, desde as duas primeiras séries dos *Estudos de Literatura Brasileira* à terceira e última de *Homens e Coisas Estrangeiras*, e que constituem o cerne de sua atividade crítica, são, na verdade, coletâneas de textos escritos para a imprensa periódica que passam para o livro sem maiores modificações, quando muito revelando apenas alterações de títulos.

Embora obra de síntese, como é óbvio, a *História*, em parte, não foi uma exceção no modo pelo qual José Veríssimo publicou os seus livros mais importantes: alguns de seus capítulos foram inicialmente redigidos para periódicos e desde, pelo menos, 1906, o autor começou a publicar textos que, mais tarde, seriam organizados e refundidos na composição da obra.

Na verdade, foi naquele ano que publicou, na revista *Kosmos*, o artigo *Sobre a Formação da Literatura Brasileira*, em que discute não somente problemas de cronologia histórico-literária, como ainda propõe definições da literatura brasileira, sobretudo em referência às suas vinculações com a portuguesa, assuntos que serão predominantes na "Introdução" à *História*.

Por outro lado, ainda na mesma revista, em 1908, escreveu uma série de quatro artigos sob a denominação geral de *Começos Literários do Brasil*, em que se encontram – às vezes literalmente – trechos dos dois primeiros capítulos da *História* ("A Primitiva Sociedade Colonial" e "Primeiras Manifestações Literárias – Versejadores e Prosistas").

Até mesmo no *Jornal do Comércio*, em 1912, publicou um texto, "Capítulo de História Literária: Prosistas Brasileiros do Século XVIII", no qual há longos trechos que, na obra de 1916, seriam fielmente transcritos, formando parte do capítulo quinto ("Aspectos Literários do Século XVIII").

Finalmente, em 1910, 1911 e 1912 escreveu cinco ensaios para a *Revista da Academia Brasileira de Letras* ("A Escola Mineira", "O Teatro Brasileiro", "Os Poetas do Grupo Mineiro", "Magalhães e o Romantismo" e "Gregório de Matos"), os quais vieram a constituir, na obra posterior, os capítulos VI (pela fusão do primeiro e do terceiro artigos), XVII, IX e IV, respectivamente, em que as modificações são mínimas e correm, quase sempre, por conta da organização global da obra histórica. Por outro lado, é preciso acentuar que os temas tratados na *História*, em sua maioria absoluta, já haviam sido considerados pelo crítico, sobretudo nas seis séries dos *Estudos de Literatura Brasileira*.

Deste modo, no contexto geral de sua obra, a *História* é, de fato, um trabalho pessoal de síntese e, por isso mesmo, como observou Otto Maria Carpeaux, em artigo publicado em 1949, "o livro não é propriamente obra de um historiador de letras e sim a palavra final de um crítico literário"[1].

Acrescente-se: de um crítico literário que, através da síntese de uma atividade desenvolvida durante, pelo menos, três décadas, assume a história como a melhor maneira didática de resumir e comunicar aquilo que fora a substância daquela atividade, consciente de experimentos anteriores no mesmo sentido.

---

1. Cf. Otto Maria Carpeaux, "José Veríssimo – Crítico da Nacionalidade", *Correio Paulistano*, 14 de dezembro de 1949.

II

São precisamente estes experimentos anteriores que constituem aquele segundo contexto da obra, referido no início, e cujo conhecimento é fundamental para a melhor compreensão do projeto da *História*.

Na verdade, a *História* era a terceira síntese bem-sucedida de história da literatura brasileira em nossa historiografia literária, tendo sido precedida apenas pela obra de Ferdinand Wolf, *O Brasil Literário*, de 1863, e, sobretudo, pela *História da Literatura Brasileira*, de Sílvio Romero, de 1888.

E embora na "Introdução" à obra, o próprio José Veríssimo, depois de reconhecer as obras de Varnhagen e de Sílvio Romero como as principais precursoras da sua, arrole alguns autores cronologicamente anteriores àqueles dois – Januário da Cunha Barbosa, Joaquim Norberto de Souza, Gonçalves de Magalhães, Pereira da Silva, Bouterweck, Sismonde de Sismondi e Ferdinand Denis –, a que se poderia acrescentar, pelo menos, dois nomes posteriores, o do cônego Fernandes Pinheiro e o de Sotero dos Reis, nenhum deles, com a exceção parcial dos fragmentos da projetada história de Joaquim Norberto e dos cursos dos dois últimos, fez rigorosamente obra pessoal de síntese histórico-literária.

Todo o início da crítica no país, que coincide com o Romantismo, e deixando-se de lado aquilo que, no século XVIII, fora incipiente preocupação crítica nas atividades do movimento das academias literárias, está intimamente associado às aspirações de identificação da nacionalidade que se acentuara depois da independência política.

Neste sentido, a elaboração de uma história literária era percebida não apenas como coroamento de obra pessoal do crítico, mas como traço identificador de amadurecimento intelectual da nação.

Referindo-se ao enorme trabalho realizado por aquelas gerações que prepararam o aparecimento da *História* de Sílvio Romero, em 1888, Antonio Candido soube realizar uma admirável síntese daqueles esforços de investigação crítico-histórica, e que serve não apenas para o caso específico de Sílvio Romero, como para todos os críticos, como é o caso de José Veríssimo, formados a partir dos anos 60 e 70 do século XIX.

Diz ele, numa referência aos críticos românticos:

A sua longa e constante aspiração foi, com efeito, elaborar uma história literária que exprimisse a imagem da inteligência nacional na seqüência do tempo, – projeto quase coletivo que apenas Sílvio Romero pôde realizar satisfatoriamente, mas para o qual trabalharam gerações de críticos, eruditos e professores, reunindo textos, editando obras, pesquisando biografias, num esforço de meio século que tornou possível a sua *História da Literatura Brasileira*, no decênio de 80.

Visto de hoje, esse esforço semi-secular aparece coerente na sucessão das etapas. Primeiro, o panorama geral, o "bosquejo", para traçar rapidamente o passado literário; ao lado dele, a antologia dos poucos textos disponíveis, o "florilégio", ou "parnaso". Em seguida, a concentração em cada autor, antes referido rapidamente no panorama: são as biografias literárias, reunidas em "galerias", em "pantheons"; ao lado disso, um incremento de interesse pelos textos, que se desejam mais completos; são as edições, reedições, acompanhadas geralmente de notas explicativas e informação biográfica. Depois, a tentativa de elaborar a história, o livro documentário, construído sobre os elementos citados.

Na primeira etapa, são os esboços de Magalhães, Norberto, Pereira da Silva; as antologias de Januário, Pereira da Silva, Norberto-Adet, Varnhagen. Na segunda etapa, as biografias em série ou isoladas, de Pereira da Silva, Antonio Joaquim de Melo, Antonio Henriques Leal, Norberto; são as edições de Varnhagen, Norberto, Fernandes Pinheiro, Henriques Leal etc. Na terceira, os "cursos" de Fernandes Pinheiro e Sotero dos Reis, os fragmentos da história que Norberto não chegou a escrever[2].

Se a este excelente esquema forem acrescentados alguns daqueles historiadores e críticos estrangeiros do Romantismo que se preocuparam com a literatura brasileira e sobre ela escreveram, todos antologizados por Guilhermino César em seu precioso livro sobre historiadores e críticos do Romantismo[3], tem-se uma perspectiva mais ou menos completa, não só dos esforços desenvolvidos no sentido de estabelecer o quadro da literatura brasileira, através da reunião e edição dos textos, biografias dos autores e localização histórica das obras, mas ainda da tradição crítico-histórica que fundamenta o aparecimento posterior das histórias de Sílvio Romero e de José Veríssimo.

---

2. Antonio Candido, *Formação da Literatura Brasileira*, São Paulo, Livraria Martins Editora, 1959, 2 vols., p. 348.
3. Cf. Guilhermino César, *Historiadores e Críticos do Romantismo. 1. A Contribuição Européia: Crítica e História Literária*, Rio de Janeiro/São Paulo, Livros Técnicos e Científicos Editora/Edusp, 1978.

E se a *História* do primeiro, surgida sob o impacto poderoso que provocara no Brasil a difusão daquilo que ele mesmo chamava de *bando de idéias novas*[4], sobretudo a partir dos anos 70, isto é, os princípios do positivismo, do evolucionismo e do determinismo, não apenas buscava fazer a crítica de princípios românticos que informara a atividade crítico-histórica imediatamente anterior, mas fazia da história literária a expressão de uma interpretação de largo espectro da cultura no Brasil, a de José Veríssimo já revelava o diálogo, sempre problemático para um homem de sua formação, em tudo semelhante à de Sílvio Romero, com os novos modelos de crítica, instaurados, como sempre acontece, a partir das próprias inovações literárias.

Deste modo, se o contexto mais amplo da *História*, de José Veríssimo, inclui, por um lado, toda aquela tradição que, advindo do Romantismo, é, por assim dizer, superada pela crítica *moderna* que está na obra de Sílvio Romero, por outro lado, ele é também constituído por aquelas tendências literárias que representavam profundas modificações no paradigma positivista e evolucionista, núcleo do *moderno*, que dominara a cena crítico-histórica desde os meados do século XIX.

Assim, por exemplo, o próprio conceito de representação, que embasara toda a literatura de traço realista-naturalista, e que tão bem se ajustava às leituras positivistas ou evolucionistas, é posto em xeque pelas experimentações simbolistas com que, gostasse ou não, tinha de conviver um crítico ou um historiador literário atuando em finais do século XIX.

A forte herança romântica, a crise dos positivismos e evolucionismos e as novas tendências impressionistas da crítica, que melhor se adequavam aos novos modos de representação, eram elementos fundamentais do novo paradigma crítico que se anunciava no contexto mais amplo de elaboração da *História*.

E a leitura que faz José Veríssimo daquela herança, assim como o modo pelo qual enfrenta a mencionada crise epistemológica (a dos determinismos, de modo geral) são municiados pelo conhecimento de alguns auto-

---

4. Cf. Sílvio Romero, "Explicações Indispensáveis", em Tobias Barreto, *Vários Escritos*, Rio de Janeiro, Edição do Estado de Sergipe, 1926, p. XXVII.

res e obras, sobretudo os de extração francesa, mas não só, que ajuda a melhor caracterizar o contexto teórico da *História,* a começar pela grande admiração que nutria pelo jovem crítico português Moniz Barreto, e de quem José Veríssimo adotou, sobretudo, o conceito de literatura, tal como ele é expresso na "Introdução" à *História.*

A observação está no belo e convincente estudo que escreveu como introdução para a edição da *História* pela Universidade de Brasília, de 1963, o crítico Heron de Alencar, realizando aquilo que é, até hoje, o melhor estudo de fontes estrangeiras da *História*, ali elencando, além do mencionado crítico português, autores como Renan, Taine, Brunetière, Brandes, Sainte-Beuve e Scherer, sem esquecer Gustave Lanson, cuja *Histoire de la littérature française,* de 1894, aparece citada, pela edição de 1912, na própria "Introdução" à *História.*

Se a tais nomes de críticos em sentido estrito forem acrescentados aqueles escritores em sentido mais amplo que, sem exercerem a crítica sistemática, deixaram páginas importantes de reflexão sobre a literatura e a crítica, e que foram estudados pelo próprio José Veríssimo em artigos depois reunidos em alguns de seus livros, tem-se uma medida aproximada da amplitude de sua informação teórica e que, muito naturalmente, terminou por informar as páginas de sua *História.*

É o caso, por exemplo, de autores como Tolstói, Ruskin ou Nietzsche, para ficar apenas com aqueles sobre os quais mais escreveu, que foram lidos e relidos pelo crítico nas três séries de *Homens e Coisas Estrangeiras* ou no volume *Que é Literatura? e Outros Escritos*, sem desprezar naturalmente aqueles autores, até mesmo os da América latina, de que tinha notícias através de livros, jornais e revistas, de que andava sempre bem informado, conforme se revela pelos textos que escreveu sobre ensaístas e ficcionistas da região[5].

Com esta indicação de fontes estrangeiras, que completam as brasileiras da herança romântica e da contracorrente romeriana, está desenhado o contexto mais amplo para a leitura da *História da Literatura Brasileira.*

---

5. Cf. José Veríssimo, *Cultura, Literatura e Política na América Latina*, seleção e apresentação de João Alexandre Barbosa, São Paulo, Editora Brasiliense, 1986.

III

A obra é de grande coerência na ordenação de seus dezenove capítulos, precedidos pela "Introdução" metodológica, já anteriormente mencionada, de importância para o estudo de nossa historiografia literária, percebendo-se por ela, por exemplo, como a influência contumaz do determinismo de Taine é abrandada pela leitura de Gustave Lanson ou mesmo pela lembrança de Sainte-Beuve, que ocorre no final do texto.

Não obstante tais indicações de um esforço de atualização teórico-crítica, a "Introdução" revê os pressupostos fundamentais da historiografia literária brasileira, quer os defendidos por seus precursores românticos, quer os assentados por Sílvio Romero, sobretudo aqueles referentes à periodização e à própria definição de literatura e de literatura brasileira.

Neste sentido, já no primeiro parágrafo, José Veríssimo retoma o tema da tensão entre dependência e autonomia da literatura brasileira em relação à portuguesa, afirmando a correlação entre desenvolvimentos literário e político:

> A literatura que se escreve no Brasil é já a expressão de um pensamento e sentimento que se não confundem mais com o português, e em forma que, apesar da comunidade da língua, não é mais inteiramente portuguesa. É isto absolutamente certo desde o Romantismo, que foi a nossa emancipação literária, seguindo-se naturalmente à nossa independência política. Mas o sentimento que o promoveu e principalmente o distingue, o espírito nativista primeiro e o nacionalista depois, esse veio formando desde as nossas primeiras manifestações literárias, sem que a vassalagem ao pensamento e ao espírito português lograsse jamais abafá-lo. É exatamente essa persistência no tempo e no espaço de tal sentimento, manifestado literariamente, que dá à nossa literatura a unidade que lhe justifica a autonomia[6].

A partir deste texto, duas conseqüências podem ser, desde já, extraídas: o critério de periodização defendido pelo autor e, até mesmo como decorrência, o fato da *História* ter como eixo o Romantismo.

---

6. Cf. José Veríssimo, *História da Literatura Brasileira. De Bento Teixeira (1601) a Machado de Assis (1908)*. Primeiro milheiro. Rio de Janeiro, Livraria Francisco Alves, 1916, p. 1. Todas as citações a seguir da obra serão feitas a partir desta edição.

No que diz respeito à primeira, a proposta de José Veríssimo é muito clara e simples e, de certo modo, responde às hesitações periodológicas por ele mesmo apontadas na obra de Sílvio Romero (basta atentar para a referência negativa que faz à noção de um *desenvolvimento autonômico*, tal como está na *História* de seu predecessor):

> As duas únicas divisões que legitimamente se podem fazer no desenvolvimento da literatura brasileira são, pois, as mesmas da nossa história como povo: período colonial e período nacional. Entre os dois pode marcar-se um momento, um estádio de transição, ocupado pelos poetas da plêiade mineira (1769-1795) e, se quiserem, os que os seguiram até os primeiros românticos. Considerada, porém, em conjunto a obra desses mesmos não se diversifica por tal modo da poética portuguesa contemporânea, que force a invenção de uma categoria distinta para os pôr nela. No primeiro período, o colonial, toda a divisão que não seja apenas didática ou meramente cronológica, isto é, toda a divisão sistemática, parece-me arbitrária. Nenhum fato literário autoriza, por exemplo, a descobrir nela mais que algum levíssimo indício de "desenvolvimento autonômico", insuficiente em todo caso para assentar uma divisão metódica[7].

No que se refere à segunda conseqüência referida, basta atentar para o fato de que oito dos dezenove capítulos da obra são dedicados ao estudo do Romantismo em que, pela certeira classificação de duas gerações (capítulos VIII, IX, XII e XIII), precedidas por um capítulo sobre "Os Predecessores do Romantismo" (capítulo VII) e seguidas por um outro sobre "Os Últimos Românticos" (capítulo XIV), abre dois capítulos intermediários muito importantes, quer sobre o que chama de "Os Próceres do Romantismo" (capítulo X), quer sobre "Gonçalves Dias e o Grupo Maranhense" (capítulo XI), estabelecendo, desta maneira, um quadro romântico de autores e obras da literatura brasileira que será dominante na historiografia literária, pelo menos até meio século depois.

Assim, enquanto no capítulo X cria o espaço necessário para discutir alguns autores decisivos na formação do cânone romântico (e são estudados seis nomes: Porto Alegre, Teixeira e Souza, Pereira da Silva, Varnhagen, Joaquim Norberto e Joaquim Manuel de Macedo), no capítulo XI, além de dar o destaque merecido a Gonçalves Dias, sabe valorizar a im-

---

7. Idem. p. 5.

portância isolada do grupo que constituiu uma verdadeira *ilustração* brasileira no século XIX, elencando nomes como Odorico Mendes, Antônio Henriques Leal, Sotero dos Reis e João Francisco Lisboa, sem deixar de mencionar, com destaque, o poeta Joaquim Gomes de Souza, cuja atividade como tradutor de poesia em várias línguas era exaltada por seus contemporâneos (e José Veríssimo anota a existência de uma "antologia de poemas líricos das principais línguas cultas" de sua autoria), embora tenha sido esquecida pelos pósteros.

Esses capítulos escritos sobre o Romantismo revelam um traço importante na caracterização da *História* e que foi fundamental para a fixação do cânone de nossa literatura: a economia com que trata autores e obras, libertando-se da enumeração exaustiva, caótica e, muitas vezes, sem qualquer critério crítico, que havia sido dominante em seus antecessores, aí incluído, é claro, e principalmente, Sílvio Romero.

Gonçalves de Magalhães, Gonçalves Dias, José de Alencar, Macedo, Manuel Antônio de Almeida, Bernardo de Guimarães, Álvares de Azevedo, Laurindo Rabelo, Junqueira Freire, Casimiro de Abreu, Taunay, Franklin Távora, Castro Alves e mais um ou outro formam o grupo romântico central examinado pelo historiador literário, fugindo-se, deste modo, às listas intermináveis de autores e obras que preenchem, sem quase nenhuma análise crítica, as obras de história literária anteriores à sua.

O mesmo procedimento é adotado para os capítulos em que trata do que chama de *período colonial*.

Sendo assim, por exemplo, os séculos XVI e XVII, que correspondem aos capítulos II ("Primeiras Manifestações Literárias, Versejadores e Prosistas"), III ("O Grupo Baiano") e IV ("Gregório de Matos"), são reduzidos a sete autores e uma obra de autoria incerta em seu tempo: Bento Teixeira Pinto, José de Anchieta, Gabriel Soares de Souza, Fernão Cardim, *Diálogo das Grandezas do Brasil*, Frei Vicente do Salvador, Manuel Botelho de Oliveira e Gregório de Matos.

Do mesmo modo, antes do que chama *A Plêiade Mineira*, assunto do capítulo VI, isto é, Cláudio Manuel da Costa, Tomás Antônio Gonzaga, Alvarenga Peixoto, Silva Alvarenga, Basílio da Gama e Santa Rita Durão, no século XVIII são rigorosamente estudados, no capítulo V, apenas cinco autores: Frei Manuel de Santa Maria Itaparica, Rocha Pita, Nuno Marques Pereira, Matias Aires e Domingos Caldas Barbosa.

É claro que este sentido de economia na escolha de autores e obras, realçando o valor didático, em larga acepção, da *História*, decorre da própria noção de literatura estabelecida pelo autor em páginas famosas da "Introdução". Ali está dito:

> Literatura é arte literária. Somente o escrito com o propósito ou a intuição dessa arte, isto é, com os artifícios de invenção e de composição que a constituem é, a meu ver, literatura. Assim pensando, quiçá erradamente, pois não me presumo de infalível, sistematicamente excluo da história da literatura brasileira quanto a esta luz se não deva considerar literatura. Esta é neste livro sinônimo de boas ou belas letras, conforme a vernácula noção clássica. Nem se me dá da pseudo novidade germânica que no vocábulo literatura compreende tudo o que se escreve num país, poesia lírica e economia política, romance e direito público, teatro e artigos de jornal e até o que se não escreve, discursos parlamentares, cantigas e histórias populares, enfim autores e obras de todo o gênero[8].

Em seguida, transcrevendo um longo trecho de Gustave Lanson, e, sem dúvida, inspirando-se em algumas reflexões de Moniz Barreto, defende uma função *humanizadora* da literatura, com a qual, logo adiante, dá consistência às suas escolhas de autores e obras.

O trecho de Lanson, transcrito por José Veríssimo, é o seguinte:

> [...] a literatura destina-se a nos causar um prazer intelectual, conjunto ao exercício de nossas faculdades intelectuais, e do qual lucrem estas mais força, ductilidade e riqueza. É assim a literatura um instrumento de cultura interior; tal o seu verdadeiro ofício. Possui a superior excelência de habituar-nos a tomar gosto pelas idéias. Faz com que encontremos num emprego do nosso pensamento, simultaneamente um prazer, um repouso, uma renovação. Descansa das tarefas profissionais e sobreleva o espírito aos conhecimentos, aos interesses, aos preconceitos de ofício; ela "humaniza" os especialistas. Mais do que nunca precisam hoje os espíritos de têmpera filosófica; os estudos técnicos de filosofia, porém, nem a todos são acessíveis. É a literatura, no mais nobre sentido do termo, uma vulgarização da filosofia: mediante ela são as nossas sociedades atravessadas por todas as grandes correntes filosóficas determinantes do progresso

---

8. *Idem*, pp. 13-14.

ou ao menos das mudanças sociais; é ela quem mantém nas almas, sem isso deprimidas pela necessidade de viver e afogadas nas procupações materiais, a ânsia das altas questões que dominam a vida e lhe dão um sentido ou um alvo. Para muitos dos nossos contemporâneos sumiu-se-lhes a religião, anda longe a ciência; da literatura somente lhes advêm os estímulos que os arrancam ao egoísmo estreito ou ao mister embrutecedor[9].

Deste modo, embora reconhecendo que alguns autores não atenderiam rigorosamente à sua concepção de literatura e que, por isso, não teriam guarida em sua *História*, alguns, no entanto, compareçem por terem exercido uma função humanizadora e histórica na vida do país. Diz ele:

Muitos dos escritores brasileiros, tanto do período colonial como do nacional, conquanto sem qualificações propriamente literárias, tiveram todavia uma influência qualquer em a nossa cultura, a fomentaram ou de algum modo a revelam. Bem mereceram pois da nossa literatura. Erro fora não os admitisse sequer como subsidiários, a história dessa literatura. É também principalmente como tais que merecem consideradas obras, aliás por outros títulos notáveis, como a de Gabriel Soares ou os Diálogos das grandezas do Brasil[10].

E depois de afirmar a importância de um público ledor que possa testemunhar a existência real da literatura (Não existe literatura de que apenas há notícia nos repertórios bibliográficos ou quejandos livros de erudição e consulta. Uma literatura, e às modernas de após a imprensa me refiro, só existe pelas obras que vivem, pelo livro lido, de valor efetivo e permanente e não momentâneo e contingente[11]), vem o seu conceito daquilo que entende por história da literatura brasileira:

A história da literatura brasileira é, no meu conceito, a história do que da nossa atividade literária sobrevive na nossa memória coletiva de nação. Como não cabem nela os nomes que não lograram viver além do seu tempo, também não cabem nomes que por mais ilustres que regionalmente sejam não conseguiram, ultrapassando as raias das suas províncias, fazerem-se nacionais. Este conceito presidiu à redação desta história, embora com a largueza que as condições peculiares à nossa evolução literária

---

9. *Idem*, pp. 14-15.
10. *Idem*, p. 15.
11. *Idem*, p. 16.

impunham. Ainda nela entram muitos nomes que podiam sem inconveniente ser omitidos, pois de fato bem pouco ou quase nada representam. Porém uma seleção mais rigorosa é trabalho para o futuro[12].

Daí, talvez, se explique em parte o fato de que, em termos de poesia, a *História* não inclua os simbolistas, embora aos dois principais simbolistas brasileiros, conforme o cânone estabelecido posteriormente quer por Ronald de Carvalho, quer por Nestor Vítor, ou mesmo anteriormente por Araripe Júnior, isto é, Cruz e Souza e Alphonsus de Guimaraens, tenha José Veríssimo dedicado ensaios isolados, de grande incompreensão é verdade, coletados nos *Estudos de Literatura Brasileira*.

Na verdade, no que se refere à poesia, a *História* termina com os parnasianos, que são matéria, juntamente com os prosadores naturalistas, do capítulo XVI ("O Naturalismo e o Parnasianismo"), sobre os quais o crítico encontrava o que dizer, sem se desfazer de sua herança determinista.

No capítulo imediatamente anterior, o XV, intitulado, por influência da crítica hispano-americana como ele mesmo esclarece em nota de rodapé[13], de "O Modernismo", é desta herança que se trata:

> O movimento de idéias que antes de acabada a primeira metade do século XIX se começara a operar na Europa com o positivismo comtista, o transformismo darwinista, o evolucionismo spenceriano, o intelectualismo de Taine e Renan e quejandas correntes de pensamento, que, influindo na literatura, deviam pôr termo ao domínio exclusivo do Romantismo, só se entrou a sentir no Brasil, pelo menos, vinte anos depois de verificada a sua influência ali[14].

E, como sempre, não são muitos os autores e obras arrolados por José Veríssimo como incentivadores desse movimento de renovação intelectual que surge a partir dos anos 70 no Brasil.

Tobias Barreto, na filosofia, Baptista Caetano, na ciência, Capistrano de Abreu, na história, Araripe Júnior, na crítica literária, o grupo cearense formado pelos dois últimos e mais Rocha Lima, Domingos Olímpio, To-

---

12. *Idem*, p. 18.
13. *Idem*, p. 11, nota (1).
14. *Idem*, p. 341.

más Pompeu, e ainda o paulista Luís Pereira Barreto, Rui Barbosa e, é claro, o próprio Sílvio Romero, teriam, para ele, constituído o núcleo forte de irradiação principal do nosso *Modernismo*, cuja feição propriamente criativa, através da prosa naturalista e da poesia parnasiana, é tema do capítulo seguinte e já mencionado.

No que se refere à primeira, depois de acentuar o caráter de tendência geral do naturalismo na qualidade de oposição ao romantismo, observando como, no Brasil, ele foi, sobretudo, de origem francesa, apenas se vislumbrando alguma coisa daquele de origem inglesa na obra de Machado de Assis, José Veríssimo fixa o quadro brasileiro de prosadores naturalistas em torno de apenas três autores: Aluísio Azevedo, Júlio Ribeiro e Raul Pompéia.

Quanto à poesia parnasiana, denominação, aliás, aceita sob suspeição pelo crítico, teria nos poemas publicados nos anos 70 por Gonçalves Crespo, no volume *Miniaturas*, os primeiros indícios de sua existência na literatura brasileira, a serem seguidos, sobretudo, por obras de Machado de Assis, Lúcio de Mendonça e Luís Guimarães Júnior, entre os decênios de 70 e 80, afirmando-se definitivamente, nesta última década, com as obras de Raimundo Correia, Alberto de Oliveira, Augusto de Lima e, sobretudo, em 1888, com a publicação das *Poesias* de Olavo Bilac.

Apenas três nomes são acrescentados a esta relação de poetas: Luís Delfino, Teófilo Dias e Martins Júnior, realizando-se, mais uma vez, aquele sentido para a escolha estrita e econômica de autores e obras que, como já se viu, caracteriza a *História*.

Economia que não impede José Veríssimo de, antes de chegar ao último capítulo da obra, aquele dedicado a Machado de Assis, tratar do teatro e da literatura dramática (capítulo XVII) e de publicistas, oradores e críticos (capítulo XVIII).

No primeiro caso, aquele do teatro e da literatura dramática, embora centrando-se no que se produziu dentro do Romantismo, casos de Magalhães, José de Alencar, Macedo, e sabendo destacar a dramaturgia de Martins Pena, José Veríssimo não deixa de anotar as tentativas de renovação do teatro, a seu ver frustradas, de Artur Azevedo, chegando, portanto, bem perto do momento em que elaborava a própria *História*.

Finalmente, quanto ao capítulo XVIII, o seu grande interesse está em assinalar a existência de alguns nomes, sobretudo de publicistas, desde Hipólito José da Costa ou Evaristo da Veiga, passando por Lopes Gama, Abreu e Lima, Tavares Bastos ou João Francisco Lisboa e chegando a alguns de seus contemporâneos como Rui Barbosa, Joaquim Nabuco ou Eduardo Prado, que, de uma ou de outra maneira, passaram a constituir a tradição brasileira de um certo jornalismo cultural e político em que é possível auscultar as próprias idas e vindas, sucessos e frustrações, de um projeto de pensamento nacional. (Registre-se, entre parênteses, e com estranheza, que, embora tivesse escrito o primeiro artigo de fôlego sobre *Os Sertões*, de Euclides da Cunha, publicado em dezembro de 1902 no *Correio da Manhã*, não incluiu o autor neste capítulo da *História* e mesmo em nenhum outro momento o seu nome é mencionado pelo crítico.)

E este projeto, articulando-se à concepção de literatura tal como está expressa na "Introdução", é que dá o tom da *História*, mostrando de que modo José Veríssimo, ao mesmo tempo que buscava se adequar aos novos paradigmas críticos e historiográficos, num esforço de superação das amarras representadas pela sua formação *modernista*, segundo a sua própria conceituação, terminava por ser um homem de sua geração ao estabelecer as bases de uma evolução literária cuja destinação e plenitude se daria com a obra de Machado de Assis.

E esta é percebida por ele, no capítulo XIX, nos termos daquela *humanização* com que havia pensado o conceito de literatura na companhia de um Gustave Lanson e um Moniz Barreto, ou seja, a obra machadiana, que estava acabada, com a publicação do *Memorial de Aires* em 1908, num momento em que provavelmente José Veríssimo já pensava na elaboração de sua *História*, viria completar aquela tarefa, por ele anotada como uma das funções da literatura, de aprimoramento da própria idéia de nacionalidade que se iniciara com o Romantismo.

Ou, para dizer de outra maneira: o herdeiro do movimento romântico, que era Machado de Assis, realizara de modo muito pessoal, seja na poesia, seja no romance, seja mesmo na crítica literária, o acabamento final daquele movimento, transformando-se, assim, no mais completo representante de uma literatura verdadeiramente brasileira ou, para usar os termos do crítico, "a mais alta expressão de nosso gênio literário, a mais eminente figura da nossa literatura"[15].

Se o destaque concedido a Machado de Assis, através de um dos dois capítulos isolados da *História* (o outro é o IV com o nome de Gregório de Matos), teve e tem a confirmação da posteridade, é preciso não ocultar o fato de que as razões sublinhadas pelo historiador literário para que isto acontecesse, sobretudo aquela idéia já assinalada de plenitude de uma evolução, fazem do criador de Brás Cubas e de Capitu um escritor muito menos tenso e problemático com relação à própria invenção literária do que, de fato, ele é e que, sem dúvida, foi responsável por aquela parte de sua fortuna crítica que se caracteriza antes pela consagração do que pela análise propriamente literária.

De qualquer modo, era uma maneira coerente e harmoniosa de encerrar a *História*, ainda que, para isso, pagasse o preço de deixar evidenciado o impasse em que existia o crítico, por assim dizer, dilacerado entre a sua formação naturalista, responsável pelo critério de nacionalidade no julgamento das obras, e os novos paradigmas de leitura mais atentos para as formalizações que, desde os fins do século XIX e inícios do XX, vinham se afirmando como dominantes na crítica e na historiografia literária.

De fato, ao dedicar o último capítulo da *História* a Machado de Assis, obedecendo às razões referidas, José Veríssimo deixava claro o sentido axiológico que movia a composição da obra – a obra machadiana era singularizada pela realização daqueles princípios de nacionalização da literatura que ele fixara a partir do Romantismo e, por outro lado, ratificava o esquema evolucionista que dominara a sua formação de crítico.

A partir de uma perspectiva dessa ordem, lendo-se a *História* depois de ter lido o seu último capítulo, é possível compreender, pelo menos, dois problemas centrais que nela existem: a da leitura apequenada e aparentemente moralista que faz de Gregório de Matos, quando, na verdade, ela mais decorre da afirmação, várias vezes por ele repetida, da sujeição do poeta aos modelos internacionalizantes do Barroco, e da completa

---

15. *Idem*, p. 415.

incompreensão e, como decorrência, da ausência, na *História*, dos poetas simbolistas.

No primeiro caso, aquilo que lhe parece ter valor na obra de Gregório de Matos, isto é, "a feição documental da sociedade de seu tempo"[16], não se pode conciliar, para o historiador literário, com os arrojos barrocos de sua poesia, vistos sempre, por ele, como simples e puras imitações de autores portugueses e espanhóis. Daí a afirmação:

> Enganaram-se redondamente os que pretenderam fazer dele ou quiseram ver nele um precursor da nossa emancipação literária, cronologicamente o primeiro brasileiro da nossa literatura. É de todo impertinente supor-lhe filosofias e intenções morais ou sociais. É simplesmente um nervoso, quiçá um nevrótico, um impulsivo, um espírito de contradição e denegação, um malcriado rabujento e malédico. Mas estes mesmos defeitos, se lhe não permitem figurar com a fisionomia com que o fantasiaram, serviram grandemente à sua feição literária e lh'a relevaram, embora parcialmente, sobre todas as do seu tempo. Em todo caso, mereceria Gregório de Matos aquela apreciação se houvera apenas sido o poeta satírico de sua obra e da tradição, o díscolo que só ele entre os seus contemporâneos malsinou do regime colonial e dos vícios públicos e particulares que o pioravam, e que, num impulso de despeito pessoal, foi o único a sentir aquilo que devia, volvidos dois séculos, ser o gérmen do pensamento da nossa independência [...]. E mais, se a esse feitio pessoal do seu estro juntasse traços literários que o diferençassem de qualquer modo da poesia portuguesa contemporânea. Mas isto justamente não acontecia. O sátiro era bifronte, e o poeta, ainda na sátira, seguia sem discrepância apreciável a moda poética ali em voga sem nenhuma espécie de originalidade, senão a de ser aqui o único que ralhava do meio[17].

Ou, traduzindo, aquela *feição documental*, afirmada como valor absoluto, ao mesmo tempo que singulariza a obra de Gregório de Matos, joga-a para fora dos parâmetros de uma poesia brasileira original assumidos pelo historiador. Ou, ainda mais, "ser o gérmen do pensamento da nossa independência" significaria não ter sido o poeta barroco, com todas as contradições e tensões da época, que ele foi, mas tão-somente o crítico de costumes da sociedade colonial.

---

16. *Idem*, p. 102.
17. *Idem*, p. 97.

É, no fundo, optar pelo que apenas diz a poesia, deixando-se de lado toda a intensidade daquelas contradições e tensões responsáveis pela composição que precisamente permite o que ela diz.

A mesma opção é responsável pelo desacerto com que leu os simbolistas, e não só Cruz e Souza e Alphonsus de Guimarens, como está nos *Estudos de Literatura Brasileira*, mas o movimento simbolista em geral e que se revela em diversas páginas de seus escritos, fazendo com que os excluísse da *História*.

Mais uma vez na companhia de Gustave Lanson, quando este recusava Mallarmé por ininteligível, tal como está expresso no ensaio *Stephane Mallarmé*, em que procura refutar a famosa frase do poeta de que a poesia se faz com palavras e não com idéias

([...] que se entenda que a obra literária, fazendo-se com palavras, faz-se com idéias, que, menos que qualquer outra, a obra expressiva do *ideal* pode renunciar à *idéia*, que a idéia do infinito não se dá embaralhando idéias finitas, e que, por fim, entre uma idéia clara e uma idéia confusa, é a idéia clara que, mostrando mais, contém mais, e que é o grau superior da *idéia*)[18],

José Veríssimo, do mesmo modo, faz prevalecer os valores de representação sobre aqueles da construção, tornando inteligibilidade sinônimo de clareza, assumindo até mesmo as posições conservadoras e reacionárias de um Max Nordau, por ele estudadas e, em grande parte, compartilhadas no capítulo a ele dedicado na segunda série de *Homens e Coisas Estrangeiras*[19].

Um ano depois de datar a "Introdução" à *História*, isto é, em setembro de 1913, publicara um artigo em O *Imparcial*, em que, comentando o livro *I Poeti Futuristi*, organizado por Marinetti, levantava o mesmo tipo de suspeita que havia utilizado na consideração dos simbolistas e esta se resume em não aceitar a literatura senão como representação da realidade, fazendo ressurgir a sua formação teórica naturalista de maneira ca-

---

18. Cf. Gustave Lanson, "Stephane Mallarmé", *Essais de méthode de critique et d'histoire littéraire*, rassemblés et présentés par Henri Peyre, Paris, Hachette, 1965, p. 475 (grifos do autor).
19. Cf. José Veríssimo, "Os Escritores Franceses à Outra Luz", *Homens e Coisas Estrangeiras*, Segunda série (1901-1902), Rio de Janeiro, H. Garnier, Livreiro-editor, 1905, pp. 323-338.

bal, a ponto de terminar o artigo citando, mais uma vez, ao indigitado Nordau: "Estamos diante de um fenômeno daquela degenerescência já estudada por Nordau, ou de uma formidável facécia?"[20]

Deste modo, se às vezes fazia rachar o arcabouço da tradição determinista em que se formara como crítico, levando para a *História* senão novos métodos de crítica ao menos a desconfiança para com os velhos, ao chegar mais perto de sua contemporaneidade ocorria, por assim dizer, uma espécie de regressão teórica que, embora lhe desse uma segurança mais confortável na leitura histórica, limitava-lhe o alcance da leitura propriamente literária.

Mesmo sem querer, José Veríssimo apontava para uma questão de base, ou seja, a das relações entre as duas leituras, suas convergências, suas autonomias, a identificação de seus discursos.

Sendo assim, se, com a sua *História*, José Veríssimo, por um lado, encerrava toda aquela seqüência de esforços oitocentistas em prol de uma história literária brasileira, desde os primeiros indícios românticos até a contracorrente de Sílvio Romero, por outro, de uma ou outra maneira, até mesmo pelas dificuldades em que se debatia, iniciava a abertura para uma nova historiografia que somente quase meio século depois, nos anos 50 do XX, encontraria a sua real continuidade[21].

---

20. Cf. "Mais uma Extravagância Literária", em José Veríssimo, *Teoria, Crítica e História Literária*, seleção e apresentação de João Alexandre Barbosa, Rio de Janeiro / São Paulo, Livros Técnicos e Científicos Editora / Edusp, 1978, pp. 37-40.
21. Penso, sobretudo, na obra de Antonio Candido, *Formação da Literatura Brasileira*, publicada em 1959.

7

O Método Crítico de Antonio Candido*

I

No INÍCIO de um ensaio sobre o que chamou de "timidez do romance", Antonio Candido soube caracterizar aquilo que há de secreto e pungente na atividade literária, marcando as incertezas que dominam muitas vezes os criadores, mesmo os maiores, com relação a suas próprias obras e o lugar que ocupam entre outras atividades sociais. Eis o trecho que quero destacar:

> A literatura é uma atividade sem sossego. Não só os "homens práticos", mas os pensadores e moralistas questionam sem parar a sua validade, concluindo com freqüência e pelos motivos mais variados que não se justifica: porque afasta de tarefas "sérias", porque perturba a paz da alma, porque corrompe os costumes, porque cria maus hábitos de devaneio. Outro modo de questioná-la, às vezes inconscientemente, é justificá-la por motivos externos, mostrando que a gratuidade e a fantasia podem ser convenientes como disfarce de coisa mais ponderável. Este ponto de vista do tipo Manequinho da Praia de Botafogo ("sou útil mesmo brincando") está, por exemplo, na base do realismo socialista, como foi ensinado nos anos do stalinismo. Mas, no fundo, Platão e Bossuet, Tolstói e Jdanov, por motivos diversos e com diversas formulações, manifestam a desconfiança permanente em face de uma atividade que lhes parece fazer concorrência perigosa aos messianismos e dogmas que defendem.

---

* Texto publicado na CULT, *Revista Brasileira de Literatura*, Ano II, n. 12.

Isto faz que a literatura quase nunca tenha consciência tranqüila e manifeste instabilidades e dilaceramentos, como tudo que é reprimido ou contestado: tem dramas morais, renuncia, agride, exagera a própria dignidade, bate no peito e se justifica sem parar. Não é raro ver os escritores envergonhados do que fazem, como se estivessem praticando um ato reprovável ou desertando de função mais digna. Então enxertam na sua obra um máximo de não-literatura, sobrecarregando-a de moral ou política, de religião ou sociologia, pensando justificá-la deste modo, não apenas ante os tribunais da opinião pública, mas ante os tribunais interiores da própria consciência[1].

Embora o texto seja apenas o começo de um estudo sobre o romance francês do século XVII, existem nele elementos interessantes como maneira do crítico armar a sua leitura, a partir mesmo da frase inicial, de grande generalidade, e que só aos poucos vai sendo particularizada. Deste modo, a afirmação de que "a literatura é uma atividade sem sossego" que, a princípio, poderia parecer referir-se somente ao próprio trabalho crítico, logo remete o leitor à indagação por sua validade, em primeiro lugar desencadeada por juízes do pensamento e da moral que avaliam de sua "seriedade" em meio a tarefas tidas por mais importantes, e, em segundo lugar, justificada a partir de argumentos extraídos de uma concepção de literatura que a vê como ornamento da imaginação capaz de instilar lições mais aproveitáveis.

Neste sentido, entre a busca pela validade e as justificativas para a existência, a frase inicial é retomada, expandida, no parágrafo final do texto pela afirmação da intranqüilidade que contamina a atividade literária, travestindo-se de política, moral, religião ou sociologia, elementos com que joga para pacificar as tensões que a caracterizam de base. É natural, portanto, que o texto se encerre com uma anotação da *mauvaise conscience* que domina os escritores para quem a literatura não é senão um sucedâneo de serviços mais importantes a serem prestados à sociedade.

Por outro lado, sem que ocorra qualquer demarcação temporal no texto, as observações do crítico possuem uma generalidade por assim dizer

---

1. Cf. "Timidez no Romance", em *A Educação pela Noite e Outros Ensaios*, São Paulo, Ática, 1987, pp. 82-83. (O ensaio foi publicado, pela primeira vez, com o subtítulo de "Estudo sobre as Justificativas da Ficção no Começo do Século XVII", na revista *Alfa* da Faculdade de Filosofia, Ciências e Letras de Marília, em 1973.)

teórica e que, passando pela prática das análises pontuais de obras que realiza no ensaio, é retomada ao final, mas aí já tendo percorrido um longo caminho de ataques e defesas da ficção, quando extrai da leitura de um esquecido teórico do século XVII – o cônego François Langlois, vulgo Fancan, e matéria principal do ensaio[2] – a justificativa maior para a literatura de ficção, qual seja, a de que

> [...] se a História representa o desejo da verdade, o romance representa o desejo da efabulação, com a sua própria verdade. Esta é a sua grande, real justificativa; e, ao propô-la, Fancan realizou a melhor apologia possível do gênero ameaçado pelo Ministro da Justiça de então, mostrando que não se trata de um recurso estratégico para reforçar os valores sociais, ideologicamente conceituados; mas de resposta a uma necessidade do espírito, que se legitima a si mesma[3].

A leitura de todo o ensaio, entretanto, aponta para um aspecto curioso: o texto transcrito funciona, na verdade, como uma espécie de gancho para aquilo que será o seu argumento central, na medida em que se trata de um ensaio de teor histórico-literário articulado por uma vigorosa hipótese teórica que está, de certo modo, encapsulada neste texto. E esta hipótese é de que modo o romance, um gênero de ficção encarado sob suspeição por entre os gêneros maiores, como a epopéia e o teatro, foi encontrando justificativas para a sua validade na sociedade francesa do século XVII.

Neste sentido, não obstante todo o aparato erudito de que se reveste o ensaio (e as notas e observações biobibliográficas são uma demonstração inequívoca disto), não se trata de um ensaio historiográfico na acepção tradicional, em que a coleta de novos dados, visando renovar as interpretações, fosse o seu maior objetivo. Tampouco significa que o miolo histórico-literário seja uma mera demonstração de tese a ser defendida, mas daquilo mesmo que já ficou insinuado: de uma articulação em que o que era hipótese teórica no texto transcrito vai, aos poucos, integrando-se

---

2. Prova disto é que, na edição em espanhol do ensaio, o seu título é modificado para "Fancan, Olvidado Teórico de la Novela". Cf. Antonio Candido, *Ensayos y Comentarios*, Campinas/México, Editora da Unicamp/Fondo de Cultura Económica de México, 1995, pp. 189-210.
3. *Op. cit.*, p. 99.

como história na leitura crítica, de tal maneira que, a partir de um dado momento, o leitor não mais distingue teoria e história pois ambas foram, por assim dizer, resolvidas pela escrita crítica.

Sem a teoria, a história não seria senão descrição sucessiva de dados e fatos; sem a história, a teoria não deixaria o patamar das especulações generalizadoras. É como se entre a história propriamente literária – aqui representada pelo gênero romance em seus inícios franceses – e a história circunstancial, que aqui se representa pela sociedade francesa do século XVII, a teoria, isto é, a hipótese teórica das tensões entre validade e justificativa do romance como gênero, funcionasse como metáfora crítica das articulações históricas, capaz, por isso, de operar a convergência de literatura e história, sem perda das tensões básicas que caracterizam suas relações.

Deste modo, entre a frase inicial do texto e a justificativa final, expressa através de Fancan, teoria e história foram soldadas pela leitura analítica que corresponde ao momento central do ensaio. Como, no entanto, a generalidade do texto transcrito é atemporal, a hipótese teórica não é concludente mas se abre para outras leituras possíveis de tempos e espaços literários: a afirmação da validade da ficção é tarefa que acaba por se impor como da própria natureza do trabalho com o imaginário.

Sendo assim, a validade será sempre uma conquista de cada obra, independente, de alguma maneira, da consciência do escritor que, com freqüência, tem dificuldade em reconhecer a sua legítima condição na sociedade. Por aí, deste modo, é possível recuperar a frase inicial com valor positivo: o desassossego da atividade literária é próprio da natureza ficcional da literatura.

II

Quinze anos depois do ensaio considerado anteriormente, Antonio Candido escreveu o texto que passo agora a examinar: "O Direito à Literatura"[4].

---

4. Tendo sido inicialmente uma palestra em curso sobre direitos humanos proferida em 1988, e publicado no livro *Direitos Humanos e...*, em 1989, o texto pode ser lido hoje em *Vários Escritos*, 3ª ed., revista e ampliada, São Paulo, Livraria Duas Cidades, 1995, pp. 235-263.

Embora tendo uma finalidade inteiramente diversa do escrito anterior, e sendo diferentes no próprio movimento da escrita, o primeiro mais ensaístico, o segundo mais didático, creio que ambos coincidem num ponto central e decisivo, embora, no primeiro, o porta-voz da idéia seja o teórico Fancan e, no segundo, seja o próprio autor-conferencista: a literatura, ou a ficção em geral, como necessidade profunda do homem, instrumento capaz de intensificar um processo de humanização que advém precisamente das construções do imaginário. Eis um trecho selecionado do ensaio:

Chamarei de literatura, da maneira mais ampla possível, todas as criações de toque poético, ficcional ou dramático em todos os níveis de uma sociedade, em todos os tipos de cultura, desde o que chamamos folclore, lenda, chiste, até as formas mais complexas e difíceis da produção escrita das grandes civilizações.

Vista deste modo a literatura aparece claramente como manifestação universal de todos os homens em todos os tempos. Não há povo e não há homem que possa viver sem ela, isto é, sem a possibilidade de entrar em contacto com alguma espécie de fabulação. Assim como todos sonham todas as noites, ninguém é capaz de passar as vinte e quatro horas do dia sem alguns momentos de entrega ao universo fabulado. O sonho assegura durante o sono a presença indispensável deste universo, independentemente da nossa vontade. E durante a vigília a criação ficcional ou poética, que é a mola da literatura em todos os seus níveis e modalidades, está presente em cada um de nós, analfabeto ou erudito –, como anedota, causo, história em quadrinho, noticiário policial, canção popular, moda de viola, samba carnavalesco. Ela se manifesta desde o devaneio amoroso ou econômico no ônibus até a atenção fixada na novela de televisão ou na leitura seguida de um romance.

Ora, se ninguém pode passar vinte e quatro horas sem mergulhar no universo da ficção e da poesia, a literatura concebida no sentido amplo a que me referi parece corresponder a uma necessidade universal, que precisa ser satisfeita e cuja satisfação constitui um direito.

Alterando um conceito de Otto Ranke sobre o mito, podemos dizer que a literatura é o sonho acordado das civilizações. Portanto, assim como não é possível haver equilíbrio psíquico sem o sonho durante o sono, talvez não haja equilíbrio social sem a literatura. Deste modo, ela é fator indispensável de humanização e, sendo assim, confirma o homem na sua humanidade, inclusive porque atua em grande parte no subsconsciente e no inconsciente. Neste sentido, ela pode ter importância equivalente à das formas conscientes de inculcamento intencional, como a educação familiar, grupal ou escolar. [...] A literatura confirma e nega, propõe e denuncia, apóia e combate, fornecendo a possibilidade de vivermos dialeticamente os problemas. Por isso é indispensável tanto a literatura sancionada quanto a literatura proscrita; a que os poderes sugerem e a que nasce dos movimentos de negação do estado de coisas predominante.

A respeito destes dois lados da literatura, convém lembrar que ela não é uma experiência inofensiva, mas uma aventura que pode causar problemas psíquicos e morais, como acontece com a própria vida, da qual é imagem e transfiguração. Isto significa que ela tem papel formador da personalidade, mas não segundo as convenções; seria antes segundo a força indiscriminada e poderosa da própria realidade. Por isso, nas mãos do leitor o livro pode ser fator de perturbação e mesmo de risco. Daí a ambivalência da sociedade em face dele, suscitando por vezes condenações violentas quando ele veicula noções ou oferece sugestões que a visão convencional gostaria de proscrever[5].

Esta defesa do que chama, em certo momento, de "necessidade universal" da literatura, fundada em seu caráter de fabulação, e por aí respondendo ao traço construtivo e humanizador do imaginário, não significa, como se pode ver, a aceitação parcial daquilo que, na literatura, é também adequação à realidade, mas insiste nas inadequações possíveis, geradoras, como observa o crítico, de "problemas psíquicos e morais". O que significa, mais uma vez, enfatizar o que de desassossego existe na atividade literária, agora do ponto de vista do receptor.

Por outro lado, o que é notável, sobretudo para a compreensão do método crítico do autor, é como Antonio Candido, em seguida, e sem qualquer alarde metodológico, consegue aproximar a dialética da adequação e inadequação, que no texto selecionado parece somente traduzir os problemas de conteúdo da literatura, à questão mais árdua de sua própria formalização. E isto ocorre, sobretudo, na quarta parte do texto, a partir mesmo de uma afirmação essencial: "Toda obra literária é antes de mais nada uma espécie de objeto, de objeto construído; e é grande o poder humanizador desta construção, *enquanto construção*"[6].

A expressão em itálico, que está no texto, diz tudo: a função humanizadora da experiência literária é dependente de uma organização imposta pelo criador em seu material, as palavras, de tal maneira que estas passam, como diz o autor, a exercer um "papel ordenador sobre a nossa men-

---

5. *Idem*, pp. 242-244.
6. *Idem.*, p. 245.

te". Neste sentido, não são os conteúdos que são responsáveis por aquela função, mas o modo pelo qual são organizados e chegam ao leitor e isto, como se vai ver em seguida, independe da maior ou menor transparência da linguagem ou da clareza com que são referidos os aspectos da realidade. Diz o crítico:

> Por isso, um poema hermético, de entendimento difícil, sem nenhuma alusão tangível à realidade do espírito ou do mundo, pode funcionar neste sentido, pelo fato de ser um tipo de ordem, sugerindo um modelo de superação do caos. A produção literária tira as palavras do nada e as dispõe como todo articulado. Este é o primeiro nível humanizador, ao contrário do que geralmente se pensa. A organização da palavra comunica-se ao nosso espírito e o leva, primeiro, a se organizar; em seguida, a organizar o mundo. Isto ocorre desde as formas mais simples, como a quadrinha, o provérbio, a história de bichos, que sintetizam a experiência e a reduzem a sugestão, norma, conselho ou simples espetáculo mental[7].

Os dois exemplos colhidos por Antonio Candido – um provérbio e um verso de estrofe de uma das Liras de Tomás Antônio Gonzaga – esclarecem de que tipo de construção se trata, estabelecendo como fator de eficácia dos textos, em sua diversidade de conteúdo, o jogo com a linguagem capaz de criar aquilo que se poderia também chamar de poeticidade dos textos, ou seja, o exercício, para usar a terminologia de Roman Jakobson, da própria função poética da linguagem.

No caso do provérbio – "Mais vale quem Deus ajuda do que quem cedo madruga" –, diz o autor:

> Este provérbio é uma frase solidamente construída, com dois membros de sete sílabas cada um, estabelecendo um ritmo que realça o conceito, tornado mais forte pelo efeito da rima toante: "aj-U-d-A", "madr-U-g-A". A construção consistiu em descobrir a expressão lapidar e ordená-la segundo meios técnicos que impressionam a percepção[8].

Sendo assim, o conceito, que é a base do conselho proverbial, tem o seu efeito sobre aquele que lê ou escuta como dependente de escolhas e

---

7. *Idem*, pp. 245-246.
8. *Idem*, p. 246.

organizações operadas na linguagem e a impressão provocada está vinculada a este trabalho construtivo. Ou, para deixar o autor falar:

> Quando digo que um texto me impressiona, quero dizer que ele impressiona porque a sua possibilidade de impressionar foi determinada pela ordenação recebida de quem o produziu. Em palavras usuais: o conteúdo só atua por causa da forma, e a forma traz em si, virtualmente, uma capacidade de humanizar devido à coerência mental que pressupõe e que sugere[9].

Da mesma maneira, os efeitos, agora de tipo emocional, que decorrem da leitura da estrofe de Gonzaga são vinculados, por Antonio Candido, a procedimentos de construção nitidamente desenhados na organização verbal da estrofe, que é a seguinte:

> Propunha-me dormir no teu regaço
> As quentes horas da comprida sesta;
> Escrever teus louvores nos olmeiros,
> Toucar-te de papoulas na floresta.

E não resisto em transcrever o comentário analítico do crítico, dada a sua importância como elemento caracterizador de seu método. Ei-lo:

> A extrema simplicidade desses versos remete a atos de devaneio dos namorados de todos os tempos: ficar com a cabeça no colo da namorada, apanhar flores para fazer uma grinalda, escrever as respectivas iniciais na casca das árvores. Mas na experiência de cada um de nós esses sentimentos e evocações são geralmente vagos, informulados, e não têm consistência que os torne exemplares. Exprimindo-os no enquadramento de um estilo literário, usando rigorosamente os versos de dez sílabas, explorando certas sonoridades, combinando as palavras com perícia, o poeta transforma o informal ou o inexpresso em estrutura organizada, que se põe acima do tempo e serve para cada um representar mentalmente as situações amorosas deste tipo. A alternância regulada de sílabas tônicas e sílabas átonas, o poder sugestivo da rima, a cadência do ritmo – criaram uma ordem definida que serve de padrão para todos e, deste modo, a todos humaniza, isto é, permite que os sentimentos passem do estado de mera emoção para o da forma construída, que assegura a generalidade e a permanência. Note-se, por

---

9. *Idem, ibidem.*

exemplo, o efeito do jogo de certos sons expressos pelas letras T e P no último verso, dando transcendência a um gesto banal de namorado:

Toucar-Te de PaPoulas na floresTa.

Tês no começo e no fim, cercando os Pês do meio e formando com eles uma sonoridade mágica que contribui para elevar a experiência amorfa ao nível da expressão organizada, figurando o afeto por meio de imagens que marcam com eficiência a transfiguração do meio natural. A forma permitiu que o conteúdo ganhasse maior significado e ambos juntos aumentaram a nossa capacidade de ver e sentir[10].

É esta capacidade de ampliação que o autor identifica com o que, diversas vezes no texto, chama de função humanizadora da literatura:

[...] o processo que confirma no homem aqueles traços que reputamos essenciais, como o exercício da reflexão, a aquisição do saber, a boa disposição para com o próximo, o afinamento das emoções, a capacidade de penetrar nos problemas da vida, o senso da beleza, a percepção da complexidade do mundo e dos seres, o cultivo do humor[11].

Mas, atenção!, é uma ampliação conquistada tanto pelas mensagens de que a literatura é portadora quanto, e sobretudo, pelo modo de organização dessas mensagens, de que depende a sua eficácia. Daí a afirmação exemplar que se lê logo adiante: "A eficácia humana é função da eficácia estética, e portanto o que na literatura age como força humanizadora é a própria literatura, ou seja, a capacidade de criar formas pertinentes"[12].

Por isso não basta a qualidade da mensagem para a determinação do valor da obra, nem mesmo uma positividade ou uma negatividade anterior à realização da obra: a criação de "formas pertinentes", em que leio aquelas que são isomórficas em relação ao que se quer dizer, é que instaura o valor da literatura enquanto prática social. Algo semelhante àquilo que foi dito por outro grande ensaísta latino-americano, Octavio Paz, em texto intitulado "Forma y Significado":

Las verdaderas ideas de un poema no son las que se le ocurren al poeta *antes* de escribir el poema sino las que *después*, con o sin su voluntad, se desprenden natural-

---

10. *Idem*, pp. 247-248.
11. *Idem*, p. 249.
12. *Idem*, p. 251.

mente de la obra. El fondo brota de la forma y no a la inversa. O mejor dicho: cada forma secreta su idea, su visión del mundo. La forma significa; y más: en arte sólo las formas poseen significación. La significación no es aquello que quiere decir el poeta sino lo que efectivamente dice el poema. Una cosa es lo que creemos decir y otra lo que realmente decimos[13].

A função humanizadora da literatura, ou suas funções psicológica, social e histórica, portanto, não está vinculada à adequação aos aspectos da realidade, mas passa, antes, pelas incertezas e pelos desassossegos da própria construção da literatura enquanto literatura e, deste modo, pelas inadequações, contradições e paradoxos, substratos da linguagem.

III

Não se chegou a este tipo complexo de reflexão sobre as intrincadas relações da literatura com a vida social sem uma larga experiência e é de vinte e três anos antes do texto anterior (ou mesmo vinte e sete, se contarmos com o fato de que "é o desenvolvimento de uma pequena exposição feita sob a forma de intervenção nos debates" de congresso de crítica em 1961, conforme se esclarece em nota de rodapé) aquele que, a partir de agora, passo a comentar: o ensaio *Crítica e Sociologia*, publicado em 1965[14]. Eis o trecho inicial do ensaio:

> Nada mais importante para chamar a atenção sobre uma verdade do que exagerá-la. Mas também, nada mais perigoso, porque um dia vem a reação indispensável e a relega injustamente para a categoria do erro, até que se efetue a operação difícil de chegar a um ponto de vista objetivo, sem desfigurá-la de um lado nem de outro. É o que tem ocorrido com o estudo da relação entre a obra e o seu condicionamento social, que a certa altura do século passado chegou a ser vista como chave para compreendê-la, depois foi rebaixada como falha de visão, – e talvez só agora comece a ser proposta nos devidos termos. Seria o caso de dizer, com ar de paradoxo, que estamos avaliando melhor o vínculo entre a obra e o ambiente depois de termos chegado à conclusão de que a análise estética precede considerações de outra ordem.

---

13. Cf. *Corriente Alterna*, 7ª ed., México, Siglo XXI Editores, 1973, pp. 7-8.
14. Cf. *Literatura e Sociedade, Estudos de Teoria e História Literária*, São Paulo, Companhia Editora Nacional, 1965, pp. 3-17.

De fato, antes procurava-se mostrar que o valor e o significado de uma obra dependiam dela exprimir ou não certo aspecto da realidade, e que este aspecto constituía o que ela tinha de essencial. Depois, chegou-se à posição oposta, procurando-se mostrar que a matéria de uma obra é secundária, e que a sua importância deriva das operações formais postas em jogo, conferindo-lhe uma peculiaridade que a torna de fato independente de quaisquer condicionamentos, sobretudo social, considerado inoperante como elemento de compreensão.

Hoje sabemos que a integridade da obra não permite adotar nenhuma dessas visões dissociadas; e que só a podemos entender fundindo texto e contexto numa interpretação dialeticamente íntegra, em que tanto o velho ponto de vista que explicava pelos fatores externos, quanto o outro, norteado pela convicção de que a estrutura é virtualmente independente, se combinam como momentos necessários do processo interpretativo. Sabemos, ainda, que o *externo* (no caso, o social) importa, não como causa, nem como significado, mas como elemento que desempenha um certo papel na constituição da estrutura, tornando-se, portanto, *interno*[15].

Sem desprezar o fato de que o texto arma uma excelente abertura para o estudo que se queira fazer de momentos decisivos na história do pensamento crítico – coisa de que o próprio ensaio se encarrega em seguida –, a posição assumida pelo crítico, apenas dois ou quatro anos depois da publicação de sua magistral obra de crítica historiográfica sobre a literatura brasileira, a *Formação da Literatura Brasileira*[16], resume, por assim dizer, uma intensa experiência de análise e interpretação dos textos literários, em que, precisamente, se buscava o referido revezamento entre texto e contexto como está no texto transcrito.

Na verdade, a integração de elementos internos e externos, dando como resultado o valor da obra literária, será uma preocupação central da atividade crítica do autor, não se limitando aos condicionamentos sociais ou históricos, mas incluindo aqueles de ordem psicológica, como já está, por exemplo, em alguns ensaios do livro que publicou em 1964[17]. De fato, no ensaio referido do livro de 1965, tomando, por exemplo, o romance *Senhora*, de José de Alencar, o crítico mostra de que maneira ocorre esta transformação de elemento externo em interno, acrescentando:

---

15. *Idem*, pp. 3-4.
16. *Formação da Literatura Brasileira. Momentos Decisivos*, São Paulo, Livraria Martins Editora, 2 vols., 1959.
17. *Tese e Antítese. Ensaios*, São Paulo, Companhia Editora Nacional, 1964.

Quando fazemos uma análise deste tipo, podemos dizer que levamos em conta o elemento social, não exteriormente, como referência que permite identificar na matéria do livro a expressão de uma certa época ou de uma sociedade determinada; nem como enquadramento, que permite situá-lo historicamente; mas como fator da própria construção artística, estudado no nível explicativo e não ilustrativo.

Neste caso, saímos dos aspectos periféricos da sociologia, ou da história sociologicamente orientada, para chegar a uma interpretação estética que assimilou a dimensão social como fator de arte. Quando isto se dá, ocorre o paradoxo assinalado inicialmente: o *externo* se torna *interno* e a crítica deixa de ser sociológica, para ser apenas crítica. O elemento social se torna um dos muitos que interferem na economia do livro, ao lado dos psicológicos, religiosos, lingüísticos e outros. Neste nível de análise, em que a estrutura constitui o ponto de referência, as divisões pouco importam, pois tudo se transforma, para o crítico, em fermento orgânico de que resultou a diversidade coesa do todo[18].

É preciso acentuar, todavia, que este procedimento crítico de integração não se dá apenas no nível da interpretação, em que, sem dúvida, ele melhor se revela, mas supõe, fortemente, a etapa analítica que, ao contrário do que geralmente se pensa, não é imune a elementos de intuição, sensibilidade e gosto crítico, por onde se revela a capacidade de leitura essencial do crítico.

Não é o crítico que transforma o elemento *externo* em *interno* mas, sim, o próprio processo de construção da obra, a ele cabendo a habilidade de fisgar a transformação, que é sempre o resultado de uma prática analítica ancorada na consciência da linguagem literária.

Para o crítico, não há, segundo leio o autor, preferência possível: a sua atividade se passa por entre as tensões suscitadas pelo movimento de internalização que é a obra literária, a não ser que, ao invés de crítico literário, ele se identifique, por exemplo, como sociólogo, psicólogo ou historiador.

Ora, é precisamente a transformação dos elementos que constituem o campo destas atividades em obra literária, a que se chama processo de construção da obra, que é o alvo da atividade crítica. Por isso, para o crítico, nada que possa existir como estímulo para a criação literária é estranho ou desprezível: a questão está sempre no modo de organização, pela

---

18. *Op. cit.*, p. 7.

obra, dos estímulos possíveis[19]. Daí também, e quase como um corolário natural, o que há de desassossego em sua atividade – região de sobressaltos, relações inesperadas e descobertas compensadoras.

De tudo isso, ressalta a questão crítica por excelência que subjaz ao texto selecionado e ao ensaio com um todo, isto é, a do julgamento de valor da obra literária que é percebido, mais uma vez, e coerentemente, como elemento que se extrai não daquilo que, na obra, é somente conteúdo ou mensagem de qualquer espécie, mas daquilo que foi possível perceber como capacidade literária de integração, para utilizar os termos do autor, dos componentes externos e internos.

O passeio realizado por Antonio Candido por diversas fases da história do pensamento crítico, sob o ângulo das relações entre literatura e vida social, vai mostrando ao leitor as maneiras por que o julgamento das obras, na medida em que faziam pesar excessivamente um dos lados de sua configuração, desfiguravam a sua integridade e, o que para mim é muito importante, de que modo sempre inseguro, instável e cheio de incertezas, continua a ser a tarefa crítica de integração sobre a qual o julgamento de valor pode ser expresso.

Nenhum condicionamento, seja ele biográfico, psicológico, histórico ou social, será suficiente como elemento explicativo convincente para a criação de uma obra literária, da mesma maneira que nenhum juízo de valor terá resistência se não estiver fundado nos deslizamentos incessantes entre condições e processos de construção.

Ou, para dizer de modo mais direto: não há certezas, mas buscas coerentes e conseqüentes que somente as incertezas do ensaísmo crítico, fundado, entretanto, no rigor e na cultura literária, podem conduzir. Entre a obra e seu julgamento, o leitor crítico opera um outro tipo de integração: aquele que somente a consciência da linguagem permite entre o que significa uma obra e seu modo de significação.

---

19. Para o problema mais específico, ver, do autor, o ensaio "Estímulos da Criação Literária", também em *Literatura e Sociedade*, *op. cit.*, pp. 49-83.

IV

Escritos em três décadas distintas, 60, 70 e 80, os ensaios lidos, e, de propósito, generosamente transcritos para deixar passar ao leitor a linguagem do próprio autor, conformam, por assim dizer, um arco crítico e teórico de grande tensão e não menor resistência.

Das anotações sutis acerca da integração entre texto e contexto, em que Antonio Candido qualificava a sua experiência de leitor da literatura, quer como crítico regular de jornais nos anos 40 (de que pequenos e selecionados exemplos são dados no livro *Brigada Ligeira*[20] ou no volume sobre Graciliano Ramos, *Ficção e Confissão*[21]), quer como autor dos dois volumes da *Formação da Literatura Brasileira* ou do volume de ensaios *O Observador Literário*[22], quer já como professor de literatura brasileira, até às reflexões mais amplas sobre as funções humanizadoras da obra literária, sem perda de sua natureza construtiva, já nos anos 80, passando pelo renovado esforço historiográfico crítico de recuperação de um teórico do romance, dos anos 70, quando reuniu alguns textos no livro *Vários Escritos*[23], a leitura dos textos escolhidos é capaz de indiciar não somente uma incessante operosidade crítica, como, o que talvez seja mais importante, uma coerência de base teórica que nada tem a ver com certezas absolutas ou ortodoxias críticas.

Operosidade e coerência que podem ser constatadas com a leitura de seus últimos livros publicados: *O Discurso e a Cidade*[24], em que reúne ensaios escritos nos anos 70, 80 e 90, alguns dos mais importantes que escreveu, como é o caso do influente "Dialética da Malandragem", e *Recortes*[25], conjunto de pequenos textos de várias épocas.

---

20. *Brigada Ligeira*, São Paulo, Livraria Martins Editora, s/d. Há uma reedição deste livro, que reúne escritos para o rodapé de crítica do autor no jornal *Folha da Manhã*, intitulada *Brigada Ligeira e Outros Escritos*, São Paulo, Editora Unesp, 1992.
21. *Ficção e Confissão*, Rio de Janeiro, Livraria José Olympio Editora, 1956. Há uma reedição do ensaio da Editora 34, de 1992.
22. *O Observador Literário*, São Paulo, Conselho Estadual de Cultura/Comissão de Literatura, 1959. Há uma reedição deste livro, incluída na obra de 1992, descrita na nota 20.
23. *Vários Escritos*, São Paulo, Livraria Duas Cidades, 1970. Para a reedição mais recente desta obra, ver nota 4.
24. *O Discurso e a Cidade*, São Paulo, Livraria Duas Cidades, 1993.
25. *Recortes*, São Paulo, Companhia das Letras, 1993.

Se a operosidade é aspecto que ressalta óbvio da variedade de assuntos e obras literárias que os livros encerram, a coerência, por outro lado, pode ser detectada pela leitura de um trecho do prefácio que escreveu para o primeiro livro. Ei-lo:

> O meu propósito – diz Antonio Candido – é fazer uma crítica integradora, capaz de *mostrar* (não apenas enunciar teoricamente, como é de hábito) de que maneira a narrativa se constitui a partir de materiais não literários, manipulados a fim de se tornarem aspectos de uma organização estética regida pelas suas próprias leis, não as da natureza, da sociedade ou do ser. No entanto, natureza, sociedade e ser parecem presentes em cada página, tanto assim que o leitor tem a impressão de estar em contacto com realidades vitais, de estar aprendendo, participando, aceitando ou negando, como se estivesse envolvido nos problemas que eles suscitam. Esta dimensão é com certeza a mais importante da literatura do ponto de vista do leitor, sendo o resultado mais tangível do trabalho de escrever. O crítico deve tê-la constantemente em vista, embora lhe caiba sobretudo averiguar quais foram os recursos utilizados para criar a impressão de verdade. De fato, uma das ambições do crítico é mostrar como o recado do escritor se constrói a partir do mundo, mas gera um mundo novo, cujas leis fazem sentir melhor a realidade originária. Se conseguir realizar esta ambição, ele poderá superar o valo entre "social" e "estético", ou entre "psicológico" e "estético", mediante um esforço mais fundo de compreensão do processo que gera a singularidade do texto.
> Freqüentemente os críticos que levam em conta a sociedade, a personalidade ou a história acabam por interessar-se mais pelo ponto de partida (isto é, a vida e o mundo) do que pelo ponto de chegada (o texto). O meu interesse é diferente porque se concentra no resultado, não no estímulo ou no condicionamento. Tanto assim que nos ensaios da primeira parte não há dados sobre a pessoa do escritor e quase nada sobre a sociedade e as circunstâncias históricas, que ficam na filigrana da exposição. O alvo é analisar o comportamento ou o modo de ser que se manifesta *dentro* do texto, porque foram criados nele a partir dos dados da realidade exterior[26].

Será preciso acrescentar alguma coisa? Talvez apenas insistir, voltando ao ponto de partida deste texto, que aquilo que alimenta a coerência do crítico não é um desejo de pacificação mas, ao contrário, o enfrentamento destemido do desassossego de sua própria atividade – procura, sem esmorecimento, de integração.

---

26. Cf. *O Discurso e a Cidade*, op. cit., pp. 9-10.

PARTE 2

I

Dimensões do Quixote*

Ah inveja de quem, moço ou moça, lê Cervantes, o *Dom Quixote* de Cervantes, pela primeira vez!

Depois serão as releituras, quase sempre sob o peso dos comentários e das glosas, trazendo outros encantos e excitações intelectuais, mas sem o deslumbramento da leitura por assim dizer primaveril.

Por isso, são importantes e sem preço aquelas leituras da obra, feitas por outros, que conseguem, no entanto, trazer de novo a impressão da leitura original. É quando, então, o leitor envelhecido vê ressurgir um outro leitor, com o verdor dos primeiros anos, e entre este e aquele abre-se um longo e delicioso intervalo de decifrações e reencontros.

Um pouco como aquilo que foi assinalado pelo poeta Heine, em seu texto de 1837 sobre o *Dom Quixote*, em que rememora os seus tempos infantis de leitura da obra de Cervantes:

> Ainda me lembro perfeitamente daqueles tempinhos, quando saía de casa em surdina, de manhã cedo, em direção ao Jardim da Corte, para poder ler em paz o *Dom Quixote*. Era um belo dia de maio, a primavera em flor, na tranqüila luz da manhã, parecia ser toda ouvidos, louvada pelo rouxinol, seu doce adulador, que cantou um hino tão carinhoso e suave, tão sentimental e entusiasmado, que os brotos, envergo-

---

* Texto publicado na *CULT, Revista Brasileira de Literatura*, Ano II, n. 21.

nhados, desabrocharam; ervas voluptuosas e perfumados raios de sol beijavam-se furtivamente, enquanto árvores e flores se arrepiavam de puro prazer. Eu, porém, sentado num velho banco de pedra musguento, na chamada Alameda do Suspiro, perto da cascata, regozijava meu pequeno coração com as grandes aventuras do corajoso fidalgo. Na minha sinceridade de criança, levava tudo muito a sério; quanto mais grotescamente o destino tratasse o pobre herói, mais eu achava que era preciso ser assim, que o destino de ser ridicularizado fazia parte do heroísmo, assim como sofrer as feridas no corpo, e se estas eu sentia na alma, aquilo me causava pena. Eu era uma criança e ignorava a ironia introduzida por Deus no mundo e imitada pelos grandes escritores em seus pequenos mundos impressos; por isso podia verter as lágrimas mais amargas quando o nobre cavaleiro recebia apenas ingratidão e bordoadas em troca de sua fidalguia[1].

Mais adiante, no mesmo texto, Heine anota as transformações ocorridas em suas relações com a obra cervantina, indo desde a frieza até a repulsa da adolescência para, mais tarde, com a maturidade, voltar novamente os encantos da memória infantil, agora recuperados em pauta simbólica que vem para substituir a idealista dos primeiros anos.

Num dos capítulos mais sugestivos de seu recente livro *O Dito pelo Não-dito: Paradoxos de Dom Quixote*, livro que, para mim, teve o condão de fazer ressurgir alegrias passadas de leitura da grande obra de Cervantes, mais ou menos de acordo com o que atrás foi sugerido, Maria Augusta da Costa Vieira inclui o mencionado texto de Heine em suas considerações sobre o que chama de "Entre Tragédias e Comédias: Questões da História Crítica do Quixote", chegando a afirmar:

> A cada cinco anos mais ou menos, Heine retornava à obra e em cada leitura suas impressões seriam bem diferentes. Da mais completa empatia infantil, ele passa a encontrar na obra uma fonte de grande divertimento. As lágrimas convertem-se em riso e, na tristeza ou na alegria, o poeta confessa que o *Quixote* – obra que satiriza o entusiasmo humano – o acompanhou pelos mais diversos caminhos da vida[2].

1. Cf. "Introdução ao Dom Quixote (1837)", *Prosa Política e Filosófica de Heinrich Heine*, tradução de Eurico Remer e Maura R. Sardinha, seleção e introduções de Otto Maria Carpeaux, Rio de Janeiro, Civilização Brasileira, 1967, pp. 103-104. (Um livro, diga-se entre parênteses, que espera por uma reedição urgente, quem sabe pela própria editora que o editou pela primeira vez no Brasil.)
2. Cf. *O Dito pelo Não-dito: Paradoxos de Dom Quixote*, São Paulo, Edusp/Fapesp, 1998, p. 73. (Entre parênteses, é preciso registrar o estranhamento editorial de que as ilustrações que acompanham a obra, evidentemente de G. Doré, venham sem indicações de autoria ou fonte.)

Mas Heine é apenas um entre os muitos autores considerados pela ensaísta como leitores privilegiados da obra de Cervantes neste que é o terceiro capítulo de seu livro (os dois primeiros intitulam-se "Da História do Cativo à Biografia de Cervantes" e "Tempos de Dom Quixote" e os três posteriores "A Arquitetura Narrativa", "O Episódio dos Duques" e "A Narrativa do Paradoxo"). Um deles é Dostoiévski de quem, talvez, a autora devesse ter citado o trecho completo que está no *Diário de um Escritor*, correspondente a março de 1876, em que, tratando da mesma cena do *Quixote* que tanto emocionou Heine, isto é, aquela em que o fidalgo é vencido por Sansão Carrasco, diz o escritor russo:

> Não existe nada mais profundo e mais poderoso em todo mundo do que esta peça de *ficção*. É ainda a expressão final e maior do pensamento humano, a mais amarga ironia de que um ser humano é capaz de expressar, e se o mundo viesse a acabar e a pessoa fosse ali inquirida: "Bem, você entendeu alguma coisa de sua vida na terra e tirou dela alguma conclusão?", a pessoa poderia silenciosamente mostrar o *Dom Quixote*: "Aqui está minha conclusão acerca da vida; pode você condenar-me por ela?"[3]

Ou mesmo, ainda no caso de Dostoiévski, lembrar a importância que teve a leitura do *Dom Quixote* na origem do romance *O Idiota*, conforme pode-se ler numa carta escrita pelo escritor para a sua sobrinha Sofya Aleksandrovna Ivânova em janeiro de 1868. Diz ele, a certa altura da longa carta:

> A idéia principal do romance é retratar um homem positivamente bom. Não há nada mais difícil no mundo, e isto é especialmente verdadeiro hoje em dia. Todos os escritores – não somente os nossos mas também europeus – que alguma vez tentaram retratar o *positivamente* bom sempre fracassaram. Porque o problema é infinito. O perfeito é um ideal, e este ideal, seja dos nossos ou do europeu civilizado, está ainda longe de ter sido trabalhado. Existe apenas uma personagem positivamente boa no mundo – Cristo – de tal modo que o fenômeno desta ilimitadamente, infinitamente boa personagem é já em si mesma um milagre infinito. [...] Devo somente mencionar que, das boas personagem na literatura cristã, a mais completa é o Dom Quixote. Mas ele é bom apenas porque ao mesmo tempo ele é ridículo[4].

---

3. Cf. *A Writer's Diary*, Volume One 1873-1876, translated and annotated by Kenneth Lantz, Evanston, Illinois: Northwestern University Press, 1997, p. 411.
4. Cf. *Selected Letters of Fyodor Dostoyevsky*, edited by Joseph Frank and David I. Goldstein, Andrew

O livro precioso de Maria Augusta da Costa Vieira está, entretanto, para além destas possíveis correções, sendo, antes de mais nada, o resultado de anos de leitura e de reflexão sobre a obra cervantina que se revela, sobretudo, no modo discreto e eficiente de condensar toda a enorme massa de pesquisa e erudição que existe sobre a obra e sobre o autor. Não é uma tese sobre o *Dom Quixote* (e a autora fez duas sobre o assunto, não editadas), mas um conjunto de seis ensaios que vão desde a pesquisa de ordem biográfica e bibliográfica até a análise de figuras literárias e retóricas, passando pelo estudo das circunstâncias histórico-sociais e a própria construção narrativa. E o fio que une os ensaios é, sem a menor sombra de dúvida, não somente o estudo da figura retórica que está em seu subtítulo, mas a leitura incessante da própria obra de Cervantes, seja através de textos selecionados por força do ponto de vista analítico assumido, seja do sentido histórico ou histórico-literário que foi caracterizando o *Dom Quixote* durante os quase quatro séculos de sua existência. E o que me parece notável no livro é precisamente o fato de que, por entre a informação necessária para a compreensão da obra, a ensaísta encontre, quase sempre, espaço para deixar passar uma interpretação pessoal inovadora, o que, como não poderia deixar de ser, traduz um modo muito original de retraçar dados já trabalhados pela enorme tradição dos estudos sobre Cervantes.

É o caso, por exemplo, daquilo que ocorre no primeiro capítulo, "Da História do Cativo à Biografia de Cervantes", em que a estratégia utilizada para recolher os elementos biográficos acerca de Cervantes foi selecionar o que ocorre no capítulo XXXII do *Dom Quixote*, quando, na estalagem de Juan Palomeque, a narrativa das aventuras do cavaleiro e seu escudeiro é substituída por numerosos fios narrativos, um dos quais, o relato autobiográfico do Capitão Cativo, termina por confluir com a biografia do próprio Miguel de Cervantes. Entretanto, relendo e anotando a narrativa das aventuras e desventuras do Capitão Cativo, Maria Augusta da Costa Vieira sabe se desvencilhar de um excessivo paralelismo biográ-

---

R. MacAndrew, translator, New Brunswick and London, Rutgers University Press, 1987, pp. 269-270.

fico, ou autobiográfico, e, ao término de sua leitura, pode afirmar com extrema propriedade:

> O relato do Cativo, como dissemos anteriormente, guarda profundas marcas autobiográficas de Cervantes, pois ele também foi soldado, participou de batalhas importantes contra os turcos e esteve nos *baños* de Argel. No entanto, no seu caso, não interveio nenhuma Zoraida que viabilizasse sua liberdade, que, além de penosa, teve um preço bastante alto. De certa forma, os dois ciclos presentes no relato do Cativo (*das origens até atingir o posto de capitão* e *de cativo dos turcos até ser resgatado em terras espanholas*, como diz a autora um pouco antes) ilustram algo de sua vida. Isto é, o primeiro ciclo retoma basicamente fragmentos de sua experiência militar, repleta de detalhes e personagens históricos, enquanto o segundo pode ser considerado como a idealização de Cervantes de seu resgate e da conquista da liberdade. O primeiro trata do que foi; o segundo, de como deveria ter sido. Entre eles, a poesia, que lhe possibilitou atar a experiência ao imaginário[5].

Por outro lado, aquilo que está na segunda parte deste primeiro capítulo, e que busca responder à pergunta de seu título, "Afinal, Quem Poderia Ter Sido Avellaneda?", é uma dessas anotações capazes de fazer as delícias de um leitor contumaz do *Quixote*, pois se trata de registrar e corroborar o achado de pesquisa de Martín de Riquer, grande editor e conhecedor de Cervantes, para quem o pseudo-autor da forjada continuação da primeira parte do *Quixote* seria um certo Gerónimo de Passamonte que, sob o nome de Ginés de Passamonte, aparece como um dos marginais encontrados pelo cavaleiro e seu escudeiro no capítulo XXII da primeira parte do *Quixote*. Contrariado pelo modo como foi pintado por Cervantes, o autor da autobiografia intitulada *Vida y Trabajos de Gerónimo de Passamonte* resolve vingar-se escrevendo uma falsa segunda parte do *Dom Quixote*. O tiro, no entanto, saiu pela culatra: permitiu a Cervantes as maravilhosas incursões intra e intertextuais que realiza em sua segunda parte do *Quixote*.

Seria, entretanto, extrapolar de muito os limites deste espaço se fosse anotar as numerosas e valiosas cintilações de pesquisa e de interpretação que fazem deste um pequeno grande livro sobre Cervantes. Basta que o

---

5. *Op. cit.*, p. 22.

leitor percorra as análises que faz a ensaísta sobre os leitores românticos e realistas do *Dom Quixote*, ou a leitura do episódio dos duques na segunda parte, ou a observação certeira acerca das relações entre a primeira e a segunda parte da obra ("se as novelas de cavalaria mantêm uma relação intertextual com a primeira parte da obra, na segunda parte se trava uma relação autotextual com a primeira, de forma que a primeira parte desempenha na segunda o papel que as novelas de cavalaria assumiram no início"), ou, finalmente, algumas pontuações utilíssimas de leitura, como aquela da importância que teve, para Cervantes, a leitura da obra de López Pinciano, que revitalizou o aristotelismo em pleno século XVI espanhol.

Se Maria Augusta da Costa Vieira tivesse incluído um pequeno capítulo sobre a recepção do *Dom Quixote* no Brasil – trabalho para o qual está equipada como ninguém – teria, para mim, atingido a perfeição. Como se vê, faltou pouco.

2

AINDA CERVANTES[*]

No TEXTO anterior, tratando do livro sobre Cervantes e o *Dom Quixote*, de Maria Augusta da Costa Vieira, eu terminava observando acerca da necessidade de um capítulo que desse conta da recepção daquela obra no Brasil.

Pensava não apenas no modo pelo qual a obra aparece como citação, alusão ou influência em obras de narradores brasileiros, mas, sobretudo, como temas de ensaios sobre o grande livro e seu autor, e que se encontram não apenas em livros publicados mas em revistas e jornais e que não foram ainda recuperados pelas diligências de um pesquisador. Algo semelhante àquilo que foi feito por Brito Broca como parte da introdução que escreveu para *O Engenhoso Fidalgo Dom Quixote de la Mancha*, publicado, em tradução de Almir de Andrade, pela Livraria José Olympio Editora em 1952, e que se encontra coligida no volume *Ensaios da Mão Canhestra*, o décimo primeiro das *Obras Reunidas de Brito Broca*, organizadas por Alexandre Eulálio[1].

Naquela introdução, Brito Broca faz um verdadeiro trabalho de literatura comparada, rastreando a recepção da obra em diversos países, como

---

[*] Texto publicado na CULT, *Revista Brasileira de Literatura*, Ano II, n. 22.
[1] Cf. *Ensaios da Mão Canhestra. Cervantes, Dante, Dostoiévski, Alencar, Coelho Netto, Pompéia*, Prefácio de Antonio Candido, São Paulo, Polis, 1981.

Inglaterra, França, Alemanha, Rússia, Itália, Portugal, Espanha e, como não poderia deixar de ser, tratando-se de Brito Broca, abrindo um capítulo para o Brasil, com que encerra a introdução. E já as linhas iniciais do texto trazem, pelo menos para mim, uma revelação surpreendente. Diz Brito Broca:

> É em Antônio José da Silva, o Judeu, vítima da Inquisição, que vamos encontrar, pela primeira vez, a marca do Quixote em nossa literatura. Sua peça, aliás denominada "ópera jocosa", composta de duas partes e estreada em outubro de 1733 no Teatro do Bairro Alto, em Lisboa, intitula-se *Vida de Dom Quixote de la Mancha*.

Em seguida, com aquela paciência de grande bibliógrafo que o caracterizava, Brito Broca vai elencando, em primeiro lugar, os autores brasileiros que, de uma ou de outra maneira, revelaram conhecimento da obra de Cervantes, começando por Machado de Assis (e Brito Broca transcreve uns versos de juventude do nosso grande escritor em que o *Dom Quixote* aparece nomeado) e passando por José de Alencar que, no romance *As Minas de Prata*, faz o próprio Cervantes participar de cena narrativa.

Depois, valendo-se das respostas dadas a João do Rio, no célebre inquérito literário por ele realizado e publicado sob o título de *O Momento Literário*, alinha os nomes de Coelho Neto, que teria a obra de Cervantes como uma de suas leituras prediletas; Olavo Bilac, que declara ser a obra cervantina matéria diária de leitura, sendo ele mesmo autor de um texto sobre o autor espanhol que se encontra no volume intitulado *Conferências Literárias*, de 1912; Artur Orlando, ensaísta e pensador da Escola do Recife, para quem o *Dom Quixote* foi livro fundamental em sua formação; Rui Barbosa que, segundo Brito Broca, "parecia ter uma particular preferência pelo escudeiro", sendo o autor de um artigo intitulado "Sancho, o Escudeiro", em "que atacou a política internacional de Campos Sales"; Aluísio Azevedo, que teve a idéia, entretanto gorada, de escrever uma espécie de *Dom Quixote* brasileiro, conforme revelada em cartas do romancista, e, finalmente, José Lins do Rego ao qual coube, segundo Brito Broca, "nos dar essa criação romanesca, na admirável figura do Capitão Vitorino Carneiro da Cunha, um dos comparsas inesquecíveis de

Fogo Morto (1943), com suas eternas bravatas de mata-mouros, sempre a levar pancadas nas embrulhadas em que se envolve".

Quanto aos ensaios brasileiros sobre a obra cervantina, Brito Broca cita apenas dois:

> A psicologia social do Quixote, de José Pérez (1935), que propôs uma interpretação dialética para a obra, e Cervantes e os Moinhos de Vento, de Josué Montelo (1950), muito erudito e penetrante, no qual o autor procura ver no romance em questão uma sátira ao leitor crédulo.

É claro que, sobre uma pesquisa como esta realizada por Brito Broca, é sempre possível reclamar ausências de autores ou obras que não foram contemplados pelo autor, embora ela se ofereça ao leitor interessado sobretudo como fonte indispensável para pesquisas ulteriores. Por isso, não reclamarei. Apenas quero anotar a minha estranheza por uma ausência, sobretudo em se tratando de Brito Broca, um crítico que sempre esteve muito atento e admiravelmente bem informado sobre a literatura brasileira de fins do século XIX e inícios do XX, não fosse ele o autor do indispensável estudo sobre a nossa *belle époque*, intitulado *A Vida Literária no Brasil: 1900*.

Refiro-me ao ensaio de José Veríssimo, *Miguel de Cervantes e Dom Quixote*, publicado inicialmente na *Renascença: Revista Mensal de Letras, Ciências e Artes*, em seu segundo ano, número 16, de junho de 1905, e depois recolhido na terceira série da obra *Homens e Coisas Estrangeiras*, de 1910[2].

E a minha estranheza tem, pelo menos, dois motivos bem concretos: em primeiro lugar, o fato de que a ausência ocorra num texto de Brito Broca que, até onde pude averiguar em pesquisas anteriores[3], foi dos críticos de nossa época aquele que mais leu e citou a obra de José Veríssimo (estendendo-se tais leituras para os textos do crítico paraense que ficaram sem republicação em livros, em jornais e revistas cariocas dos inícios do

---

2. Cf. *Homens e Coisas Estrangeiras. Terceira Série (1905-1908)*, Rio de Janeiro/Paris, H. Garnier, 1910.
3. Cf. *A Tradição do Impasse. Linguagem da Crítica & Crítica da Linguagem em José Veríssimo*, São Paulo, Ática, 1974.

presente século, como *O Imparcial, Diário Ilustrado do Rio de Janeiro*, a mencionada revista *Renascença*, a *Kosmos* ou mesmo o *Almanaque Garnier*, para não citar artigos e resenhas na terceira fase da *Revista Brasileira*, de que foi editor) e, em segundo lugar, dado o fato de que o ensaio de José Veríssimo foi republicado num dos volumes de uma série de estudos que, em outras circunstâncias, foram freqüentemente utilizados por Brito Broca. É claro que jamais saberemos as causas da omissão e é, de fato, uma pena que tenha ocorrido, pois se trata de um texto que será de valor inestimável num futuro capítulo que se venha a escrever sobre a recepção da obra de Cervantes no Brasil.

Este texto de José Veríssimo com que abre o terceiro volume de *Homens e Coisas Estrangeiras* pode ser legitimamente incluído naquela segunda fase da "história crítica do *Quixote*", tal como foi descrita num trecho de Maria Augusta da Costa Vieira no livro de que tratei em texto anterior. Diz a ensaísta:

> Fica evidente que a história crítica do *Quixote* contém uma cisão radical entre dois períodos: da publicação até o final do século XVIII e do século XIX até meados do XX. Em linhas gerais, no primeiro período crítico a obra foi considerada como a destruidora de um velho gênero, ou melhor, como a paródia das novelas de cavalaria, rebaixando burlescamente a seriedade dos cavaleiros andantes, de Amadis de Gaula e toda sua descendência. Num segundo momento, isto é, a partir do século XIX, a obra passou a ser considerada como algo que vai muito além da sátira e, em lugar de se deter sobre os gêneros do passado, passou a ser destacada sua enorme capacidade na criação de um gênero novo – o romance[4].

Na verdade, desde o início, o ensaio de José Veríssimo se propõe como uma leitura do *Dom Quixote* que o situe como parte substancial da transformação do gênero épico e como peça importante na consolidação do romance como gênero próprio da burguesia. Se não, leia-se:

> O homem antigo, isto é, a sociedade antiga, definiu-se na epopéia. A sua própria tragédia não é senão a epopéia dialogada, numa ação mais rápida e movimentada. O romance, não obstante tentado pelos gregos, iniciadores de tudo, mas criação mo-

---

4. Cf. *O Dito pelo Não-dito: Paradoxos de Dom Quixote*, São Paulo, Edusp/Fapesp, 1998, p. 65.

derna, é a nossa epopéia, a nossa forma de literariamente nos definirmos e à nossa sociedade. [...] Quando a vida tomou outra direção e não foi mais, ou não foi principalmente, a atividade guerreira, com as suas empresas ousadas e grandiosas, as suas façanhas maravilhosas, aventuras extraordinárias e feitos sobre-humanos, [...] quando os deuses e semideuses e os heróis cederam lugar ao homem e a sociedade, de hierárquica e aristocrática que era, entrou a tornar-se igualitária e democrática, as classes e castas foram desaparecendo e o costume antes da lei começou a igualar a todos, a epopéia, acompanhando a evolução social, foi pouco a pouco evoluindo no romance, a história idealizada da vida burguesa e popular, que substitui a antiga vida patrícia e militar[5].

Por outro lado, embora sem chegar a assumir plenamente a caracterização do cômico na obra cervantina – orientação crítica que seria característica já de nossos dias –, a perspectiva de José Veríssimo o leva a ultrapassar as puras e simples visões da obra como sátira que, segundo as anotações transcritas de Maria Augusta da Costa Vieira, seriam caracterizadoras da primeira fase de sua história crítica, sabendo apontar para as razões mais íntimas de sua perenidade. Assim, escreve o crítico:

E hoje, que nenhum resto sequer sobrevive da cavalaria andante, que ninguém escreve ou lê romances de cavalaria, nem é, pois, influenciado por eles, e, portanto, a sátira de *Dom Quixote* fica sem objeto, ou tem apenas um alcance retrospectivo sem interesse, o que vive nesse livro de uma vida perene e imortal, é a sua realização da vida e da natureza humana[6].

Aliás, um dos traços marcantes do texto de José Veríssimo é saber manter a tensão entre os elementos realistas e idealistas que estruturam a obra de Cervantes, embora, é claro, movido pelos próprios preconceitos de época, a sua tendência seja a de acentuar os valores de idealização da obra, sem que, no entanto, isto o impeça de uma postura acertadamente crítica.

E assim – diz Veríssimo – o mais realista talvez dos grandes poemas humanos, é porventura aquele que melhor exprimiu a capacidade de ideal que no homem há, e com tão profunda e exata ciência da vida, tão claro sentimento da realidade, que o

---

5. Cf. *Homens e Coisas Estrangeiras*, op. cit., pp. 9-10.
6. *Idem*, p. 24.

herói protagonista dessa vesânia, só pela vesânia escapa às miseráveis condições egoísticas da existência[7].

Estes são apenas alguns exemplos da boa complexidade do ensaio de José Veríssimo e que podem servir como uma espécie de nota de rodapé para o assunto tratado em texto anterior, ao mesmo tempo que abre a possibilidade de uma releitura de *Homens e Coisas Estrangeiras*.

---

7. *Idem*, p. 28.

3

Borges, Leitor do Quixote*

Por entre os numerosos episódios que o testemunho ou a imaginação dos leitores, ou do próprio escritor, criaram acerca da vida de Jorge Luis Borges, transformando-a às vezes numa espécie caricatural de sua própria ficção, está aquele, registrado por todos os seus biógrafos, de que o primeiro texto que escreveu foi um pequeno conto, a que somente os seus familiares teriam tido acesso (e que a mãe do escritor chegou a dizer ser escrito em *espanhol antigo*[1]), imitação infantil das estórias cervantinas, intitulado *A Viseira Fatal*. O próprio Borges encarregou-se de alimentar a história quando, em "Um Ensaio Autobiográfico", afirmou:

> Comecei a escrever quando tinha seis ou sete anos. Tentei imitar escritores clássicos espanhóis – Miguel de Cervantes, por exemplo. [...] Minha primeira história foi uma peça sem sentido à maneira de Cervantes, um romance à moda antiga, chamado *La Visera Fatal*[2].

Verdadeira ou não, a anedota biográfica faz sentido: é de crer que o pequeno leitor, que se refugiava na ampla biblioteca paterna para suas via-

---

* Texto publicado na *CULT, Revista Brasileira de Literatura*, Ano III, n. 25.
1. Cf. James Woodall, *Borges. A Life*, New York, Basic Books, 1996, p. 20.
2. Cf. "An Autobiographical Essay", *The Aleph and Other Stories, 1933-1969*, New York, Dutton, 1970, p. 142. Há tradução para o português de Maria da Glória Bordini, em Jorge Luis Borges, *Elogio da Sombra. Um Ensaio Autobiográfico*, São Paulo, Editora Globo, 1993.

gens literárias, deliciando-se com as aventuras do fidalgo manchego em tradução da Garnier, como no mencionado ensaio autobiográfico e em numerosas entrevistas posteriores não se cansou de repetir, se entregasse à tentação de prolongar as leituras pela escritura de um texto de imitação, em que pelo menos o título – e é tudo o que conhecemos – possui uma marca nitidamente borgiana, sobretudo em sua adjetivação.

De qualquer modo, e não apenas pelo ensaio autobiográfico é possível constatar isso, a leitura da obra de Cervantes foi, juntamente com Mark Twain, H. G. Wells, Robert Louis Stevenson[3] ou a tradução das *Mil e Uma Noites* de Richard Burton, matéria fundamental na formação do jovem leitor.

Até onde pude averiguar, entretanto, a primeira manifestação pública de leitura de Cervantes por Borges está num artigo, *Ejercicio de Análisis*, publicado inicialmente na segunda época da revista *Proa*, em dezembro de 1925, e depois incluído, no ano seguinte, no livro *El Tamaño de mi Esperanza*[4].

Na verdade, é um pequeno texto de leitura não da prosa de Cervantes mas de dois versos de um soneto composto por um dos muitos personagens que surgem por entre as diversas histórias paralelas com que o escritor ia semeando o percurso das andanças de Dom Quixote e de Sancho, sobretudo na primeira parte da obra.

O autor do soneto é Lotário, aquele *traidor amigo* que, juntamente com Anselmo e Camila, constituem o trio da intriga de enganos e desenganos da *Novela del Curioso Impertinente*, que ocupa os capítulos XXXIII, XXXIV e XXXV da obra. E a escritura do soneto é mais uma peça no jogo de fingimentos representado pelas relações entre os três personagens. Basta ver de onde surge a idéia de sua composição. Diz o narrador, interpretando a solicitação que faz Anselmo a Lotário para que escrevesse versos disfarçados de louvor a Camila:

---

3. Para a leitura de Stevenson por Borges, leia-se Daniel Balderston, *El Precurso Velado: R. L. Stevenson en la Obra de Borges*, traducción de Eduardo Paz Leston, Buenos Aires, Editorial Sudamericana, 1981.
4. Cf. *El Tamaño de mi Esperanza*, Buenos Aires, Espasa Calpe Argentina/Seix Barral, 1993, pp. 99-104. (Primeira edição: Buenos Aires, Editorial Proa, 1926.)

[...] y que sólo quería que le escribiese algunos versos en su alabanza, debajo del nombre de Clori, porque él le daría a entender a Camila que andaba enamorado de una dama, a quien le había puesto aquel nombre por poder celebrarla con el decoro que a sua honestidad se le debía[5].

Eis o primeiro quarteto:

En el silencio de la noche, cuando
ocupa el dulce sueño a los mortales,
la pobre cuenta de mis ricos males
estoy al cielo y a mi Clori dando[6].

Os versos analisados por Borges são os dois primeiros e, em nenhum momento, ele procura, ao menos explicitamente, integrá-los ao conjunto do poema. Digo *explicitamente* porque, como se vai ver, a sua leitura, que se diria paródica com relação à filologia e à crítica literária, necessariamente faz alusão ao contexto narrativo de onde surge o soneto.

Precedida por um trecho em que parece se propor à definição da própria poesia, de uma maneira ampla, embora estabelecendo uma distinção básica em reconhecê-la quando ela ocorre e em defini-la verbalmente:

(Ni vos ni yo ni Jorge Federico Gillermo Hegel sabemos definir la poesía. [...] Yo tampoco sé lo que es la poesía, aunque soy diestro en descubrirla en cualquier lugar: en la conversación, en la letra de un tango, en libros de metafísica, en dichos y hasta en algunos versos. Creo en la entendibilidá final de todas las cosas y en la de la poesía, por consiguiente. No me basta con suponerla, con *palpitarla*; quiero inteligirla también[7].)

O "ejercicio de análisis" de Borges é muito mais parcial do que prometem estas frases iniciais. E, dir-se-ia, até mesmo frustrante para o leitor, pois se trata de considerar, palavra por palavra, cada um dos versos cervantinos, examinando significados a partir mesmo das duas palavras ini-

---

5. Cf. Miguel de Cervantes, *El Ingenioso Hidalgo Don Quijote de la Mancha*, texto, introducción y notas de Martín de Riquer, Barcelona, Planeta, 1996, p. 366. Todas as citações posteriores da obra de Cervantes seguirão esta edição.
6. *Idem*, pp. 367-368.
7. Cf. *El Tamaño de mi Esperanza*, op. cit., p. 99.

ciais – *en el* – através de giros interpretativos que se encerram na consideração de cada um dos vocábulos.

Assim, por exemplo, com respeito à terceira palavra – *silencio* – começando pela banal definição proposta por Rodríguez Navas ("quietud o sosiego de los lugares donde no hay ruido"), e depois de exemplificar a sua utilização por Virgílio, Plínio, o Velho, Carlyle, Maeterlinck e Hugo, a análise de Borges centra-se na profunda contradição de que a palavra, que denota ausência de ruído, tanto barulho tenha causado, sobretudo através de autores que chama de "conversadores", como os três últimos mencionados, que "no le dieron descanso a la lengua, de puro hablar sobre él". E acrescenta: "Solamente Edgardo Allan Poe desconfió de la palabreja y escribió aquel verso de *Silence, wich is the merest word all* contra la más palabrera de las palabras"[8].

Da mesma maneira, e deixando de lado a quarta e quinta palavras – *de la* –, porque "son otros dos balbuceos y no me le atrevo al examen", como diz ele, para a compreensão da palavra *noche*, começa por uma definição comezinha de dicionário ("parte del día natural en que está el sol debajo del horizonte") para, em seguida, problematizá-la:

> Que noche es ésa sin estrellas ni anchura ni tapiales que son claros junto a un farol ni sombras largas que parecen zanjones ni nada? Esa noche sin noche, esa noche de almanaque o relojería, en que verso está? Lo cierto es que ya nadie la siente así y que para cualquier ser humano en trance de poetizar, la noche es otra cosa. Es una videncia conjunta de la tierra y del cielo, es la bóveda celeste de los románticos, es una frescura larga y sahumada, es una imagen espacial, no un concepto, es un mostradero de imágenes[9].

Esta *otra cosa* que lhe parece a noite, e a que interessa de fato, é aquela construída pelo imaginário e pelo testemunho de um "sentido reverencial". Mas para que isto ocorresse, segundo Borges, "han sido menester muchas vigilias de pastores y de astrólogos y de navegantes y una religión que lo ubicase a Dios allá arriba y una firme creencia astronómica que la estirara en miles de leguas". Sem esquecer, todavia, os escritores que, de diversas

---

8. *Idem*, p. 101.
9. *Idem*, p. 102.

maneiras, a nomearam e ele cita, de novo, Virgílio, e San Juan de la Cruz, e Guiraldes, além de uma pessoal *noche romanticona* dos anos de 1905.

Quanto à última palavra do primeiro verso – *cuando* –, ela é tratada como parte do *enjambement* que se completa com a primeira palavra do verso seguinte – *ocupa* – e é, segundo Borges, nisto seguindo uma observação de Lugones, "la frontera que media entre lo poético y lo prosaico". A continuação da leitura borgiana, entretanto, revela, pela ironia, a sua carga paródica e de fingimento. Diz ele, referindo-se ao encavalgamento: "Esa pausa evidencia la rima. Pero como aquí nos falta el último verso de la cuarteta y a lo mejor no rima con el primero, no sabremos nunca (según Lugones) si esto es verso o prosa"[10].

A paródia que vejo neste texto se refere tanto à filologia e a seus rigores, quanto à crítica literária que se pretenda detalhista; o fingimento está em que o leitor, por assim dizer, *esquece* o contexto (o soneto) de onde foram extraídos os versos, pois de outro modo ele saberia que a rima, de fato, existe: *cuando/dando*.

Finalmente, as observações feitas acerca das últimas palavras do segundo verso surpreendem um leitor do Borges posterior pela secura e economia com que são tratados os conceitos de *sonho* e de *imortal,* tendo em vista o lugar privilegiado que passaram a ocupar em sua obra.

Quanto ao primeiro, na expressão "el dulce sueño", é reduzido à casual associação entre *placentero* e *dulce* e a conclusão de Borges é, mais uma vez, irônica: "La imagen (si hay alguna) la hizo la inercia del idioma, su rutina, la casualidá"[11].

Quanto ao segundo, na expressão *a los mortales,* apenas merece uma distinção de época de utilização: "Alguna vez estuvo implicado el morir en eso de mortales. En tiempo de Cervantes, ya no. Significaba los demás y era palabra fina, como lo es hoy"[12].

Mas a grande surpresa da análise está nas doze linhas finais de conclusão e por onde é possível atinar com a estratégia borgiana de leitura: a análise isolada de cada vocábulo dos dois versos buscara apontar para

---

10. *Idem*, p. 103.
11. *Idem, ibidem.*
12. *Idem, ibidem.*

aquilo que, desde sempre, se transformou numa marca registrada das aproximações borgianas à poesia, neste sentido filiando-se à própria tradição moderna da crítica poética desde Mallarmé, ou seja, a de que a poesia é uma "obra del lenguaje". Por isso, pode ele dizer:

> Pienso que no hay creación alguna en los dos versos de Cervantes que he desarmado. Su poesía, si la tienen, no es obra de él; es obra del lenguaje. La sola virtud que hay en ellos está en el mentiroso prestigio de las palabritas que incluyen[13].

Era, desde então, já neste texto dos anos 20, o início daquele processo de fazer com que a leitura, e sua cara-metade, a escritura, implicasse a despersonalização autoral que foi vista, por exemplo, e entre outros, por um Emir Rodríguez Monegal como peça fundamental daquilo a que chamou de uma "poética da leitura" em Borges[14].

Como texto originário, entretanto, oferece ainda uma particularidade digna de nota: é que a percepção da obra de Cervantes se faz pelo viés da acentuação dos mecanismos de fingimento – que vai desde a escolha do texto analisado que, como foi observado, entronca-se no miolo dos jogos de aparência e realidade da obra, até a observação final dos parágrafos de conclusão ao caracterizar de "mentiroso prestigio" o valor das palavras utilizadas por Cervantes ou, para seguir de mais perto a reflexão borgiana, que dele se utilizam.

Procedimento semelhante de leitura vai ser aquele empregado no segundo texto de Borges em que se serve da obra de Cervantes para exemplificação de algumas reflexões que faz sobre o tema da palavra. Refiro-me ao ensaio "Indagación de la palabra", inicialmente publicado em duas partes na revista *Síntesis*, de junho e agosto de 1927, e depois incluído, no ano seguinte, como texto de abertura, no livro *El Idioma de los Argentinos*[15].

Partindo de uma indagação de ordem gramatical, pela qual se desculpa na introdução ("El sujeto es casi gramatical y así lo anuncio para aviso

---

13. *Idem*, p. 104.
14. Cf. *Borges: Uma Poética da Leitura*, tradução de Irlemar Chiampi, São Paulo, Perspectiva, 1980, pp. 77-123, (Coleção Debates).
15. Cf. *El Idioma de los Argentinos*, Buenos Aires, M. Gleizer Editor, 1928, pp. 9-28. Devo a Jorge Schwartz o acesso, através de cópia xerográfica, à primeira edição desta obra.

de aquellos lectores que han censurado (con intención de amistad) mis gramatiquerías y que solicitan de mí una obra *humana*"), de imediato é proposto o tema de suas reflexões: "Mediante qué proceso psicológico entendemos una oración?" Diz Borges:

> Para examinarlo (no me atrevo a pensar que para resolverlo) analicemos una oración cualquiera, no según las (artificiales) clasificaciones analógicas que registran las diversas gramáticas, sino en busca del contenido que entregan sus palabras al que las recorre. Séase esta frase conocidísima y de claridad no dudosa: En un lugar de la Mancha, de cuyo nombre no quiero acordarme...[16]

Segue-se, então, de igual modo ao que se fizera no texto anterior, a análise atomizada de cada um dos vocábulos constituintes da oração escolhida, com a diferença de que agora não se perde jamais de vista o contexto de que são provenientes.

Assim, por exemplo, a análise da terceira palavra – *lugar* – enseja algumas observações que polemizam com a tradição das leituras do *Dom Quixote* no que diz respeito à representação espacial da narrativa cervantina. Diz Borges:

> Esta es la palabra de ubicación, prometida por la partícula en. Su oficio es meramente sintáctico: no consigue añadir la menor representación a la sugerida por las dos anteriores. Representarse en y representarse en un lugar es indiferente, puesto que cualquier en está en un lugar y lo implica. Se me responderá que lugar es un nombre sustantivo, una cosa, y que Cervantes no lo escribió para significar una porción del espacio, sino con la acepción de villorrio, pueblo o aldea. A lo primero, respondo que es aventurado aludir a cosas en sí, después de Mach, de Hume y de Berkeley, y que para un sincero lector sólo hay una diferencia de énfasis entre la preposición en y el nombre sustantivo lugar; a lo segundo, que la distinción es verídica, pero que recién más tarde es notoria[17].

Dado que, nos estudos sobre a obra de Cervantes, a indeterminação do lugar de origem do *ingenioso hidalgo* é motivo para discussões sem fim (caindo, seja dito entre parênteses, na armadilha criada pelo próprio Cervantes, quando, nas últimas páginas da obra, diz: "cuyo lugar no quiso

16. *Idem*, p. 10.
17. *Idem*, p. 11.

poner Cide Hamete pontualmente, por dejar que todas las villas y lugares de la Mancha contendiesen entre sí por ahijársele y tenérsele por suyo, como contendieron las siete ciudades de Grecia por Homero"[18]), a acepção do segundo reproche aventado por Borges, isto é, de "villorrio, pueblo o aldea", no final afirmada como verídica por ele, parece melhor se coadunar com aquele processo de concretização que, não obstante, é conseguido por Cervantes e que foi percebido por Italo Calvino, no apêndice às suas *Lezioni americane*, da seguinte maneira: "A concretude de Cervantes parece ainda provir de um fundo de indeterminação mítica mas que não vai além do primeiro parágrafo em que o lugar e o nome do personagem vêm velados por uma nuvem de incerteza"[19].

Mais interessantes ainda talvez sejam as suas elucubrações acerca da sexta palavra – *Mancha* –, na medida em que termina por tocar num problema central do imaginário da obra: as tensas relações entre realidade e ficção que serão, como se sabe, os fulcros das leituras posteriores de Borges da obra de Cervantes. Diz ele:

> Este nombre es diversamente representable. Cervantes lo escribió para que su realidad conocida prestase bulto a la realidad inaudita de su don Quijote. El ingenioso hidalgo ha sabido pagar con creces la deuda: si las naciones han oído hablar de la Mancha, obra es de él.
> Quiere decir lo anterior que la nominación de la Mancha ya era un paisaje para los contemporáneos del novelista? Me atrevo a asegurar lo contrario; sua realidad no era visual, era sentimental, era realidad de provincianería chata, irreparable, insalvable. No precisaban visualizarla para entenderla; decir la Mancha era como decirnos Pigüé. [...] Cervantes no lo vió: basta considerar las campiñas *al itálico* modo que para mayor amenidad de su novela fué distribuyendo[20].

É de notar que este processo de idealização assinalado por Borges, que fez com que Cervantes, leitor de Ariosto[21], amenizasse a dura paisagem

---

18. Cf. *El Ingenioso Hidalgo Don Quijote de la Mancha*, op. cit., p. 1097.
19. Cf. "Cominciare e Finire", *Saggi, 1945-1985*, a cura di Mario Barenghi, Milano, Arnoldo Mondadori, 1995, p. 736.
20. Jorge Luis Borges, *El Idioma de los Argentinos*, op. cit., p. 12.
21. Para as relações entre Cervantes e Ariosto, ver, por exemplo, o belo livro de Thomas R. Hart, *Cervantes and Ariosto. Renewing Fiction*, New Jersey, Princeton University Press, 1989.

manchega com traços da remansosa paisagem bucólica, instaurando um rico espaço de intertextualidades, alarga um dos temas centrais da obra, qual seja, o da crítica da leitura (e da ficção) por ela deflagrada[22].

Mas aqui neste texto não se vai além da tentativa de responder à indagação originária, isto é, a do processo psicológico pelo qual é possível compreender uma oração, embora a oração escolhida permita as inferências assinaladas. É como se Borges afinasse os seus instrumentos de análise para futuros concertos mais ambiciosos em que tivesse por motivo a obra de Cervantes.

Assim, por exemplo, a indicação de que se, por um lado, a compreensão da oração proposta exige uma atomização de seus componentes e uma descrição pormenorizada, tal como ele efetivamente realiza, por outro lado, no entanto, para que a leitura se complete, ainda que seja de uma única oração, entra em jogo todo um complexo processo de percepção da totalidade, estabelecendo-se, deste modo, uma tensa relação com a particularidade. E esta tensão não se dá apenas em termos espaciais, isto é, no modo de organização especificamente gramatical dos termos da oração, mas temporais, de tal maneira que a compreensão termina por solicitar o envolvimento, num só ato de leitura, de cronologias diversas de uma única organização psicológica pela qual se perfila o leitor.

Como não vê aqui, em germe, aquela *refutação do tempo* que será fundamental para os posteriores exercícios, já não de análises, mas de leituras, de Borges, e que vai atingir o seu zênite precisamente ao retomar o livro de Cervantes pela reescritura de Pierre Ménard?[23]

Mas antes de criar o famoso texto dos anos 30 e 40, ele ainda se aproximaria do *Quixote* através de um outro ensaio dos anos 20 e agora decididamente enfrentando a construção poética da narrativa cervantina.

Trata-se do artigo "La Conducta Novelística de Cervantes", publicado na revista *Criterio* em março de 1928 e, no mesmo ano, incluído também no livro *El Idioma de los Argentinos*[24].

---

22. Cf. Carlos Fuentes, *Cervantes o la Crítica de la Lectura*, México, Cuadernos Joaquín Mortiz, 1983.
23. Cf. Emir Rodríguez Monegal, *op. cit.*, pp. 85-89.
24. Cf. *El Idioma de los Argentinos, op. cit.*, pp. 139-146.

O que chama de "conducta novelística de Cervantes" é o método, por ele utilizado, para provocar no leitor "uma reacción compasiva o hasta enojada frente a las indignidades sin fin que injurian al héroe"[25].

Para chegar a este objetivo do ensaio, entretanto, Borges inicialmente busca desvencilhar-se daquilo que vê como dois erros em sua leitura:

> Uno es la antigua equivocación que ve en el Quijote una pura parodia de los libros de caballería: suposición que el mismo Cervantes, con perfidia que entenderemos después, se ha encargado de propalar. Otro es el también ya clásico error que hace de esta novela una repartición de nuestra alma en dos apuradas secciones: la de la siempre desengañada generosidad y la de lo práctico. Ambas lecturas son achicadoras de lo leído: ésta lo desciende a cosa alegórica, y hasta de las más pobres; aquélla lo juzga circunstancial y tiene que negarle (aunque así no fuera su voluntad) una permanencia larga en el tiempo[26].

É, portanto, contra as leituras paródicas e alegóricas da tradição dos estudos cervantinos que Borges propõe uma leitura que vise acentuar o modo de construção do personagem criado pela loucura de Alonso Quijano e sua recepção pelos leitores, operando-se aquela reação compassiva ou irada já referida. E qual é o método de Cervantes para atingir o leitor e dele extrair tal reação? Diz Borges:

> Cervantes teje y desteje la admirabilidad de su personaje. Imperturbable, como quien no quiere la cosa, lo levanta a semidiós en nuestra conciencia, a fuerza de sumarias relaciones de su virtud y de encarnizadas malandanzas, calumnias, omisiones, postergaciones, incapacidades, soledades y cobardías[27].

Privilegiando a segunda parte do *Dom Quixote*, procedimento que lhe será característico daí por diante, onde, como diz, "las tentaciones en que puede caer el lector son más considerables y más sutiles", Borges arrola uma série de exemplos temáticos capazes de acentuar a propriedade do método descrito, a começar pelo da solidão que lhe parece ser uma qualidade ou traço de sofrimento dominante do personagem.

25. *Idem*, p. 140.
26. *Idem*, pp. 139-140.
27. *Idem*, p. 141.

Trazendo os exemplos de Prometeu, Hamlet e Raskólnikov (para ele, solitários menos radicais do que o Quixote:

> Prometeo, amarrado a la visible peña caucásica, siente la compasión del universo a su alrededor y es visitado por el Mar, caballero anciano en su coche [...]; Hamlet despacha concurridos monólogos y triunfa intelectualmente, sin apuro en las antesalas de su venganza, sobre cuantos conviven con él; Raskolnikov, el ascético y razonador asesino de *Crimen y castigo*, sabe que todos sus minutos son novelados y ni la borra de sus sueños se pierde[28]),

Borges retoma e amplia aquilo que está como abertura de seu texto: "Ningún otro destino escrito fué tan dejado de la mano de su dios como Don Quijote"[29], chegando ao paroxismo de afirmar que "Don Quijote es la única soledad que ocurre en la literatura del mundo"[30].

Para exemplificar o abandono do personagem pelo autor, criando, sem dúvida, aquela reação entre simpática e zangada por parte do leitor, Borges cita a passagem da obra em que são narrados os instantes finais do arrependido Alonso Quijano, quando o narrador, apenas "casualmente y en la mitad de un párrafo", menciona que morreu: ("...el cual, entre compasiones y lágrimas de los que allí se hallaron, dio su espíritu, quiero decir que se murió"[31]).

Passando rápido por um segundo traço indicador do abandono em que existe o personagem, isto é, o fato de que o narrador não lhe concede "la inconsciencia de su rareza (especie de inocente nube para sí en que viajan los dioses)", obrigando-o, pelo contrário, a saber de sua loucura, criando com isso momentos de grande abatimento moral do personagem, sem que nada venha em seu socorro, a não ser a possível atitude compassiva do leitor, Borges termina o seu texto pela discussão de uma complexa armadilha temática criada por Cervantes para enredar o leitor em suas malhas.

---

28. *Idem*, p. 142.
29. *Idem*, p. 139.
30. *Idem*, p. 141.
31. Cf. Miguel de Cervantes, *El Ingenioso Hidalgo Don Quijote de la Mancha*, op. cit., p. 1097.

Trata-se de inspirar no leitor o sentimento de inveja pelo "carácter honestísimo de Don Quijote", em que se misturam as nomeadas reações de compaixão e ira por parte do leitor. E o seu núcleo Borges vai encontrar em dois capítulos derradeiros da obra: aqueles em que, depois de ser nomeado pelo Duque para governador da fingida ilha Barataria, Sancho é obrigado a ouvir os conselhos de Dom Quixote. (Que Dom Quixote obriga Sancho a ouvir os seus conselhos é explicitado pelos trechos introdutórios ao discurso do cavaleiro:

> En esto llegó don Quijote, y sabiendo lo que pasaba y la celeridad con que Sancho se había de partir a su gobierno, con licencia del duque le tomó por la mano y se fue con él a su estancia, con intención de aconsejarle cómo se había de haber en su oficio. Entrados, pues, en su aposento, cerró tras sí la puerta, y hizo casi por fuerza que Sancho se sentase junto a él, y con reposada voz le dijo[32].)

Embora os conselhos dados por Dom Quixote, e que ocupam os capítulos XLII e XLIII da obra, procedam de "um fundo muito comum e extenso de moral, que aparece em muitos autores da época", como anota Martín de Riquer na citada edição do livro[33], Borges escolhe outra trilha de leitura que não a dos conteúdos éticos e morais que ele, aliás, anota como a privilegiada por Américo Castro em seu livro fundamental sobre o pensamento de Cervantes. E, numa referência explícita ao autor, depois de haver citado trecho de seu "El Pensamiento de Cervantes", afirma: "Yo voy más lejos: los consejos para mí no son lo que importa, sino el hecho de darlos"[34].

E que trilha de leitura é esta?

É, sem dúvida, a de perceber na cena dos conselhos mais uma estratégia cervantina de criar aquela profunda dependência entre a existência do personagem e a "reação compassiva ou até irada" do leitor, agora traduzida em indução à inveja. Ou, em suas próprias palavras:

> No está induciéndonos aquí Miguel de Cervantes a que palpemos envidia en el carácter honestísimo de Don Quijote? No es más odiosa la sola insinuación de esa

---

32. *Idem*, p. 867.
33. *Idem*, p. 865.
34. Cf. *El Idioma de los Argentinos*, op. cit., p. 144.

envidia que esa otra obscena aventura en que tirado Don Quijote en el campo, cruza una piara de cerdos encima de él?

É esta atmosfera de intimidade que cerca as relações entre o leitor e o personagem, permitindo não apenas a desmontagem de condutas narrativas, mas ainda insinuações de escolhas, tergiversações ou perfídias possíveis do narrador (como está nos primeiros parágrafos deste ensaio) que vai permitir a Borges, num texto sobre Cervantes de quarenta anos depois, precisamente de 1968, como se verá ainda aqui, caracterizar o Quixote, sonho de Alonso Quijano, por sua vez sonho de Miguel de Cervantes, como amigo.

Para chegar a isso, entretanto, ainda seria preciso passar por seguidas reflexões acerca do próprio processo de leitura envolvido na e pela matéria que faz do sonho um princípio fundamental da realidade. Uma leitura que não apenas decifra, mas recifra, escrevendo, a obra que se lê.

E o momento culminante dessa passagem é representado pelo quarto texto das relações explícitas entre Borges e Cervantes: "Pierre Menard, Autor del Quijote", publicado na revista *Sur*, em maio de 1939, e depois recolhido no volume que primeiro se chamou "El Jardín de Senderos que se Bifurcan", em 1941, e depois, acrescentado de alguns textos, *Ficciones*, em 1944[35].

À diferença dos outros três textos considerados, com uma distância de mais de dez anos, este quarto texto não é sobre Cervantes, como o é o terceiro, nem a utilização exemplar do texto cervantino, como são os dois outros. Mais ainda: não é um artigo de crítica como os demais. Como situá-lo? Creio que a melhor maneira é começar por sua origem, e ela está descrita pelo próprio Borges em página de *Um Ensaio Autobiográfico*, em que, depois de relatar o sério acidente doméstico que sofreu, a sua hospitalização, a perda da consciência e o delírio febril, acrescenta:

> Quando comecei a me recuperar, temi por minha integridade mental. Lembro-me que minha mãe queria me ler um livro que eu tinha encomendado, *Out of the Silent*

---

[35]. Cf. "Pierre Menard, Autor del Quijote", *Ficciones, Obras Completas*, vol. 1, 1923-1972, Buenos Aires, Emecé Editores, 1989, pp. 444-450.

Planet de C. S. Lewis, mas durante duas ou três noites eu a tinha afastado. Finalmente, ela venceu e, depois de ouvir uma página ou duas, comecei a chorar. Minha mãe perguntou-me porque as lágrimas. "Estou chorando porque compreendo", respondi. Um pouco depois, perguntava-me a mim mesmo se poderia escrever de novo. Havia antes escrito alguns poemas e dúzias de pequenas resenhas. Pensei que, se tentasse escrever agora uma resenha e falhasse, falharia intelectualmente por completo, mas se tentasse alguma coisa que eu nunca tivesse feito antes e falhasse não seria tão ruim e poderia até mesmo me preparar para a revelação final. Decidi que tentaria escrever um conto. O resultado foi Pierre Menard, autor do Quijote[36].

E, situando ainda melhor o texto com relação à sua obra, acrescenta:

Pierre Menard, como seu precursor à aproximação a Almotásim era ainda uma edificação intermediária entre o ensaio e a verdadeira narrativa[37].

É quase a definição daquilo que será *ficción* para Borges e que caracterizará o livro com o qual assumiu a sua singularidade na literatura do século. Na verdade, por mais que tenha se aproximado do que chama de *verdadeira narrativa* em textos anteriores ou posteriores ao *Pierre Menard*, a brecha, ou o intervalo, entre o ensaio e a narrativa, possibilitando, entre outras coisas, fazer da leitura um elemento indissociável da própria operação de escritura, é o traço aglutinador de suas *ficciones*.

Neste sentido, o "Pierre Menard" é, obviamente, uma ficção; e se a sua porção narrativa está na invenção de um personagem que lê e cria textos para serem ou não serem lidos, a sua porção de ensaio logo se revela pelo ponto de vista assumido pelo narrador que se debate entre um condescen-

---

36. Cf. *An Autobiographical Essay*, op.cit., pp. 170-171. Para a origem menos autobiográfica e, por assim dizer, mais literária do texto, ver as reminiscências de Adolfo Bioy Casares que estão em "Libros y Amistad" do livro *La Otra Aventura*, Buenos Aires, Editorial Galerna, 1968, pp. 139-153. Narrando o argumento de um conto imaginado por ele, Borges e Silvina Ocampo, mas nunca realizado, em que um pesquisador interessado em imaginário escritor francês encontra, no castelo em que este havia vivido, um caderno contendo uma série de proibições a serem adotadas por quem se dedica à literatura, uma delas seguindo um preceito de Menard, afirma Bioy Casares: *Menard, el del "precepto" citado más arriba, es el héroe de Pierre Menard, autor del Quijote. La invención de ambos cuentos, el publicado y el no escrito, corresponde al mismo año, casi a los mismos días; si no me equivoco, la tarde en que anotamos las prohibiciones, Borges nos refirió Pierre Menard.*

37. *Idem*, p. 171.

dente admirador e um frio analista daqueles mesmos textos criados pelo personagem.

Sendo assim, já o primeiro parágrafo do texto borgiano é revelador: "La obra visible que ha dejado este novelista es de fácil y breve enumeración"[38].

Mais (ou menos) do que um *novelista*, o personagem, precisamente pela leitura da *obra visible* enumerada pelo narrador, onde não consta um único texto sequer de ficção narrativa, é antes um autor de *ficciones* nos termos com que o narrador enaltece a sua contribuição final:

> Menard (acaso sin quererlo) ha enriquecido mediante una técnica nueva el arte detenido y rudimentario de la lectura: la técnica del anacronismo deliberado y de las atribuciones erróneas[39].

Se este enriquecimento melhor se revela na reescritura do *Quijote*, obra-prima invisível de Menard, mesmo sem maiores esclarecimentos acerca da *obra visible* é possível ver ali traços substanciais daquela técnica, bastando citar, por exemplo, aquilo que está no item *o*, "una transposición en alejandrinos del Cimetière marin de Paul Valéry", desde que se leve em conta a origem do famoso poema tal como ela é descrita pelo próprio Valéry:

> [...] se me interrogarem, se se inquietarem (como acontece, e às vezes intensamente) sobre o que eu "quis dizer" em tal poema, respondo que não quis dizer, e sim quis fazer, e que foi a intenção de fazer que quis o que eu disse...
> Quanto ao Cemitério Marinho, essa intenção primeiramente foi apenas uma imagem rítmica vazia, ou cheia de sílabas inúteis, que veio me obcecar por algum tempo. Notei que essa imagem era decassílaba e refleti um pouco sobre esse tipo tão pouco empregado na poesia moderna; parecia-me pobre e monótono. Era quase insignificante perto do alexandrino, elaborado prodigiosamente por três ou quatro gerações de grandes artistas. O demônio da generalização sugeria que se tentasse levar esse Dez à potência do Doze[40].

---

38. "Pierre Menard, autor del Quijote", *op. cit.*, p. 444.
39. *Idem*, p. 450.
40. Cf. Paul Valéry, "Acerca do Cemitério Marinho", *Variedades*, organização e introdução de João Alexandre Barbosa, tradução de Maiza Martins de Siqueira, São Paulo, Iluminuras, 1991, pp. 173-174.

A reescritura operada por Menard, na medida em que atinge o núcleo da intenção de Valéry, quer dizer, a elevação do verso decassílabo à suposta superioridade do alexandrino, é, ao mesmo tempo, assim como a reescritura do *Quixote*, invenção e crítica da leitura ou, melhor ainda, ficcionalização da leitura. Neste sentido, a reescritura a que se entrega da obra de Cervantes não é apenas a criação de um outro *Dom Quixote* ("No quería componer otro Quijote – lo cual es fácil – sino el *Quijote*, esclarece o narrador"), mas a tarefa de experimentar, pela escritura, a possibilidade de uma sua leitura decorridos trezentos anos de sua composição. Diz Menard acerca das dificuldades de seu trabalho:

> Componer el Quijote a principios del siglo diecisiete era una empresa razonable, necesaria, acaso fatal; a principios del veinte, es casi imposible. No en vano han transcurrido trescientos años, cargados de complejísimos hechos. Entre ellos, para mencionar uno solo: el mismo Quijote[41].

Antes, todavia, o narrador atribuíra ao possível leitor de seu texto a pergunta que ele se pode fazer não apenas em relação a Menard, mas ao próprio narrador: *Por qué precisamente el Quijote?* E acrescenta:

> Esa preferencia, en un español, no hubiera sido inexplicable; pero sin duda lo es en un simbolista de Nîmes, devoto esencialmente de Poe, que engendró a Baudelaire, que engendró a Mallarmé, que engendró a Valéry, que engendró a Edmond Teste[42].

E se a preferência é explicada pelo personagem, em primeiro lugar, pelo caráter contingente que lhe parece ser o da obra de Cervantes

> (El Quijote me interesa profundamente, pero no me parece como lo diré? inevitable. [...] El Quijote es un libro contingente, el Quijote es innecesario. Puedo premeditar su escritura, puedo escribirlo, sin incurrir en una tautología[43]),

em seguida, é a enumeração de dificuldades impostas precisamente por suas origens e filiações intelectuais, desafios e excitações do *difícil* que faz

---

41. Cf. "Pierre Menard, Autor del Quijote", *op. cit.*, p. 448.
42. *Idem*, p. 447.
43. *Idem*, p. 448.

de Menard, de fato, herdeiro até mesmo e, a meu ver, quase direto de Teste, o personagem de Valéry que tão freqüentemente comparece na obra de Borges. (Como não ver a sombra do personagem e de seu narrador da *Soirée avec Monsieur Teste* nas seguintes palavras de Menard:

> Pensar, analizar, inventar [...] no son actos anómalos, son la normal respiración de la inteligencia. Glorificar el ocasional cumplimiento de esa función, atesorar antiguos y ajenos pensamientos, recordar con incrédulo estupor lo que el doctor universalis pensó, es confesar nuestra languidez o nuestra barbarie. Todo hombre debe ser capaz de todas las ideas y entiendo que en el porvenir lo será[44]?)

Quanto à preferência pelo *Quixote* em relação ao narrador, creio que seja possível dizer que ela decorre precisamente, por um lado, do tipo de leitura que Borges fazia da obra de Cervantes e, por outro, de como esta leitura acrescentava um elemento fundamental para a sua própria concepção da literatura e, por conseguinte, da arte da narrativa.

Emir Rodríguez Monegal foi capaz de perceber como o "Pierre Menard" foi decisivo para o que chamou de "poética da leitura em Borges". Acrescente-se: para a sua poética *tout court*.

Na verdade, a partir de então, e como o testemunham os demais textos reunidos em *Ficciones*, a escritura borgiana vai se fazer cada vez mais dependente daquela "técnica del anacronismo deliberado y de las atribuciones erroneas", que ele acentuava como contribuição central de Menard à arte da leitura.

Situado entre o ensaio e a verdadeira narrativa, como o próprio Borges o caracterizou em *Um Ensaio Autobiográfico*, o "Pierre Menard" encontrava no *Quixote* o correlato mais adequado para se exercer no intervalo dos dois, sendo, simultaneamente, uma grande obra narrativa que se fizera íntima através de leituras continuadas, e na qual Borges vislumbrava a técnica admirável dos fingimentos e enganos de uma escritura que, a todo momento, está problematizando as relações tensas entre a realidade e a ficção. Ou, dizendo de um modo mais direto, em que a própria narrativa se alimenta da leitura de outras narrativas e de si mesma, como se revela,

---

44. *Idem*, p. 450.

sobretudo, na segunda parte da obra, não sem motivo, portanto, a privilegiada por Borges.

O *Quixote* começa a ser visto, depois das leituras muito parciais que realizara na década anterior, como suma de uma poética em que a ficcionalização da realidade inclui a da leitura, sobretudo aquela que se opera pela utilização da técnica inventada por Menard.

Por outro lado, há, no uso de Cervantes pelo narrador, uma espécie de escolha borgiana por um precursor, bem no sentido daquilo que está descrito no seu famoso ensaio sobre Kafka[45], em que a contemporaneidade da literatura se afirma sobre as particularidades temporais dos autores.

A técnica de Menard *atualiza* Cervantes pela reescritura do mesmo na medida em que, em cada ponto da sucessão temporal possível, a leitura não é diferente da escritura que a expressa. Por isso, pode o narrador assinalar como virtude final do método de Pierre Menard:

> Esa técnica de aplicación infinita nos insta a recorrer la Odisea como se fuera posterior a la Eneida y el libro Le jardin du Centaure de Madame Henri Bachelier como si fuera de Madame Henri Bachelier. Esa técnica puebla de aventura los libros más calmosos. Atribuir a Louis Ferdinand Céline o a James Joyce la Imitación de Cristo no es una suficiente renovación de esos tenues avisos espirituales?[46]

Aspectos particulares dessa suma em que, para Borges, vai se constituindo o *Quixote* serão retomados e especificados por ele no texto "Magias Parciales del Quijote", publicado em *La Nación*, em novembro de 1949 e, três anos depois, recolhido no volume *Otras Inquisiciones*.

Este talvez seja, juntamente com aquele artigo de 1928, "La Conducta Novelística de Cervantes", recolhido em *El Idioma de los Argentinos*, o texto, por assim dizer, mais crítico sobre Cervantes escrito por Borges ao mesmo tempo que, de fato, resume o que até então meditara sobre o *Dom Quixote*. Na verdade, partindo da afirmação de que *el Quijote es realista*, o texto borgiano busca, em primeiro lugar, acentuar a distinção entre

---

45. Cf. "Kafka y sus Precursores", *Otras Inquisiciones*, Buenos Aires, Emecé Editores, 1960, pp. 145-148.
46. Cf. "Pierre Menard, Autor del Quijote", *op. cit.*, p. 450.

o realismo que ali se contém e aquele outro praticado pela tradição realista do século XIX.

> Joseph Conrad [diz ele] pudo escribir que excluía de su obra lo sobrenatural, porque admitirlo parecía negar que lo cotidiano fuera maravilloso: ignoro si Miguel de Cervantes compartió esa intuición, pero sé que la forma del Quijote le hizo contraponer a un mundo imaginario poético, un mundo real prosaico. Conrad y Henry James novelaron la realidad porque la juzgaban poética; para Cervantes son antinomias lo real y lo poético[47].

Não obstante estas antinomias, segundo Borges, o maravilhoso, embora vedado por "el plan de su obra", devia figurar "siquiera de manera indirecta, como los crímines y el misterio en una parodia de la novela policial"[48].

O cerne do ensaio de Borges está, precisamente, em pensar o modo pelo qual foi Cervantes capaz de encontrar uma estratégia narrativa que possibilitasse a figuração do maravilhoso, do sobrenatural, sem provocar uma fissura no arcabouço realista do *Quixote*. Ou, como ele mesmo diz: "Cervantes no podía recurrir a talismanes o a sortilegios, pero insinuó lo sobrenatural de un modo sutil, y, por ello mismo, más eficaz"[49].

Aspectos dessa estratégia é o que chama de "magias parciales del Quijote". E a matriz dessas magias está em que, como assinala Borges, "Cervantes se complace en confundir lo objetivo y lo subjetivo, el mundo del lector y el mundo del libro"[50].

Esta confusão prazerosa para o autor, em que a possível objetividade do leitor, escorada na experiência, é desarmada pela experiência ficcional que a obra incorpora, instaurando traços de maravilhoso e de sobrenaturalidade, sem que pareça ser abalada a construção realista da obra, manifesta-se, segundo Borges, quer em episódios explícitos, como aquele que compõe o capítulo XXI, da primeira parte, "que trata de la alta aventura y rica ganancia de yelmo de mambrino", quer em trechos mais sutis, como aquele que está no sexto capítulo, também da primeira par-

---

47. Cf. "Magias Parciales del Quijote", *op. cit.*, p. 65.
48. *Idem*, p. 66.
49. *Idem, ibidem*.
50 *Idem, ibidem*.

te, em que a *Galatea*, de Cervantes, é julgada pelo barbeiro durante o escrutínio que realiza, com o cura, da biblioteca do engenhoso fidalgo. "El barbero, sueño de Cervantes o forma de un sueño de Cervantes, juzga a Cervantes..." Ou, mais ainda:

> También es sorprendente saber, en el principio del noveno capítulo, que la novela entera ha sido traducida del árabe y que Cervantes adquirió el manuscrito en el mercado de Toledo, y lo hizo traducir por un morisco, a quien alojó más de mes y medio en su casa, mientras concluía la tarea[51].

Mas é na segunda parte do *Quixote* que Borges vai encontrar a culminância dessa estratégia cervantina: "los protagonistas han leído la primera (parte), los protagonistas del Quijote son, asimismo, lectores del Quijote"[52].

E depois de assinalar artifícios semelhantes em Shakespeare (a encenação, dentro do *Hamlet*, de uma tragédia que evoca a tragédia de Hamlet), no *Ramayana* (Rama ouve a sua própria história cantada pelos alunos de Valmik, que são os filhos de Rama), em *As Mil e Uma Noites* (em que, na noite DCII, o rei ouve da boca de Shahrazad a sua própria história) e na invenção proposta por Josiah Royce para um mapa da Inglaterra inscrito na própria Inglaterra, Borges conclui por uma série de indagações seguidas de uma inquietadora resposta:

> Por que nos inquieta que el mapa esté incluído en el mapa y las mil y una noches en el libro de *Las Mil y Una Noches*? Por que nos inquieta que Don Quijote sea lector del Quijote, y Hamlet, espectador de Hamlet? Creo haber dado con la causa: tales inversiones sugieren que si los caracteres de una ficción pueden ser lectores o espectadores, nosotros, sus lectores o espectadores, podemos ser ficticios[53].

Confundidos, desta maneira, *el mundo del lector y el mundo del libro*, a estratégia narrativa de Cervantes, pontilhada de magias que tecem e destecem as relações entre realidade e ficção, tem a capacidade, assim como as demais estratégias utilizadas nas obras citadas por ele, de transformar

---

51. *Idem, ibidem*.
52. *Idem*, p. 67.
53. *Idem*, pp. 68-69.

Borges, seu leitor, em seu autor, sem os riscos da tautologia que, com ou sem o seu consentimento, corria o personagem Menard, traduzindo uma poética da leitura, como queria Rodríguez Monegal, em poética *tout court*.

Por outro lado, encontrava Borges o caminho pelo qual podia melhor embasar a sua crítica às leituras paródicas do *Quixote*, tal como ficou anotado no preâmbulo a seu texto de 1928, "La Conducta Novelística de Cervantes", na medida em que, sendo leitores explícitos de si mesmos, os personagens cervantinos põem no mesmo nível ficcional as novelas de cavalaria com que, sem dúvida, dialogam, e a novela de que são protagonistas. Mais ainda: naquele mesmo preâmbulo, Borges anotava como uma das conseqüências das leituras paródicas o fato de que terminariam por negar à obra "una permanencia larga en el tiempo", desde que, é de concluir, limitariam a sua leitura à decifração de paralelos com a tradição da novela em que a obra se inseria. A detecção de uma outra estratégia narrativa, tal como a proposta por Borges, qualificando de realista a obra para terminar afirmando o que há de maravilhoso e de sobrenatural em todo o processo de ficcionalização, permite pensar na novela como um aspecto de sutil e engenhoso mecanismo de refutação e, portanto, capaz de ter "una permanencia larga en el tiempo".

É de ver, portanto, que aquilo que chama de "magias parciales del Quijote", contrariando pela enunciação o costume das leituras totalizadoras, são, para Borges, pedras de toque que corrigem as interpretações esquizofrênicas que, paródicas ou alegóricas, se dilaceram entre o realismo e o idealismo da obra, desde que buscam identificar um outro realismo que é, para dizer com um teórico contemporâneo da história, *figural*[54], em que, portanto, os tropos são elementos indissociáveis dos topoi narrativos, estabelecendo-se, assim, no caso do *Quixote*, a confusão enriquecedora, porque criativa, entre "el mundo del lector y el mundo del libro".

Borges ainda voltará, com variações, a este tema de suas meditações sobre o *Quixote* numa conferência, pronunciada em inglês, na Universidade do Texas, em Austin, em 1968, e que já foi antes insinuada[55].

---

54. Cf. Hayden White, *Figural Realism. Studies in Mimesis Effect*, Baltimore, Johns Hopkins University Press, 1999.
55. Cf. "Borges sobre Don Quijote: Una Conferencia Recobrada", *Inti. Revista de Literatura Hispánica*,

Antes desta conferência, entretanto, foi possível marcar a presença de Cervantes na obra de Borges pela leitura de dois textos publicados em *El Hacedor*[56], livro de 1960: *Un Problema* e *Parábola de Cervantes y de Quijote*.

O primeiro é uma série de conjeturas sobre o destino de Dom Quixote a partir de uma imaginária descoberta de manuscrito de texto de Cide Hamete Benengeli, aquele fingido autor do *Dom Quixote* original. Diz Borges:

> Imaginemos que en Toledo se descubre un papel con un texto arábigo y que los paleógrafos lo declaran de puño y letra de aquel Cide Hamete Benengeli de quien Cervantes derivó el Don Quijote. En el texto leemos que el héroe (que, como es fama, recorría los caminos de España, armado de espada y de lanza, y desafiaba por cualquier motivo a cualquiera) descubre, al cabo de uno de sus muchos combates, que ha dado muerte a un hombre. En este punto cesa el fragmento; el problema es adivinar, o conjeturar, cómo reacciona don Quijote.
>
> Que yo sepa, hay tres contestaciones posibles. La primera es de índole negativa; nada especial ocurre, porque en el mundo alucinatorio de Don Quijote la muerte no es menos común que la magia y haber matado a un hombre no tiene por qué perturbar a quien se bate, o cree batirse, con endriagos y encantadores. La segunda es patética. Don Quijote no logró jamás olvidar que era una proyección de Alonso Quijano, lector de historias fabulosas; ver la muerte, comprender que un sueño lo ha llevado a la culpa de Caín, lo despierta de su consentida locura acaso para siempre. La tercera es quizá la más verosímil. Muerto aquel hombre, Don Quijote no puede admitir que el acto tremendo es obra de un delirio; la realidad del efecto le hace presuponer una pareja realidad de la causa y Don Quijote no saldrá nunca de sua locura.
>
> Queda otra conjetura, que es ajena al orbe español y aun al orbe del Occidente y requiere un ámbito más antiguo, más complejo y más fatigado. Don Quijote – que ya no es Don Quijote sino un rey de los ciclos del Indostán – intuye ante el cadáver del enemigo que matar y engendrar son actos divinos o mágicos que notoriamente transcienden la condición humana. Sabe que el muerto es ilusorio como lo son la espada sangrienta que le pesa en la mano y él mismo y toda su vida pretérita y los vastos dioses y el universo[57].

n. 45. Cranston, R. I., 1997. (Reconstituição do texto por Júlio Ortega e Richard Gordon e tradução para o espanhol por Mirta Rosenberg.) Tive acesso a este texto através de cópia xerográfica que me foi gentilmente enviada por Manuel da Costa Pinto Neto.
56. Cf. *El Hacedor*, Buenos Aires, Emecé Editores, 1960.
57. *Idem*, pp. 29-30.

O segundo texto, que especula acerca das relações entre o sonhador e o sonhado, diz assim:

> Harto de su tierra de España, un viejo soldado del rey buscó solaz en las vastas geografías de Ariosto, en aquel valle de la luna donde está el tiempo que malgastan los sueños y en el ídolo de oro de Mahoma que robó Montalbán.
> En mansa burla de sí mismo, ideó un hombre crédulo que, perturbado por la lectura de maravillas, dio en buscar proezas y encantamientos en lugares prosaicos que se llamaban El Toboso o Montiel.
> Vencido por la realidad, por España, Don Quijote murió en su aldea natal hacia 1614. Poco tiempo lo sobrevivió Miguel de Cervantes.
> Para los dos, para el soñador y el soñado, toda esa trama fue la oposición de dos mundos: el mundo irreal de los libros de caballerías, el mundo cotidiano y común del siglo XVII.
> No sospecharon que los años acabarían por limar la discordia, no sospecharon que la Mancha y Montiel, y la magra figura del caballero serían, para el porvenir, no menos poéticas que las etapas de Simbad o que las vastas geografías de Ariosto.
> Porque en el principio de la literatura está el mito, y asimismo en el fin.

Entre estes textos dos anos 60 e os poemas em que evoca a presença de Cervantes e do *Quixote*, e que haveria de acolher em sua obra dos anos 70, situa-se a conferência mencionada, na qual Borges retoma, às vezes amplia, e com freqüência melhor esclarece, alguns pontos que foram sendo disseminados em textos anteriores sobre o *Quixote*, alguns dos quais tratados já anteriormente. De certo modo, trata-se de acrescentar algumas outras *magias parciales* ao ensaio de *Otras Inquisiciones*.

Assim, por exemplo, logo de início retoma aquilo que lhe parece um traço muito especial da "conducta narrativa de Cervantes", isto é, fazer com que, sentindo a solidão do personagem, o leitor seja induzido a uma reação de compaixão para com ele e que Borges, nesta conferência, qualifica como de amizade.

Deste modo, desculpando-se no início da conferência por tratar de um tema tão discutido quanto o *Dom Quixote*, acrescenta:

> Sin embargo, siempre hay placer, siempre hay una suerte de felicidad cuando se habla de un amigo. Y creo que todos podemos considerar a Don Quijote como un amigo. Esto no ocurre con todos los personajes de ficción. Supongo que Agamenón y

Beowulf resultan más bien distantes. Y me pregunto si el príncipe Hamlet no nos hubiera menospreciado si le hubiéramos hablado como amigos, del mismo modo en que desairó a Rozencrantz y Guildenstern. Porque hay ciertos personajes, y esos son, creo, los más altos de la ficción, a los que con seguridad y humildemente podemos llamar amigos.

E esta amizade, dirá em seguida, está alicerçada no fato de que Cervantes foi capaz de criar um personagem com o qual o leitor se identifica de tal modo, através sobretudo daquelas armadilhas que envolvem reações de compaixão ou raiva, que mesmo que se saiba menos dele do que de outros personagens famosos da literatura, ele é melhor conhecido. Diz Borges:

> Cuando nos encontramos con un verdadero personaje en la ficción, sabemos que ese personaje existe más allá del mundo que lo creó. Sabemos que hay cientos de cosas que no conocemos, y que sin embargo existen. [...] Y tal vez, después de leer Ulises, conocemos cientos de cosas, cientos de hechos, cientos de circunstancias acerca de Stephen Dedalus y de Leopold Bloom. Pero no los conocemos como a Don Quijote, de quien sabemos mucho menos.

É este conhecimento do personagem que Borges chega a identificar com a crença em sua realidade, embora se conserve a desconfiança acerca da realidade sobre aquilo que com ele ocorre ("Porque una cosa es creer en un personaje, y otra muy diferente es creer en la realidad de las cosas que le ocurrieron"), que possibilita as tensões e ambigüidades que caracterizam o que Borges vê como essência do "Quijote: un conflicto entre los sueños y la realidad". Ou, ainda mais esclarecedor:

> Cervantes era un hombre demasiado sabio como para no saber que, aun cuando opusiera los sueños y la realidad, la realidad no era, digamos, la verdadera realidad, o la monótona realidad común. Era una realidad creada por él; es decir, la gente que representa la realidad en Don Quijote forma parte del sueño de Cervantes tanto como Don Quijote y sus infladas ideas de la caballerosidad, de defender a los inocentes y demás. Y a lo largo de todo el libro hay una suerte de mezcla de los sueños y la realidad.

E é de tal maneira intenso o modo pelo qual, segundo Borges, se sente a realidade do personagem, do qual Cervantes não se interessou em explorar sequer a psicologia que pudesse sugerir as razões de sua loucura ("meramente nos dice que se volvió loco. Y nosotros le creemos"), que as aventuras do cavaleiro são vistas por Borges, num lance de grande beleza e finura crítica, como "meros adjetivos de Don Quijote".

> Es una argucia del autor para que conozcamos profundamente al personaje. Es por eso que libros como La ruta de Don Quijote, de Azorin, o la Vida de Don Quijote y Sancho, de Unamuno, nos parecen de algún modo inecesarios. Porque toman las aventuras o la geografía de las historias demasiado en serio. Mientras que nosotros realmente creemos en Don Quijote y sabemos que el autor inventó las aventuras para que nosotros pudiéramos conocerlo mejor.

Finalmente, retoma, dando-lhe outros contornos originais, aquela *magia* central de *Otras Inquisiciones*: "el hecho de que, tal como la gente habla todo el tiempo del teatro en Hamlet, la gente habla todo el tiempo de libros en Don Quijote", criando-se, então, como era ali observado, aquela prazerosa "confusão entre o mundo do leitor e o mundo do livro". Personagens que são sonhos de Cervantes e que sonham com Cervantes, protagonistas que, na segunda parte, lêem a primeira parte da obra, assim como sua falsificação por Avellaneda, etc., etc. E Borges arremata: "Así que es como si Cervantes estuviera todo el tiempo entrando y saliendo fugazmente de su propio libro y, por supuesto, debe haber disfrutado mucho su juego".

Estava preparado o caminho para que pudesse encerrar a sua conferência com uma nota magistral de articulação entre literatura e felicidade:

> Creo que los hombres seguirán pensando en Don Quijote porque después de todo hay una cosa que no queremos olvidar: una cosa que nos da vida de tanto en tanto, y que tal vez nos la quita, y esa cosa es la felicidad. Y, apesar de los muchos infortunios de Don Quijote, el libro nos da como sentimiento final la felicidad. [...] Siempre pienso que una de las cosas felices que me han ocurrido en la vida es haber conocido a Don Quijote.

Conhecimento que se completa com os dois poemas de *El oro de los tigres*, de 1972, com os quais quero encerrar este meu périplo pela obra de Jorge Luis Borges. O primeiro intitula-se *Miguel de Cervantes* e diz assim:

> Crueles estrellas y propicias estrellas
> Presidieron la noche de mi génesis;
> Debo a las últimas la cárcel
> En que soñé el Quijote

O segundo, um pouco mais longo, mas somente um pouco, intitulado *Sueña Alonso Quijano*, assim diz:

> El hombre se despierta de un incierto
> Sueño de alfanjes y de campo llano
> Y se toca la barba con la mano
> Y se pregunta se está herido o muerto.
> No lo perseguirán los hechiceros
> Que han jurado su mal bajo la luna?
> Nada. Apenas el frío. Apenas una
> Dolencia de sus años postrimeros.
> El hidalgo fue un sueño de Cervantes
> Y Don Quijote un sueño del hidalgo.
> El doble sueño los confunde y algo
> Está pasando que pasó mucho antes.
> Quijano duerme y sueña. Una batalla:
> Los mares de Lepanto y la metralla.

4

LENDO DOSTOIÉVSKI*

LÁ NO FUNDO da gente, guardada com os cuidados que se usam para as coisas mais preciosas, está, muitas vezes, uma renovada frustração, ou culpa indefinida, por não ler por inteiro certas obras. E nem sempre é uma questão de tempo, pois às vezes é mais fácil reler do que ler.

É claro que seria preciso muitas vidas para que a frustração, ou a culpa, desaparecesse de todo: a gente faz o que pode e segue adiante. Mas ela pode ter outros motivos, um deles, com certeza, sendo a própria estrutura da obra que, dado o seu possível caráter fragmentário, permite, ou mesmo exige, as passagens de fuga que afugentam a continuidade.

Em outros casos, é a própria extensão da obra, ou o seu modo de publicação que convida ao adiamento de uma leitura contínua. Penso em todas essas *obras completas* de algumas coleções editoriais: a Bibliothèque de La Pléiade, da Gallimard, por exemplo, ou a Library of America, ou a Aguilar, tanto a espanhola, quanto a sua similar brasileira. Sempre achei mais fácil ler o Valéry de *Variété* nos cinco volumes individuais da Gallimard do que o que se contém nos dois compactos volumes da Pléiade. Ou o Dostoiévski, na tradução da José Olympio, com suas elegantes ilustrações de Goeldi e alguns prefácios exemplares de críticos brasileiros,

---

* Texto publicado na *CULT, Revista Brasileira de Literatura*, Ano II, n. 17.

do que o da Aguilar em papel bíblia, exigindo boa vista ou lentes adequadas. Mas, como já disse, podem existir motivos mais complexos para que uma leitura não se complete, mesmo quando se trate de obra pela qual se tem curiosidade e vontade de ler. Foi o que aconteceu comigo e uma das obras de Dostoiévski. A obra é o *Diário do Escritor*, que venho tentando ler desde os anos 60. E a história desta leitura está articulada ao modo pelo qual fui tendo acesso a diversas edições da obra. É parte dela que se vai ler em seguida.

Em primeiro lugar, a estranha e precária edição brasileira, de 1943, da Editora Vecchi, em tradução de um certo Frederico dos Reyes Coutinho, nome que tem jeito de pseudônimo. Estranha, pois não traz indicação alguma da língua de que foi traduzida, certamente não é uma tradução integral e, além disso, a língua da tradução é tão insegura e empolada que se fica com a impressão de que o autor do original não é Dostoiévski. E precária dada a própria qualidade editorial, que é de um primarismo obsceno, seja pelo tipo de papel utilizado, seja pela péssima diagramação, seja ainda pela desinformação acerca do *Diário* que está nas duas orelhas.

De qualquer modo, esta edição teve ao menos o mérito de me fazer entrar em contato, pela primeira vez, com o *Diário* e de ler ali alguns dos mais perfeitos contos de Dostoiévski (embora sem saber se estavam ou não traduzidos na íntegra), assim como o famoso discurso sobre Púchkin. Foram as partes da obra que li nesta edição, além de uma ou outra passagem dos inúmeros casos judiciários relatados pelo escritor, relevando aquele que trata do caso Kroneberg que, segundo alguns especialistas, estaria nas origens de *L'Étranger* de Albert Camus, ou mesmo o estudo comparativo entre Metternich e D. Quixote.

Em seguida, foi a vez de ler alguns trechos do *Diário*, publicados na edição da *Obra Completa*, traduzida por Natália Nunes e Oscar Mendes (possivelmente do francês, embora não haja nota editorial explícita a respeito), em quatro volumes, da Editora José Aguilar, de 1964.

Os trechos do *Diário* aparecem como "excertos do diário de um escritor" na seção de "Outros Escritos", no volume quarto, precedidos de três dos contos que fazem parte do *Diário*, todos traduzidos, segundo se informa em nota editorial, por Natália Nunes. Além disso, são incluídos apenas três trechos, e ainda assim incompletos. As informações editoriais sobre a obra são escassas e superficiais e o leitor fica até mesmo sem saber, com certeza, as datas de publicação ou o tempo a que correspondem na atividade de escritor de Dostoiévski.

Embora a linguagem em que são transcritos os textos seja de um nível infinitamente superior àquela da Vecchi, para o leitor interessado em melhor conhecer a obra é ainda muito insuficiente, seja pela pequena amostragem dos trechos transcritos, seja pela parca informação que os acompanha.

Por isso, infelizmente analfabeto em russo, tive que passar para a leitura de traduções em línguas a que tenho acesso, a começar pela versão espanhola que está na edição, em três volumes, das *Obras Completas* da Aguilar de 1958, a cargo desse admirável tradutor que foi Rafael Cansinos Assens, que também traduziu todo o Goethe, além de ser, segundo Borges, o melhor tradutor, em qualquer língua, das *Mil e Uma Noites*. E foi um deslumbramento: era a primeira tradução integral, e diretamente do russo, a que tinha acesso, além de poder contar com informações preciosas, graças à erudição do tradutor. No entanto, esta mesma erudição e uma certa desmesura que lhe era característica, fez com que Cansinos Assens incluísse, como pertencente ao *Diário*, tudo o que Dostoiévski escreveu para os mais diversos periódicos entre 1861 e 1881, seguindo o procedimento adotado por Anna Grigórievna, viúva do escritor, quando, na primeira publicação póstuma, anexou ao *Diário* vários textos que não estavam previstos no projeto original, como, por exemplo, uma série de artigos publicados na revista O *Tempo* de 1861. Daí a definição de Cansinos Assens, em seu prólogo: "O *Diário de um Escritor* compreende todos os trabalhos publicados por Dostoiévski em diferentes revistas: O *Tempo* (*Vrêmia*), fundada por seu irmão Mikhail Mikháilovitch, O *Cidadão* (*Grachdanin*) e A *Cota* (*Skladchina*)".

Seja como for, a edição espanhola era a primeira possibilidade real que se me oferecia para uma leitura integral da obra, ainda mais favorecida pelo prazer da linguagem em que estava vertido o russo de Dostoiévski, sem os atavios pedantes e empolados da edição da Vecchi. Mas então surgia o percalço editorial a que me referi no início: o *Diário* era publicado como a penúltima parte do volume terceiro das *Obras Completas* (a última sendo um *Dostoiévski Inédito*, segundo Cansinos Assens), seguindo a edição de *Os Irmãos Karamázovi*, e tudo num robusto volume de quase mil e oitocentas páginas em papel bíblia! Mais uma vez, portanto, e dando como desculpa o fato de que um diário lê-se assim mesmo, aos bocados, adiei uma leitura contínua.

Quando da publicação de sua versão, em 1958, no final do prólogo, Cansinos Assens anotava, de um modo um tanto triunfalista, que a sua era a primeira versão integral da obra em qualquer língua.

Não sei se tinha procedência o orgulho de Cansinos Assens: sei que, em 1972, foi publicada uma edição francesa do *Diário*, em tradução de Gustave Aucouturier, na Bibliothèque de La Pléiade, um volume de mil seiscentos e onze páginas, repleto de notas, como costumam ser os volumes da coleção, e refazendo o plano original de Dostoiévski para o *Diário*, isto é, começando pelos textos publicados em 1873, em *O Cidadão*, seguindo-se *O Diário de um Escritor* que o próprio escritor publicou em 1876 e 1877, assim como o de 1880, consagrado a seu *Discurso sobre Púchkin*, e, finalmente, *O Diário de um Escritor 1881*, de que só se publicou o primeiro número de janeiro. Além disso, a "Introdução" é precisa e muito rica de informações, começando por apontar a singularidade do gênero da obra – elemento, a meu ver, essencial para a possibilidade de sua leitura:

> Com o *Diário de um Escritor*, Dostoiévski inaugurou um novo gênero. Não é, mais ou menos cotidiana, uma relação das atividades de autor ou uma confissão de seus estados de espírito, uma conversa consigo mesmo com a intenção, reconhecida ou não, de uma divulgação tardia ou póstuma.

Na verdade, quando li pela primeira vez esta "Introdução", compreendi uma das razões fundamentais para as dificuldades que tinha em ler, com continuidade, o *Diário*: não percebera o desvio de Dostoiévski com relação à tradição do gênero e, certamente, esperava de suas páginas aquilo que ele não podia, ou não queria, transmitir, isto é, aqueles *estados de espírito* que a gente encontra, com abundância de detalhes, num Stendhal, num Gide ou num Amiel. No demais, as informações pontuais arroladas por Aucouturier permitiam que o leitor pudesse se situar com relação às diversas partes da obra, encontrando-as sempre como títulos de páginas numa magnífica diagramação. Assim, por exemplo, no alto da página, à esquerda, vem sempre o ano do *Diário*, 1873, 1876, 1877, 1880 ou 1881, e, à direita, a parte ou assunto correspondente, "O Meio", "Bobok", "Outubro", "Púchkin" etc.

Foi possível, então, ler a obra e sentir, por exemplo, como entre o *Diário de um Escritor de 1873* e aqueles de 1876 e 1877 há uma diferença substancial de tonalidade, passando-se de uma crítica social e histórica forjada pelo realismo de Dostoiévski, que jamais oblitera o fantástico, para uma exasperação apocalíptica e mesmo reacionária que parece cavar um enorme fosso de contradição entre as duas partes. Ou ficar se perguntando qual a origem do *Diário* em relação à escrita daqueles textos ficcionais que Dostoiévski ia compondo pela mesma época, como, por exemplo, "O Adolescente" e, posteriormente, *Os Irmãos Karamázovi*. São inquietações que, certamente, não cabiam nas páginas por assim dizer editoriais da "Introdução" de Aucouturier. Mas que estão presentes na mais recente edição do *Diário* a que tive acesso. Ou melhor: no estudo introdutório de Gary Saul Morson para a edição norte-americana, em dois volumes de quase mil e quinhentas páginas, do *Diário de um Escritor*[1]. É uma edição exemplar: possui todas as virtudes editoriais descritas na da Pléiade (menos os anos correspondentes no alto esquerdo da página, mas com a vantagem do tipo de papel não ser bíblia), acrescentadas pelo estudo magistral de Morson, de mais de cem páginas, intitulado *Dostoevsky's Great Experiment*.

Pela leitura das quatro partes do estudo, é possível ter a dimensão do *Diário* como o "grande experimento de Dostoiévski", de acordo com o título de Morson.

Assim, por exemplo, segundo ele, as origens do *Diário* encontram-se numa passagem do romance *Os Demônios*, em que Liza Nikoláievna solicita a ajuda de Chatov no sentido de "publicar um anuário que filtrasse os acontecimentos-chave da cultura russa". Diante do ceticismo de Cha-

---

1. Fyodor Dostoevsky, *A Writer's Diary*, volume one 1873-1876, volume two 1877-1881, translated and annotated by Kenneth Lantz, with an Introductory Study by Gary Saul Morson, Evanston, Illinois, Northwestern University Press, 1997.

tov, Liza explica que a idéia não seria publicar tudo, mas aqueles incidentes que são, em suas palavras, "mais ou menos característicos da vida moral do povo, do caráter pessoal do povo russo no momento presente... tudo seria incorporado com uma certa visão, uma significação e uma intenção especiais, com uma idéia que iluminaria os fatos agregados, como um conjunto".

E esta origem é corroborada por um trecho das memórias de Anna Grigórievna, em que trata do estado de espírito de Dostoiévski logo após ter terminado *Os Demônios*:

> Fiódor Mikháilovich estava muito indeciso no momento acerca do que fazer em seguida. Estava tão exausto por seu trabalho com o romance que lhe parecia impossível trabalhar logo num outro. Mais ainda, a realização da idéia concebida enquanto estávamos ainda vivendo no exterior – isto é, a publicação de uma revista mensal, *O Diário de um Escritor* – oferecia problemas. Bastante dinheiro era necessário para tirar uma revista e manter uma família, para não mencionar a liquidação de nossos débitos. E havia também a questão se uma tal revista teria muito sucesso, desde que *era algo inteiramente novo na literatura russa daquele tempo, quer na forma, quer no conteúdo*.

A última frase vem grifada em itálico por Morson e são as razões dessa novidade que lhe servem de motivo para a análise da estrutura da obra e que dão conta da importância do *Diário* não apenas no conjunto da obra dostoievskiana mas na tradição posterior desse gênero de literatura. A começar pelo que chama de "uma enciclopédia de gêneros", isto é, o *Diário* como um compósito de textos ficcionais e semificcionais que transformam os eventos cotidianos, e as reflexões que eles propõem, em motivos contínuos para o exercício de uma imaginação extremada.

A articulação entre os textos propriamente ficcionais e semificcionais termina por operar a rasura entre ficção e não-ficção que faz com que os acontecimentos comentados por Dostoiévski, numa direção mais propriamente jornalística, sejam por assim dizer intensificados pelo trabalho da imaginação.

A ficcionalização da história circunstancial encontrava a sua contrapartida numa exasperada historicização do ficcional de tal maneira que é possível ler e reler, no *Diário*, encapsuladas como comentários, situações dramáticas que já estavam em seus grandes romances ou que estariam no último que por essa época começava a escrever.

Por isso, Morson fala em "enciclopédia de gêneros": jornalismo, ficção, autobiografia, história política e social, tudo passa pelo crivo de um estilo capaz de absorver e fazer viver as experiências do escritor, projetando-as, por força do imaginário, para o reino das utopias e antiutopias de que é feita a dialética do universo de Dostoiévski.

Deste modo, recusando a tradição européia, o *Diário* é, talvez, a mais russa das obras de Dostoiévski: uma espécie de testamento de radicalismo eslavo não apenas por aquilo que contém, como por sua estruturação. Não somente o *Diário* de Dostoiévski, embora seja também isto, mas do *escritor* Dostoiévski em sua luta por encontrar a linguagem adequada para o registro de suas crenças, angústias, inquietações e fantasias.

Com esta nova edição da obra, desconfio de que estou pronto para a ler com continuidade.

5

Permanência de Dostoiévski*

*Para Boris Schnaidermann,
em seus oitent'anos*

Como se diz sempre que é preciso um motivo circunstancial (ou, em linguagem das redações jornalísticas, um *gancho*) para reler um clássico, devo dizer que este texto surge não de uma, mas de três circunstâncias: a releitura que venho fazendo de algumas obras fundamentais da narrativa européia (por enquanto, e pela ordem, *Dom Quixote, Crime e Castigo, O Processo* e *O Estrangeiro*), a leitura fascinante do último volume publicado da biografia de Dostoiévski que vem escrevendo Joseph Frank, o quarto dos cinco previstos[1], e, muito importante como *gancho*, a leitura do texto da escritora norte-americana Cynthia Ozick acerca das possíveis relações imaginárias entre o que ocorre em *Crime e Castigo* e a existência do Unabomber e outros criminosos na cultura dos Estados Unidos[2].

(É claro que a estas três junta-se uma quarta e decisiva circunstância: a publicação do dossiê sobre Dostoiévski pela revista *Cult*.)

---

* Texto publicado com o título de "Vertigem Visionária" na *CULT, o Mundo das Palavras, da Cultura e da Literatura*, n. 2, ago. 97.
1. Cf. *Dostoevsky: The Miraculous Years, 1865-1871*, New Jersey, Princeton University Press, 1995.
2. O artigo de Cynthia Ozick, "Dostoyevsky's Unabomber", foi matéria de capa da revista *The New Yorker*, Feb. 24 & Mar. 3, 1997.

Sendo assim, motivos não faltam para, mais uma vez, refletir, por escrito, acerca da obra de Dostoiévski. O que, seja dito logo de saída, não significa ingenuamente querer trazer qualquer nova contribuição à leitura de uma obra cuja fortuna crítica, nesses mais de cem anos desde que foi publicada (em 1866), aponta para um número enorme de livros, ensaios e referências, o bastante para preencher grande espaço de uma biblioteca. Não, o que se trata é de chamar a atenção para a permanência ou, melhor dizendo, para os intrincados motivos de permanência, da obra de Dostoiévski, sobretudo levando-se em conta as diferenças entre os momentos e lugares em que escreveu o seu romance, nos anos 60 do século passado e na Rússia que se agitava nas lutas entre niilistas, pragmáticos, eslavistas e ocidentalizantes, e os nossos tempos e lugares neoliberais, globalizantes e cibernéticos.

Neste sentido, não há dúvida de que o texto de Cynthia Ozick é surpreendente e oportuno: Theodore Kaczynski, o ex-universitário acusado de ser o Unabomber, seria uma espécie de reencarnação americana de Raskólnikov, o jovem estudante homicida de *Crime e Castigo*. Não só isso, entretanto, pois, segundo a autora, trata-se antes de passar a existir, em solo americano, um novo tipo de atividade criminosa antes não existente e desconhecida:

> Um novo tipo de crime está ocorrendo na mente americana – estranho, remoto, metafísico, até mesmo literário e radicalmente diferente do que estamos acostumados. Crime de rua, crime de embriaguez, crime de droga, crimes de paixão e cobiça e vingança, crimes contra crianças, crime de gângster, crime de escritório, arrombamentos, roubos de carro, assaltos à mão armada – estes são familiares e, até certo ponto, esperados. Eles nos chocam sem nos desorientar. Pertencem à nossa civilização; eles são os sinais mais escuros de casa. [...] Tudo isso é reconhecível e caseiro. O que se sente estranho na América é o criminoso filosófico de excepcional inteligência e propósito humanitário, que decide cometer assassinato a partir de um idealismo sem compromisso. [...] Então vieram as misteriosas depredações do Unabomber. Até a publicação melodramática de seu manifesto, o Unabomber permanecia um enigma – imprevisível, insondável, sem nome ou residência. No impresso tagarela, seu credo o revelou ser um visionário. Seu sonho era uma verde e agradável terra libertada da maldição da proliferação tecnológica. As elites técnicas eram seus alvos – magos do computador como o Professor David Gelernter, de Yale, um pensador em busca da inteligência artifi-

cial. O Unabomber é, sobretudo, um pensador social calculista e um utopista messiânico. Ele espera restaurar para nós cidades e paisagens limpas de complexidades digitais; ele quer limpar o telhado Americano de suas acumuladas poeiras tecno-estruturais. O filósofo e o assassino são um só. O Napoleônico benfeitor do mundo e o humilde hermitão da floresta é um só.

No Unabomber, a América, finalmente, deu à luz seu próprio Raskólnikov – o súplice, aterrador e inquietante assassino visionário de *Crime e Castigo*, a obra-prima de Dostoiévski de 1866.

E o que é este romance, o segundo dos livros mais extensos do autor – o primeiro tendo sido *Humilhados e Ofendidos*, de 1861, se não se considerar como obra de ficção as *Recordações da Casa dos Mortos*, de 1860 – início daquele ciclo de cinco ou seis anos, que tem como limites as publicações de *O Idiota* (1866) e *Os Demônios* (1871) e inclui as novelas *O Jogador* e *O Eterno Marido* e que, por isso, foram chamados de "miraculosos" por Joseph Frank na obra já mencionada?

Trata-se de um romance em seis partes e um epílogo, cuja ação gira em torno do assassinato de uma velha usurária e de sua irmã cometido pelo jovem Raskólnikov, um jovem da província, onde havia deixado sua mãe e irmã, que estudava direito em São Petersburgo, e que, tempos atrás, havia publicado um artigo em que defendia a morte dos menos capazes se isso favorecesse a existência dos mais inteligentes e produtivos na evolução da sociedade.

Na verdade, a referência ao artigo somente surge no capítulo quinto da terceira parte quando, em companhia do amigo Razumíkhin, Raskólnikov discute com o inspetor de polícia Porfíry Petróvitch. E a referência parte deste último, aproveitando uma fala de Razumíkhin:

> Falando de todas estas questões, crimes, o meio ambiente, pequenas meninas, agora recordo, embora sempre me tenha interessado por isso, um certo artigo seu: "Sobre Crime"... ou seja o que for, não lembro o título, esqueci. Tive o prazer de lê-lo há dois meses no *Discurso Periódico*[3].

---

3. Cf. *Crime and Punishment. A Novel in Six Parts with Epilogue by Fyodor Dostoevsky*, translated and annotated by Richard Pevear and Larissa Volokhonsky, New York, Vintage Books, 1993, pp. 257-258. Todas as minhas citações da obra seguirão esta edição.

A esta primeira referência, como que ocasional, segue, entretanto, o motivo maior do interesse de Porfíry Petróvitch pelo artigo de Raskólnikov:

[...] de fato, o que me interessou não foi esta parte de seu artigo (refere-se aqui à frase de Raskólnikov de que, no artigo, procurara "considerar o estado psicológico do criminoso durante o crime") mas um certo pensamento lançado no fim, que, infelizmente, o senhor apresenta apenas vagamente, como se fosse um palpite... Em resumo, se o senhor se lembra, é apresentada uma certa sugestão de que supostamente existem no mundo certas pessoas que podem... isto é, que não somente podem, mas são inteiramente justificadas em cometer todas as espécies de crimes e excessos e às quais supostamente a lei não se aplica[4].

Observando, em seguida, que, no artigo, as pessoas são sumariamente divididas em "ordinárias" e "extraordinárias", Porfíry Petróvitch, astuciosamente, consegue arrancar de Raskólnikov, que sente que o seu artigo não fora corretamente lido, uma ampla explicação de seu conteúdo:

Não é exatamente assim [começou ele, simples e modestamente]. [...]. Meramente sugeri que um homem "extraordinário" tem o direito... isto é, não um direito oficial, mas seu próprio direito, de permitir que sua consciência... ultrapasse certos obstáculos, e somente quando a realização de sua idéia – talvez, algumas vezes, benéfica para toda a humanidade – o exigir. [...] Em minha opinião, se, como resultado de certas combinações, as descobertas de Kepler ou Newton não pudessem se tornar conhecidas do público a não ser sacrificando as vidas de uma, ou dez, ou uma centena ou mais de pessoas que estivessem escondendo a descoberta ou se postando como obstáculos em seu caminho, então Newton teria o direito, e seria mesmo seu dever... *de remover* estas dez ou cem pessoas, a fim de fazer suas descobertas conhecidas de toda a humanidade. [...] Além disso, lembro desenvolver em meu artigo a idéia de que todos... bem, digamos, os legisladores e fundadores da humanidade, começando desde os mais antigos até os Licurgos, os Solons, os Muhameds, os Napoleões e outros, que todos eles eram criminosos, a partir do simples fato de que, estabelecendo uma nova lei, eles violavam a antiga, tida como sagrada pela sociedade e proveniente de seus pais, e certamente não evitavam também derramar sangue, se acontecesse que o sangue [...] pudesse ajudá-los. [...]. Concluo que todos, não somente os grandes homens, mas mesmo aqueles que estão um pouco fora da linha usual – isto é, que são um pouquinho

---

4. *Idem*, p. 258.

capazes de dizer algo novo – por sua própria natureza não podem deixar de ser criminosos [...]. Quanto à minha divisão das pessoas em ordinárias e extraordinárias, concordo em que é algo arbitrária [...]. Ela consiste precisamente em dividir as pessoas, de modo geral, e de acordo com a lei da natureza, em duas categorias: uma mais baixa ou, por assim dizer, material (a ordinária), servindo somente para a reprodução de sua própria espécie; e pessoa propriamente – isto é, aquelas que têm o dom ou talento de falar uma *nova palavra* em seu ambiente. As subdivisões aqui são naturalmente infinitas, mas os aspectos distintivos de ambas as categorias são bem marcados: as pessoas da primeira categoria, ou material, são, por natureza, conservadoras, sensatas, vivem em obediência, e gostam de ser obedientes. [...] As da segunda categoria são todas transgressoras da lei, destruidoras ou inclinadas à destruição, dependendo de suas habilidades. [...] Mas se uma pessoa dessas precisa, para o proveito de sua idéia, passar mesmo por cima de um corpo morto, por cima de sangue, então em seu interior, em sua consciência, pode, em minha opinião, permitir-se passar por cima de sangue – dependendo, contudo, da idéia e de sua dimensão – sabendo disso. É somente neste sentido que falo em meu artigo de seu direito ao crime. [...] Todavia, não há muita causa para alarme: as massas dificilmente reconhecem este direito nelas; elas as punem e as enforcam (mais ou menos), realizando, assim, de modo bastante correto, seu propósito conservador; não obstante, apesar disso tudo, nas gerações subseqüentes, estas mesmas massas colocam os punidos num pedestal e os adoram (mais ou menos). A primeira categoria é sempre mestre do presente; a segunda – mestre do futuro. A primeira preserva o mundo e o aumenta numericamente; a segunda move o mundo e leva-o a um fim. Ambas, uma e outra, têm um direito perfeitamente igual de existir. Em resumo, para mim todos os direitos humanos são equivalentes – e *vive la guerre éternelle* – até a Nova Jerusalém, por certo![5]

Deste modo, o cruel assassinato de Alyona Ivânovna e sua irmã Lizavieta, que ocorre na sétimo capítulo da primeira parte, é, por assim dizer, o exercício prático daquelas idéias expressas no artigo do "Discurso Periódico", embora, para a sua efetivação, duas outras circunstâncias, que estão nos capítulos quinto e sexto, sejam trabalhadas de modo admirável pelo escritor.

A primeira é a do sonho de Raskólnikov quando, exausto, dorme nas gramas da Ilha Petróvski, e que é introduzido pelo narrador numa linguagem que, de certa forma, parodia as descrições clínicas da época:

---

5. *Idem*, pp. 259-260.

Em condições mórbidas, os sonhos são freqüentemente caracterizados por sua notável qualidade realista, vívida e extremamente semelhante à vida. O retrato resultante é algumas vezes monstruoso, mas o cenário e todo o processo de apresentação acontece, às vezes, de ser tão provável e com detalhes tão minuciosos, inesperados, ainda que artísticamente consistentes com toda a exuberância do retrato, que mesmo o próprio sonhador seria incapaz de inventá-los na realidade, embora fosse tão artista quanto Púchkin ou Turguiênev[6].

O sonho de Raskólnikov, embrulhando reminiscências da infância em companhia do pai e desejos de morte da velha usurária, tem aquelas características de vivacidade e realismo apontadas pelo narrador em sua descrição dos sonhos mórbidos e as qualidades artísticas por ele louvadas na arte de um Púchkin ou um Turguiênev. E o que é este sonho? A morte, sem sentido, de um cavalo por um certo Mikolka, que utiliza um machado para os golpes finais, depois de submeter o animal a torturantes chibatadas. E embora nada anteriormente vinculasse a imagem da morte a machadadas ao que ocorrerá depois, ao acordar, Raskólnikov, pela primeira vez, registra a hipótese terrível do assassinato de Alyona Ivânovna, sem nomeá-la expressamente, o que é notável:

> Deus [exclamou], será possível, será possível que eu realmente tome de um machado e atinge-a na cabeça e esmague seu crânio... fuja no sangue quente e pegajoso, quebre o cofre, roube, e trema e me esconda, todo coberto de sangue... com o machado... Senhor, será possível?[7]

A outra circunstância, que está no capítulo sexto e que traduz de forma quase literal, como reconhece o próprio narrador, o que ocorrerá no capítulo seguinte em que se narrará o assassinato, é a da conversa entre um estudante e um oficial, ouvida por Raskólnikov em uma taverna, em que aquele defende a morte da velha usurária não só por sua insignificância em existir acumulando dinheiro de juros que, em testamento, deixaria para um convento, como pelos sofrimentos que infringe à sua irmã mais nova, Lizavieta. Diz o estudante, como que implicitamente, interpretando o artigo de Raskólnikov já mencionado:

---

6. *Idem*, p. 54.
7. *Idem*, p. 59.

Por outro lado, você tem frescas, jovens forças que estão sendo desgastadas por falta de apoio, e são milhares e por toda parte! Uma centena, um milhar de boas intenções e bons propósitos que poderiam ser aproveitados e continuados pelo dinheiro que a velha deixará para o convento! Centenas, talvez milhares de vida corrigidas; dúzias de famílias salvas da destruição, da decadência, da ruína, da depravação, dos hospitais de doenças venéreas – tudo com o dinheiro dela. Mate-a e tome o dinheiro dela de tal modo que, depois, com sua ajuda, você possa se devotar ao serviço de toda a humanidade e à causa comum: o que você acha que milhares de bons desejos não fariam por um simples pequeno crime? Por uma vida, milhares de vidas salvas da decadência e da corrupção. Uma morte por centenas de vidas – é simples aritmética! E o que a vida desta estúpida, corrompida e má velha significa no equilíbrio geral? Não mais do que a vida de um piolho, uma barata, e nem mesmo tanto, porque a velha é nociva. Ela está devorando a vida de outra pessoa: outro dia ela ficou tão zangada que mordeu o dedo de Lizavieta; quase tiveram que cortá-lo[8].

A partir daí, sonho e realidade se misturam de tal modo no romance que, depois do capítulo sétimo, a narrativa é tomada por uma espécie de vertigem que não é apenas do desdobramento temático, com personagens e situações devoradas e se interdevorando num tumulto de vozes (aquela polifonia acentuada por Bákhtin), mas se sustenta na própria construção do romance, suas imagens, suas recorrências, sua linguagem de extrapolações, elipses, hipérboles, reticências, interrogações (e que esta tradução para o inglês que utilizo apreende de modo magistral), as mais variadas formas de foco narrativo.

Por saber realizar esta mistura entre sonho e realidade, em que a estrutura do romance é uma espécie de catalisador dos resíduos de ficção que cria o espaço para personagens e situações, é que Dostoiévski foi capaz de ir além do seu motivo narrativo – os gestos tresloucados dos niilistas dos anos 40, quando ele próprio participara de grupos radicais, e os limites da racionalidade –, instaurando a trilha de permanência de sua obra.

Fazendo com que cada novo discurso de racionalização da criminalidade, sempre mais presente na sociedade de isolamento e, paradoxalmente, de comunicação, de nossos dias, ressuscite a imagem angustiada, sombria e, ao mesmo tempo, terna, do jovem Raskólnikov que passeia pelos desvãos das ruas de São Petersburgo.

8. *Idem*, p. 65.

6

Variações sobre
A Ilustre Casa de Ramires[*]

Não foi preciso esperar cem anos para que *A Ilustre Casa de Ramires* passasse a figurar como uma das mais lidas e importantes obras de Eça de Queirós.

Na verdade, desde a sua publicação em revista e logo em seguida em livro, precisamente em 1900, se transformou em um dos textos mais lidos do escritor português.

E, sem dúvida, uma das razões para isso foi o fato de parecer (e não sem razão), sobretudo para aqueles leitores desgostosos da crítica feroz a que o romancista submetera a sociedade portuguesa em obras anteriores, um texto de abrandamento.

Para aqueles mesmos leitores, uma espécie de reencontro de Eça de Queirós com os verdadeiros fundamentos da nacionalidade portuguesa e que se traduzia pela retomada do chamado romance histórico bem ao gosto daquilo que havia sido realizado, dentro do Romantismo, por um Alexandre Herculano, por exemplo.

Leitores que, por outro lado, encontravam justificativas para os louvores (e também não sem razão) na enorme mestria do escritor em fixar paisagens provincianas que, de certa forma, pareciam corresponder a uma

---

[*] Texto publicado na coletânea *A Ilustre Casa de Ramires. Cem Anos*, organizado por Beatriz Berrini, São Paulo, EDUC, 2000.

interpretação mais compreensiva da sociedade que, em Portugal do século XIX e desde sempre, parecia dilacerada entre os encantos trepidantes das modernas capitais européias, em que avultavam Paris e Londres, e aqueles mais amenos e, por assim dizer, ainda para aqueles leitores, mais verdadeiros, das Leirias e Oliveiras que, desde *O Crime do Padre Amaro* e *A Capital!*, faziam o contraponto dramático das pequenas existências de personagens criados pelo romancista.

Na verdade, juntamente com duas outras obras – *A Correspondência de Fradique Mendes* e *A Cidade e as Serras* –, escritas pela mesma época e as três editadas postumamente, embora a primeira já tivesse sido publicada na *Revista de Portugal*, a partir de 1889, *A Ilustre Casa de Ramires* é peça fundamental num conjunto que, precisamente como obra final do romancista, acentua aspectos daquilo que fora tensão narrativa nas outras três obras essenciais da bibliografia de Eça de Queirós, *O Crime do Padre Amaro*, *O Primo Basílio* e *Os Maias*, e, ao acentuar, buscando a compreensão e não o impacto, reduz o grau de problematicidade narrativa que conferira àquelas três obras dos anos 70 e 80 uma importância decisiva na formação de uma imagem de escritor para Eça de Queirós.

E esta imagem, como se sabe, esteve sempre colada à do crítico mordaz que, por detrás de um monóculo ao mesmo tempo atrevido e de pose, sabia ler e caricaturar os ridículos de uma sociedade inevitavelmente presa a valores rurais, que ansiava por aqueles outros, urbanos, criados pela revolução industrial, da qual se achava marginalizada.

Era uma espécie de resolução das tensões e que, por isso mesmo, substituindo o monóculo agressivo pelo roupão de seda de mandarim das últimas fotografias do escritor, dava aos escritos derradeiros de Eça de Queirós um tempero palatável para aqueles leitores que, digamos, até *Os Maias*, ali não viam senão revolta e perigoso apelo à subversão dos valores.

Por outro lado, é preciso dizer que o outro grupo de leitores, aqueles que aderiam ou aderem à imagem satírica como outra pele do romancista, refugavam, e ainda refugam, este último Eça de Queirós, seja o do "histórico" Gonçalo Mendes Ramires, seja o do "bucólico" convertido Jacinto, seja o do "fradiquismo" da correspondência.

Deste modo, e como é natural em se tratando de um escritor com as dimensões de Eça de Queirós, há de tudo para todos os gostos: há, por um lado, o herdeiro direto das posições assumidas pelos participantes, como ele, da chamada geração de 1865 que, capitaneados pelo radicalismo social, e mesmo socialista, de Antero de Quental, buscavam uma análise impiedosa da sociedade portuguesa, e que ele tratou de realizar através do projeto das Cenas da Vida Portuguesa, que estaria representada pelas obras pensadas e escritas até, mais ou menos, os fins dos anos 80, e há, por outro lado, o escritor compreensivo, crítico antes de uma certa sociedade do que social, aquela que era percebida a partir dos que, como ele, participavam do seleto grupo dos Vencidos da Vida (de que faziam parte Ramalho Ortigão, Oliveira Martins, Guerra Junqueiro, Antônio Cândido Ribeiro da Costa, Luís Soveral, depois Marquês de Soveral, Carlos Meyer d'Ávila e o Conde de Ficalho), e que, de certa forma, coincidia com os traços mais marcantes de sua biografia – o casamento com uma descendente da nobreza territorial, os arranjos adequados da carreira diplomática, as relações mais estreitas com os membros da monarquia no poder.

Seria este último Eça de Queirós que pensa e escreve as obras, sobretudo duas daquelas três obras já mencionadas, A Ilustre Casa de Ramires e A Cidade e as Serras, que foram publicadas postumamente nos inícios do século XX.

Se esta divisão em dois Eças, no entanto, parece ser natural tendo-se como fundo precisamente a sua biografia, ela é menos convincente como modelo de compreensão crítica, desde que não seja respaldada por uma leitura abrangente daquilo que foi propriamente realização literária e através da qual seja possível auscultar as tensões criadas pela simultaneidade dos dois movimentos biográficos unificados pela existência única do escritor.

Leitura abrangente capaz de instaurar uma verdadeira compreensão crítica como está, por exemplo, no ensaio preciso, complexo e enriquecedor de Antonio Candido com que, lendo toda a obra do romancista, conseguiu marcar diferenças ideológicas que auxiliam na avaliação de distintos empreendimentos literários[1].

---

1. Refiro-me ao texto do autor "Entre Campo e Cidade", Tese e Antítese. Ensaios, São Paulo, Com-

Na verdade, utilizando-se de um viés interpretativo, isto é, o das tensões resultantes da simultaneidade, na obra de Eça de Queirós, de duas direções conflitantes, a do que chama de *urbanista*, mais forte nos romances iniciais do escritor, e a do homem do campo, nas últimas obras, Antonio Candido, entretanto, sabe ver aqueles momentos em que, como n'*Os Maias*, a passagem entre uma e outra direção, importa na reavaliação da própria estrutura da narrativa, aí incluídas a criação de personagens e suas perspectivas em relação às paisagens descritas. Leia-se, para exemplo, um trecho do ensaio, precisamente o referente àquela obra:

> Nessa passagem da cidade para o campo *Os Maias* ocupam posição-chave, porque significam a liquidação definitiva da sociedade lisboeta, e porque na sua trama ressalta a quinta de Santa Olávia como contrapeso e fonte de energia moral. O campo abastece a cidade de material humano. E se Gouvarinho provém dos "férteis vales" do Mondego, "de Formozelha, onde tinha casa, onde vivia idosa sua mãe, a senhora condessa viúva"; se Euzebiosinho, a "ascorosa lombriga e imunda osga", desceu melancolicamente de Resende, – isto é, se o campo mandava os seus detritos, não é menos verdade que João da Ega, "homem de gosto e de honra", saiu de Celorico-de-Basto e, sobretudo, que Afonso da Maia, "varão de outras idades", e o espécimen soberbo que é Carlos, têm plantadas no campo as raízes pelas quais nutrem, um, a sua pureza, outro, a sua harmoniosa virilidade. E mesmo o Conde de Gouvarinho ("um asno, um caloteiro", segundo o Marquês), "metendo a roupa branca em linha de conta [...] talvez (fosse) o melhor" entre os políticos portugueses. Os puramente urbanos, ou integrados de todo no ramerrão burguês, como o Sr. Sousa Neto e o transmontano Rufino, constituiriam uma sub-humanidade grotesca[2].

Por saber ver assim aquilo que será característica da obra futura na obra anterior, por assumir uma perspectiva abrangente na leitura da obra do romancista, é que o crítico poderá, mais adiante, situar plena e eficazmente *A Ilustre Casa de Ramires* no conjunto da obra de Eça de Queirós, afirmando:

---

panhia Editora Nacional, 1964, pp. 31-56. Este ensaio, numa forma mais abreviada, foi antes publicado no volume *Livro do Centenário de Eça de Queirós*, organizado por Lúcia Miguel-Pereira e Câmara Reys, Lisboa / Rio de Janeiro, Edição Dois Mundos, 1954, pp. 137-155.

2. *Idem*, p. 43.

A Ilustre Casa de Ramires é o anti-Basílio. Embora os Ramires andem decadentes (pois acompanham a curva das vicissitudes do Reino), é na tradição por eles formada que o seu último rebento vai encontrar energia para obstar à decomposição do próprio caráter e afirmar uma superioridade cheia de orgulho de estirpe. Verifica-se, então, um fato da maior importância para interpretar o nosso romancista: parece que ao encontrar-se plenamente com a tradição do seu país, ao realizar um romance plenamente integrado no ambiente básico da civilização portuguesa (a quinta, o campo, a freguesia, a aldeia, a pequena cidade: Santa Ireneia, Bravais, Vila Clara, Oliveira); parece que só então Eça de Queirós conseguiu produzir um personagem dramático e realmente complexo: Gonçalo Mendes Ramires. Parece que só então pôde libertar-se da tendência caricatural e da simplificação excessiva dos traços psicológicos[3].

Não obstante em outros pontos de sua obra ter semeado alusões numerosas à história de Portugal, mas sempre expedidas, por assim dizer, sob um ângulo mais sociológico do que propriamente histórico, é, de fato, n'*A Ilustre Casa de Ramires* que o romancista empreende o seu mais largo e ambicioso projeto de reconstrução histórica. E, por isso mesmo, de forma mais afoita, enfrentando os desafios das possíveis engrenagens que movimentam as articulações entre o discurso ficcional e o histórico.

No entanto, é preciso enfatizar, desde logo, que, antes de ser histórico, o romance revela um ponto de vista, uma espécie de crença para o caso português, firmemente estabelecido pelo autor e que determina toda a sua construção: o histórico é igual ao rural (o que vem confirmar as últimas observações de Antonio Candido no texto transcrito) e, portanto, se de história se trata é antes a de uma história parcialmente utilizada pelo romancista como modo de defender uma certa interpretação da história mais ampla que é conservada ecoando durante toda a narrativa.

E esta identificação básica entre o histórico e o rural, insinuada e usada como contrapeso, como já se viu, em obras anteriores de Eça de Queirós, é agora explicitada pelo modo mesmo de construir o romance.

A começar pelo fato de que é o protagonista, Gonçalo Mendes Ramires, quem se encarrega de acrescentar à criação ficcional, que ele é, uma outra ficção, esta tomada de empréstimo, sobretudo, a pseudodocumentos históricos.

---

3. *Idem*, p. 44.

Certamente, sem ser um escritor, e basta ver o modo de composição de que se serve para a elaboração d'*A Torre de D. Ramires*, a razão mais forte para que ele se comprometa com o amigo José Lúcio Castanheiro para a efetivação da novela histórica, a ser publicada na revista *Anais de Literatura e de História*, é expressa pelo próprio Castanheiro ao ouvir do amigo Gonçalo a decisão tomada em ter a novela pronta para o primeiro número dos *Anais* e a escolha do título:

> Deslumbrado, José Castanheiro atirou os magríssimos braços, resguardados pelas mangas de alpaca, até à abóbada do esguio corredor em que o recebera:
> – Sublime!... "A Torre de D. Ramires"... O grande feito de Tructesindo Mendes Ramires contado por Gonçalo Mendes Ramires!... E tudo na mesma Torre! Na Torre o velho Tructesindo pratica o feito; e setecentos anos depois, na mesma Torre, o nosso Gonçalo conta o feito! Caramba, menino, carambíssima!, isso é que é reatar a tradição![4]

Sendo assim, logo fica claro para o leitor que o móvel principal da escrita da novela histórica por Gonçalo, além daqueles menos nobres que, aos poucos, vão sendo revelados pelo próprio personagem, como fazer da realização literária um auxiliar para a possível e desejada carreira política, está na tarefa de, pela genealogia real ou imaginária, recuperar o prestígio senhorial de uma fidalguia ultrapassada pelos novos tempos.

Por isso, dos instrumentos de que se cerca na "livraria, clara e larga, escaiolada de azul, com pesadas estantes de pau-preto onde repousavam, no pó e na gravidade das lombadas de carneira, grossos fólios de convento e de foro", logo ressalta, ao lado das obras de Walter Scott, rijos volumes da *História Genealógica*[5].

E no admirável discurso de convencimento do Castanheiro para que o amigo realize a obra, depois de dizer que o maior objetivo é "revelar Portugal, vulgarizar Portugal, [...] organizar, com estrondo, o reclamo de

---

4. Eça de Queiroz, *A Ilustre Casa de Ramires*, Porto, Livraria Chardron, De Lello & Irmão, editores, 1900, p. 23. Todas as citações da obra a seguir serão feitas a partir desta edição e atualizadas quer pela edição preparada por Helena Cidade Moura, em *A Ilustre Casa de Ramires*, Lisboa, Edição "Livros do Brasil", s/d., quer por aquela preparada por Beatriz Berrini em Eça de Queiroz, *Obra Completa*, Volume II, Rio de Janeiro, Editora Nova Aguilar S. A., 1997.
5. *Idem*, p. 2.

Portugal, de modo que todos o conheçam – ao menos como se conhece o Xarope Peitoral de James [...] e que todos o adotem – ao menos como se adotou o sabão do Congo"⁶, logo surge a razão menor, mas decisiva:

> E depois, menino, a literatura leva a tudo em Portugal. Eu sei que o Gonçalo em Coimbra, ultimamente, freqüentava o Centro Regenerador. Pois, amigo, de folhetim em folhetim, se chega a S. Bento! A pena agora, como a espada outrora, edifica reinos...⁷

Na verdade, era o que faltava para o convencer:

> [...] a sua colaboração numa revista considerável, de setenta páginas, em companhia de escritores doutos, lentes das Escolas, antigos ministros, até conselheiros de Estado: a antiguidade de sua raça, mais antiga que o Reino, popularizada por uma história de heróica beleza, em que, com tanto fulgor, ressaltavam a bravura e a soberba de alma dos Ramires; e enfim a seriedade acadêmica do seu espírito, o seu nobre gosto pelas investigações eruditas, aparecendo no momento em que tentava a carreira do Parlamento e da Política!...⁸

É, em grande parte, este sentido enviesado de motivação para a realização da novela histórica, que empresta coerência e, por assim dizer, verossimilhança à técnica de trabalho adotada por Gonçalo.

Desde que o propósito da novela é "nobre", por ser patriótico do ângulo do amigo Castanheiro, e "interesseiro", por ser carreirista, do ângulo do autor, nada obsta que ele se utilize de um texto preexistente (o poemeto do tio Duarte, "Castelo de Santa Ireneia, escrito nos seus anos de ociosidade e imaginação, de 1845 a 1850" e que "publicara no *Bardo*, semanário de Guimarães"): o que há de falso na motivação para a criação da novela desculpa, deste modo, a própria falsidade adotada em sua execução.

Cria-se, para dizer de outro modo, um ambiente quer textual, quer psicológico, onde tudo é permitido, a começar pelo plágio do poema do tio Duarte. Mas é uma permissividade vincada pela condição social do protagonista.

---

6. *Idem*, p. 16.
7. *Idem*, p. 18.
8. *Idem*, pp. 18-19.

Gonçalo Mendes Ramires, embora senhor de uma casa fidalga, agora "reduzida aos dois contos e trezentos mil réis que rendiam os foros de Craquede, a herdade de Praga, e as duas quintas históricas, Treixedo e Santa Ireneia"[9], tudo podia a partir de sua "caduca, inútil Torre"[10], como ele a caracteriza num momento de melancolia, desde que conseguisse conservar, "reatando-a", como várias vezes enfatiza o amigo Castanheiro, a tradição de seu nobre nome.

E um dos traços mais notáveis do livro está exatamente na assimetria, de enormes conseqüências na elaboração psicológica do personagem, acentuando-lhe mesmo aqueles aspectos complexos e dramáticos, sugeridos por Antonio Candido, entre o fidalgo aburguesado pela decadência e o pseudo-escritor da novela histórica. É como se o possível reatamento da tradição pretendido já surgisse marcado pelo que há de assimétrico entre o herdeiro da tradição, que agora busca heroicamente fazê-la ressurgir, e o bacharel de Coimbra transformado em senhor de uma remota propriedade provinciana.

Naquele mesmo trecho antes citado, em que nomeia a inutilidade da Torre, é possível flagrar o sentimento de desolada mediocridade que o assalta:

> Agora porém, durante três, quatro anos, os Regeneradores não trepavam ao Governo. E ele, ali, através desses anos, no buraco rural, jogando voltaretes sonolentos na Assembléia da vila, fumando cigarros calaceiros nas varandas dos Cunhais, sem carreira, parado e mudo na vida, a ganhar musgo, como a sua caduca, inútil Torre. Caramba! era faltar cobardemente a deveres muito santos para consigo e para com o seu nome!...[11]

Este sentido para o desajuste, às vezes chegando aos extremos de uma quase desintegração da própria personalidade do Fidalgo da Torre, atravessa o romance de ponta a ponta, criando os mais bem realizados intervalos de invenção literária.

---

9. *Idem*, p. 61.
10. *Idem*, p. 209.
11. *Idem*, pp. 208-209.

É o caso, por exemplo, daquilo que se passa no capítulo III do romance, quando, depois de ter trabalhado em algumas páginas da novela histórica, chega ao ponto da narrativa em que é capaz de expressar, com o que lhe parece de grande acerto e talento, uma afirmação de fidelidade de Tructesindo Mendes Ramires às suas juras passadas em resposta aos receios de Mendo Pais, seu genro. Leia-se a cena e o diálogo:

E, enquanto o monge enrolava o seu pergaminho, se acercava da mesa – Mendo Pais ajuntou com tristeza, desafivelando vagarosamente o cinturão da espada:
– Só um cuidado me pesa. E é que, nesta jornada, senhor meu sogro, ides ficar de mal com o Reino e com o rei.
– Filho e amigo! De mal ficarei com o Reino e com o rei, mas de bem com a honra e comigo!
Este grito de fidelidade, tão altivo, não ressoava no poemeto do tio Duarte. E quando o achou, com inesperada inspiração, o Fidalgo da Torre, atirando a pena, esfregou as mãos, exclamou, enlevado:
– Caramba! Aqui há talento![12]

A partir deste ponto, entretanto, há uma interrupção, uma espécie de volta à realidade, em que o Bento, serviçal e aio do Fidalgo, anuncia a presença do Pereira, o Manuel Pereira, da Riosa, o Pereira Brasileiro que vinha à Torre com o propósito de fazer uma proposta de arrendamento sobre o qual o Fidalgo já havia antes tratado, de palavra empenhada, com o José Casco dos Bravais. Vale a pena ler ao menos parte do diálogo:

– Você queria arrendar a Torre, Pereira?
– Queria conversar com Vossa Excelência. Como o Relho está despedido...
– Mas eu já tratei com o Casco, o José Casco dos Bravais! Ficamos meio apalavrados, há dias... Há mais de uma semana.
O Pereira coçou arrastadamente a barba rala. Pois era pena, grande pena... Ele só no sábado se inteirara da desavença com o Relho. E, se o Fidalgo não ressalvava o segredo, por quanto ficara o arrendamento?
– Não ressalvo, não, homem! Novecentos e cinqüenta mil réis.
O Pereira tirou da algibeira do colete a caixa de tartaruga, e sorveu detidamente uma pitada, com o carão pendido para a esteira. Pois maior pena, mesmo para o Fidal-

---

12. *Idem*, p. 83.

go. Enfim! depois de palavra trocada... Mas era pena, porque ele gostava da propriedade; já pelo S. João pensara em abeirar o Fidalgo; e apesar de os tempos correrem escassos, não andaria longe de oferecer um conto e cinqüenta, mesmo um conto cento e cinqüenta!

Gonçalo esqueceu a sopa, numa emoção que lhe afogueou a face fina, ante um tal acréscimo de renda – e a excelência de tal rendeiro, homem abastado, com metal no banco, e o mais fino amanhador de terras de todas as cercanias![13]

Não é preciso dizer que, na seqüência, o Fidalgo termina por romper o compromisso anteriormente assumido com o José Casco, faltando-lhe com a palavra dada, e depois, voltando à livraria, encerradas as suas negociações com o Pereira, torna a pensar no trecho com que concluíra o primeiro capítulo da novela histórica:

– Ah! Como ali gritava a alma inteira do velho português, no seu amor religioso da palavra e da honra![14]

Vê-se, deste modo, como entre as duas ficções narrativas – a da história e a do senhor rural decadente – é construída uma continuidade em que, se a primeira fornece os paradigmas de ordem moral, pelos quais anseia se perfilar o próprio narrador, a segunda força um desvio degradado que arrasta o Fidalgo da Torre para a condição miserável de fraco dependente das parcas rendas territoriais.

A palavra e a honra, a honra da palavra, exacerbadas na caracterização heróica de Tructesindo Ramires, acentuam a pequenez da existência experimentada por Gonçalo no *buraco rural*.

Mais adiante, no capítulo V, e já depois de fechar o capítulo II da novela histórica, chegando ao ponto em que narra a "malventurada lide de Canta-Pedra"[15], em que é feito prisioneiro o filho de Tructesindo Ramires, Lourenço, por Lopo de Baião, o Bastardo, uma vez mais a ficção histórica é passada pela prova de realidade da outra ficção quando do encontro, do desafio e da fuga vergonhosa em que se envolve o Fidalgo da Torre ao se

---

13. *Idem*, pp. 89-90.
14. *Idem*, p. 96.
15. *Idem*, p. 181.

deparar com um José Casco dos Bravais pronto a cobrar o valor da palavra empenhada por ele.

E a covardia, a demonstração cabal da pouca coragem física e moral do Fidalgo, plenamente expressa no modo desajeitado e ridículo com que foge à ferocidade de que foi tomado o José Casco, ocorre precisamente logo após de, inflamado pelos arroubos heróicos da novela histórica, sonhar com os comentaristas futuros de sua obra na louvação de sua própria façanha literária, desejando que tais críticos acentuem "que os ricos-homens de Santa Ireneia reviviam no seu neto, se não pela continuação heróica das mesmas façanhas, pela mesma alevantada compreensão do heroísmo"[16].

O encontro a seguir com o Casco vem mostrar ao Fidalgo da Torre que nem mesmo a ilusão da façanha "literária" é suficiente, como "compreensão do heroísmo", para estabelecer uma verdadeira equivalência entre ele e seus antepassados. Mais uma vez, a dor maior é a do desajuste fundamental entre o discurso histórico e aquele da ficção de que ele é protagonista. Por isso, depois do ocorrido, e como que sumariando melancolicamente o seu desempenho como herdeiro de uma tradição que buscava reatar, entre um gole e outro de vinhos verde e de Alvarelhão,

> Gonçalo não cessou de ruminar a ousadia do Casco. Pela vez primeira, na história de Santa Ireneia, um lavrador daquelas aldeias, crescidas à sombra da Casa ilustre, por tantos séculos senhora em monte e vale, ultrajava um Ramires! E brutalmente, alçando o cajado, diante dos muros da quinta histórica!...[17]

Às vezes, no entanto, a arte magistral de Eça de Queirós em registrar tais passagens entre os discursos da novela histórica e da ficção realista e burguesa tem uma função menos dramática e mais cômica, sem perda do teor de abastardamento que elas implicam.

É o que ocorre, por exemplo, ainda no mesmo capítulo V, quando, depois da morte de Sanches Lucena, o deputado representante do círculo de Vila-Clara, abre-se inesperadamente uma *vacatura política* e, não obs-

---

16. *Idem*, pp. 182-183.
17. *Idem*, p. 194.

tante o político desaparecido representar os chamados "Históricos" em S. Bento, contrários aos "Regeneradores", facção a que se aliava abertamente o Fidalgo, e aqueles terem por representante máximo na Vila o grande desafeto de Gonçalo, o governador civil André Cavaleiro, o Fidalgo terminou por optar por um compromisso que permitisse a sua candidatura tendo por suporte o indispensável apoio do governador.

Depois de ter conseguido este apoio, e não sem trair alguns princípios básicos de sua existência, sobretudo porque os motivos da rixa com André Cavaleiro eram antes pessoais do que políticos e tinham a ver com antigas mágoas provocadas pelas relações do Cavaleiro com a irmã do Fidalgo, Graça Mendes Ramires, e de investidas atuais que continuavam, a ponto de, em certo trecho, sentir que arranjar a candidatura seria vender "o sossego da irmã por uma cadeira em S. Bento"[18], o Fidalgo retoma a novela histórica, dando início a seu terceiro capítulo, aquele da cena famosa em que, diante das muralhas de Santa Ireneia, é esfaqueado e morto o filho do Rico-Homem Tructesindo, o jovem Lourenço Ramires, caído prisioneiro nas mãos do Bastardo.

E quando a escrita chega ao ponto em que, num trecho admirável de imitação do estilo elevado da novela histórica, busca-se registrar toda a movimentação das tropas de Lopo de Baião através de uma série majestosa de termos escolhidos que pudessem fazer visualizar os arranjos guerreiros ("O adail corria pelas quadrelas, relembrando as traças de defesa, revistando os feixes de virotões, os pedregulhos de arremesso"[19], por exemplo), e "quando Gonçalo, enlevado no trabalho, tentava reproduzir, com termos bem sonoros, avidamente rebuscados no *Dicionário de Sinônimos*, o toar arrastado das buzinas de Baião"[20], há uma interrupção que puxa o texto para a realidade imediata e que é provocada por um outro, e já conhecido, tipo de sonoridade: os versos cantados pelo Videirinha que fazem parte de seu *Fado dos Ramires* e com que o farmacêutico-poeta e o administrador João Gouveia vinham saudar a recente candidatura do Fidalgo.

---

18. *Idem*, p. 208.
19. *Idem*, p. 250.
20. *Idem*, pp. 250-251.

E a resposta de Gonçalo aos vivas dos amigos, de cima da "varanda florida de madressilva"[21], é de uma comicidade irresistível depois de se terem lidos os seus esforços épicos e elevados na passagem anterior referida. Eis a cena e a fala:

> Majestosamente, Gonçalo, alagado de riso, estendeu da varanda o braço eloquente:
> – Obrigado, meus queridos concidadãos! Obrigado!... A honra que me fazeis, vindo assim, nesse formoso grupo, o chefe glorioso da Administração, o inspirado farmacêutico, o...
> Mas reparou...E o "Titó"?
> – O "Titó" não veio?... Oh João Gouveia, você não avisou o "Titó"?
> Repondo sobre a orelha o chapéu-coco, o administrador, que arvorara uma gravata de cetim escarlate, declarou o "Titó" "um animal":
> – Estava combinado virmos todos três. Até ele devia trazer uma dúzia de foguetes, para estalar aqui com o hino... A reunião era ao pé da ponte... Mas o animal não apareceu. Em todo o caso ficou avisado, avisadíssimo... E se não vier, é traidor[22].

Veja-se como concorre para o cômico quer a eloquência de fancaria da saudação do Fidalgo, em que o termo *concidadãos* utilizado para amigos íntimos e de farras não faz senão acentuar o ridículo, quer a súbita e contrastante exclamação de surpresa ante a ausência de Antônio Vilalobos, o "Titó", quer a caracterização deste feita pelo Gouveia.

Mas, deve-se assinalar, todas estas anotações de comicidade só ganham sentido se referidas à simultaneidade do discurso heróico que imediatamente as precede.

Ou, dizendo de modo diferente, é somente na passagem entre um e outro discurso, no rápido intervalo que a escrita propicia entre os dois, que o leitor tem acrescentados planos de significado importantes para a compreensão da narrativa, quer a heróica da novela histórica, quer a realista da existência rural e decadente de Gonçalo Mendes Ramires.

Este traço por assim dizer estilístico, ou, se se quiser, retórico, é, como tal, a meu ver, a marca maior da elaboração deste romance de Eça de Queirós, capaz de realizar a admirável articulação entre aqueles dois Eças de uma certa leitura de extração biográfica, como já se viu.

21. *Idem*, p. 251.
22. *Idem*, pp. 251-252.

Neste sentido, embora seja possível a leitura d'*A Torre de D. Ramires* como texto autônomo[23], testemunho da habilidade do escritor na imitação da novela histórica de substrato romântico, por onde, por meio da paródia, lê-se também a crítica daquela linguagem (traço, aliás, recorrente em toda a ficção de Eça de Queirós), a existência da própria novela só ganha sentido e a sua maior justificativa nas articulações discursivas com o romance rural que a ela dá continuidade e dela extrai os elementos essenciais para aquela crítica.

Isto porque, se é, sobretudo, nas descrições que o escritor dá vazão ao aprendizado que representara a leitura *ad hoc* de toda uma bibliografia de ordem filológica e histórica[24] (a editora Helena Cidade Moura chega a referir "uma carta ao conde de Arnoso em que pede o envio, para Paris, do *Portugaliae Monumenta Historica* para fundamentar as suas antiqualhas ramíricas"[25]), é na elaboração de personagens e tramas, isto é, na própria estrutura narrativa, que ele vai instaurando, para o leitor atento, aquelas articulações.

Assim, por exemplo, em quase todas as anotações acerca do protagonista as razões de ordem psicológica que sustentariam as motivações pessoais são sempre acompanhadas, antecipadas ou sucedidas, por algum elemento extraído da faina a que, durante quatro meses, de junho a setembro, se entregara na reconstrução de um episódio colhido dentre as nobres aventuras de seus antepassados.

É o caso, de repercussões simbólicas fundamentais na construção do livro, da presença da África.

---

23. Leia-se, neste sentido, o pequeno e curioso volume, *A Torre de D. Ramires*, desentranhado d' *A Ilustre Casa de Ramires*, pelos editores da mais recente edição da *Obra Completa* do escritor, a partir do texto fixado pela organizadora daquela edição, a Professora Beatriz Berrini, Rio de Janeiro, Lacerda Editores, 1997.
24. Apenas um exemplo ao acaso: "Já pelos pátios, em torno da alcáçova, corria um precipitado fragor de armas. Aos ásperos comandos dos almocadens, as filas de besteiros, de archeiros, de fundibulários, rolavam dos adarves dos muros para cerrar as quadrilhas. Rapidamente, os cavalariços da carga amarravam sobre o dorso das mulas os caixotes do almazém, os alforges da trebalha. Pelas portas baixas da cozinha, peões e sergentes, antes de largar, bebiam à pressa uma concha de cerveja. E no campo das barreiras os cavaleiros, chapeados de ferro, carregadamente se içavam, com a ajuda dos donzéis, para as altas selas dos ginetes – logo ladeados pelos seus infanções e acostados, que aprumavam a lança sobre o caxote assobiando aos lebreus". (*Idem*, p. 361).
25. Cf. "Nota Final", em *op. cit.*, p. 364.

Embora a primeira referência ao continente africano surja já no segundo capítulo, quando o Fidalgo e os amigos "conversaram sobre essa venda de Lourenço Marques aos Ingleses, preparada sorrateiramente [...] pelo Governo do S. Fulgêncio"[26], onde há uma evidente alusão ao famoso "Ultimatum", de que o próprio Eça de Queirós faz a crítica em texto da *Revista de Portugal*[27], ou quando Gonçalo adormece, no mesmo capítulo, sob o leve sonho de estar dormindo "sobre as relvas profundas de um prado de África, debaixo de coqueiros sussurrantes, entre o apimentado aroma de radiosas flores, que brotavam através de pedregulhos de ouro"[28], ou mesmo no capítulo IV, quando, em resposta à irmã, o Fidalgo se declara "com idéias de ir para a África", influenciado, como ele mesmo declara, pela leitura do romance *King Salomon's Mines*, de Rider Haggard[29], que o próprio Eça de Queirós traduzira e publicara na *Revista de Portugal*, o momento mais decisivo de antecipação ocorre no capítulo X, exatamente em seguida ao pesadelo com os antepassados de que padece o Fidalgo da Torre, depois de uma noite de excessivas doses de conhaque.

Ali, mesmo em sonho, ressalta o sentido para a desigualdade que sente entre a sua própria imagem e aquela de seus antepassados. É o que se pode ler no seguinte trecho do capítulo X:

> Como sombras levadas num vento transcendente, todos os avós formidáveis perpassavam – e arrebatadamente lhe estendiam as suas armas, rijas e provadas armas, todas, através de toda a história, enobrecidas nas arrancadas contra a moirama, nos trabalhados cercos de castelos e vilas, nas batalhas formosas com o castelhano soberbo... Era, em torno do leito, um heróico reluzir e retinir de ferros. E todos soberbamente gritavam: "Oh neto, toma as nossas armas e vence a sorte inimiga!..." Mas Gonçalo, espalhando os olhos tristes pelas sombras ondeantes, volveu: "Oh Avós, de que me servem as vossas armas – se me falta a vossa alma?..."[30]

Não é senão depois de ter passado por esta experiência onírica de insatisfação consigo mesmo, cuja conseqüência é também a mais completa e

---

26. *Idem*, p. 45.
27. Cf. "Notas do Mês", *Revista de Portugal*, vol. II, 1890, pp. 259-276.
28. *Idem*, p. 69.
29. *Idem*, p. 127.
30. *Idem*, p. 416.

melancólica insatisfação com a sua imagem cotidiana, que Gonçalo revela, em conversa com o Bento, o seu desejo de aventuras e fuga da rotina, por onde, de fato, antecipa a sua resolução, que vai ocorrer ao final do capítulo seguinte, de ir para a África.

Não sem, no fim do diálogo, retomar as imagens guerreiras dos antepassados, impressas no sonho, ao pedir a Bento um certo chicote que pertencera a seu pai e com o qual, em seguida, há de enfrentar com ferocidade vitoriosa o façanhudo Ernesto de Nacejas, o que também é antecipado. Eis o diálogo:

> E depois do rápido banho, enquanto se vestia, abriu mais familiarmente ao velho aio a intimidade das suas tristezas:
> – Ah! Bento, Bento, o que eu verdadeiramente precisava para me acalmar, não era um passeio, era uma jornada...Trago a alma muito carregada, homem! Depois estou farto desta eterna Vila-Clara, da eterna Oliveira. Muito mexerico, muita deslealdade. Precisava terra grande, distração grande.
> O Bento, já reconciliado, enternecido, lembrou que o senhor doutor brevemente, em Lisboa, encontraria uma linda distração, nas Cortes.
> – Eu sei lá se vou às Cortes, homem! Não sei nada, tudo falha... Qual Lisboa!... O que eu necessito é uma viagem imensa, à Hungria, à Rússia, a terras onde haja aventuras.
> O Bento sorriu superiormente daquela imaginação. E apresentando ao Fidalgo o jaquetão de velvetina cinzenta:
> – Com efeito, na Rússia parece que não faltam aventuras. Anda tudo a chicote, diz o "Século"... Mas aventuras, senhor doutor, até a gente encontra na estrada... Olhe o paizinho de Vossa Excelência, que Deus haja, foi lá em baixo diante do portão que teve a bulha com o dr. Avelino da Riosa, e que lhe atirou a chicotada, e que levou com o punhal no braço...
> Gonçalo calçava as luvas de anta, mirando o espelho.
> – Pobre papá, coitado, também teve pouca sorte... E por chicote, ó Bento, dá cá aquele chicote de cavalo-marinho que tu ontem areaste. Parece que é uma boa arma[31].

Deste modo, para o leitor, o encontro com Ernesto Nacejas e a violência de que Gonçalo se revela capaz, assim como a sua final escapada para a África, tudo está encapsulado nas imagens de insatisfação pessoal que o pesadelo com os antepassados acentuara na personalidade do Fidalgo.

---

31. *Idem*, pp. 420-421.

E esta articulação entre os elementos da trama do romance e a imaginação sobrecarregada pelo trabalho com a novela histórica, que o leitor percebe pela releitura da passagem entre uma e outra, ainda melhor se configura por aquela espécie de euforia de que é tomado o Fidalgo quando se sente trilhando os mesmos caminhos heróicos dos antepassados.

Na verdade, ao voltar para a quinta, depois de ter derrotado os malfeitores de estrada, prenunciados no diálogo com o Bento, o seu galopar parece assumir as dimensões de uma conquista cavalheiresca, retomando, agora não como pesadelo mas como sonho benfazejo, os termos das sombras de seus antepassados que tanto o estremunharam. É como se se resolvesse, a favor do Fidalgo, a assimetria entre os dois discursos narrativos que já se acentuou como básica na obra. Está no texto:

> E ia levado, galopando numa alegria tão fumegante, que o lançava em sonho e devaneio. Era como a sensação sublime de galopar pelas alturas, num corcel de lenda, crescido magnificamente, roçando as nuvens lustrosas... E por baixo, nas cidades, os homens reconheciam nele um verdadeiro Ramires, dos antigos na História, dos que derrubavam torres, dos que mudavam a configuração dos reinos – e erguiam esse maravilhado murmúrio que é o sulco dos fortes passando! [...] E galopava, galopava apertando furiosamente o cabo do chicote, como para investidas mais belas. Para além dos Bravais, mais galopou, ao avistar a Torre. E singularmente lhe pareceu, de repente, que a sua Torre era agora mais sua e que uma afinidade nova, fundada em glória e força, o tornava mais senhor da sua Torre![32]

Aquela *caduca, inútil Torre,* de trecho já citado anteriormente, é transformada em *mais sua* e a afirmação de poder, que a vitória sobre os malfeitores confirmara, explicita um movimento fundamental na psicologia do personagem e na trama do romance.

Entre o *ilustre* do título da obra de Eça de Queirós e a *torre* do título da novela de Gonçalo Mendes Ramires estabelece-se a grande reciprocidade que é procurada por entre as assimetrias: a *casa* só é *ilustre* uma vez possuída a *torre,* mas esta posse só é possível se houver um instante (daí a expressão *de repente,* de que faz uso o Fidalgo, para caracterizar a singularida-

---

32. *Idem,* pp. 431-432.

de do sentimento) em que as desigualdades entre o senhor rural decadente e os antepassados gloriosos forem rasuradas pelo imaginário heróico.

É claro que é possível alargar as conotações e pensar na posse da Torre, juntamente com o seu óbvio valor psicanalítico de traço sexual, à semelhança daquilo que já se detectou no poema famoso de Gérard de Nerval, "El Desdichado", de *Les chimères*, de 1854, em que se fala de *Le prince d'Aquitaine à la tour abolie*, como a própria conquista da realização literária.

Neste caso, possuir a Torre, sentir a Torre como *mais sua* indicaria a capacidade final do escritor de erguer e perpetuar a sua obra, isto é, não apenas aquela através da qual o Fidalgo busca inscrever a sua estirpe, mas a da *ilustre casa* dela dependente, obra possível de Eça de Queirós.

Um dos traços mais cativantes da obra é precisamente o modo pelo qual o romancista vai semeando elementos que, entre o seu romance e a novela histórica de seu personagem, criam momentos de percepção de decadência da velha Torre, no espaço ficcional do romance rural, que se contrapõem, sobretudo pela retórica de abundância filológica e histórica, à inteireza sobranceira, guerreira e mítica dos espaços ocupados por Tuctesindo Ramires e seus fidalgos na novela de Gonçalo Mendes Ramires.

E uma vez completa e publicada a obra pela qual Gonçalo erguera a Torre por entre os destroços de suas variadas e contraditórias fontes bibliográficas, desde o plágio do poemeto do tio Duarte e das líricas do Videirinha em seu famoso *Fado dos Ramires* até Alexandre Herculano, Rebelo, Walter Scott, volumes genealógicos e revistas históricas, o protagonista some do romance de Eça de Queirós e, num lance de evidente alusão sebastianista, passa a existir na memória mítica dos amigos e nas citações de João Gouveia, de Videirinha e do padre Soeiro. Somente o "Titó" representa um desvio, e da maior importância, no rosário de elogios e citações de memória da obra de Gonçalo. A sua observação final bate firme naquilo que, afinal, parece articular os dois discursos da obra:

O "Titó", que depois de *Simão de Nantua*, em pequeno, não abrira mais as folhas de um livro, e não lera a *Torre de D. Ramires*, murmurou, com um risco mais largo na poeira:

– Extraordinário, aquele Gonçalo!
O Videirinha não findara o seu enlevado sorriso:
– Tem muito talento... Ah o senhor doutor tem muito talento.
– Tem muita raça! – exclamou o "Titó", levantando a cabeça. – E é o que o salva dos defeitos... Eu sou amigo de Gonçalo, e dos firmes. Mas não o escondo, nem a ele... Sobretudo a ele. Muito leviano, muito incoerente... Mas tem a raça que o salva[33].

Na verdade, entre a obra de Gonçalo Mendes Ramires e a de Eça de Queirós a articulação é operada por aquele elemento mais ou menos indefinível – a que o "Titó" chama de raça – e que não é outra coisa senão a própria humanidade do personagem em sua tradução portuguesa e contemporânea.

Uma espécie singular e rara de autobiografia ficcional na qual a profusão de pequenos detalhes descritivos e narrativos convergem para uma espantosa e quase impossível unidade de conjunto.

33. *Idem*, p. 540.

7

Calvino e as Passagens Obrigatórias

A PUBLICAÇÃO, em 1995, dos *Saggi* de Italo Calvino, reunidos em dois extensos volumes de mais de três mil páginas, sob os cuidados de Mario Barenghi, com anotações preciosas e editados pela Mondadori na coleção I Meridiani, incluindo textos escritos entre 1945 e 1985, ano da morte do escritor, mostra, para o leitor interessado, a variedade e a continuidade da intensa reflexão de Calvino sobre temas literários e tudo aquilo que converge para a apreensão de uma mente e de uma sensibilidade comprometidas com a literatura.

Os dois volumes foram organizados em quatro partes: a primeira inclui os três livros de ensaios quase completos do autor (e o *quase* refere-se ao último, póstumo) e que são *Una Pietra Sopra*, *Collezione di Sabia* e *Lezioni Americane*; a segunda inclui *Narratori, Poeti e Saggisti*, que é subdividida em "Classici", "Contemporanei Italiani" e "Contemporanei Stranieri", *Altri discorsi di letteratura e società*, compreendendo "Per una Letteratura dell'Impegno", "Sul Romanzo", "Sulla Fiaba", "Territori Limitrofi: il Fantastico", "il Patetico, l'Ironia", "Editoria e Dintorni", "Leggere, Scrivere, Tradurre", e *Immagini e teorie* que inclui "Sul Cinema", "Intorno alle Arti Figurative" e "Letture di Scienza e Antropologia"; a terceira é dividida em duas seções, *Scritti di politica e costume*, onde estão *Da "Gente nel Tempo"(1946)*, "Ritratti, Cronache, Interventi", "Le

Armi e Gli Amori" (1955-1956), "Cronache Planetarie", "Cronache Italiene", e *Descrizioni e reportages* em que se encontram "Liguria", "Tacuino di Viaggio nell'Unione Sovietica" (1952), "Corrispondenze degli Stati Uniti" (1960-1961) e "Altre Descrizioni"; finalmente, a quarta parte é intitulada *Pagine Autobiografiche*. Acrescente-se ainda que, no segundo volume, em *Note e Notizie Sui Testi*, encontram-se preciosos elementos editoriais, além de uma bibliografia da crítica e índices remissivos de nomes e de periódicos.

Como se pode ver, trata-se da mais completa e exaustiva reunião dos textos ensaísticos de Italo Calvino, revelando, para quem o conhecia de modo fragmentário através da dispersão de seus ensaios pelos livros que editou ou que foram editados postumamente, uma figura completa de intelectual para quem a curiosidade não apenas se detém nas artes mas que se expande para além, envolvendo as ciências de nosso tempo, os acontecimentos políticos e sociais, as trivialidades da crônica cotidiana, a contemporaneidade da literatura ou a herança clássica européia e mesmo as convergências de culturas as mais diversas.

Não obstante a diversidade dos assuntos e das ocasiões em que foram escritos os vários ensaios, há, entretanto, uma recorrência fundamental em todos eles: a maneira de articular, pela escrita, uma convergência fundamental entre o conhecimento, até mesmo a erudição em certos casos, e a sensibilidade para o detalhe que, seja na obra literária, seja nos acontecimentos lidos pelo autor, é elevado à categoria de elemento deflagrador do movimento ensaístico.

Desta maneira, o ensaio, quer o que tem por tema a literatura ou as artes, quer o que registra a impressão de acontecimentos políticos ou sociais, ou o que traduz, contextualizando, o cotidiano de uma experiência, é quase sempre a expansão muito controlada, por uma linguagem de precisão e clareza, de um primeiro momento de súbita apreensão de singularidade. É o caso, por exemplo, de um dos textos que escreveu sobre Ariosto, intitulado "Ariosto: La Struttura dell'*Orlando Furioso*", em que o início do ensaio é já a afirmativa daquilo que, depois, se expande como análise da singularidade do poema: a sua recorrente incompletitude. Diz Calvino:

L'*Orlando Furioso* è un poema che si rifiuta di cominciare e si rifiuta di finire. Si rifiuta di cominciare perché si presenta come la continuazione d'un altro poema, l'*Orlando Innamorato* di Matteo Maria Boiardo, lasciato incompiuto alla morte dell'autore. E si rifiuta di finire perché Ariosto non smette mai di lavorarci [...]. Questa dilatazione dall'interno, facendo proliferare episodi da episodi, creando nuove simmetrie e nuovi contrasti, mi pare spieghi bene il metodo di costruzione di Ariosto; e resta per lui il vero modo d'allargare questo poema dalla struttura policentrica e sincronica, le cui vicende si diramano in ogni direzione e s'intersecano e biforcano di continuo[1].

Sendo assim, aquilo que é percebido como um movimento entre o começo e o término do poema, envolvendo, por um lado, a questão da tradição literária, representada pelo poema de Boiardo e, por outro, o próprio modo de composição obsessivo de Ariosto, é por assim dizer o elemento deflagrador para o conhecimento da estrutura do poema. E, na verdade, todas as minuciosas observações que são feitas em seguida sobre o poema conservam, ecoando, por uma mágica prodigiosa de estilo, aquela primeira percepção.

Entre a recusa de começar e a de terminar, está toda a tensão que dissemina e recolhe os significados do poema. Como se, por entre os galhos frondosos da erudição – e ela é vasta por entre história circunstancial e literária que vão sendo rastreadas para singularizar o texto de Ariosto –, o leitor sentisse uma certa leveza na companhia daquela primeira afirmativa que o acompanha durante toda a leitura do ensaio. Mais tarde, o próprio Calvino vai elaborar, numa de suas "lições americanas", o conceito de *leveza*: um certo modo de não pesar a mão, mesmo tratando de temas graves, e deixando o texto correr solto, como se caminhasse à revelia do autor.

---

1. Italo Calvino, *Saggi* (19945-1985), a cura di Mario Barenghi, Tomo primo, Milano, Arnoldo Mondadori Editore, 1995, p. 759. Eis uma tradução aproximada: "O *Orlando Furioso* é um poema que se recusa a começar e se recusa a acabar. Recusa-se a começar porque se apresenta como a continuação de um outro poema, O *Orlando Enamorado* de Matteo Maria Boiardo, deixado incompleto à morte do autor. E recusa-se a acabar porque Ariosto não cessa de o trabalhar. [...]. Esta dilatação do interno, fazendo proliferar episódio após episódio, criando novas simetrias e novos contrastes, parece-me explicar bem o método de construção de Ariosto; e permanece para ele o verdadeiro modo de ampliar este poema de estrutura policêntrica e sincrônica, cujas vicissitudes espalham-se em todas as direções e se cruzam e se bifurcam continuamente".

É, sem dúvida, o que parece buscar o ensaio nas mãos de Italo Calvino e é, pensando bem, a marca do próprio gênero. Mas foi um gênero que, segundo o seu próprio testemunho, ele aprendeu com o poeta Leopardi e sua *Operette Morali*. De fato, numa carta mencionada por Anselmo Pessoa Neto numa certa altura deste trabalho, está dito explicitamente: "le *Operette Morali* sono il libro da cui deriva tutto quello che scrivo"[2].

Por outro lado, a escolha do ensaio parece ter uma razão mais profunda: a de que, por seu intermédio, é também possível, como ocorre na preferência pelo conto, ultrapassar as distinções entre poesia e prosa, como está dito naquele trecho de uma outra "lição americana", aquela sobre *rapidez*, e que também é transcrita pelo autor deste livro:

> Sono convinto che scrivere prosa non dovrebbe essere diverso dello scrivere poesia; in entrambi I casi è ricerca d'un'espresssione necessaria, unica, densa, concisa, memorabile. È difficile mantenere questo tipo di tensione in opere molto lunghe: e d'altronde il mio temperamento me porta a realizzarmi meglio in testi brevi [...][3].

É precisamente a partir dessas preferências de Italo Calvino que Anselmo Pessoa Neto arma o seu modelo de apreensão da obra do escritor italiano.

Na verdade, o ensaio e o conto são, como ele os chama, "passagens obrigatórias" para a leitura do escritor e mesmo o seu primeiro livro, o romance *Il Sentiero dei Nidi di Ragno*, pode ser, em sua estrutura mais profunda, sentido como uma coleção de fragmentos narrativos que buscam se organizar a partir do ponto de vista do menino personagem, meio perdido por entre os adultos das lutas gerrilheiras. Mas, como observa, com razão, Anselmo Pessoa Neto, este primeiro livro tem uma função mais larga na obra de Calvino: a de uma espécie de acerto de contas com as possibilidades e os limites da representação de uma experiência muito

---

2. Anselmo Pessoa Neto, *Italo Calvino. As Passagens Obrigatórias*, Goiânia, Editora UFG, p. 31: "*Operette Morali* é o livro do qual deriva tudo aquilo que escrevo".
3. *Idem*, p. 34: "Estou convencido de que escrever prosa não deveria ser diferente de escrever poesia; em ambos os casos é procura de uma expressão necessária, única, densa, concisa, memorável. É difícil manter este tipo de tensão em obras muito longas; e, por outro lado, o meu temperamento me leva a realizar-me melhor em textos breves [...]".

pessoal do escritor que, por assim dizer, passa a limpo o seu aprendizado político e social numa época turbulenta, contraditória e, talvez por isso mesmo, muito rica para a experimentação dos valores da literatura.

Ao mesmo tempo, no entanto, em que o livro inicial parece dialogar com a narrativa neo-realista de Vittorini ou Pavese, Italo Calvino ia acumulando outros conhecimentos que vinham de outras leituras obsessivas como as do mencionado Leopardi ou mesmo de Ariosto que serão autores iluminadores para a compreensão do escritor posterior: o primeiro, ensinando aquela rapidez e leveza, que já foram mencionadas, e o segundo, incitando ao gosto pela fábula que será uma constante em tudo o que, depois, escreveu e pensou acerca da literatura. Nada disso passa despercebido ao autor deste livro: logo de início as marcas da leitura feita por Italo Calvino são rastreadas através de indicações, às vezes, é verdade, bastante sumárias, mas que são importantes como demarcações de um território de criação original.

Neste sentido, o que parece fazer o autor deste livro é oferecer ao possível leitor um material que sinaliza um caminho para a leitura de Italo Calvino: seja a relação indissolúvel entre o conto e o ensaio que aponta, por sua vez, para aquela busca de rasura das diferenças entre poesia e prosa, seja as primeiras repercussões da obra do escritor, quer em si mesmo, quer em outros leitores, seja a releitura de prefácios atualizadores do próprio Calvino para os seus primeiros livros, seja, enfim, a tradução de uma longa entrevista concedida pelo escritor a Guido Almansi, com que fecha o trabalho.

Deste modo, Anselmo Pessoa Neto trabalha com um Italo Calvino que apenas se preparava para a realização de sua obra. Seu primeiro romance, seu primeiro livros de contos, sua primeira coletânea de ensaios que parecem ao autor deste livro "passagens obrigatórias" para a leitura posterior que se vier a fazer quer do Calvino de *I Nostri Antenati: Il Visconte Dimezzato, Il Barone Rampante* e *Il Cavaliere inesistente*, de *Sotto il sole giaguaro* ou das *Lezioni Americane – sei Proposte per il Prossimo Millenio*. Mas já entre *Ultimo Viene il Corvo* e *Una Pietra Sopra*, isto é, entre o conto e o ensaio, é possível perceber vinculações mais intrínsecas e que apontam para aquilo que, a meu ver, será fundamental na poética de Calvino. Para ficar apenas com uma, eu mencionaria uma espécie de difícil controle das passagens entre realidade e imaginação conseguido por força daquilo a que já me referi, no caso do ensaio sobre Ariosto, como expansão do detalhe percebido por um ato de súbita iluminação – o que, a meu ver, é também responsável para que, muito posteriormente, Italo Calvino venha a se entregar seja aos experimentos do O.L.I.P.O., seja ao aberto fantástico de *Le Cosmicomiche*, sem esquecer, todavia, a crítica da leitura e mesmo da cultura que está num livro como *Se Una Notte d'Inverno un Viaggiatore*.

Certamente, a compreensão de um escritor tão inquieto quanto Calvino não pode prescindir do estabelecimento de tais vinculações: a sua obra é quase toda a retomada de núcleos obsessivos que são encontráveis desde os seus primeiros textos e, muitas vezes, aquilo que se julgara ultrapassado por uma obra posterior, numa espécie de perigosa leitura evolutiva, retorna de súbito numa releitura.

Dou um exemplo: fazendo agora a releitura do primeiro dos contos de *Ultimo Viene il Corvo*, movido pelo exame deste livro de Anselmo Pessoa Neto, encontrei traços de composição que, de imediato, me fizeram pensar em um dos contos reunidos em *Sotto il Sole Giaguaro*.

Ali está, por exemplo, o mesmo cuidado em deixar com que os elementos de uma possível relação amorosa apareçam não através de palavras ou de grandes declarações mas por intermédio de gestos ou ações que traduzem modos de participar da própria relação. Não são, por assim dizer, palavras ou gestos isolados que funcionam como mecanismos de aproximação ou de distanciamento: a nomeação dos gestos e das ações é transformada em núcleos de significado que assumem os valores da linguagem usual das declarações ou recusas amorosas.

No caso do conto do primeiro livro, é a escolha de coisas, animadas ou inanimadas, que, uma vez oferecidas à mulher, pudessem dizer de um sentimento jamais expresso pelo personagem; no caso do conto da obra póstuma, é o elenco de comidas mexicanas e mesmo a ação de comer (ecoando todo um movimento antropofágico que é básico na estrutura ficcional do conto e na reflexão cultural que ele desencadeia) que responde pela intensidade da recusa ou da retomada amorosa.

Deste modo, lidos simultaneamente por artes da memória da leitura a que a gente chama de releitura, os contos distanciados no tempo terminam por anular absolutas diacronias e se instauram como momentos atualizados pela sensibilidade.

É, a meu ver, o grande mérito deste livro de Anselmo Pessoa Neto: lembrar ao possível leitor de Italo Calvino mais do que as "passagens", as "paradas" obrigatórias.

PARTE 3

I

Os Cadernos de Paul Valéry[*]

NÃO SÃO CADERNOS de leitura nem notas íntimas de um diário, como eram, por exemplo, aqueles de seu grande amigo André Gide. (De quem, aliás, foi recentemente republicado o famoso *Journal*, numa magnífica edição da Gallimard, na coleção Pléiade, em dois volumes, que recuam para 1887 o início de sua composição, editados por Éric Marty.) Não são também notas de um escritor que façam convergir acontecimentos circunstanciais e experimentos ficcionais numa estrutura compósita em que a história e a ficção se revezam e se confundem por força do imaginário, como é o *Diário de um Escritor*, de Dostoiévski, sobre o qual já me detive em páginas anteriores.

Como definir os *Cahiers*, de Paul Valéry?

A história de sua composição é bem conhecida e as referências a eles são abundantes, sobretudo a partir da edição fac-similar realizada pelo CNRS em 29 volumes, de aproximadamente mil páginas cada um, publicados entre 1957 e 1961 e, sobretudo, a partir da edição da Gallimard, na Bibliothèque de la Pléiade, na verdade uma antologia, editada por Judith Robinson em dois volumes publicados em 1973 e 1974. A mesma editora crítica (agora se assinando Judith Robinson-Valéry, depois de seu ca-

---

[*] Texto publicado na *CULT, Revista Brasileira de Literatura*, Ano II, n. 20.

samento com um dos filhos do escritor), em parceria com Nicole Celeyrette-Pietri, encarregou-se da "edição integral" dos *Cahiers*, pela mesma Gallimard, cujo primeiro volume foi publicado em 1987 e o último, o sexto, a que só agora tive acesso, em 1997. Os seis volumes publicados trazem, como subtítulo, as datas 1894-1914 e, a partir do quarto, uma maior especificação cronológica: 1900-1901, 1902-1903 e 1903-1904, respectivamente. São, portanto, dez anos de publicação (1987-1997), que correspondem rigorosamente a dez anos de escritura dos *Cahiers* (1894-1904). Como se sabe que a composição dos *Cahiers* somente foi interrompida em 1945, com a morte de Valéry, é de imaginar que a publicação da "edição integral" ainda deva incluir mais uns quarenta anos da tensa e bela prosa valeriana, pois o seu exercício transcorreu durante cinqüenta e um anos precisos.

Por outro lado, os anos que correspondem à publicação desses seis volumes são anos em que Paul Valéry publica apenas dois livros, a *Introduction à la Méthode de Léonard de Vinci*, em 1895, e *Soirée avec Monsieur Teste*, em 1896, embora escrevesse e reescrevesse os poemas que comporão o primeiro de seus dois livros de poemas, *Album de vers anciens*, que somente será publicado em 1920. O segundo é, como se sabe, *Charmes*, de 1922. E antes dos dois é que se deu a publicação daquele poema que, de uma vez por todas, impôs o nome de Valéry como um dos mais importantes poetas do século, *La Jeune Parque*, de 1917, que, certamente, foi responsável, dada a visibilidade que deu ao poeta, pela publicação daqueles dois outros volumes de poemas.

É possível dizer que a leitura desses seis volumes dos *Cahiers* sairá ganhando se for feita simultaneamente com a leitura dos dois livros publicados nos anos 90, da mesma maneira que a leitura daqueles livros sairá enriquecida por aquilo que for possível apreender da leitura dos *Cahiers*. É que, entre estes e aqueles, parece haver uma relação substancial: quer num caso, quer no outro, o que se lê é uma prosa que foge aos mecanismos de repetição, seja de uma forma de pensar aprisionada pelos limites do bom senso, seja de uma linguagem esgotada pelos limites da representação. Para além do bom senso e da representação, a prosa de Valéry, sobretudo nestes seus ensaios iniciais como escritor, cava o espaço *en abîme* que se abre pela procura de uma maneira de pensar e de dizer sem concessões.

Assim como o método de Leonardo é e não é *de* Leonardo, porque este só existe, no texto de Valéry, como uma linguagem de busca de relações e analogias, ou uma "lógica imaginativa", como ele preferia chamar, e por isso a figura real do mestre italiano parece se desfazer por entre a multiplicidade das invenções de que foi capaz; assim como o personagem Edmond Teste apenas existe no momento fugaz das enunciações de outros personagens, fugindo a qualquer possibilidade de representação realista, desvencilhando-se, deste modo, daquela *bêtise* que o narrador recusa como sendo seu *fort* com que abre a narrativa; assim aquele que escreve os *Cahiers* é e não é o poeta de *La Jeune Parque*, do *Album de vers anciens* ou de *Charmes*, na medida em que a escrita que ali se revela está sempre aquém ou além da realização de uma obra mas, ao mesmo tempo, inclui em sua formulação, que só é argumento no sentido mais inglês de discussão, uma desconfiança, que é sempre poética, para com os valores da linguagem. *Aquém*, porque vestígios desordenados e à margem de uma obra já realizada, como acontece claramente nas páginas iniciais dos *Cahiers* com relação às duas obras dos anos 90 referidas, e *além* porque casulos de reflexões que serão retomadas posteriormente. Deste modo, como não perceber a presença das reflexões sobre o método de Leonardo no texto seguinte:

> Un objet ou un fait, arbre, paysage, pensée, mouvement se place dans une classification des choses connues fondée sur la moindre action imaginative et logique. Cette moindre action se voit dans l'engendrement de la géométrie, dans l'association des idées, dans les arts naissants, grandissants, dans la *loi* de l'évolution – partout! dans tout déplacement spirituel. On arrive de suite à établir des ordres de symétrie suivant la différence des parties de tout accord, c'est-à-dire de toute chose considérée finie, fermée.
> J'appelle ordre de symétrie d'un objet le nombre d'objets qu'il faut supposer pour reconnaître ou imaginer cet objet (??—). L'objet est le lieu des conditions qu'il implique. Si on prend alors un autre objet quelconque plus CONNU et qu'on y rapporte les conditions du 1er on obtiendra en plus connu ce lieu ou objet dans le *langage* du 2ème[1].

---

1. "Um objeto ou um fato, árvore, paisagem, pensamento, movimento, colocam-se numa classificação das coisas conhecidas fundada sobre a mínima ação imaginativa ou lógica. Esta ação mínima se vê no engendramento da geometria, na associação de idéias, nas artes nascentes, crescentes, na

E como não reconhecer em outro texto, o que se vai ler em seguida, a linguagem enviesada das apreensões tumultuadas de sensações e pensamentos que percorre tão continuamente a formação da imagem daquele Monsieur Teste da *Soirée*:

> Des milliers de souvenirs d'avoir senti la solitude et souhaité avec rage la fin des mauvais temps ou de la pensée.
> Peut-être ne laissera-t-il qu'un amas informe de fragments aperçus, de douleurs brisées contre le Monde, d'années vécues dans une minute, de constructions inachevées et glacées, immenses labeurs pris dans un coup d'oeil et morts.
> Mais toutes ces ruines ont une certaine rose[2].

Entre a obra feita e aquela a fazer, a linguagem dos *Cahiers* ocupa um espaço de tensão reflexiva para onde converge tudo o que a mente busca traduzir como sinais da existência.

No primeiro texto transcrito, os sinais são, por assim dizer, captados por uma linguagem que se pretende lógica e classificatória mas que, exatamente por ser linguagem, incide sobre os elementos que constituem uma outra lógica, que é também imaginativa, embora para a sua expressão ecoem os termos de uma matemática revelada, sobretudo, na abstração de conteúdos, respondendo uns aos outros a partir de um princípio forte de relações e analogias. E é só assim que é possível evitar a contradição em que a "ordem de simetria" inclui a assimetria da variedade das coisas do mundo. Uma espécie de desordem essencial que se recupera pela ordenação imposta pela imaginação.

---

lei da evolução – em tudo! em todo deslocamento espiritual. Chega-se em seguida a estabelecer ordens de simetria seguindo a diferença das partes do conjunto, isto é, de toda coisa considerada terminada, fechada.
"Chamo ordem de simetria de um objeto o número de objetos que é preciso supor para reconhecer ou imaginar este objeto (??—). O objeto é o lugar das condições que ele implica. Se se toma então qualquer outro objeto mais CONHECIDO e para aí se levam as condições do 1º se obterá como mais conhecido este lugar ou objeto na *linguagem* do 2º".

2. "Milhares de lembranças de ter sentido a solidão e almejado com raiva o fim dos maus tempos ou do pensamento.
"Talvez ele não deixará senão um resto informe de fragmentos percebidos, de dores espatifadas contra o Mundo, de anos vividos num minuto, de construções inacabadas e frias, imensos trabalhos vislumbrados e mortos.
"Mas todas estas ruínas contêm uma certa rosa".

Deste modo, ao mesmo tempo que por aqui se percebe a sombra daquilo que a leitura dos textos de Leonardo, assim como a meditação sobre suas realizações criadoras, pôde significar para o jovem de pouco mais de vinte anos ensaiando-se na linguagem da poesia, é possível também antever o modo pelo qual a criação poética em Valéry estará sempre acompanhada de um *journal de bord* em que o poeta vai, como ele dirá mais tarde, "notant jour par jour et presque heure par heure ce qui est la route vers l'ouvrage" (anotando dia a dia e quase hora a hora aquilo que é o caminho para a obra).

Por outro lado, o segundo texto, aquele que parece saído do *Log-Book* de Monsieur Teste, deixa ver em que medida os *Cahiers* acolhem também fios de sensações, ou, melhor ainda, de pensamentos sobre sensações que aguardam a simetria possível daquela rosa que explode na última frase.

Os *Cahiers*, entretanto, não permitem definições parciais: solicitam, ao contrário, que o leitor se deixe contaminar pelo esforço de esclarecimento e de montagem de relações que as suas páginas propõem. É de crer que, para Valéry, sendo um exercício diário por mais de cinqüenta anos, a escritura dessas páginas fosse um lugar reservado, não para a liberação recreativa de alguma intimidade, mas para a intensificação daquilo que fora distentido pela realização de alguma obra. O poder de fazer seria matar o desejo de fazer que, somente ele, para Valéry, seria essencial como alimento da inteligência. É o que está dito numa frase do último volume dos *Cahiers*:

> Le désir de faire excite le pouvoir de faire qui tue le désir.
> (O desejo de fazer excita o poder de fazer que mata o desejo)

Sendo assim, o que os *Cahiers* recolhem são aqueles momentos de linguagem que, livres de um propósito de realização de obra, desdobram os próprios valores de significação que o trabalho com a linguagem vai impondo àquele que a utiliza. E, a partir disso, as perguntas são infinitas: quem fala, ou quem escreve, aquilo que se diz passa por uma consciência que sabe de si mesma ou desconhece a sua procedência, há um peso físico para as sensações ou estas derivam de uma energia da qual não é possível medir a potência, perguntas cujas respostas, para Valéry, são tramadas pelas contribuições possíveis das mais diversas ciências de seu tempo, da psicologia à física, da filologia à neurofisiologia. (Por isso mesmo, diga-se entre parênteses, são constantes as leituras dos *Cahiers* por homens de ciências, tal como está documentado, por exemplo, no livro precioso, editado também por Judith Robinson-Valéry, *Fonctions de l'esprit. Treize savants redécouvrent Paul Valéry* (Paris, Hermann, 1983), em que físicos, neurologistas, matemáticos, ou um químico-físico como Ilya Prigogine, discutem páginas da obra de Valéry e sua contribuição para as suas áreas específicas de atuação.)

Para o leitor do poeta e ensaísta Paul Valéry, no entanto, talvez a maior contribuição dos *Cahiers* esteja precisamente na complexidade de seu projeto: o sentido de uma prosa configurada pela intranqüilidade da reflexão e pela experiência com os limites e as possibilidades da própria linguagem.

Sem desconhecer o fato de que alguns de seus temas são de grande importância não apenas para o conhecimento do próprio Valéry, como da mais ampla teoria poética, e é o caso daquilo que está no que chamou de caderno *Júpiter*, e que constitui o sexto e último volume dos *Cahiers*, isto é, notas em torno da idéia de *atenção* (e como isto tem grande alcance para uma boa parcela da melhor poesia moderna!), a maior significação dos *Cahiers* está, para mim, na própria estruturação da obra, e na linguagem que a conforma, lugar simultâneo de reunião e de dispersão, imagem viva do intervalo entre biografia e escritura que somente a prosa de fragmentos de Valéry é capaz de preencher.

Como definir os *Cahiers*, de Paul Valéry?

Pensando-os como parte daquele mosaico de obras do século XX para as quais, como queria Joyce para a sua, será indispensável a insônia de um leitor do século que se anuncia. Aquela "insônia de Monsieur Teste" que um seu grande leitor de nosso tempo e de nosso país, João Cabral, soube fisgar:

> Uma lucidez que tudo via,
> como se à luz ou se de dia;
> e que, quando de noite, acende

detrás das pálpebras o dente
de uma luz ardida, sem pele,
extrema, e que de nada serve:
porém luz de uma tal lucidez
que mente que tudo podeis.

2

O Murmúrio da Poesia*

Se, no futuro, se fizer uma coletânea de textos sobre poesia que procure dar conta do que foi a reflexão poética em nosso tempo, não tenho dúvida em dizer que estes textos de Francis Ponge hão de figurar como um dos capítulos mais importantes. Mesmo que isso não venha a acontecer, dadas as fragilidades que existirão e sempre existiram nos julgamentos críticos, é já uma prova de grande perenidade a sua leitura depois de mais de cinqüenta anos de suas primeiras publicações. (No meu caso, conforme posso ver pelas anotações que fiz de primeiras leituras, são mais de trinta: quase todos os volumes que tenho da obra de Ponge trazem datas dos anos 60.)

Na verdade, embora tenha publicado o seu primeiro volume de poemas, os *Douze petits écrits*, em 1926, numa pequena edição de 718 exemplares pela Nouvelle Revue Française, foi somente com a publicação de *Le Parti pris des choses*, em 1942, pela mesma NRF, que Ponge atraiu um número maior de leitores, que só fez crescer nos anos seguintes (e isto é tanto verdade que Philippe Sollers, escolhendo testemunhos críticos para a primeira obra, no volume correspondente a Ponge da coleção Poètes d'Aujourd'hui das Éditions Pierre Seghers[1], relacionou apenas dois: Jean

---

* Texto publicado no caderno *Mais!* da *Folha de S. Paulo*.
1. Cf. Philippe Sollers, *Francis Ponge*, Paris, Pierre Seghers, 1963 (Poètes d'Aujourd'hui).

Hytier e Bernard Groethuysen, embora só o segundo se refira propriamente ao livro de poemas, pois o primeiro é de dois anos antes da sua publicação e diz respeito aos textos de Ponge aparecidos, por então, na imprensa).

Já nos anos 40 e 50 a colheita é muito mais rica: aí estão os textos de Sartre, Camus, Blanchot, Claude-Edmonde Magny, Émilie Noulet, André Rousseaux, Max Bense, como provas de uma recepção de alto nível, a que se juntam outras vozes na *Hommage à Francis Ponge*, publicada pela NRF em 1956.

Nos anos 60, quando então o li pela primeira vez, conforme ficou mencionado, há uma espécie de ápice da presença intelectual do poeta, sobretudo em torno daqueles grupos que se formaram a partir da criação de revistas como *Poétique* e *Tel Quel*. (É preciso assinalar que, já em 1962, Haroldo de Campos publicava um texto de imprensa sobre o poeta, a que se seguiria uma tradução, em 1969, do poema "L'Araignée", ambos fazendo parte hoje do volume *O Arco-Íris Branco*[2].) Tudo para culminar, em termos de recepção crítica, nos anos 70 e 80, com duas publicações de homenagem ao poeta: o número especial de *Books Abroad* da University of Oklahoma, em 1974, e os *Cahiers de l'Herne*, de 1986, dois anos antes da morte de Ponge em 1988. (Assinale-se ainda, entre parênteses, que é de 1961 a magistral homenagem que lhe foi prestada por João Cabral de Melo Neto no poema "O Sim Contra o Sim" do livro *Serial*, um dos três que, juntamente com *Dois Parlamentos* e *Quaderna*, constituem o volume *Terceira Feira*[3].)

É este o poeta que, mais de meio século depois, tem alguns dos seus textos mais teóricos publicados no Brasil e, pelo que sei, já se anuncia uma tradução de uma de suas coletâneas de poemas, o que, sem dúvida, será muito importante, e mesmo decisivo, para que o jovem leitor brasileiro de hoje possa ter toda a dimensão do intelectual que foi Francis Ponge.

Na verdade, além da tradução referida de Haroldo de Campos, lembro-me apenas daquelas traduções realizadas por Júlio Castañon Guima-

---

2. Cf. Haroldo de Campos, *O Arco-Íris Branco. Ensaios de Literatura e Cultura*, Rio de Janeiro, Imago, 1997.
3. Cf. João Cabral de Melo Neto, *Terceira Feira*, Rio de Janeiro, Editora do Autor, 1961.

rães e Leda Tenório da Motta para uma publicação sobre o poeta editada pela *Revista USP*, em 1989, onde comparecem textos de *Le Parti pris des choses*, de *Pièces*, de *La Rage de l'expression*, de *Nouveau recueil* e apenas um de *Méthodes*, um fragmento exatamente de "My Creative Method", com que se abre a seleta agora publicada. Porque se trata disso: de uma escolha de seis textos, baseada numa edição da Gallimard de 1971, dentre os dezoito que compõem a edição original da obra, o segundo tomo de um conjunto, intitulado *Le Grand Recueil*, incluindo ainda *Lyres* e *Pièces*[4]. A escolha me parece a melhor possível, embora eu gostasse de ver incluído, na tradução brasileira, o texto "Entretien avec Breton et Reverdy", de 1952, na medida em que a participação de Ponge é fundamental para acentuar a sua singularidade na poesia francesa do momento. (Sei perfeitamente que, sendo a tradução do volume de 1971, a edição brasileira encontraria dificuldades editoriais para o acréscimo. Que a a minha observação fique apenas como um desejo não preenchido.) De qualquer modo, traduzidos e introduzidos por Leda Tenório da Motta com extraordinária competência, os textos desta antologia são suficientes para dar ao leitor brasileiro o perfil daquela singularidade. E onde ela está?

Antes falei de "textos mais teóricos" de Ponge. Faço uma correção: sendo textos surgidos de uma reflexão explícita sobre a atividade poética, apenas na superfície das presumidas intenções (conferências, entrevistas, textos reflexivos) parecem distintos daqueles que compõem os volumes de poemas. Isto porque a escrita de Ponge rasura não somente as distinções tradicionais entre os gêneros, mas é precisamente uma arma afiadíssima de desestruturação das relações pacíficas entre subjetividade e objetividade. Neste sentido, os aspectos teóricos dos textos (aquilo que o poeta chama muitas vezes de tendência da linguagem para a constituição de fórmulas) não estão assentados em serenas objetividades, sendo antes convergências ocasionais dos experimentos que realiza com as possibilidades da palavra. É como se, entre o teórico e o poeta, o pequeno intervalo fosse eliminado pela própria linguagem que o nomeia normalmente. Nem o poeta é um teórico, nem o teórico é um poeta porque nenhum dos dois

---

4. Cf. Francis Ponge, *Le Grand Recueil. Méthodes*, Paris, Gallimard, 1961.

está configurado antes do próprio movimento que é a linguagem com que são identificados. Difícil, portanto, falar em "textos mais teóricos": para Francis Ponge parece não haver poema onde não há a incerteza das relações entre linguagem e realidade que, por sua vez, desencadeia as reflexões provocadas pelo desejo de substituí-la pelo mínimo domínio da nomeação. Daí, provavelmente, aquele singularíssimo tratamento pongiano das relações entre sujeito e objeto que foi formulado por Italo Calvino, em pequeno texto jornalístico de 1979, da seguinte maneira:

> Diremos que em Ponge a linguagem, meio indispensável para manter juntos sujeito e objeto, é continuamente confrontada com aquilo que os objetos exprimem fora da linguagem e neste confronto é redimensionada, redefinida – freqüentemente revalorizada[5].

Não há maior objetividade: a expressão dos objetos "fora da linguagem" é a maneira mais radical, sem dúvida, de afirmar a sua existência sem o homem ou a mulher, seres de linguagem. Não se pense, todavia, em alguma forma de mitificação do objeto.

Neste sentido, numa daquelas minhas antigas notas de leitura dos anos 60, encontro assinalado o seguinte trecho da conferência "A Prática da Literatura" que agora posso citar na tradução brasileira:

> Mas, para exprimir nossa sensibilidade ao mundo exterior, temos de empregar essas expressões conspurcadas por um uso imemorial, sujas e avolumadas e inchadas, mais graves, mais difíceis de manipular.
>
> Suponham que cada pintor, o mais delicado deles, Matisse por exemplo... para fazer seus quadros, só tivesse um grande pote de tinta vermelha, um grande pote de amarelo, um grande pote de etc. ..., um mesmo pote onde todos os pintores desde a antigüidade (os franceses, digamos), e não somente todos os pintores, todos os zeladores de prédios, todos os encarregados de canteiros de obras, todos os camponeses tivessem molhado o pincel, e depois pintado com isso. Eles mexeram o pincel lá dentro, e depois vem Matisse e pega esse azul, esse vermelho, imundos desde sempre, desde sete séculos, digamos, para o francês. E é preciso que ele dê a impressão de tinta pura. Coisa realmente difícil de conseguir! É um pouco assim que temos de trabalhar.

---

5. Italo Calvino, "Francis Ponge", em *Saggi*, Milano, Arnoldo Mondadori Editore, 1995, Tomo primo, p. 1406.

Quando digo que temos de utilizar esse mundo das palavras para exprimir nossa sensibilidade ao mundo exterior, eu penso, não sei se estou errado, e é por isso, eu acho, que não sou místico, que, bem, em todo caso, eu penso que esses dois mundos são estanques, quer dizer, sem passagem de um para o outro. Não podemos passar. Há o mundo dos objetos e o dos homens, que em sua maioria, eles também, são mudos. Porque eles remexem no velho pote, mas não dizem nada. Só dizem lugares-comuns. Há portanto, de um lado, esse mundo exterior, de outro, o mundo da linguagem, que é um mundo inteiramente distinto, com a diferença que há o dicionário, que faz parte do mundo exterior, naturalmente. Mas os objetos desse tipo são de um mundo estranho, distinto do mundo exterior. Não podemos passar de um para o outro. É preciso que as composições que só podemos fazer com o auxílio desses sons significativos, dessas palavras, desses verbos, sejam arranjadas de tal forma que imitem a vida dos objetos do mundo exterior. Imitem, quer dizer, que elas tenham ao menos uma complexidade e uma presença iguais[6].

De uma ou de outra maneira, os seis textos deste volume dizem o que está nesta conferência: a criação artística como possibilidade quase agônica de estabelecer um diálogo entre os dois mundos sem que ao artista seja dado o benefício da "humanização" das coisas. A sua "humanidade" está em outra parte: a de ser capaz de instaurar coisas (os poemas, as obras de arte) entre coisas, utilizando-se das mesmas palavras, das mesmas velhas tintas dos mesmos velhos potes compartidos por seus semelhantes. Ou, como diz o próprio poeta, num trecho de "My Creative Method":

> Pelo simples fato de querer dar conta do *conteúdo inteiro de suas noções*, eu me deixo puxar, *pelos objetos*, para fora do velho humanismo, para fora do homem atual e para a frente. Acrescento ao homem as novas qualidades que nomeio[7].

Não são, portanto, qualidades encontradas, mas nomeadas: por entre os intrincados significantes dos mundos mineral, vegetal ou animal (como está, de modo dominante, em *Le Parti pris des choses*), a sensibilidade de Ponge, mas uma sensibilidade não somente para os significados, como, sobretudo, para aqueles significantes, encontra uma maneira de nomea-

---

6. Francis Ponge, *Métodos*, apresentação e tradução de Leda Tenório da Motta, Rio de Janeiro, Imago, 1997, pp. 140-141.
7. *Idem*, p. 55.

ção que não tem nada a ver com solipsismos ou animismos disfarçados pois a significação não parece ser o seu destino.

Deste modo, Albert Camus foi certeiro na apreciação da obra de Ponge, em trecho de "Lettre au sujet du *Parti pris*", publicada na *Hommage* da NRF de 1956: "Penso que o *Le Parti pris* é uma obra absurda em estado puro – quero dizer que ela nasce, conclusão tanto quanto ilustração, na extremidade de uma filosofia da não-significação do mundo"[8].

A poesia, como está dito no admirável segundo texto desta coletânea, como um murmúrio que se ouvisse entre mudos. Um murmúrio que resultasse das sutis relações entre diferença e semelhança que caracterizam a existência do homem e da mulher e da natureza. Mais uma vez, o próprio Ponge:

> Pois a obra de arte retira toda a sua virtude a um só tempo da semelhança e da diferença em relação aos objetos naturais. De onde lhe vem essa semelhança? Do fato de ser feita, ela também, de uma matéria. Mas e a diferença? – De uma matéria expressiva, ou tornada expressiva na ocasião... Expressiva, o que quer dizer isso? Que ela acende a inteligência (mas deve apagá-la logo em seguida). Mas quais são os materiais expressivos? Aqueles que já significam alguma coisa: as linguagens. Trata-se unicamente de fazer com que não signifiquem muito mais do que Funcionem[9].

Por isso, para ele, como diz em texto anterior a este, e na mesma página, o artista não é um mago e sua função é muito clara: "ele deve abrir um ateliê e tratar de consertar o mundo, por fragmentos, como ele aparece. [...] Reparador atento da lagosta ou do limão, da colmeia ou da compoteira, aí está o artista moderno. Insubstituível em sua função"[10].

A primeira frase deste livro é uma alusão ao início do *Monsieur Teste*, de Valéry, e o que se recusa não é a tolice mas as idéias e, por aí, como o leitor verá com o prosseguimento da leitura, uma adesão ao famoso dito de Mallarmé, o verdadeiro tronco de onde brota Ponge; mais adiante, às páginas 64 e 65 vai ironizar o *absurdo* e as *atualidades* de Camus, assim como se distanciar dos caligramas de Apollinaire.

---

8. Cf. Philippe Sollers, *op. cit.*, pp. 88-89.
9. Francis Ponge, *op. cit.*, p. 67.
10. *Idem, ibidem*.

Na verdade, sem ostentar erudição, os textos deste livro conversam com o que de mais decisivo surgiu da reflexão moderna sobre poesia, a ela acrescentando uma voz que sabe, antes de mais nada, conversar com os fragmentos de uma lingugem de nomeação do mundo. Uma poética do murmúrio.

3

A Lição de João Cabral*

No LONGO poema *O Rio*, de 1953, um dos mais autobiográficos de todos os seus textos, se se pode falar de autobiografia quando se fala de poesia, João Cabral, no trecho intitulado "De Apipucos à Madalena", escreveu os seguintes versos:

Um velho cais roído
e uma fila de oitizeiros
há na curva mais lenta
do caminho pela Jaqueira,
onde (não mais está)
um menino bastante guenzo
de tarde olhava o rio
como se filme de cinema;
via-me, rio, passar
com meu variado cortejo
de coisas vivas, mortas,
coisas de lixo e de despejo;
viu o mesmo boi morto
que Manuel viu numa cheia,

---

* Texto publicado em *Cadernos de Literatura Brasileira. João Cabral de Melo Neto*, São Paulo, Instituto Moreira Salles, 1996.

viu ilhas navegando,
arrancadas das ribanceiras.

Entre Apipucos e Madalena, "um menino bastante guenzo", do bairro da Jaqueira, experimenta, sobretudo pelo sentido visual, a que, depois, o cinema vai servir de imagem, a realidade suja do rio Capibaribe. Mais tarde, o poeta incluirá a lembrança do poema de Manuel Bandeira e a sua tensa imagem do boi morto carregado pelas águas enfurecidas de uma cheia.

Transformado em escrivão da fala do rio, como está dito nos versos em que acena para a sua genealogia ("Então o Tapacurá, / dos lados da Luz, freguesia / da gente do escrivão / que foi escrevendo o que eu dizia"), a inserção de traços autobiográficos do poeta é realizada pela autobiografia maior do próprio objeto do poema. Deste modo, aquilo que poderia correr o risco de vir a ser um exercício de comiseração, marcado pela exaltação da subjetividade, é resgatado pela objetividade própria da narrativa.

Da mesma maneira, os elementos de crítica social e histórica, que são marcas da peregrinação do rio, não se traduzem em acusações panfletárias: registros da fala do Capibaribe, estes elementos surgem, não sem ironia, do encontro da natureza, que o rio representa, e da história, representada pelos casarões de uma aristocracia decadente às suas beiras,

> todos sempre ostentando
> sua ulcerada alvenaria;
> todos porém no alto
> de sua gasta aristocracia;
> todos bem orgulhosos,
> não digo de sua poesia,
> sim, da história doméstica
> que estuda para descobrir, nestes dias,
> como se palitava
> os dentes nesta freguesia.

Sendo assim, num pequeno trecho do longo poema de 1953, é possível desde já encontrar dois traços fundamentais da poética de João Cabral: por um lado, a estrita dependência entre expressão lírica da subjetividade e sua localização num quadro de representação objetiva e, por outro, a crítica social e histórica, cuja expressão vai da ironia ao sarcasmo, passando pelo humor ocasional, extraída da própria leitura dos objetos do poema, sem descambar para a retórica dos gestos panfletários.

Não se chegou a isto, entretanto, sem um longo e atormentado caminho no exercício da poesia, desde a estréia, no livro *Pedra do Sono*, de 1942, passando por *Os Três Mal-amados*, de 1943, por *O Engenheiro*, de 1945, por *Psicologia da Composição*, de 1947, e por *O Cão Sem Plumas*, de 1950.

Na verdade, foi somente a partir deste último livro que o poeta encontrou uma modulação própria para incluir em sua poesia os resíduos de uma experiência pessoal, social e histórica, cuja tradução poética vinha sendo preparada pelos livros anteriores, marcados por uma intensa reflexão sobre a própria condição da poesia e do poeta.

Desde o livro de 1942, reunião de 23 poemas na última edição das poesias pela Editora Nova Aguilar (1994), e que refaz a organização da primeira edição, que havia sido reduzida a vinte textos na publicação das *Poesias Completas*, de 1968, a presença de poemas que tematizam a própria poesia ou o poeta é de alta freqüência.

De fato, o texto de abertura da coletânea, "Poema", já propõe a tensão entre a existência contemplativa do poeta e a sua fixação ainda inatingível pela palavra, de onde resulta um certo teor melancólico de que está impregnado: "Há vinte anos não digo a palavra / que sempre espero de mim. / Ficarei indefinidamente contemplando / meu retrato eu morto". Logo mais adiante, esta consciência da impossibilidade de realização, não obstante os registros da sensibilidade, vai acoplar-se ao sentido agudo da condição inevitável do poeta, esmagado sob o peso daquela impossibilidade.

Entre a consciência poética e o tumulto das experiências, mais ainda, entre o desregramento das sensações e o desejo de um controle por meio das construções verbais, a relação entre o poeta e a poesia ganha, por assim dizer, uma enorme dramaticidade que é intensificada pelo esvaziamento da própria experiência, na medida em que esta não se submete à vontade de formalização do poeta. Por isso mesmo, chama-se "Poema deserto" o terceiro texto do livro e o seu quarteto final acentua aquela dramaticidade referida:

Eu me anulo me suicido,
percorro longas distâncias inalteradas,
te evito te executo
a cada momento e em cada esquina.

Evitar e executar o poema, ações contraditórias e convergentes que apontam para as tensões entre a consciência e o inevitável apelo ao registro das experiências, conferem ao texto resultante o seu caráter desértico, vale dizer, apenas preenchido pela busca de uma verbalização que já se sabe, de antemão, condenada ao fracasso.

Não é sem razão, portanto, que este livro de 1942 traz por epígrafe um verso de Mallarmé: a noção de fracasso, como categoria operacional e tradutora da insidiosa presença da consciência na realização do poema, vincula-se, sem dúvida, a um dos traços mais marcantes da poética de Mallarmé e, por seu intermédio, de grande parte da chamada modernidade na poesia. Não apenas o fracasso da realização do poema: a consciência de se estar limitado, através da formalização, para represar a própria torrente de experiência com que se tem de haver o poeta.

Por isso, é possível compreender o forte peso concedido à criação de imagens neste primeiro livro de João Cabral: elas, sobretudo as visuais, que se revelam até mesmo na presença dos resíduos plásticos difusos em todo o livro, funcionam como peças privilegiadas da composição na medida em que podem oferecer resistência mais concreta à abstração das emoções e sensações esgarçadas pela memória.

Deste modo, é como se as influências recebidas, e confessadas pelo próprio João Cabral, da obra de Murilo Mendes, onde aprendeu a importância da imagem, servissem de contrapeso à avassaladora presença da memória que ele lia nos primeiros livros de Carlos Drummond de Andrade, isto é, *Alguma Poesia*, de 1930, e *Brejo das Almas*, de 1934. A presença de Drummond, aliás, vai estar não apenas na dedicatória de dois livros de João Cabral – o de 42 e o de 45 –, como ainda na própria utilização de poema de Drummond a partir do qual escreve o seu segundo livro, assim como num poema de homenagem ao poeta mineiro, incluído em *O Engenheiro* ("A Carlos Drummond de Andrade"). Acrescente-se que esta presença é acentuada até mesmo em certa dicção de João Cabral por esta época, como se comprova pela leitura do poema-bilhete enviado a Drummond, até hoje inédito, e que aqui vai publicado agora. Quanto a Murilo Mendes, a sua presença, na obra cabralina de seus primeiros livros, revela-se, sobretudo, pelo corte surrealista de algumas de suas imagens.

Entre os dois poetas brasileiros e a presença constante de dois poetas franceses – Mallarmé e Valéry –, como assinala o primeiro crítico e companheiro de João Cabral, Willy Lewin, na nota prefacial escrita para a edição original do livro, o poeta afinava os seus instrumentos sob o signo da negatividade, assumindo abertamente a fratura moderna entre expressão e composição. E embora o título da obra seja extraído de uma remota localidade pernambucana, ele bem que serve como metáfora para recobri-la: contra a evanescência do sono e do sonho (tema também de trabalho em prosa do poeta escrito por essa época, "Considerações sobre o Poeta Dormindo", de 1941) está a resistência da pedra que traduz o trabalho com a linguagem da poesia.

Neste sentido, o segundo livro de João Cabral, *Os Três Mal-amados*, poema dramático em prosa inspirado no texto "Quadrilha", de Carlos Drummond de Andrade, vem acentuar a direção assumida no primeiro livro, acrescentando-lhe um elemento que será decisivo na poética posterior de João Cabral: a vinculação entre projeto poético e projeto ético.

Desta maneira, uma das falas do personagem Raimundo não apenas contém alguns dados que serão retomados em sua obra seguinte, *O Engenheiro*, mas é muito explícita acerca daquela vinculação:

> Maria era também a folha em branco, barreira oposta ao rio impreciso que corre em regiões de alguma parte de nós mesmos. Nessa folha eu construirei um objeto sólido que depois imitarei, o qual depois me definirá. Penso para escolher: um poema, um desenho, um cimento armado – presenças precisas e inalteráveis, opostas à minha fuga.

Sendo assim, entre a poesia e o poeta situa-se um espaço de compromisso autodefinidor: a sua definição será o seu fazer e este, por sua solidez pretendida, há de evitar a imprecisão (do primeiro parágrafo do texto) tanto quanto a fuga (do último). Enfim, o que se persegue é a lucidez, bem na trilha de Paul Valéry, como nesta última fala de Raimundo:

Maria era também o sistema estabelecido de antemão, o fim onde chegar. Era a lucidez, que, ela só, nos pode dar um modo novo e completo de ver uma flor, de ler um verso.

Construção, precisão, lucidez: é o projeto que se torna mais explícito com a publicação de O *Engenheiro*, que traz uma epígrafe do arquiteto Le Corbusier de ecos valerianos (...*machine à émouvoir*...) e que, embora ainda contendo textos que o vinculam às suas origens oníricas (de que é exemplo o primeiro poema, "As Nuvens"), é dominado, de fato, por um estrito senso da composição que faz justiça ao título do livro. Há, está claro, expressão, mas o que "domina" é sua dependência à composição. Por isso mesmo, os poemas mais representativos são aqueles em que João Cabral, procurando a apreensão precisa de certos gestos, paisagens ou figuras, estabelece um roteiro de aprendizagem para a sua própria obra. Leia-se, por exemplo, o poema "A Bailarina":

> A bailarina feita
> de borracha e pássaro
> dança no pavimento
> anterior do sonho.
>
> A três horas de sono,
> mais além dos sonhos,
> nas secretas câmaras
> que a morte revela.
>
> Entre monstros feitos
> a tinta de escrever,
> a bailarina feita
> de borracha e pássaro.
>
> Da diária e lenta
> borracha que mastigo.
> Do inseto ou pássaro
> que não sei caçar.

O que ressalta, neste poema, é, sem dúvida, a vinculação qualificativa para bailarina – borracha, pássaro – a partir do uso do verbo que a estabelece: fazer. Sem ser *dada*, mas *feita*, a bailarina e seus gestos servem para a definição do próprio gesto poético num longo e preciso percurso textual-coreográfico.

Notável, contudo, é a recuperação daqueles "monstros" da terceira estrofe naquele que talvez seja o texto que melhor define, por enquanto, o seu projeto. Refiro-me ao poema "A Lição de Poesia":

1
Toda a manhã consumida
como um sol imóvel
diante da folha em branco:
princípio do mundo, lua nova.

Já não podias desenhar
sequer uma linha;
um nome, sequer uma flor
desabrochava no verão da mesa:

2
A noite inteira o poeta
em sua mesa, tentando
salvar da morte os monstros
germinados em seu tinteiro.

Monstros, bichos, fantasmas
de palavras, circulando,
urinando sobre o papel,
sujando-o com seu carvão.

Carvão de lápis, carvão
da idéia fixa, carvão
da emoção extinta, carvão
consumido nos sonhos.

3
A luta branca sobre o papel
que o poeta evita,

luta branca onde corre o sangue
de suas veias de água salgada.

E as vinte palavras recolhidas
nas águas salgadas do poeta
e de que se servirá o poeta
em sua máquina útil.

Vinte palavras sempre as mesmas
de que conhece o funcionamento,
a evaporação, a densidade
menor que a do ar.

É claro que se poderia enumerar outros textos deste livro através dos quais fosse possível ir mostrando as fases de seu projeto – "O Engenheiro", "A Paul Valéry", "Pequena Ode Mineral" etc. etc. –, mas ultrapassaria muito os limites razoáveis. Baste, portanto, estes trechos do longo poema, em que as suas "idéias fixas" (termo emprestado à poética de Valéry) são postas a funcionar, como na máquina de Le Corbusier, por uma expressão sempre contida e submissa à meditação de quem vai aprendendo os seus passos pelos caminhos da linguagem poética.

Mas neste aprender do mínimo (como está na última estrofe) há um perigo: o do silêncio por força da recusa assumida pelo poeta. É o que se vê claramente nos três longos textos publicados em 1947, sob o título geral de *Psicologia da Composição com a Fábula de Anfion e Antiode*, escritos entre 1946 e 1947.

Tais textos são paradigmáticos: é a partir deles que o poeta por assim dizer decide os rumos de seu percurso a ser retomado três anos depois, com a publicação de *O Cão Sem Plumas*. Aqui a negação, a recusa e o silêncio articulam-se para uma afirmação dialética da poesia enquanto instrumento de uma busca de significação a ser encontrada, aprofundando os termos daquilo que já estava presente, como se viu, em alguns poemas de seu primeiro livro.

Sob a epígrafe de um verso do poeta espanhol Jorge Guillén – "Riguroso horizonte" –, os três textos possuem uma ambição explícita: a recusa da poesia poderá ser o encontro de uma poética. Por isso, talvez se explique a enorme importância que tais poemas tiveram na formação das vanguardas poéticas brasileiras que se efetivaram em meados da década seguinte. Textos de recusa, voltados, às vezes de modo fortemente irônico, contra a tradição e a contemporaneidade da poesia brasileira, apontavam para um impasse não só pessoal mas de geração. O poeta, singularizando-se dentro dela, sobretudo pela desconfiança com relação ao próprio fazer poético, como observaram alguns de seus primeiros críticos, como Álvaro Lins, Antonio Candido ou Sérgio Buarque de Holanda, impunha-se como paradigma para toda a geração mais jovem que ia compor os quadros da vanguarda.

Na verdade, cada texto da *Psicologia da Composição*, e são oito poemas densamente meditativos acerca das relações entre poeta e poesia, retoma, de ângulo diferente, a mesma posição de radical antiintimismo e controle da "máquina" do poema. Assim, nos dois primeiros versos:

> Saio de meu poema
> como quem lava as mãos.

Ou, no primeiro quarteto do segundo poema:

> Esta folha branca
> me proscreve o sonho,
> me incita ao verso
> nítido e preciso.

É, sem dúvida, a vitória completa do "engenheiro", de 45, sobre o ainda sonolento poeta de 42, embora ali, como já foi dito, o sono não fosse tão tranqüilo como talvez exigisse o caminho do onírico e do devaneio. Eis alguns outros exemplos colhidos na obra:

Oposição do diurno ao noturno:

> Neste papel
> logo fenecem

as roxas, mornas
flores morais;
todas as fluidas
flores da pressa;
todas as úmidas
flores do sonho.

(Espera, por isso,
que a jovem manhã
te venha revelar
as flores da véspera.)

Vitória da composição sobre a inspiração:

Não a forma encontrada
como uma concha, perdida
nos frouxos areais
como cabelos;

mas a forma atingida
como a ponta do novelo que a atenção, lenta,
desenrola

Ou, finalmente, a opção pelo que Mallarmé chamava de "desaparecimento elocutório do poeta":

Cultivar o deserto
como um pomar às avessas:

onde foi palavra
(potros ou touros
contidos) resta a severa
forma do vazio.

Tratava-se, na "Psicologia da Composição", de responder às perguntas que haviam permanecido depois da paródia de Paul Valéry que ele realizou no poema "Fábula de Anfion", em que deserto, esterilidade e flauta são elementos articuladores de um mesmo projeto de possível liquidação do lirismo:

> Uma flauta: como prever
> suas modulações,
> cavalo solto e louco?
>
> Como traçar suas ondas
> antecipadamente, como faz,
> no tempo, o mar?
>
> A flauta, eu a joguei
> aos peixes surdo –
> mudos do mar.

Mas é na "Antiode", longo poema de 128 versos, em 32 quadras, dividido em cinco partes (A, B, C, D e E) com um subtítulo irônico e devastador, "contra a poesia dita profunda", que João Cabral atinge o ápice da poética de radicalização antilírica a que havia chegado no fim da primeira década de seu percurso.

Com um esquema temático muito simples, tratando-se sempre de discutir a validade do símile que iguala a poesia à flor, o poeta vai enumerando, depois de seu aprendizado, as limitações do lirismo com que ele mesmo se envolvera:

> Poesia, te escrevia:
> flor! conhecendo
> que és fezes. Fezes
> como qualquer,

passando pelo desnudamento do hábito e da rotina poéticos,

> Como não invocar o
> vício da poesia: o
> corpo que entorpece
> ao ar de versos?

para, enfim, chegar à própria linguagem da nomeação poética, agora num gesto à Gertrude Stein, sem mais rodeios:

> Flor é a palavra
> flor, verso inscrito
> no verso, como as
> manhãs no tempo.

Eis, portanto, o roteiro que possibilita voltar ao que se dizia no início com a transcrição de versos do poema *O Rio*: aquele espaço pessoal, social e histórico fora conquistado por um intenso e sofrido exercício poético, em que a extrema redução do dizer ao fazer, levada ao paroxismo do quase silêncio e por certo à recusa do fácil, possibilitava a passagem para as mais amplas aprendizagens com que vai ampliar o alcance de sua obra em seguida.

Na verdade, a década de 50 é a da afirmação plena de João Cabral nos quadros da poesia brasileira contemporânea. Embora vivendo no exterior, na condição de diplomata, por duas vezes, em 1954 e 1956, são publicadas coletâneas de suas obras. São os *Poemas Reunidos* e *Duas Águas*, que haviam sido precedidos, em 1950, pela edição, em Barcelona, onde vivia o poeta e onde exercitava as artes gráficas artesanais, além das diplomáticas, do extenso poema *O Cão Sem Plumas*.

Por outro lado, a coletânea de 1956, *Duas Águas* – incluindo, além do poema de 1950, *O Rio*, de 1953, *Morte e Vida Severina*, de 1954-1955, *Paisagens com Figuras*, de 1954-1955, e *Uma Faca Só Lâmina*, de 1955 –, vinha estabelecer a complexidade e riqueza da poética cabralina, indiciando as tensões entre composição e expressão que passam a ser, mais explicitamente, os fundamentos da obra.

Sendo assim, se *O Rio* ou *Morte e Vida Severina* retomam o tom dramático, mas agora regionalizado, de *Os Três Mal-amados*, *Paisagens com Figuras* e *Uma Faca Só Lâmina* voltam a insistir na estrita dependência entre arte e comunicação, bem na senda de *O Engenheiro* e da "Antiode", respectivamente. Mas o texto central de articulação entre as *Duas Águas* é mesmo *O Cão Sem Plumas*.

Contendo duas "paisagens", uma "fábula" e um "discurso", este longo texto de 426 versos deixa passar o que havia sido represado por uma pensada educação poética: um certo modo de olhar e ver o règional – aqui figurado no rio Capibaribe que corta a cidade do Recife, cuja autobiografia será dada no poema de 1953 –, buscando-se vincular a linguagem do mínimo, que já estava em O Engenheiro, como se viu, ao mínimo da existência que habita as paisagens ribeirinhas.

Nas duas "paisagens" trata-se, por um lado, de indicar o modo pelo qual o rio, antropomorfizado, sabe ou não sabe daquilo por onde passa e, por outro, de estabelecer a relação entre o que foi definido como *sem plumas* (leia-se: *sem adornos*) e o próprio homem que habita as suas margens:

Aquele rio
era como um cão sem plumas.
Nada sabia da chuva azul,
da fonte cor-de-rosa,
da água do copo de água,
da água de cântaro,
dos peixes de água,
da brisa na água.

Sabia dos caranguejos
de lodo e ferrugem.
Sabia da lama
como de uma mucosa.
Devia saber dos polvos.
Sabia seguramente
da mulher febril que habita as ostras.

A simetria é perfeita: "chuva azul", "fonte cor-de-rosa", "agua de cântaro", peixes e brisa, adornos e fertilidade encontram os seus opostos em caranguejos, "lodo e ferrugem", lama e "mulher febril". Por outro lado, é esta sabedoria negativa que justifica o símile da outra "paisagem":

Como o rio
aqueles homens
são como cães sem plumas

O rio sabia
daqueles homens sem plumas.
Sabia
de suas barbas expostas,
de seu doloroso cabelo
de camarão e estopa.

Todavia, como estas paisagens de rio e homens não estão isoladas de um intenso sentido da história, impossível de ser percebido por quem vive "de costas para o rio", assim o contraponto do Capibaribe é dado pelo mar e outros rios, diversos em suas fertilidades e emplumações, e que constituem a "fábula" intermédia do poema:

O rio teme aquele mar
como um cachorro
teme uma porta entretanto aberta,
como um mendigo,
a igreja aparentemente aberta.

Enfim, depois de cumpridas estas indicações, comparações e oposições, é possível, então, caracterizar o discurso do rio como traduzindo a realidade por que passa: uma realidade de carência e de espessura da carência.

Aquele rio
é espesso
como o real mais espesso.
Espesso
por sua paisagem espessa,
onde a fome estende seus batalhões de secretas
e íntimas formigas.

E espesso
por sua fábula espessa;
pelo fluir
de suas geléias de terra;
ao parir
suas ilhas negras de terra.

Percebe-se, deste modo, como a nomeação da realidade é dependente da linguagem utilizada para efetivá-la. A realidade carente, pobre e mendiga exige o verso pobre, "desemplumado", capaz de intensificá-la exatamente por mostrar a sua redução, sem desvirtuar-se de sua espessura.

Ora, tanto em O Rio quanto em Morte e Vida Severina, textos que, com o anterior, constituem, por assim dizer, o *tríptico do rio* desta fase poética de João Cabral, os melhores momentos são aqueles em que aquela interdependência é assegurada.

Quer a *prosa* do primeiro poema, que se auto-relata em seu trajeto, quer a dramaticidade natalina, humilde e severina do segundo texto, são indicadores de uma educação bem radical: a incorporação de valores regionais pode e deve ser feita, mas pela porta estreita de uma linguagem de tradução estrutural em que existência e discurso poético não se distanciem para que o segundo não seja apenas adorno colado a seu objeto. (Diga-se, entre parênteses, que é muito ampla a gama de conhecimentos de costumes, hábitos e valores nordestinos revelada pelo poeta nesses textos, certamente advinda da leitura de material histórico e etnológico variado, dentre os quais, sem dúvida, avultam os textos sobre Pernambuco de Pereira da Costa.)

João Cabral aprendeu que a pior alienação do escritor é aquela que, buscando acusar uma condição miserável, não sabe fazer da linguagem um recurso mínimo de nomeação, sem as *plumas* inadequadas da escrita auto-suficiente.

Em *Paisagens com Figuras*, reunião de dezoito poemas, há exemplos numerosos do processo acima descrito, destacando-se o modo pelo qual, tratando de paisagens e figuras nordestinas e espanholas, num amálgama que, daí por diante, será uma constante em sua obra, o poeta sabe conservar aquela tensão entre o direcionamento para a realidade e a auto-referencialidade que é um ganho de sua longa aprendizagem.

Assim, por exemplo, já no primeiro poema, "Pregão Turístico do Recife", o leitor menos atento fica desorientado: não se trata apenas de *turismo* mas de uma ou várias *lições*, em que expressões como "podeis extrair" ou "podeis aprender lição madura", vão oferecendo os elementos para aquilo que está nos três últimos quartetos:

E neste rio indigente,
sangue-lama que circula
entre cimento e esclerose
com sua marcha quase nula,

e na gente que se estagna
nas mucosas deste rio,
morrendo de apodrecer
vidas inteiras a fio,

podeis aprender que o homem
é sempre a melhor medida.
Mais: que a medida do homem
não é a morte mas a vida.

Vê-se: de um *humanismo* semelhante àquele de O *Cão Sem Plumas*; utilizando, aliás, quase os mesmos termos.

Na verdade, seria difícil escolher, neste livro, algum poema que não servisse de exemplo para este procedimento. O melhor é dizer que, num texto como "Alguns Toureiros", volta a obsessiva relação entre poesia e flor, fundamento da "Antiode", agora no contexto insólito das touradas, para que João Cabral possa extrair, nas três últimas estrofes, aquilo que serve de base a todo o livro:

sim, eu vi Manuel Rodríguez,
Manolete, o mais asceta,
não só cultivar sua flor
mas demonstrar aos poetas:

como domar a explosão
com mão serena e contida,
sem deixar que se derrame
a flor que traz escondida,

e como, então, trabalhá-la
com mão certa, pouca e extrema:
sem perfumar sua flor,
sem poetizar seu poema.

É a *despoetização* que surge como instrumento capaz de ensinar ao poeta lírico como tratar de temas que ele, por assim dizer, lê nas paisagens nordestinas e espanholas, irmanadas por um mesmo sentido de carência e de espessura, como fora expresso em O *Cão Sem Plumas*.

Deste modo, é possível vincular Catalunha e Pernambuco, desde que as diferenças sejam também especificadas, como em "Duas Paisagens":

> Lúcido não por cultura,
> medido, mas não por ciência:
> sua lucidez vem da fome
> e a medida, da carência,
>
> e se for preciso um mito
> para bem representá-lo
> em vez de uma Ben Plantada
> use-se o Mal Adubado.

São confluências e divergências que só a linguagem aprendida no movimento das passagens e paisagens pode apreender.

Este movimento, por sua vez, de onde resulta a afinação de seu instrumento, é que constitui a cerrada meditação de *Uma Faca Só Lâmina* sobre a relação entre imagem e realidade e, portanto, sobre suas adequações ou inadequações. "Faca", "bala", "relógio", termos possíveis e substituíveis que vão sendo desmontados até atingir-se o íntimo da imagem que mais se afina com a realidade desnuda: a da faca, *só lâmina,* reduzida, assim, à sua essencialidade.

Não obstante todo o esforço de condensação, o poeta sabe que a realidade é mais densa do que a imagem que a pode nomear:

> da imagem em que mais
> me detive, a da lâmina,
> porque é de todas elas
> certamente a mais ávida;
>
> e afinal à presença
> da realidade, prima,

que gerou a lembrança
e ainda a gera, ainda,

por fim à realidade,
prima, e tão violenta
que ao tentar apreendê-la
toda imagem rebenta.

Passados quatro anos desde a publicação de *Duas Águas,* João Cabral voltava a publicar, em Lisboa, um novo livro, *Quaderna,* logo seguido da edição, em Madri, em 1961, de *Dois Parlamentos.* É também deste ano a publicação de *Terceira Feira,* desta vez no Rio de Janeiro, incluindo os dois livros anteriores e mais o até então inédito *Serial.* (É possível que o título da coletânea seja uma referência ao fato de ser a terceira que publicava, depois das de 54 e 56.) Finalmente, em 1966, publica *A Educação pela Pedra,* que vem completar, com a edição de suas *Poesias Completas,* em 1968, a sua produção editada na década de 60.

Seria arriscado afirmar, tratando-se de um poeta como João Cabral, ser este o melhor conjunto de sua obra, mesmo porque, em cada uma das obras anteriores, a conquista da linguagem poética vai sendo feita passo a passo, palmo a palmo, numa intensificação coerente e amplificadora. Entretanto, creio não ser exagero afirmar que este conjunto de obras da década de 60 é o momento decisivo em que o poeta configura, de uma vez por todas, o domínio de sua linguagem.

É preciso, todavia, distinguir o grupo formado pelos textos reunidos em *Terceira Feira* e em *A Educação pela Pedra.*

Na verdade, se aqueles três livros dos inícios dos anos 60 retomam, embora ampliando como sempre, experiências anteriores e apontando para o pleno domínio da linguagem da poesia, o livro de 1966 demonstra o alto nível de mestria alcançado por João Cabral, aglutinando obsessões temáticas e realizações técnicas de modo admirável.

É como se houvesse uma passagem da linguagem da poesia, dominada, sobretudo, pelo exercício lúcido do poema, à poesia da linguagem, abrindo o poema para exercícios lúcidos e lúdicos. Vejamos como se realiza esta passagem.

Em *Quaderna*, vinte poemas dedicados a Murilo Mendes, o tom da obra é dado pelo poema "A Palo Seco":

Se diz a palo seco
o cante sem guitarra;
o cante sem o cante;
o cante sem mais nada.

Assumindo integralmente o uso da quadra, de raízes populares, tanto no Nordeste brasileiro quanto no romanceiro ibérico, de que aquele sofre a influência, os poemas deste livro estão, de fato, orientados para aquela espécie de contundência que o poeta denuncia na última estrofe de "A Palo Seco":

não o de aceitar o seco
por resignadamente,
mas de empregar o seco
porque é mais contundente.

Não é possível ver nestes versos a consciência intensificadora daquela carência espessa dos livros dos anos anteriores?

Os poemas de *Quaderna* parecem mesmo ampliar, quer no plano da comunicação, quer no plano da arte, os textos de *Paisagens com Figuras*.

Por um lado, é a convergência de motivos espanhóis e nordestinos, visando sempre o resgate, por uma linguagem carente ou seca, de uma realidade de cemitérios (em *Quaderna* há quatro: um alagoano, um paraibano e dois pernambucanos), de "Paisagens com Cupim", ou das condições de um ser igualmente deserdado na paisagem adversa (representadas em "Poemas da Cabra"); por outro lado, entretanto, o livro veicula, pela primeira vez de um modo dominador na obra de João Cabral, a temática do lirismo amoroso, ou mesmo erótico, como em "Estudos para uma Bailadora Andaluza", "Paisagem pelo Telefone", "História Natural", "A Mulher e a Casa", "A Palavra Seda", "Rio e/ou Poço", "Imitação da Água", "Mulher Vestida de Gaiola" e o admirável "Jogos Frutais", com que encerra o livro. São nove poemas em vinte e, por isso, creio poder afirmar ser esta a *dominante* da obra.

Não se pense, contudo, ser um lirismo erótico-amoroso facilitado pela tradição do tópico. Aqui este lirismo entra sempre pela via que é a característica maior do poeta, isto é, pela lucidez com que faz da linguagem a própria imitação do objeto a ser nomeado.

Neste sentido, leiam-se alguns versos do poema "A Mulher e a Casa":

Tua sedução é menos
de mulher do que de casa:
pois vem de como é por dentro
ou por detrás da fachada.

Seduz pelo que é dentro,
ou será, quando se abra;
pelo que pode ser dentro
de suas paredes fechadas;

pelos espaços de dentro:
seus recintos, suas áreas,
organizando-se dentro
em corredores e salas,

os quais sugerindo ao homem
estâncias aconchegadas,
paredes bem revestidas
ou recessos bons de cavas,

exercem sobre esse homem
efeito igual ao que causas:
a vontade de corrê-la
por dentro, de visitá-la.

A maior contundência deste lirismo erótico-amoroso, pois, está não apenas naquilo que é dito como no próprio jogo das articulações sintáticas, criando passagens e interrupções (verdadeiras *pulsões*, para falar com os psicólogos) entre o dentro e o fora – termos com os quais o poeta arma a rede de seu dizer erótico.

A última estrofe é reveladora: aqui a tensão entre os elementos arquitetônicos (dentro/fora) é veículo do desejo, mais do que amoroso, sexual, de penetração.

Sob o lema do "cante a palo seco", todo o livro *Quaderna* é dessa espécie: a crítica social que nele se encontra (como nos vários cemitérios ou em "Paisagens com Cupim"), mais do que a ironia, assume mesmo o sarcasmo seco e duro, o *cante* enxuto. Processo que, em parte, é retomado em *Serial*, não sem antes passar pela devastadora crítica política de *Dois Parlamentos*.

De fato, se em *Serial* o que domina é a resolução da antimusicalidade de seu lirismo pela adoção da *serialidade*, em *Dois Parlamentos* o traço unificador é a desmontagem das visões *do alto* – como já ocorria no poema "Alto do Trapuá", de *Paisagens com Figuras* – da realidade nordestina, seja ela "ritmo senador; sotaque sulista", como na primeira parte, "Congresso no Polígono das Secas", seja ela "ritmo deputado; sotaque nordestino", como na segunda parte, "Festa na Casa-grande".

Em qualquer dos casos, o que fica é a impossibilidade de ambos os *sotaques*, desvirtuados por posições de mando, ou do *alto*, darem conta daquilo que, à distância, somente é percebido, isto é, a relação entre os *cemitérios gerais* e o *cassaco* de engenho que os preenche.

Mais uma vez, a crítica da realidade é dependente da crítica da linguagem que lhe serve de mediação. Sem esta, aquela opera uma separação alienadora entre fala (*sotaque*) e condição (*cemitério, cassaco*), e ao poeta não resta senão ironizar as posições de mando, ou de desmandos, da classe dominante.

No procedimento irônico que, de certo modo, *imita* o distanciamento indiciado por João Cabral, ele encontra a concretização de situações de outra maneira facilmente levadas à abstração por uma linguagem inadequada.

Por outro caminho, é através de um intenso trabalho de abstração que, nos dezesseis poemas de *Serial*, o poeta *concretiza* situações as mais diversas, sobretudo através da *série* que permite a retomada de motivos do poema, agora relidos pelo leitor. Basta uma leitura superficial do livro para que se perceba a existência de um número maior de textos dirigidos à abstração.

São exercícios em torno das sensações olfativas ou tácteis, como em "O Automobilista Infundioso", sensuais e tácteis, como em "Escritos com o Corpo", reflexões sobre as artes plásticas ou literárias, como em "O Sim contra o Sim", ou sobre a forma, como em "O Ovo de Galinha", ou sobre modos de ser, como em "Generaciones y Semblanzas"; ou sobre o tempo, como em "O Alpendre no Canavial" – todos revelando a medida de uma ampliação temática correlata àquela conquista cada vez maior da linguagem da poesia, constante deste grupo de livros reunidos em *Terceira Feira*.

Não obstante este sentido para a abstração, a Espanha e o Nordeste comparecem também em *Serial*, não somente através da dedicatória ao romancista José Lins do Rego, ou de alguns títulos, como, o que é mais importante, na mesma direção de *Paisagens com Figuras* ou *Quaderna*, isto é, como situações concretas pelas quais o próprio exercício da poesia aprende com os objetos da memória oferecidos ao trabalho de imitação poética.

A abstração de que se reveste este livro, portanto, não é uma recusa às obsessões do poeta nem uma saída para o geral pela dificuldade em fisgar o particular. Ao contrário, usando de *séries* poéticas, grupos de estrofes que particularizam o objeto de ângulos diversos, a concretização é maior pois dependente da particularização radical da linguagem. A primeira e a última estrofes do poema "A Cana dos Outros" podem servir de exemplo:

Esse que andando *planta*
os rebolos de cana
nada é do Semeador
que se sonetizou

E quando o enterro chega,
coveiro sem maneiras
tomba-a na *tumba-moenda*:
tumba viva, que a prensa.

O cerco ao objeto faz-se mais efetivo a partir de sua *despoetização* inicial: entre o possível soneto, de origem bíblica, e a *tumba-moenda*, o percurso é de círculos cada vez mais apertados de alienação em torno do plantador de cana em relação a seu trabalho. A *série* permite, assim, a narrativa angular que vai firmando uma posição de dependência e, ao mesmo tempo, de esvaziamento entre trabalhador e trabalho: a cana *é* dos outros.

A partir daí, pode João Cabral retornar à *pedra* de seu primeiro livro e, com ela, aprender o seu próprio processo de construção poética. É o que realiza no último livro editado nos anos 60: *A Educação pela Pedra*.

Entre este livro e o anterior, houve um lapso de cinco anos e o que surge agora é uma obra de construção muito rigorosa, produto de um "engenheiro" já bastante amadurecido por suas experiências com a linguagem da poesia.

Dedicado a Manuel Bandeira – para quem a obra é definida como "antilira" –, o livro é composto por 48 poemas separados, na primeira edição de 1966, em quatro grupos de doze, mas publicados sem separação nas *Poesias Completas*, de 1968. Naquela, a divisão por letras minúsculas e maiúsculas parecia, sobretudo, indicar a própria dimensão dos poemas: em *a* e *b*, textos de dezesseis versos; em *A* e *B* textos mais longos de 24 versos, invariavelmente. Na edição da *Obra Completa*, de 1994, vem outra especificação: os poemas reunidos sob a letra *a*, quer maiúscula, quer minúscula, são referentes ao Nordeste, e os reunidos sob a letra *b* ao "não Nordeste", conservando-se a diferença de dimensão dos textos.

O módulo da *quadra* é ainda o princípio básico de composição, insinuando-se, no entanto, uma modificação essencial em seu uso, ou seja, a presença de um ritmo mais longo, impedindo a leitura melódica na medida em que se efetiva antes pela discursividade lógica da sintaxe do que pela *musicalidade*. É, portanto, uma *quadra* de que se houvesse conservado apenas o rigor da distribuição dos versos, eliminando-se o que ali pudesse haver de automatismo pela permanência de valores musicais. Deste modo, a *musicalidade* ou *antimusicalidade serial* da obra anterior é reavaliada no nível de conjunto da composição, problematizando-a.

Dois elementos intimamente relacionados atuam como dados fundamentais para uma definição desta obra. De um lado, é a indagação acerca da realidade que se faz por intermédio de uma espécie de nominalismo radical, em que as palavras são redefinidas no próprio corpo do poema, dando em conseqüência uma das primeiras lições a serem extraídas da pedra, como em "Catar Feijão":

a pedra dá à frase seu grão mais vivo:
obstrui a leitura fluviante, flutual,
açula a atenção, isca-a com o risco.

De outro lado, este processo de redefinição não se limita ao interior de um ou outro texto mas se transfere, alargando-se, para a retomada de uma mesma composição através de um jogo de permutações de algumas de suas partes.

Um terceiro elemento deve ser acrescentado, e que me parece ser a característica mais profunda da obra. Refiro-me ao modo pelo qual, de cada texto, João Cabral extrai uma maneira de ler dois níveis da realidade: o seu próprio enquanto ser social e o da própria linguagem enquanto definição daquele ser. Por isso mesmo, o poema-título, "A Educação pela Pedra", é muito revelador: aqui se explicita, por um lado, a preocupação com um processo de aprendizagem e, por outro, com um modo que serve ao poeta de parâmetro ao próprio fazer poético:

Uma educação pela pedra: por lições;
para aprender da pedra, freqüentá-la;
captar sua voz inenfática, impessoal
(pela de dicção ela começa as aulas).
A lição de moral, sua resistência fria
ao que flui e a fluir, a ser maleada;
a de poética, sua carnadura concreta;
a de economia, seu adensar-se compacta:
lições da pedra (de fora para dentro,
cartilha muda), para quem soletrá-la.

Outra educação pela pedra: no Sertão
(de dentro para fora, e pré-didática).
No Sertão a pedra não sabe lecionar,
e se lecionasse, não ensinaria nada,

lá não se aprende a pedra: lá a pedra,
uma pedra de nascença, entranha a alma.

São lições: de dicção, de moral, de poética e de economia.

Na primeira estrofe, trata-se de uma *extração* para a aprendizagem. Mas quem aprende e para quê?

Sem dúvida, em primeiro lugar, o próprio poeta, embora seja possibilitada uma generalização, como está insinuado no último verso. Em segundo lugar, todavia, esta educação parece destinada ao próprio fazer poético. Aqui, na verdade, uma vez que a apreensão do objeto é feita pelo sujeito que escreve, ocorre uma interiorização que se vai dar cabalmente na segunda estrofe. Nesta, entretanto, a realidade, sendo maior do que a imagem, como já se dissera em *Uma Faca Só Lâmina*, não *ensina*. Podendo lecionar, ela é tão interna, tão entranhada, que *o que diz* é a sua própria presença interiorizada. Ou, por outra, o Sertão não aprende com a pedra: ele *é* pedra, ao contrário do poeta que, mediado pela linguagem, busca apreendê-la e com ela aprender. O que ele aprende, enfim, não é senão um modo de relacionamento com a realidade, sobretudo um modo que recusa o fácil, o que flui, aquilo que foge ao controle da máquina do poema.

Este corte metalingüístico torna densa a maneira pela qual é possível praticar a arte da poesia enquanto instância tensa entre dizer e fazer.

Desta maneira, sem abandonar o direcionamento para a realidade, este livro traduz a conquista por João Cabral dos mecanismos mais secretos de sua linguagem, que possibilitam aquele direcionamento, sem entretanto escamotear pelo fácil, de uma poesia sobre a poesia.

A sua metalinguagem, na verdade, é de uma espécie mais rara: os limites de uma poética que, optando pelo difícil, instaura o antilirismo como horizonte de uma sintaxe complexa da realidade. E por aí a história é rearticulada no espaço que é o seu: o poema.

Entre lúcido e lúdico, João Cabral pode agora abrir a sua obra para aquilo que, produto de seu viver e fazer, fora sendo conservado como secretas imagens de um projeto que ele soube cumprir.

Tendo entranhado a pedra, tendo sido educado por ela, o poeta, nos dois livros seguintes, libera museu e escola – instâncias de uma educação onde vida e poesia (termos de maturidade goethiana) não mais se distinguem, se algum dia puderam distinguir-se.

Museu de Tudo foi o único livro publicado por João Cabral na década de 70, mais precisamente em 1975, e juntamente com *A Escola das Facas*, de 1980, representa a passagem, mas não a defasagem, do lúcido ao lúdico.

A insidiosa, persistente e vitoriosa lucidez de seu projeto que vai até *A Educação pela Pedra* não deixa de ser o substrato desses numerosos poemas que reuniu em livros. Por outro lado, no entanto, é evidente (e disso logo o poeta adverte o leitor no primeiro livro) que agora a poesia não é mais um objeto que se constrói em termos de repetitivas variações, o que dava aos livros anteriores aquele sentido espiralado de um fazer perseguido.

Logrado o projeto, pode-se deixar que a poesia se represente em poemas que já passaram pelo crivo de uma longa e conquistada poética: a do rigor, com que o nome de João Cabral passou a identificar-se na literatura brasileira pós-modernista.

Tem-se, assim, eliminado qualquer juízo *a priori* que se pretenda fazer acerca do valor poético dos textos agora reunidos, argumentando-se com o fato de que *Museu de Tudo*, por exemplo, foge à regra da composição estrita, que era o seu projeto na parte da obra que vai até *A Educação pela Pedra*. Repita-se: passagem, mas não defasagem, do lúcido ao lúdico. Leia-se, neste sentido, o poema-título "O Museu de Tudo":

> Este museu de tudo é museu
> como qualquer outro reunido;
> como museu, tanto pode ser
> caixão de lixo ou arquivo.
> Assim, não chega ao vertebrado
> que deve entranhar qualquer livro:
> é depósito do que aí está,
> se fez sem risca ou risco.

É claro que a leitura do último verso só se completa na perspectiva de sua obra anterior (refiro-me aos versos do poema "Catar Feijão": "açula a atenção, isca-a com o risco"), embora o próprio poema revele a tensão entre identidade e diferença com relação ao que fizera anteriormente.

De fato, se, por um lado, parece digerida a pedra que "obstrui a leitura fluviante, flutual", do poema "Catar Feijão" do livro de 1966, onde a troca entre *v* e *t* aponta, iconicamente, para o que o poeta refere, afastando, deste modo, a necessidade de atenção que o próprio risco da pedra exigia, por outro, todavia, não se pode deixar de perceber a mestria por assim dizer irônica que envolve a relação entre *risca* e *risco* e que define um fazer que agora se pretende menos preocupado com o *vertebrado*.

Ao optar pelo *museu*, o poeta acentua uma das faces de sua poética: cumprida *à risca* a sua aprendizagem, é possível, e só então é possível, acolher aquilo que não parece agora oferecer *risco*. Relaxada a atenção de um projeto rigoroso, aprendidas as lições da realidade pelo seu contínuo tomar forma, pode-se passear pelos textos como se passeia pelos objetos de um museu.

O livro *Museu de Tudo* é um conjunto de oitenta poemas, poemas-objetos de grande eficácia estética, sem uma articulação explícita entre eles, coisa que ocorria quase sempre em sua obra, sobretudo depois de conquistada a sua linguagem a partir do tríptico de 1947.

Mais uma vez, todavia, a eficácia decorre do acercar-se cuidadoso e difícil de referentes transformados pela sintaxe muito pessoal de João Cabral.

Neste sentido, as tematizações são freqüentes: nada escapa a quem faz da linguagem da poesia um modo de, educando-se por ela, chegar à poesia da linguagem. Creio que, por esse ângulo, pode o leitor encontrar a posição adequada para absorver melhor a poética de João Cabral.

Em cada poema, um modo de tornar presente a poesia: cidades (brasileiras ou européias), artistas plásticos, futebol, aspirina, escritores, meditações sobre o tempo, as formas de ser, a função da poesia e dos poetas etc. etc., tudo agora compõe a escala universal de um poeta que faz do escrever o ato de presentificação essencial.

Sendo assim, com ironia, com humor, com alegria ou desalento, por este livro do poeta passa, a todo momento, aquilo que Octavio Paz refere como fundamento do poético, vale dizer, a *consagração do instante*. Não sem que, em numerosos textos, este mesmo fazer seja tematizado em função da própria existência. E o melhor exemplo, talvez a vértebra deste livro invertebrado, seja o poema "O Artista Inconfessável":

> Fazer o que seja é inútil.
> Não fazer nada é inútil.
> Mas entre fazer e não fazer
> mais vale o inútil do fazer.
> Mas não, fazer para esquecer
> que é inútil: nunca o esquecer.
> Mas fazer o inútil sabendo
> que ele é inútil, e bem sabendo
> que é inútil e que seu sentido
> não será sequer pressentido,
> fazer: porque ele é mais difícil
> do que não fazer, e dificil-
> mente se poderá dizer
> com mais desdém, ou então dizer
> mais direto ao leitor Ninguém
> que o feito o foi para ninguém.

Explicita-se o elemento lúdico essencial e o modo de sua recepção pelo poeta: a *inutilidade* do fazer é percebida sob o crivo da dificuldade. Ou: entre o fácil e o difícil, a *inutilidade* da poesia ainda se impõe como alternativa, desde que seja sob o controle da consciência.

Por isso mesmo, é possível abrir o leque da poesia: os objetos daí resultantes, os poemas, somente serão *inúteis* para quem sabe a distância entre o *fácil* silêncio e a *difícil* expressão. No fim, está o leitor, imagem difusa através da qual se completa o circuito da comunicação. Nomeado como *Ninguém*, ainda assim atua como possibilidade naquele circuito. Sem o leitor, *ninguém* para a deflagração do fazer poético, a prevalência deste fazer não teria sentido: o fazer inclui, por isso, a possibilidade do refazer, tão *inútil* quanto o primeiro. Como resolver o impasse? Pela criação, pela consciência, pela lucidez, de um espaço em que se afirma a vitória da dificuldade.

O poeta sabe que o seu gesto, o seu atuar pela linguagem, está sempre ameaçado pela insignificação e é somente este saber que permite a continuidade. Para misturar os termos: o lúdico pode ser uma conquista quando o que o deflagra é a lucidez e o lúcido pode ser uma vitória quando o que o espera é a *gratuidade* do jogo com a linguagem.

Por isso, acredito que *Museu de Tudo* completa a sua figura de poeta: não apenas aquele rigoroso artesão da obra anterior, mas o escritor que põe em xeque valores assentados por sua própria poética, refazendo caminhos, multiplicando maneiras de ver a realidade ao desdobrá-la em novas variantes de suas obsessões.

No poema "A Quevedo", por exemplo, aquilo que era sorrateiro em sua obra, isto é, a aceitação do jogo como elemento também essencial do poético, é agora afirmado, enquanto engenho, como face complementar da poesia:

> Hoje que o engenho não tem praça,
> que a poesia se quer mais que arte
> e se denega a parte
> do engenho em sua traça,
>
> nos mostra teu travejamento
> que é possível abolir o lance,
> o que é acaso, chance,
> mais: que o fazer é engenho.

Se se considera aquela categoria negativa do fracasso, que se apontou na leitura do primeiro livro de João Cabral como justificando a epígrafe mallarmiana da obra, não é difícil ver, através deste poema de três décadas mais tarde, uma espécie de superação dos impasses do grande poeta francês, sobretudo aquele de "Un Coup de Dés", aludido no poema transcrito. O acaso (o *hasard* de Mallarmé) pode ser abolido apenas pelo engenho que abre a poesia para as excitações do mundo.

Museu de Tudo, o isolado e luminoso livro dos anos 70, instaurava uma nova fase na poesia de João Cabral, fase que se representa com a publicação, em 1988, de mais uma coletânea de sua obra, *Museu de Tudo e Depois*, trazendo o subtítulo de *Poesias Completas II*, compreendendo, além do livro-título, as obras *A Escola das Facas*, de 1980, o *Auto do Frade*, de 1984, *Agrestes*, de 1985, e *Crime na Calle Relator*, de 1987.

Basta ler a segunda obra da coletânea, na ordem cronológica, para se perceber de que maneira o tempo da poesia de João Cabral abre-se agora, generosamente, para a memória: seus gumes, suas arestas, facas conquistadas pelo fazer caprichoso, presenças de uma *educação* passo a passo, *a palo seco*.

Para quem já sabe o valor que a aprendizagem desempenha na obra do poeta, os 44 poemas do livro desenham um arco tenso entre educação e instrumento: a escola é de facas porque ali se aprende a eliminação de tudo o que é excesso, como já se afirmara em *Uma Faca Só Lâmina*.

Na verdade, voltando-se para as formas de seu estado de Pernambuco (tanto geográfico quanto psicológico), o poeta sexagenário rearticula o seu campo de referência obsessivo, deixando aflorar os traços de seu caminho. "Livro-umbigo" é como a este livro ele próprio se refere no poema-carta ao editor.

Possuindo o *vertebrado*, que ao próprio poeta parecia faltar ao livro anterior, *A Escola das Facas* encontra o seu módulo de composição no movimento autobiográfico que o rege. Todavia, assim como dissera de Rilke dos *Novos Poemas*, "Nele, dizendo-se de viés, / disse-se sempre, porém limpo; / incapaz de não se gozar, / disse-se, mas sem onanismo", assim o seu memorialismo também surge de viés no espelhamento de uma aprendizagem que é explicitada em termos de *escola*.

Pernambuco, engenhos, cana, vento, mar, coqueiros, literatura, rios, facas, zona-da-mata, sertão, casas-grandes, senzalas, chuvas, Recife, Olinda, praias, frutas, pintores, poetas, família, heróis, marés – termos convocados pela dicção aprendida em seus quarenta anos de poesia.

Esta constelação obsessiva, no entanto, ao se gozar no vértice da memória, não renega do duro, do acre e do contundente da lucidez conquistada. A cana, a cana-foice, o corte de cana se insinua a cada passo, lâmina acerada interferindo no comprazimento da memória enxundiosa. É o que está no poema "Menino de Engenho":

A cana cortada é uma foice.
Cortada num ângulo agudo,

ganha o gume afiado da foice
que a corta em foice, em dar-se mútuo.

Menino, o gume de uma cana
cortou-me ao quase de cegar-me,
e uma cicatriz, que não guardo,
soube dentro de mim guardar-se.

A cicatriz não tenho mais;
o inoculado, tenho ainda;
nunca soube é se o inoculado
(então) é vírus ou vacina.

O esquema semântico do poema não é complicado: a partir de um primeiro movimento de relação quase amorosa, em que cana e foice se confundem, passando pela interiorização da ferida, até à consciência daquilo que persiste, embora não se possa dizer, com precisão, o seu valor – se o transmissível (vírus) ou se o que defende e evita (vacina). De qualquer maneira, trata-se de um *dar-se mútuo*, uma inevitável reversibilidade entre objeto (cana, foice) e experiência (cicatriz, memória). Observe-se, neste sentido, a mestria do poeta na utilização do termo dominante na última estrofe – *inoculado* – em que se recupera ação e local na própria formação do vocábulo: in + oculado, a cicatriz *no olho*.

Para lembrar o poema transcrito de A Educação pela Pedra, é uma outra versão do entranhado da pedra, agora cana, cana-foice. Todo o livro é composto por essa matéria que a memória vai, ludicamente, fazendo aparecer, sob o controle da consciência, sem perda do engenho.

Por isso mesmo, tem vez a anedota, como no poema "Horácio", em que as substituições dos termos (passarinho, bêbado, alpiste, cachaça) constroem o espaço textual para o humor e o riso. Por isso, tem vez o erotismo de "As Frutas de Pernambuco", já utilizadas em *Quaderna*, no poema "Jogos Frutais", agora com maior contundência no uso explícito da relação fruta-mulher:

é tão carnal, grosso, de corpo,
de corpo para o corpo, o coito,

que mais na cama que na mesa
seria cômodo querê-las.

Erotismo que se faz presente também no admirável poema "Forte de Orange, Itamaracá", onde a relação mais do que sensual, sexual, é construída em torno da aproximação entre ferro e musgo, dominada pelo tempo que realiza a penetração, aquele *dar-se mútuo*:

E um dia os canhões de ferro,
seu tesão vão, dedos duros,
se renderão ante o tempo
e seu discurso, ou decurso:
ele fará, com seu pingo
inestancável e surdo,
que se abracem, se penetrem,
se possuam, ferro e musgo.

Não é só erotismo, entretanto, mas uma inesperada relação com a história: uma história bem presente na região do poeta, o Pernambuco da experiência com a invasão dos holandeses, *tempo dos flamengos*, para usar o título de livro famoso de um parente do poeta, o historiador José Antônio Gonsalves de Mello, de que o Forte Orange, plantado na ilha de Itamaracá, é um signo da memória.

Sendo assim, a memória, *vértebra* do livro, não é apenas pessoal mas histórica, revelando-se em numerosos textos, seja através de personalidades, tais como "Antônio de Moraes Silva", "Imitação de Cícero Dias", "A Carlos Pena Filho", "Na Morte de Joaquim Cardozo" ou Natividade Saldanha, em "Um Poeta Pernambucano", seja através de lugares, tais como "O Engenho Moreno" (onde o imperador Pedro II hospedou-se em viagem pelo Nordeste), "Barra do Sirinhaém", "Olinda Revisited", "O Teatro Santa Isabel do Recife", seja através do inusitado "A Cana e o Século Dezoito", onde se diz que "A cana-de-açúcar, tão mais velha, / que o século dezoito, é que o expressa", e isto porque "a cana é pura enciclopedista / no geométrico, no ser-de-dia".

É esta memória histórica, e não somente de denso teor social, como ocorria nos poemas do chamado *tríptico do rio* da década de 50, que leva o poeta a retomar a forma dramática do Auto na obra que publicou a seguir: *Auto do Frade*.

A escolha de frei Caneca ou, melhor ainda, do momento em que o herói da Revolução Constitucionalista de Pernambuco é levado à execução, no Forte das Cinco Pontas, criava a oportunidade não apenas de uma exaltação histórica, que também conta no Auto, mas a vez para uma notável exploração das passagens entre política e retórica, sentimento e razão, dada a identificação do frei como patriota e, simultaneamente, erudito autor de obra sobre retórica e estudioso das mais diversas ciências de seu tempo conturbado. Deste modo, numa das falas do frei é possível o registro dessas passagens, no momento mesmo em que se medita sobre a morte:

> Eu sei que no fim de tudo
> um poço cego me fita.
> Difícil é pensar nele
> neste passeio de um dia,
> neste passeio sem volta
> (meu bilhete é só de ida).
> Mas por estreita que seja,
> dela posso ver o dia,
> dia Recife e Nordeste
> gramática e geometria,
> de beira-mar e Sertão
> onde minha vida um dia.

Se se pensa no processo de educação a que o poeta foi submetido por seu próprio fazer poético, e que já se viu ser uma constante em sua obra, é razoável, talvez, dizer que com este Auto ocorre uma espécie de educação pela história: a abertura para o mundo e para a vida que se deflagra nesta fase da obra de João Cabral, movimento central em sua poesia a partir de *Museu de Tudo*, teria também de incluir a ampliação do poema no sentido de uma certa experiência histórica com a qual se completa o circuito da memória.

Todavia, mais uma vez, é preciso acentuar o controle da experiência pelo exercício da composição estrita: não é apenas a imagem histórica de frei Caneca, traduzindo gestos heróicos, que circula no texto, mas, sobretudo, a tensão entre a representação histórica e a técnica narrativa do Auto que ocupa o verso cabralino. Um verso que agora permite a passagem maior entre o social, dominante em *Morte e Vida Severina*, por exemplo, para o histórico, sem perda das exigências básicas da composição.

De certa maneira, mas num sentido inverso, é o que ocorre no livro seguinte, *Agrestes*, de 1985, onde o traço mais saliente está numa espécie de educação pela morte, não mais social, como até então fora predominante em sua obra, mas individual.

No entanto, diga-se, a bem da verdade, que este é apenas um traço de livro muito variado, o mais extenso em número de poemas, mais de noventa, publicado por João Cabral.

De fato, visto na perspectiva de sua obra anterior, *Agrestes* parece ser uma combinação de *Museu de Tudo*, pela riqueza temática e por suas variantes obsessivas, e de *Paisagens com Figuras*, pela larga confluência de Pernambuco e Sevilha, a que agora se acrescentam paisagens e figuras da África e dos Andes.

A presença do Nordeste e da Espanha ocorre nas duas primeiras partes da obra, *Do Recife, de Pernambuco* e *Ainda, ou Sempre, Sevilha*; a África está em "Do Outro Lado da Rua", e os Andes em "Viver nos Andes". Há, ainda, duas outras partes: uma que segue as duas primeiras, intitulada "Linguagens Alheias", e uma final, aquela em que se afirma uma meditação sobre a morte individual, cujo título é parte de verso de Manuel Bandeira, "A Indesejada das Gentes".

Por outro lado, a primeira das duas últimas partes mencionadas parece retomar um esquema adotado pelo poeta numa antologia, por ele mesmo organizada, e publicada em 1982. Refiro-me ao livro *Poesia Crítica*, contendo duas séries de poemas, intituladas *Linguagem* e *Linguagens*, com importante "Nota do Autor", em que se afirma:

> Talvez possa parecer estranho que, passados tantos anos de seus primeiros poemas, o autor continue se interrogando e discutindo consigo mesmo sobre um ofício que já deveria ter aprendido e dominado. Mas o autor deve confessar que, infelizmente, não pertence a essa família espiritual para quem a criação é um dom, dom que por sua

gratuidade elimina qualquer inquietação sobre sua validade, e qualquer curiosidade sobre suas origens e suas formas de dar-se.

É esta entranhada inquietação que está também presente nos numerosos textos de *Agrestes*, desde o seu poema-dedicatória a Augusto de Campos, através do qual, por assim dizer, compõe, ou recompõe, o seu quadro de admirações, louvando um artista que por ele fora influenciado, num sentido muito semelhante àquele que ocorrera na homenagem que lhe fora prestada, no livro *Convergência*, por Murilo Mendes, um de seus mestres brasileiros, ao se declarar *cabralizado*.

Na verdade, não são poucos os momentos, neste livro de 1985, em que se explicita uma poética de corte metalingüístico, onde se busca acentuar a concretização da palavra poética entre as tensões criadas pelos aspectos de arte e comunicação da própria linguagem da poesia. Leia-se o exemplo do poema "Falar com Coisas":

> As coisas, por detrás de nós,
> exigem: falemos com elas,
> mesmo quando nosso discurso
> não consiga ser falar delas.
> Dizem: falar sem coisas é
> comprar o que seja sem moeda:
> é sem fundos, falar com cheques,
> em líquida, informe diarréia.

Mas neste livro, como em outros do poeta, a metalinguagem não se esgota em si mesma, como se, retomando os termos com que tratava o memorialismo de Rilke, em poema já mencionado, se satisfizesse com o onanismo; pelo contrário, serve, precisamente, para falar de coisas, na medida em que é, para João Cabral, um instrumento pelo qual vai descobrindo ou recriando a forma das coisas, sejam figuras, paisagens, objetos, artes diferentes da sua. Creio que serve de exemplo o poema "O Capibaribe e a Leitura":

> O Capibaribe no Recife
> de todos é o jornal mais livre.

Tem várias edições por dia,
tantas quanto a maré decida.

Na Jaqueira, o Capibaribe
tinha uma edição do Recife

e tinha outra do interior
(sempre quando a maré baixou).

Se não lhe devo saber ler,
devo-lhe fazer do ler ser,

o imóvel ser para a leitura
que nos faz mais enquanto dura,

esse dar-se que a paciência
de sua passada pachorrenta

impõe a quem lhe lê a gazeta
que ele dá a ler, letra a letra.

Vê-se, assim, de que maneira, a partir de um primeiro símile, em que o rio é igualado a jornal, o poeta transforma o Capibaribe em objeto de leitura, trazendo-o até aos recantos da memória de sua infância (o bairro da Jaqueira, e já se viu a sua presença no poema *O Rio*, na abertura deste ensaio, é parte entranhada de sua mitologia pessoal), que, ao mesmo tempo, embora não tenha ensinado ao poeta saber ler, como está na quinta estrofe, ensina uma modalidade de leitura, de *passada pachorrenta* e *letra a letra*.

É o mesmo aprender com a forma dos objetos que dá à operação metalingüística em João Cabral a sua singularidade, retirando-a da vala comum do tópico da poesia sobre poesia. Uma aprendizagem com a realidade que é, ao mesmo tempo, uma lição de poesia porque ele sabe, e toda a sua obra é demonstração clara disso, que as relações entre as duas – realidade e poesia – são antes de tensão e de procura de traduções estruturais do que descritivas, quer disfóricas, quer eufóricas ou apologéticas.

Tendo aprendido a lição, a sua obra está aberta para as reiterações e para as incorporações daquilo que ficara apenas insinuado em textos anteriores. É o que acontece com o tema da morte, na sua variante individual, sem dúvida, como já se disse, o traço singularizador de *Agrestes*.

Entenda-se: variante individual não quer dizer que a temática seja ensimesmada, fechando-se na lamúria ou na comiseração. É variante individual se pensada em termos de comparação com o seu tratamento coletivo em obras anteriores, onde se acumulam os cemitérios nordestinos, ou mesmo a morte anônima e *severina* do Auto famoso. Em *Agrestes*, a individualização da morte se processa, sobretudo, pela ironia, pelo humor, e até pelo sarcasmo, com que são narradas, por assim dizer, *situações* da morte.

De fato, os catorze poemas da última parte da obra, excluindo-se, como posfácio, o texto "O Postigo", trazem a morte para uma espécie de conversa casual em que a seriedade do tema é, de certa maneira, desconstruída pela sintaxe narrativa adotada por João Cabral, que, mais uma vez, faz da poesia da morte uma antipoesia. Este procedimento já se lê no primeiro poema, "Conselhos do Conselheiro":

1
Temer quedas sobremaneira
(não as do abismo, da banheira)

Andar como num chão minado,
que se desmina, passo a passo.

Gestos há muito praticados
melhor sejam ressoletrados.
....

4
De cada cama em que se sobe
se descerá? É que se pode?

E cada cama em que se deita
não será acaso a derradeira,

que tem tudo de cama, quase:
menos a tampa em que fechar-se.

Ou é a situação do morto, impossibilitado de dizer depois da morte, flagrada no tratamento que lhe dão já cadáver, no terrível "O Defunto Amordaçado":

> O homem não morre mineral.
> Morto e sem gestos que ele esteja,
> logo põe-se a exportar a morte:
> mal a tem, mas já a mercadeja.
>
> Por isso é que amarram-lhe a boca,
> tapam-lhe de algodão as narinas:
> não querem que se expresse em sânie
> o sermão que hoje poderia:
>
> o talvez que achou? não achou?
> quem sabe? ao final do percurso:
> negam-lhe a antena do mau cheiro
> por que diria o seu discurso.

Ou mesmo a artimanha de articular a morte (e a vida) a procedimentos retóricos, a partir da construção do símile inusitado em que a vida (e a morte) são igualadas a sinais de pontuação:

> Todo mundo aceita que ao homem
> cabe pontuar a própria vida:
> que viva em ponto de exclamação
> (dizem: tem alma dionisíaca);
>
> viva em ponto de interrogação
> (foi filosofia, ora é poesia);
> viva equilibrando-se entre vírgulas
> e sem pontuação (na política):
>
> o homem só não aceita do homem
> que use a só pontuação fatal:
> que use, na frase que ele vive
> o inevitável ponto final.

Creio que estes três exemplos são suficientes para dar uma idéia do modo de tratamento da temática da morte adotado pelo poeta em *Agrestes*. Repita-se: uma abordagem narrativa de *situações* de morte, em que o humor desestrutura a presumida seriedade do tema, questionando, por isso, a dita poesia da morte pela construção de uma antipoesia.

Este livro termina com aquele texto, espécie de posfácio, "O Postigo", já mencionado. Um poema que seria de despedida do poeta que, aos sessenta anos, não encontra mais forças, sobretudo as físicas, para o seu tenso trabalho, correndo o risco de entregar-se a uma daquelas duas atitudes denunciadas por ele mesmo numa das estrofes do texto:

Aos sessenta, o escritor adota,
para defender-se, saídas:
ou o mudo medo de escrever
ou o escrever como se mija.

Seria uma despedida se dois anos mais tarde, em 1987, João Cabral não tivesse publicado aquele que é o último livro das *Poesias Completas II*, de 1988: *Crime na Calle Relator*; livro que amplia o sentido narrativo e de *situações* da obra anterior, deixando passar também o mesmo tratamento irônico que ali estava presente.

Na verdade, os dezesseis poemas são todos pequenos textos historicizados pela experiência do poeta, quer a da sua infância e adolescência nordestinas, quer a européia de sua maturidade, pois, além da Espanha, a França e a Inglaterra compareçem em dois poemas, intitulados "A Tartaruga de Marselha" e "Funeral na Inglaterra", respectivamente. Se o livro se inicia com uma anedota espanhola, embora o elemento *cachaça*, principal motivo do texto, já estabeleça uma ponte para a experiência nordestina, ele termina com uma corrosiva anedota recifense, envolvendo estudantes e mestres da tradicional Faculdade de Direito. Há dois textos, no entanto, que estabelecem a relação, ou com a obra anterior, ou com a obra seguinte, *Sevilha Andando*, de 1989. No primeiro caso, trata-se do poema "O Exorcismo", que parece saído da última parte de *Agrestes*, podendo servir mesmo de metalinguagem para a questão da passagem do tema da morte coletiva para o da morte individualizada, tal como se referiu anteriormente. Eis o poema:

> Madrid, novecentos sessenta.
> Aconselham-me o Grão-Doutor.
> "Sei que escreve: poderei lê-lo?
> Senão tudo, o que acha melhor".
>
> Na outra semana é a resposta.
> "Por que da morte tanto escreve?"
> "Nunca da minha, que é pessoal,
> mas da morte social, do Nordeste."
>
> "Certo. Mas além do senhor
> muitos nordestinos escrevem.
> Ouvi contar de sua região.
> Já li algum livro de Freyre.
>
> Seu escrever da morte é exorcismo,
> seu discurso assim me parece:
> é o pavor da morte, da sua,
> que o faz falar da do Nordeste."

No segundo, trata-se do poema "A Sevilhana que não se Sabia", que, sem variantes, passou a ser o primeiro texto da obra de 1989. Mas há um poema neste livro de 1987 cuja sintaxe metalingüística faz a linguagem do poeta retroceder a alguns aspectos de livros dos anos 60 ou até mesmo ao poema "Alguns Toureiros", de *Paisagens com Figuras*, dos anos 50, ou, mais ainda, à "Antiode" dos anos 40, se se atenta para a imagem utilizada pelo poeta nas últimas estrofes. Estou me reportando ao texto "O Ferrageiro de Carmona", em que a narração de uma atividade serve ao poeta para extração de ensinamento e lição para a poesia, como se vai ler em seguida:

> Um ferrageiro de Carmona
> que me informava de um balcão:
> "Aquilo? É de ferro fundido,
> foi a forma que fez, não a mão.

Só trabalho em ferro forjado
que é quando se trabalha ferro;
então, corpo a corpo com ele;
domo-o, dobro-o, até o onde quero.

O ferro fundido é sem luta,
é só derramá-lo na fôrma.
Não há nele a queda-de-braço
e o cara-a-cara de uma forja.

Existe grande diferença
do ferro forjado ao fundido;
é uma distância tão enorme
que não pode medir-se a gritos.

Conhece a Giralda em Sevilha?
De certo subiu lá em cima.
Reparou nas flores de ferro
dos quatro jarros das esquinas?

Pois aquilo é ferro forjado.
Flores criadas numa outra língua.
Nada têm das flores de fôrma
moldadas pelas das campinas.

Dou-lhe aqui humilde receita,
ao senhor que dizem ser poeta:
o ferro não deve fundir-se
nem deve a voz ter diarréia.

Forjar: domar o ferro à força,
não até uma flor já sabida,
mas ao que pode até ser flor
se flor parece a quem o diga."

É, de fato, a retomada de uma maneira obsessiva de aprendizagem para a poesia a partir de linguagens diversas; no caso presente, a atividade do ferrageiro, dando maior valor artístico ao forjar do que ao fundir, pela maior presença da mão e por sua maior dificuldade e mesmo pela dispensa da fôrma, acaba sendo o modo de passagem, por dentro de uma outra linguagem, para que o poeta passe para a sua, tendo aprendido com aquela.

Mas há, entretanto, uma ampliação, tendo em vista aqueles livros e textos anteriores mencionados e com que o procedimento daqui tanto se parece: é a articulação desse aprendizado com a sintaxe narrativa agora assumida por João Cabral de maneira franca, e respaldada por toda a intensidade compositiva de seus textos de quase meio século.

É esta mesma articulação que responde pela novidade de tratamento dado ao tema reiterativo da Espanha, em particular de Sevilha, em sua última obra, *Sevilha Andando*, cujas duas partes, a primeira levando o nome-título e a segunda invertendo-o, *Andando Sevilha*, surgem como se fossem dois livros na edição da *Obra Completa*, de 1994.

O primeiro, *Sevilha Andando*, com poemas escritos entre 1987 e 1993 e com o acréscimo de quinze com relação àquilo que era a primeira parte da edição original, daí, creio, a segunda data; o segundo, *Andando Sevilha*, contendo textos escritos entre 1987 e 1989.

E a novidade está antes na qualidade da articulação referida do que em sua existência: já em *Quaderna*, ou mesmo em *Agrestes*, era possível perceber de que modo a linguagem do poeta buscava realizar a interpenetração entre o sentido para a sensualidade feminina e a linguagem da arquitetura – exemplo disso, aqui mesmo examinado, era o poema "A Mulher e a Casa" daquele primeiro livro.

A mudança qualitativa está em que, por um lado, é mais forte o peso da própria estrutura narrativa dos poemas e, por outro, o sentido para a sensualidade, dominante na primeira parte, é menos encrespado porque dirigido a uma só figura, possuindo um certo tom de resumo, ou de resolução, como se naquela figura se cristalizassem todas as outras que eram fragmentos estilhaçados pela procura. Creio que as últimas estrofes do poema "A Sevilhana que não se Sabia", de *Sevilha Andando*, podem melhor esclarecer o que se procurou caracterizar:

Para convencer a sevilhana
surpreendida por estas bandas

quis dar-lhe a ver em assonantes
o que ambas têm de semelhante.

Mas para sua confusão
O que escreveu até então

de Sevilha, de sua mulher,
de suas ruas, de seu ser

(que Sevilha, se há de entender
é toda uma forma de ser),

o que escreveu até então
se revelou premonição:

a sevilhana que é campista
já vem nos poemas de Sevilha,

e vem neles tão antevista
que em Sobrenatural creria

(não fosse ele homem do Nordeste
onde tal Senhor só aparece

com santas, sádicas esponjas
para enxugar riachos e sombras).

É o que domina esta primeira parte: uma interação, por assim dizer, pacificada pelo encontro daquilo que, noutros tempos, noutros poemas, buscava-se sob a tensão de leituras estilhaçadas. Dizer isto, no entanto, não é anular a pesquisa poética ou, melhor dizendo, a inquietação de que o poeta não se desfaz no tratamento do poema. E isto se comprova pelo admirável e permanente risco a que se lança na articulação entre a narrativa, agora dominante nos textos, e outras linguagens artísticas, dentre as quais avulta a da arquitetura e que preenche a maioria dos textos pertencentes à segunda parte, *Andando Sevilha*, e que se prenuncia no último poema da primeira, em que mulher e cidade se traduzem num único ser entranhado na experiência do poeta:

> Cantei mal teu ser e teu canto
> enquanto te estive, dez anos;
> cantaste em mim e ainda tanto,
> cantas em mim teus dois mil anos.
> Cantas em mim agora quando
> ausente, de vez, de teus quantos,
> tenho comigo um ser e estando
> que é toda Sevilha caminhando.

Portanto, se, no primeiro grupo de poemas, ele vê a cidade *na* mulher, que lhe assume as qualidades já de muito exaltadas pelo poeta, no segundo a perspectiva é a da mulher *na* cidade, completando-lhe aquelas qualidades.

Mas para operar tal imbricação o que se convoca, mais uma vez, é precisamente uma aprendizagem com as formas, com as linguagens, tanto de mulher quanto de cidade, de onde se extrai uma lição para a poesia, resultado de um árduo e arriscado aprendizado, sem concessões para o fácil e emoliente fazer de uma certa tradição lírica da poesia brasileira.

Uma lição de poesia que é também uma lição de ética da poesia. Enfim: a difícil e iluminada lição de João Cabral.

4

A Poesia Crítica de João Cabral*

ENTRE *A Escola das Facas*, de 1980, e *Auto do Frade*, de 1984, João Cabral publicou, em 1982, um livro singular em sua bibliografia. Tão singular que ficou de fora de sua *Obra Completa*, de 1994. Trata-se do volume *Poesia Crítica (Antologia)*. E é singular por vários motivos, a começar por ser o único volume do poeta que é precedido por uma *nota do autor* em que não apenas são dadas as razões de sua organização, mas ainda defende-se uma poética. Entretanto, a meu ver, a sua maior singularidade está precisamente em sua divisão: uma primeira parte, intitulada *Linguagem*, constituída de vinte e um poemas, e uma segunda, *Linguagens*, mais longa, com cinqüenta e nove textos. A razão da divisão é dada pelo próprio poeta na frase incisiva com que inicia a *nota do autor*, antes mencionada: "Este livro reúne os poemas em que o autor tomou como assunto a criação poética e a obra ou a personalidade de criadores poetas ou não".

Embora a divisão pareça muito clara e tranqüila, um exame mais acurado talvez seja capaz de apontar para uma maior complexidade e que, a meu ver, decorre, em primeiro lugar, do uso feito da palavra *assunto*, pois a pergunta que logo ocorre é de saber o que significa, para um poeta, a própria palavra, isto é, em que medida, por um lado, o poema tem um

---

* Texto publicado na *CULT, Revista Brasileira de Literatura*, Ano III, n. 29.

assunto e, por outro, em que medida o poeta toma *como assunto* este ou aquele objeto. E mesmo que se admita o argumento como levando à divisão do livro, logo outra questão se propõe: se o assunto é, em *Linguagem*, a criação poética, e, em *Linguagens*, "a obra ou a personalidade de criadores poetas ou não", como parece estar na frase inicial, não é de pensar que, em ambos os casos, a tônica recai sobre a primeira expressão, "criação poética", definidora quer da obra, quer da personalidade dos criadores?

Por outro lado, embora tenha a prudência de afirmar, em seguida, "que nenhum desses poemas ou mesmo a soma do que neles se diz, pretende ser uma arte poética sistemática ou um sistema crítico", não é possível desvincular aquelas questões referentes à divisão do livro do próprio título da obra: o que vem a ser uma "poesia crítica"? Entende-se que esta, como quer João Cabral, não se confunde nem com "uma arte poética sistemática", nem com "um sistema crítico", mas isto não significa desprezar elementos de uma e de outro que, certamente, compareçam como semas imantados, ainda que dispersos, para a sua configuração. Por isso, logo de início, afirmei que, na *nota do autor*, defende-se uma poética. Complete-se: uma poética e não uma arte poética, aquela confundindo-se com o próprio título do livro. Uma poética, portanto, que se define, em suas manifestações concretas de realização em poemas, como uma poesia crítica. Mas nesta operação de levar a poesia à esfera de uma possibilidade crítica, "conseqüência de uma permanente meditação sobre o ofício de criar", como está dito na *nota do autor*, a poética que termina por se configurar envolve mais do que uma crítica da poesia feita pelo poema, como parece ser o desejo ostensivo de João Cabral, e se abre à nomeação crítica da realidade múltipla, objeto de toda poesia.

A poesia crítica, esta que se apresenta neste livro de 1982 passada pelo escrutínio do próprio poeta, não é senão o índice de uma poética que, sessenta anos antes, com a publicação, em 1942, do livro *Pedra do Sono*, começava a se constituir. Inquietações e curiosidades acerca da criação poética, opostas à gratuidade do dom, a que também se refere na *nota do autor*, agora organizadas nas duas partes deste livro através das quais é possível ler as engrenagens de sua "machine à emouvoir".

Examinando mais detidamente a estrutura deste livro, é possível ter algumas constatações interessantes.

Assim, por exemplo, se é inegável a predominância de poemas que vêm de *Museu de Tudo*, de 1975 (um total de quarenta no conjunto de oitenta, o que significa metade do livro), é de notar que, da obra do poeta, todos os livros publicados nos anos quarenta forneceram poemas ou fragmentos de poemas para a constituição de *A Poesia Crítica*, desde *Pedra do Sono*, de 1942, até a *Psicologia da Composição, com a Fábula de Ánfion e a Antiode*, de 1947, incluindo Os *Três Mal-amados*, de 1943, e *O Engenheiro*, de 1945. Por outro lado, é de acentuar que, do restante de sua obra publicada nas décadas seguintes, apenas ficaram de fora três livros dos anos cinqüenta, *O Cão Sem Plumas*, de 1950, *O Rio*, de 1954, e *Morte e Vida Severina*, de 1955, e um dos anos sessenta, *Dois Parlamentos*, de 1961. E esta ausência é, para mim, reveladora do modo pelo qual João Cabral assumiu nesta obra de 1982 a literalidade da expressão com que intitulou o livro: "poesia crítica" como crítica da poesia e de criadores, "poetas ou não", desprezando aquele aspecto que, exatamente a partir dos anos cinqüenta, mais precisamente com *O Cão Sem Plumas*, passou a ser uma marca indelével de sua poesia, isto é, a crítica da realidade social e histórica com que buscou a nomeação poética. Ora, foi exatamente naqueles livros dos anos cinqüenta e naquele dos sessenta, representantes daquilo que o próprio João Cabral chamou de "poesia em voz alta" que, de modo mais manifesto, perfilou a crítica social e histórica como assunto privilegiado de sua poética. "De modo mais manifesto": o que não significa que, no restante de sua obra, não compareçam textos por onde seja possível ler a intensidade com que esta modalidade de crítica era essencial para a estruturação dos poemas. Neste sentido, há um trecho na *nota do autor* muito reveladora de sua operação poética. Diz ele, referindo-se a si mesmo:

> Quem teve contacto com pouca parte de sua obra, sabe que ele nunca entendeu a linguagem poética como uma coisa autônoma, intransitiva, uma fogueira ardendo por si, cujo interesse estaria no próprio espetáculo de sua combustão: mas como uma forma de linguagem como qualquer outra.

Uma forma de linguagem transitiva, com a qual se poderia falar de qualquer coisa, contanto que sua qualidade de linguagem poética fosse preservada.

Deste modo, entre intransitividade e transitividade, pólos da comunicação poética, por onde os aspectos artísticos e comunicacionais de toda poesia são intensificados, embora estrategicamente afirmando valores transitivos, modo que se revela através da cláusula restritiva final que acentua a preservação de qualidade da linguagem poética, João Cabral não faz senão sublinhar a tensão fundamental de qualquer enunciação poética. Por onde, talvez, se possa dizer que nem é toda poesia intransitiva que se condena, nem qualquer uma transitiva que se aceita, na medida em que a transitividade é qualificada pela "qualidade da linguagem poética", assim como a intransitividade encontra a sua condenação naquela, por exemplo, praticada por René Char, tal como está num poema deste livro de 1982 (*Anti-Char*). E o que é mais notável no texto é exatamente que a intransitividade é condenada por ser de língua e não de linguagem: sem encontrar um objeto, coisa ou coisas, como diz João Cabral, o poema não tem um substrato crítico por onde seja possível fazer da intransitividade uma outra forma de comunicação poética.

Na verdade, se se acompanha o percurso do poeta entre os anos quarenta e cinqüenta percebe-se como aquilo que está nos poemas do livro de 1947, sobretudo através da *Psicologia da Composição* e da *Antiode*, põe em xeque um certo esgarçamento de linguagem (e, portanto, existencial), tal como se mostra em textos de *Pedra do Sono*, *Os Três Mal-amados* e mesmo O *Engenheiro*, não obstante os vestígios de acertos poéticos que se dão, sobretudo, naqueles poemas em que assoma a consciência do fazer poético (como ocorre na própria concepção parodística que está em os *Três Mal-amados* ou nas falas do personagem Raimundo, transcritas neste livro de 1982) ou naqueles em que encontra nas artes visuais "correlatos objetivos" apropriados (como ocorre com os dois textos sobre pintores, "A André Masson" e "Homenagem a Picasso"), além daqueles, é claro, em que tematiza a própria criação poética, como é o caso dos dois poemas de O *Engenheiro*, "O Poema" e "A Lição de Poesia", também incluídos na antologia de 1982.

Embora tais acertos possam servir de exemplos do modo pelo qual a procura da poesia, envolvendo a meditação poética acerca da própria composição, "fogueira ardendo por si", pode se traduzir também em veículo de transitividade, terminaram, na obra de 1947, por ser por assim dizer resolvidos por uma intensa poética da negatividade, como está, sobretudo, na *Antiode* que, na obra do poeta, assume as feições de um verdadeiro manifesto antilírico. E é precisamente este antilirismo, levado a seu extremo, quer dizer, não sendo apenas de recusa temática mas de incertezas quanto a maneiras de dizer, que vai permitir o encontro de objetos na realidade social e histórica capazes de redefinir o veio crítico daquela poesia que escolhera cultivar o deserto, "pomar às avessas", como está na *Psicologia da Composição*. Era o encontro da transitividade possível num legado de dramática (porque dialógica e não pacificada ou pacificadora) intransitividade, cuja primeira manifestação foi o texto dos anos cinqüenta, *O Cão Sem Plumas*.

A leitura deste poema, entretanto, é capaz de mostrar como a transitividade atingida, com toda a sua carga de crítica social e de releitura histórica de um espaço e de um tempo regionais, não despreza, antes incorpora de modo bastante agudo, as conquistas de uma experiência com a linguagem poética levada ao extremo da negatividade e da abstração daí decorrente.

Neste sentido, basta que se atente para a maneira com que se realiza a adequação entre a linguagem e seu objeto, quando entre as paisagens do rio e o discurso com que são nomeadas passa a existir um entrançamento de tal ordem que a representação da realidade passa a ser dependente de uma constante indagação acerca dos termos que são utilizados para a sua nomeação.

Deste modo, a transitividade, que pode enganosamente parecer óbvia, é relativizada pelo que há, como sempre, de abstrato e, portanto, de intransitivo, no trabalho com a linguagem.

Dizendo de outra maneira: o encontro da transitividade possível, e que será o motor principal da continuidade da poesia de João Cabral, não se fez com o abandono de uma consciência poética agudizada pelos limites da intransitividade – o legado, que, por isso mesmo, chamei de dramático, do tríptico negativo de 1947.

Isto que está dito de *O Cão Sem Plumas* é partilhado por aquelas obras que constituem o que já se chamou de "o tríptico do rio", e que inclui *O Rio* e *Morte e Vida Severina*, assim como aquela obra dos anos sessenta, *Dois Parlamentos*, que, juntamente com *Quaderna*, de 1960, e *Serial*, de 1961, foi publicada na *Terceira Feira*, de 1961. Mas o que ficou dito encontra a sua razão objetiva naquilo de que dá conta *Poesia Crítica*, e que se estende, como já se disse, desde *Pedra do Sono* até *A Escola das Facas*. E isto porque, nesta antologia, o que vincula os poemas escolhidos é a persistência de uma meditação acerca da criação poética que se dá na própria composição, instaurando o espaço para o exercício de uma metalinguagem que está para além de sua corriqueira definição de poesia sobre poesia, na medida em que se, na primeira parte, *Linguagem,* em alguns casos, poeta e poema se voltam sobre si mesmos, na segunda, *Linguagens*, trata-se antes de encontrar em objetos, coisas, poetas, poemas, aquelas situações ou formas com que a linguagem de João Cabral passa a dialogar, imitando-os. E se já nos dois outros livros dos anos cinqüenta, *Paisagens com Figuras* e *Uma Faca Só Lâmina*, ambos do mesmo ano de 1956, esta espécie de imitação é central para a leitura de alguns textos (como, por exemplo, os quatro poemas da primeira obra e o fragmento da segunda incluídos aqui na antologia), é com o livro de 1967, *A Educação pela Pedra*, de que são recolhidos dez poemas nesta obra de 1982, que mais intensamente se perfila aquele modo muito pessoal de fazer da imitação, não somente de conteúdos, mas das formas que os representam, um caminho possível para a configuração transitiva do poema. Seja no relacionamento de coisas que, "em suas formas simples", permitem a leitura do espaço recifense, como está em *Coisas de Cabeceira, Recife*, seja na leitura de expressões usuais que, "em suas formas nítidas", viabilizam a leitura de Sevilha, em *Coisas de Cabeceira, Sevilha*, seja na leitura que se faz do símile inusitado entre o ato de catar feijão e a escrita, assim como nos outros poemas que comparecem nesta antologia, por todo o livro de 1967 passa a mesma maneira de composição tensa que resulta em buscar a formalização poética não de conteúdos dados pela realidade mas das formas assumidas por eles para se identificarem enquanto passíveis de imitação pela poesia.

Mas, atenção!, não se pense num esvaziamento de conteúdos: exatamente por sua dependência em relação ao processo de formalização, o trânsito de conteúdos termina por ser mais intenso e problematizador desde que, ao mesmo tempo que diz da realidade, diz também de uma maneira específica de sua apreensão pelo poema.

O poema não somente diz alguma coisa acerca do objeto mas diz de si mesmo ao dizer, dando, assim, uma maior densidade àquilo que diz.

Não há dúvida de que por todo esse processo passa um sentido de aprendizagem que é tanto do poeta com os objetos da realidade (chamem-se experiências cotidianas, literatura, artes visuais, poetas, pintores, arquitetos, toureiros etc.), quanto do leitor desta poesia que vai, à medida em que recompõe a sua experiência com a linguagem da poesia, incorporando interpretações e análises que, todas, formam o conjunto de uma incessante meditação crítica.

Este sentido é, talvez, o núcleo essencial, até mesmo pelos seus títulos, quer da obra de 1967, quer da obra de 1980, *A Escola das Facas*, a última de onde foram extraídos poemas (mais precisamente, cinco) para a antologia de 1982. Mas entre uma e outra está aquela de onde mais saíram textos para a antologia, como já se observou: *Museu de Tudo*, de 1975, onde, mais do que em nenhuma outra, com exceção talvez de *Agrestes*, mas esta somente será publicada em 1985, João Cabral exerceu, com extrema e convincente liberdade, o diálogo crítico-poético, arrastando para o seu espectro poético toda a sua enorme experiência de leitura, seja da realidade, das formas da realidade, melhor dizendo, seja das artes visuais e da própria poesia. Tão importante foi esta obra para o conjunto de sua produção que se pôde mesmo publicar um volume, em 1988, sob o título de *Museu de Tudo e Depois*, que incluía *A Escola das Facas*, *Auto do Frade*, *Agrestes* e *Crime na Calle Relator*.

Neste livro, ampliando algumas conquistas que já estavam na *Terceira Feira* dos anos sessenta, sobretudo em *Quaderna* e *Serial*, o domínio pleno da linguagem da poesia permite ao poeta explorar ao máximo aqueles intervalos que estão entre os componentes lúcidos e lúdicos do poema, seja lendo poetas (como Berceo, Racine, Reverdy, Valéry, Joaquim Cardozo, Dylan Thomas, Auden, Manuel Bandeira, Quevedo, Rilke, Char, Alberti, para só citar os que estão antologizados), ficcionistas (Marques Rebelo, Proust), artistas visuais (Mondrian, Joaquim do Rego Monteiro, Mary Vieira, Dogon, Weissmann, Vera Mindlin), ensaístas (Pereira da Costa, Gilberto Freyre, Willy Lewin), jogadores de futebol (Ademir da Guia, Ademir Menezes), "alguns toureiros", etc. etc., ao mesmo tempo que em outros poemas reflete sobre a condição do artista e do poeta, como está em "O Artista Inconfessável", "O Autógrafo" e "Retrato de Poeta", ou sobre a arte em geral, como em "A Lição de Pintura".

Reunindo tais poemas nesta antologia de 1982, juntamente com aqueles que, antes de *Museu de Tudo*, já marcavam uma poética em que a poesia e a crítica não apenas coexistem mas são interdependentes, João Cabral dava mais uma lição ao leitor, e ao leitor-crítico, de sua obra: a de que a sonhada transitividade do poema não se atinge sem o risco da crítica de seus termos. Uma "poesia crítica", sem cair, como ele advertia temerosamente na *nota do autor*, "no pior dos impressionismos" porque instaurada entre linguagem e linguagens. Mais ainda: uma "poesia crítica" que é crítica da poesia e de tudo aquilo que lhe serve como matéria de nomeação.

Em numerosas entrevistas, João Cabral revelou seu recôndito desejo de ser não poeta, mas crítico, e embora tenha deixado alguns textos de prosa crítica de grande densidade, creio que jamais se apercebeu de como esta sua antologia de 1982 satisfazia aquela aspiração.

Estas minhas notas, ao mesmo tempo que são uma homenagem de uma crítico perseguidor de sua obra que, com a morte, se transforma em verdadeiramente completa, pretende ser também uma contribuição no sentido de acoplar ao enorme poeta que ele foi, de todo direito, a figura do crítico magistral que ele não poderia deixar de ter sido.

5

A Raridade da Poesia*

A PEQUENA anedota foi contada por Paul Valéry no texto que escreveu nos anos trinta sobre o pintor Degas, chamado *Degas, Danse, Dessin*, em meio a outros episódios que lhe serviram para ir compondo, de modo admirável, o quadro das circunstâncias em que viveu e atuou o grande artista.

Dizia Valéry que as relações de Degas com Mallarmé eram tumultuadas e que o pintor não tinha grande admiração pela obra e sim pela personalidade do poeta: "ele falava muito amavelmente de Mallarmé, mas sobretudo do homem. A obra lhe parecia o fruto de uma doce demência que se escorava num espírito de poeta maravilhosamente dotado". E, depois de refletir sobre o modo com que os próprios escritores e artistas contemporâneos costumavam tratar a dedicação do poeta à sua arte, às vezes criando situações ridículas para mostrar as relações difíceis e equivocadas entre Mallarmé e o público, conta o seguinte episódio ocorrido entre o poeta e Zola, então no auge de sua glória pública, e que lhe foi transmitido pelo pintor:

> Um dia em que eles discutiam no Grenier, Zola disse a Mallarmé que, a seus olhos, a m... valia tanto quanto o diamante.
> "– Sim, disse Mallarmé, mas o diamante... é mais raro".

---

* Texto publicado na *CULT, o Mundo das Palavras, da Cultura e da Literatura*, n. 11, junho de 1998.

Mesmo que se pense que a frase de Zola traduzia uma grande indiferença para com as riquezas do mundo e apenas isso (o que me parece difícil, dada a associação normal que ocorreria e ocorre entre o segundo termo da comparação e a poesia, bastando lembrar o famoso diálogo entre Vinícius de Moraes e João Cabral, respectivamente em "Retrato à sua Maneira" e "Resposta a Vinícius de Moraes"), o termo utilizado por Mallarmé é decisivo.

A diferença entre os dois termos está na raridade, embora possam se equivaler em juízos individuais. No mais, o símile é um lugar-comum: a poesia é como o diamante não apenas por sua raridade como pelo trabalho paciente da natureza necessário para a sua formação e aparecimento. Mas há uma raridade da poesia e uma raridade do poeta: a primeira indica, em abstrato, a pouca ocorrência com que se manifesta por entre o desgaste da linguagem de uso; a segunda, no concreto de uma obra que conseguiu fisgá-la no espaço restrito do poema. Enquanto *da* poesia, a raridade é uma abstração como outra qualquer e somente *no* poema e, por extensão, no poeta, ela se objetiva. Ou, dizendo melhor: entre a poesia e o poema, a raridade é mantida ou intensificada pelo trabalho do poeta. É o que está dito no poema citado de João Cabral em resposta a Vinícius de Moraes:

> Não sou um diamante nato
> nem consegui cristalizá-lo:
> se ele te surge no que faço
> será um diamante opaco
> de quem por incapaz do vago
> quer de toda forma evitá-lo,
> senão com o melhor, o claro,
> do diamante, com o impacto:
> com a pedra, a aresta, com o aço
> do diamante industrial, barato,
> que incapaz de ser cristal raro
> vale pelo que tem de cacto.

Várias formas de diamante, portanto, por entre a precisão das rimas assonantes perfeitas: o nato, o opaco, o claro e o industrial barato, pelo qual se define o poeta, para terminar com a desistência ao raro que o poeta sabe incapaz de ser. Mas é também notável no poema de João Cabral a convergência entre poeta e poesia: contra o vago, o que daria na raridade abstrata, o impacto, a pedra, a aresta e o aço na poesia é o que identifica o poeta-cacto.

Fica, assim, proposta a substituição da frase de Vinícius de Moraes: ao invés de "camarada diamante", um "camarada diamante industrial" e esta substituição é precisamente o que torna concreta a raridade específica da poesia. Vê-se: a poesia é rara não porque evite o bruto e mesmo o escatológico da frase de Zola, mas porque extrai desses elementos combinações inusitadas capazes de ampliar sentidos e operar convergências inesperadas. No poema de João Cabral, deste modo, é a incapacidade para o vago, que define a incapacidade de "ser cristal raro" do penúltimo verso, a responsável pela convergência entre poeta e poesia, criando a reciprocidade semântica que sustenta o paralelismo final entre diamante e cacto.

Para ser mais claro: o poeta não é diamante porque a poesia, que é o seu fazer, recusa a abstração da raridade, evita-a mesmo pelo que tem de vago, e se submete às dobras da realidade. Dada como incapacidade, a recusa não é, entretanto, uma desistência da poesia e sim, pelo contrário, a afirmação de uma postura do poeta que, pela poesia, refaz os termos de sua adequação ao real. O cacto substitui melhor o diamante não porque negue a poesia mas porque melhor metaforiza a oposição ao vago e abstrato, arrastando para o seu âmbito as arestas de uma dicção concreta. E se, no texto de Vinícius de Moraes, a definição do poeta-diamante é um registro temporal, como está na última estrofe:

> Exato e provável
> No friso do tempo
> Adiante Ave
> Camarada diamante,

na autodefinição cabralina é o espaço que motiva e circunscreve as escolhas de imagem (arestas, pedras, aço, cacto) com que tratar uma realidade avessa à abstração.

Exatamente por ter (ou ser) um "olho nu árido / como o deserto", como se diz no poema de Vinícius, é que as imagens escolhidas para negar a condição diamante resgatam a raridade da poesia sem a opção por uma poesia de raridades. A lição é clara e contundente: o raro (da poesia) não é o ralo (do poeta).

Deste modo, entre raro e ralo vai todo um mundo de distância. Raro é o resultado que se obtém pelo trabalho de corpo-a-corpo com a linguagem cujas abstrações possíveis são ou serão conquistas e não dados metafísicos, isto é, abstrações poéticas que se erigem na materialidade das palavras; ralo é o poeta que busca a raridade das abstrações que estão ou podem estar nas expressões diluídas pela rotina da autocomplacência e do lugar-comum sentimental.

Neste sentido, o poeta-ralo não é capaz da raridade da poesia porque ele já parte desta como se fosse um dado ou oferta dos deuses da inspiração e não uma meta a ser conquistada pela invenção poética que renega o presenteado. Nem sempre é fácil distinguir o raro do ralo, tal a freqüência com que este procura passar por aquele. No geral, é preciso uma releitura para que se descubra, como naquela meditação sobre a composição de um soneto que está no capítulo LV do *Dom Casmurro* machadiano, que entre o primeiro e o último verso, o "de ouro", o vazio substitui os doze versos restantes, ou, melhor, faltantes. Mas se, na elucubração de Machado, é possível imaginar o que seriam estes e, por aí, completar o soneto ideal, nos poemas de falsa raridade nem isso: seja qual for a forma escolhida, ou, melhor dizendo, o formato utilizado, os versos possíveis repetem ou repetirão as fórmulas desgastadas dos diamantes de brilho amortecido pelo uso. Sendo assim, o ralo é sinônimo de falso porque se propõe ser o que não é ou não pode ser, embora, extamente por isso, seja uma dominante naquilo que se vem publicando ou pretendendo que seja publicado no país (e, para este último caso, dou o testemunho de que, muito recentemente, lendo cerca de dez livros de poemas para um concurso, fui obrigado, em nove deles, a assinalar que não se deve confundir poesia com a *intenção* de poesia ou, o que vem a dar no mesmo, com uma poesia que parte do princípio de que já é poética por não ser prosa). Por isso mesmo, estou convencido de que estamos passando por uma enxurrada de *poesia poética*, isto é, de uma poesia que se pretende rara porque raras parecem, mas só parecem, as expressões sinuosas de abstrações desenraizadas da linguagem. E o resultado não é o diamante da frase de Zola, mas, certamente, o primeiro termo de sua comparação. Não é que o primeiro termo seja igual ao segundo, como ele queria, pois, como já se disse no caso de João Cabral, a conquista do poeta pode ser, precisamente, fazer daquele um substituto adequado do segundo, mas que a qualidade do segundo, de acordo com Mallarmé, é subtraída de modo sub-reptício, de tal maneira que ocorre uma homogeneização vantajosa para o primeiro.

Mas, atenção!, não se leia no que aqui vai dito um total ceticismo com relação ao que se vem publicando de poesia no país: quatro ou cinco poetas mais jovens dão prova de que a poesia é rara mas possível. O que não se pode, ao menos eu não posso, é deixar passar gato por lebre. Ou melhor: ralo por raro.

6

MEIO SÉCULO DE
HAROLDO DE CAMPOS[*]

I

Com relação ao poeta Haroldo de Campos, os limites temporais são bem marcados: a reunião da obra em *Xadrez de Estrelas*, de 1976, registrava o início de seu "percurso textual" em *Auto do Possesso*, de 1950, coligindo textos dos últimos anos da década anterior.

Aos vinte anos, portanto, marcado por aquilo que está dito no poema-título deste livro, a *persona* do enxadrista cola-se à do poeta para ir se metamorfoseando em experimentos e lances sucessivos desde que, entre o amante, a amada, o possesso e o exorcista, uma poesia, ou, melhor, "um poeta nasce / nos bulbos do mês de agosto /", recusa a renúncia e opta pelas dificuldades do jogo poético. ("Difícil alvorada", foi como Sérgio Buarque de Holanda chamou o artigo de jornal em que discutia o primeiro livro de Haroldo de Campos.)

Cinqüenta anos depois, como se revela em *Crisantempo. No Espaço Curvo Nasce Um*, de 1998, tendo definitivamente afastado de seu tabuleiro o imoderado bispo (aludo aos versos que estão na fala do "enxadrista": "Modera, ó bispo noturno / a faina em meu tabuleiro / e atende: um

---

[*] Texto inédito, lido como participação na conferência em homenagem ao poeta, organizada por David K. Jackson, na Yale University, em novembro de 1999.

poeta nasce / nos bulbos do mês de agosto /"), o enxadrista renova os seus lances e, mais uma vez, se impõe sobre o possesso e o exorcista.

Neste largo período, portanto, são duas reuniões de poemas pelo próprio autor, as de 1976 e de 1998, de que ficaram de fora livros como *Signantia Quasi Coelum*, de 1979, e *A Educação dos Cinco Sentidos*, de 1985, que, por sua vez, foram recolhidos em parte na antologia organizada por Inês Oseki-Dépré, em 1992, intitulada *Os Melhores Poemas de Haroldo de Campos*.

Quer na reunião de 1976, quer na antologia de 1992, compareçam fragmentos de *Galáxias*, cujo início data de 1963 e cuja edição integral é de 1984.

Por outro lado, configurando, de maneira plena, a marca de sua trajetória, existem ainda os livros de crítica e as traduções que, desde os anos 60, explicitam por assim dizer uma razão poética, seja em reuniões de ensaios, seja em estudos isolados sobre autores, obras ou movimentos literários, desde *Metalinguagem*, de 1967, até *O Arco-íris Branco. Ensaios de Literatura e Cultura*, de 1997, para o caso da ensaística, e desde os *Cantares*, de Ezra Pound, traduzidos com Augusto de Campos e Décio Pignatari, de 1960, até o Canto II, da *Ilíada*, traduzido com Trajano Vieira, de 1999, para o caso da atividade tradutora.

Isto tudo sem referir as numerosas traduções que fez de outros poetas como instrumentos fundamentais para argumentações em ensaios de crítica ou teoria literária, em que se destacam Kurt Schwitters, Gomringer, Palazzeschi, Ungaretti, Bashô, Katsue, Marianne Moore, Arno Holz, Brecht, Hoelderlin etc. etc.

Se a esta relação de obras for acrescentada a participação decisiva na deflagração de um movimento literário de grandes repercussões para a história posterior da literatura brasileira – o Concretismo –, é possível compreender o grau de importância que teve, e tem, a presença de Haroldo de Campos na literatura contemporânea do país. Uma presença que, embora escandalosa dadas as suas dimensões, não se resume ao elenco de obras publicadas ou aos autores e temas tratados pelo poeta-crítico.

Há uma certa qualidade em todos os seus textos que, por certo, somente pode ser vislumbrada assumindo-se um ângulo de articulação crítica, que, sem desprezar o que na obra há de vertiginoso, busque fisgar a sua unidade de base. E esta qualidade talvez seja aquilo que precisamente, sem querer precipitar um argumento conclusivo, responde pela unidade: a prevalência de um sentido para o poético da linguagem que faz com que cada anotação crítica, cada intervenção crítico-histórica ou cada operação de tradução seja aglutinada pela ação do poeta, instância última da criação na linguagem.

Por isso, falei antes em urgência de um ângulo de articulação crítica: a sua ausência parece-me ser responsável pela monótona afirmação de que existem três Haroldos, o poeta, o crítico e o tradutor, cada um recebendo avaliações diferentes, dependendo do enfoque escolhido por aquele que julga e, o que é bem sugestivo desse tipo de enfoque, quase sempre deixando o poeta para um último lugar na escala de valores adotada.

Deste modo, o que há de polêmico em seu ensaísmo crítico-histórico ou de inventivo em seus experimentos de tradução parecem passar ao largo daquilo que é qualidade essencial do poeta, isto é, o sentido da função poética da linguagem que se depreende do texto literário como operação reconfiguradora da sensibilidade.

Não fossem dois de seus livros de crítica pensados explicitamente na articulação entre texto e poética!

No primeiro, *A Arte no Horizonte do Provável*, de 1969, todas as suas seis partes são designações de poéticas, seja do aleatório, do precário, da brevidade, da tradução, da vanguarda ou da sincronia.

No segundo, *A Operação do Texto*, de 1976, a partir de páginas que são, como diz o poeta, "uma 'provocação' sincrônica à história", Poe, Maiakóvski, Hoelderlin, Saussure, a poesia dramática japonesa, novíssimos poetas italianos e uma reconstrução arqueológica do barroco, todos os ensaios assumem a perspectiva de uma prevalência da operação textual como matriz da invenção literária. E as primeiras palavras deste livro situam, de maneira cortante, o tipo de crítica almejada pelo autor:

> Este livro pertence à modalidade de crítica que Baudelaire chamava *parcial*, a única que verdadeiramente lhe interessava (como ainda há pouco recordavam, coincidentemente, Octavio Paz, em seu *Los hijos del limo* e Robert Greer Cohn em *Nodes*).

Melhor do que ninguém, definiu-a Walter Benjamin num aforismo (de *A Técnica do Crítico em 13 Teses*): "Quem não é capaz de tomar partido, deve calar".

A operação do texto, aqui, é um exercício jubilatório. Quando tantos classificam e esquematizam, é bom que alguém ou alguns restituam à crítica sua dimensão heurística.

II

[...] principiava a encadear-se um epos mas onde onde onde sinto-me tão absconso como aquela sombra tão remoto como aquele ignoto encapelar-se de onda quantas máscaras até chegar ao papel quantas personae até chegar à nudez una do papel para a luta nua do branco frente ao branco o branco é uma linguagem que se estrutura como a linguagem seus signos acenam com senhas e desígnios são sinas estes signos que se desenham num fluxo contínuo e de cada pausa serpeia um viés de possíveis em cada nesga murmura um pleno de prováveis o silabário ilegível formiga como um quase de onde o livro arrulha a primeira plúmula do livro viável que por um triz farfalha e despluma e se cala insinuo a certeza de um signo isca ex-libris para o nada que faísca dessa língua tácita a tughra de sulaiman o magnífico é um tríplice recinto de pássaros violeta e ouro sua cauda se abre em lobulados espaços florais não se saberia por onde ela começa e onde ela termina

É um fragmento dessa obra, *Galáxias,* que, desde os inícios dos anos 60 e durante dez anos, acompanhou o poeta e que somente vinte anos depois seria configurada em livro. Ou, nas próprias palavras de Haroldo de Campos, em nota escrita em 1983 para o livro de 1984:

[...] o formante inicial das *galáxias* (fim/começo: "e começo aqui") é de 1963; o terminal (fim/começo: "fecho encerro"), de 1973. Texto imaginado no extremar dos limites da poesia e da prosa, pulsão bioescritural em expansão galática entre esses dois formantes cambiáveis e cambiantes (tendo por ímã temático a viagem como livro ou o livro como viagem, e por isso mesmo entendido também como um "livro de ensaios"), hoje, retrospectivamente, eu tenderia a vê-lo como uma insinuação épica que se resolveu numa epifânica.

A leitura deste trecho da obra, ao mesmo tempo que confirma a avaliação retrospectiva do poeta, em que o desenvolvimento épico é surpreendido desde a primeira frase (e a surpresa é da escrita cujo movimento vai impondo o desabrochar de epifanias), serve-nos para melhor acentuar aquela qualidade já tantas vezes referida de, à maneira de Mallarmé, dar "a iniciativa às palavras", recobrando, no espaço estrito do texto, a dependência fundamental entre uma certa biografia e o seu registro poético.

Qualidade que faz convergir elementos de metalinguagem que, no entanto, não são infensos à proliferação da linguagem, de uma história da linguagem, cujos estilhaços são recolhidos nos interstícios dos biografemas, máscaras que são nomeadas como *personae* daquelas passagens entre o *ego* e o *ego scriptor* de Valéry.

Deste modo, se a meditação acerca do próprio movimento da linguagem funciona como matriz de significações, as imagens recorrentes de pássaros e árvores recobrem e flexionam o cálculo da reflexão, estabelecendo, de uma vez por todas, a dependência entre o dizer e o fazer, ou sua *intenção*, para recuperar em surdina uma expressão de Valéry. Mas é uma dependência que tem por horizonte "o nada que faísca dessa língua tácita" e que, por isso, não se resolve em termos de significados: assim como a "tughra de sulaiman", ela "se abre em lobulados espaços florais não se saberia por onde ela começa e onde ela termina".

Sendo assim, entre começo e fim, a linguagem assume o seu eminente domínio por entre os fragmentos biográficos: o da circularidade que, em sua versão poética, exerce um enorme poder centrípeto, a tudo arrastando e fazendo convergir. O movimento contrário, isto é, o de centrifugação, é sinônimo daquilo que termina por ser explicitação teórico-crítica da consciência da força representada pelas tensões daquela circularidade. Por isso, o trabalho de tradução e crítica, sinônimos daquela explicitação, quando surge, vem informado por aquele mesmo poder centrípeto.

III

Admitida a tese da impossibilidade em princípio da tradução de textos criativos, parece-nos que esta engendra o corolário da possibilidade, também em princípio, da recriação desses textos. Teremos, como quer Bense, em outra língua, uma outra informação estética, autônoma, mas ambas estarão ligadas entre si por uma relação de isomorfia: serão diferentes enquanto linguagem, mas, como os corpos isomorfos, cristalizar-se-ão dentro de um mesmo sistema.

Então, para nós, tradução de textos criativos será sempre *recriação*, ou criação paralela, autônoma porém recíproca. Quanto mais inçado de dificuldades esse texto, mais recriável, mais sedutor enquanto possibilidade aberta de recriação. Numa tradução dessa natureza, não se traduz apenas o significado, *traduz-se o próprio signo*, ou seja, sua fisicalidade, sua materialidade mesma (propriedades sonoras, de imagética visual, enfim tudo aquilo que forma, segundo Charles Morris, a *iconicidade* do signo estético, entendido por *signo icônico* aquele "que é de certa maneira similar àquilo que ele denota"). O significado, o parâmetro semântico, será apenas e tão-somente a baliza demarcatória do lugar da empresa recriadora. Está-se pois no avesso da chamada tradução literal.

Neste precioso texto escrito em 1962, publicado em revista em 1963 e hoje fazendo parte do livro *Metalinguagem e Outras Metas*, de 1992, intitulado "Da Tradução como Criação e como Crítica", é possível ver confirmada a observação anterior.

Sendo um ensaio que reivindica a proeminência de Odorico Mendes que, no século XIX, traduziu Homero e Virgílio, investindo contra a *fable convenue* de uma historiografia literária que insistia, e ainda insiste, em ver as traduções daquele escritor como desvios "monstruosos" a uma pretensa literalidade, Haroldo de Campos fisga a contrapelo a questão da traduzibilidade da poesia. Ao optar pela *recriação*, ou *transcriação*, como, mais tarde, vai preferir, o poeta estabelece a dependência estrita entre a leitura e a própria criação poética. Ler poesia não mais como operação decifradora de significados mas recifradora de estruturas da linguagem, por onde os elementos semânticos são apanhados no mais alto grau de intensidade que é aquele do signo poético.

Mas uma opção desta ordem só poderia ocorrer, como ocorre, na convergência de uma larga experiência com o fazer poético, e um fazer poético que privilegiasse a materialidade da linguagem de que são exemplares os produtos resultantes da fase de experimentação mais radical da Poesia Concreta; de um longo convívio com a própria história da poesia, sobretudo em seus mais agudos períodos de renovação, quer no que se refere à poesia em geral, quer à poesia brasileira em particular e, mais ainda, com o amplo quadro das modernas teorizações acerca do poético.

Compreende-se, por isso, que, por um lado, os suportes teóricos deste ensaio sejam aqueles autores como Fabri ou Max Bense, que conseguem qualificar a qualidade de informação que ocorre no trânsito da linguagem poética, que, por outro lado, seu exemplo maior de recriação seja Ezra Pound, cujo "caminho poético", segundo Haroldo de Campos, "foi sempre pontilhado de aventuras de tradução, através das quais o poeta criticava o seu próprio instrumento lingüístico, submetendo-o às mais variadas dicções, e estocava material para seus poemas em preparo" e que os exemplos brasileiros incluam desde João Cabral até o Oswald de Andrade, de *Memórias Sentimentais de João Miramar* e *Serafim Ponte Grande*, o Mário de Andrade, de *Macunaíma*, e João Guimarães Rosa, de *Grande Sertão:Veredas*. Teóricos e criadores para os quais, ou sobre os quais, a criação da poesia, ou da prosa de criação, envolve sempre o questionamento dos limites da linguagem e da comunicabilidade e, portanto, do difícil como parâmetro da leitura e da crítica poéticas.

Da mesma maneira que a crítica é *parcial* porque atravessada por aquele sentido do poético que já se acentuou como qualidade, assim também a tradução, que busca restaurar em outra língua aquele sentido, é crítica não de amplos e rarefeitos significados mas de elementos concretos de construção. Ou, como diz Haroldo de Campos:

> A tradução de poesia (ou prosa que a ela equivalha em problematicidade) é antes de tudo uma vivência interior do mundo e da técnica do traduzido. Como que se desmonta e se remonta a máquina da criação, aquela fragílima beleza aparentemente intangível que nos oferece o produto acabado numa língua estranha. E que, no entanto, se revela suscetível de uma vivissecção implacável, que lhe revolve as entranhas, para trazê-la novamente à luz num corpo lingüístico diverso. Por isso mesmo a tradução é crítica.

É o que, de certa forma, realiza na leitura que faz de passagens de traduções homéricas de Odorico Mendes: a tradução operada pelo escritor maranhense lhe serve como gatilho para a reflexão sobre a condição da crítica de poesia no Brasil, chegando mesmo a propor um roteiro pedagógico para o seu aprendizado, que se traduz, afinal, por um "laboratório de textos". A leitura crítica da poesia, como várias vezes é por ele repetido, seria feita "via tradução" porque permitiria aquele desmontar e remontar da máquina da criação por ele referido. E a sua conclusão acerca da leitura das traduções de Odorico Mendes revela o alcance, não só crítico, mas historiográfico, que vislumbra:

> Naturalmente, a leitura das traduções de Odorico é uma leitura bizarra e difícil (mais difícil que o original, opina, com alguma ironia, João Ribeiro, que aliás o encarou compreensivamente). Mas na história criativa da poesia brasileira, uma história que se há de fazer, muitas vezes, por versos, excertos de poemas, "pedras-de-toque", antes que poemas inteiros, ele tem um lugar assegurado. E para quem se enfronhar na sua teoria da tradução, exposta fragmentariamente nos comentários aos cantos traduzidos, essa leitura se transformará numa intrigante aventura, que permitirá acompanhar os êxitos e fracassos (mais fracassos do que êxitos talvez) do poeta na tarefa que se cometeu e no âmbito de sua linguagem de convenções e fatura especiais; pois, diversamente do que pareceu a Sílvio Romero, o fato de o maranhense ter-se entregue a sua faina a frio ("sem emoção") e munido de um "sistema preconcebido" é, a nosso ver, precisamente o que há de mais sedutor em sua empresa.

IV

Não é difícil ver aqui, nascente, a passagem para uma maior abertura de seu ângulo de preocupações com a historicidade da poesia: a sugestão de uma "história criativa da poesia brasileira" é feita a contrapelo de uma historiografia que rasurava a presença de Odorico Mendes, não o historiador literário importante que ele também foi, autor de ensaios crítico-históricos sobre as literaturas portuguesa e brasileira, e que podia ter o seu lugar assegurado por aquela historiografia, mas o leitor desabusado da tradição clássica da poesia.

Em textos teóricos escritos em 1967, "Por Uma Poética Sincrônica", que está em *A Arte no Horizonte do Provável*, e "Texto e História", ensaio de abertura de *A Operação do Texto*, o poeta elabora mais explicitamente tais preocupações. Digo explicitamente para salvaguardar o que, em termos de prática crítico-historiográfica, está patenteado na leitura reivindicatória que faz, com Augusto de Campos, do poeta romântico Souzândrade, em *Revisão de Souzândrade*, cuja edição original é de 1964. (A mesma prática que levará, mais tarde, Augusto de Campos às releituras reivindicatórias quer dos simbolistas Pedro Kilkerry e Ernani Rosas, quer da modernista Patrícia Galvão, a Pagu, diga-se entre parênteses.)

No primeiro caso, são três ensaios ("Poética Sincrônica" e "O Samurai" e o "Kakemono") e uma "Apostila: Diacronia e Sincronia", em que, reutilizando os termos saussurianos, tais como relidos pela lingüística estrutural de Roman Jakobson, medita sobre a questão da história literária, sobretudo a brasileira, insistindo na idéia de que à diacronia evolutiva imposta pela historiografia literária tradicional acople-se uma releitura fundada em valores estéticos sincrônicos com relação ao presente situado do analista historiador.

E, como resultado preliminar àquilo que poderia vir a ser uma História Estrutural da Literatura, segundo os termos de Gérard Genette convalidados pelo poeta-crítico, são oferecidos os primeiros delineamentos daquilo que é nomeado como uma *Antologia da Poesia Brasileira de Invenção*: Gregório de Matos, as *Cartas Chilenas*, Souza Caldas, o tradutor Odorico Mendes, o poeta satírico e burlesco Bernardo de Guimarães e o Simbolismo de Cruz e Sousa e Pedro Kilkerry seriam nomes indispensáveis em sua constituição, sem que se esqueça, é claro, aquele de Souzândrade para o Romantismo ou mesmo o do setecentista Alvarenga Peixoto que, em seus sonetos tardiamente revelados, desdiz da fama de poeta apenas encomiasta com que comparece nas histórias literárias.

Isto para não mencionar as leituras que, no mesmo ano de 1967, publicava de escritores brasileiros em *Metalinguagem*: de Drummond, de Guimarães Rosa, de Murilo Mendes, de João Cabral, do Oswald de Andrade poeta e prosador, de Manuel Bandeira (a que se acrescentariam, como está nas *Outras Metas* do livro de 1992, o José de Alencar de *Iracema*, o Mário de Andrade de *Macunaíma*, Clarice Lispector, Mário Faustino e Paulo Lemínski ou mesmo o Raul Pompéia de *O Ateneu*), todos marcados pela singularidade de serem tratados por uma crítica que os resgatava para o âmbito estrito da invenção criadora e, portanto, como possíveis integrantes daquela *Antologia*.

Trata-se, portanto, de uma crítica de escolha, *parcial* no sentido baudelairiano, marcada, sem dúvida, por aquela qualidade essencial do sentido poético da linguagem a que já, por tantas vezes, nos referimos, e a que, agora, se acrescentava a explicitação pelo sentido da história. Mas é um sentido que surge nos interstícios do primeiro, ou seja, nas articulações ou nos intervalos entre diacronia e sincronia. Ou, nas palavras do próprio Haroldo de Campos:

> O conceito de *poética sincrônica*, tal como eu o entendo, resulta de uma livre aplicação da fórmula de Roman Jakobson, retomada recentemente por Gérard Genette, a propósito do que poderia ser uma "História Estrutural da Literatura". Esta não seria outra coisa senão a colocação em perspectiva diacrônica (histórico-evolutiva) de quadros sincrônicos sucessivos. A poética diacrônica, assim reformulada, passaria a ser, como quer Jakobson, "uma superestrutura a ser edificada sobre uma série de descrições sincrônicas sucessivas". Corolariamente, os cortes sincrônicos, realizados segundo um critério de variação de funções, teriam em conta não apenas o "presente de criação" (a produção literária de uma dada época), mas também o seu "presente de cultura" (a tradição que nela permaneceu viva, as revisões de autores, a escolha e reinterpretação de clássicos).

No segundo caso, aquele do ensaio introdutório ao livro *A Operação do Texto*, ao mesmo tempo em que se enfatizam os pressupostos teóricos do livro anterior, chegando-se a falar, em nota de rodapé, em *História Textual*, pelo menos dois autores são acrescentados àqueles da projetada *Antologia*: o Manuel Antônio de Almeida das *Memórias de um Sargento de Milícias*, que parece resultar da releitura que dele fez Antonio Candido no ensaio *Dialética da Malandragem*, e o último Machado de Assis de *Brás Cubas*, *Quincas Borba* e *Dom Casmurro*, "essa tríade metalingüística" do "nosso Borges no Oitocentos", para dizer com o poeta.

V

Em dois textos escritos no início e no fim dos anos 80, ainda mais se intensifica este sentido de articulação entre o poético e o histórico: o primeiro, "Da Razão Antropofágica: Diálogo e Diferença na Cultura Brasileira", publicado em revista, em 1981, e depois em várias outras e em várias línguas, é hoje parte do livro *Metalinguagem e Outras Metas*; o segundo, o livro *O Seqüestro do Barroco na Formação da Literatura Brasileira: O Caso Gregório de Matos*, que foi publicado em 1989.

Em ambos, a defesa polêmica de uma radical historicidade da poesia brasileira, seja ao deslocar o tema da influência estrangeira para o da diferença e o da precariedade das antinomias provinciano / cosmopolita, local / universal, neste sentido retomando, mas passada pela contribuição essencial da antropofagia de nosso Modernismo, a questão da nacionalidade, tal como ela se perfila na tradição crítica brasileira desde o Romantismo (basta lembrar o singular ensaio de Santiago Nunes Ribeiro, jovem crítico chileno-brasileiro, "Da Nacionalidade na Literatura", de 1843) e que encontra no Machado de Assis do "Instinto de Nacionalidade", de 1873, o seu vértice, seja, pela ampliação daquilo que está no primeiro ensaio, ao problematizar o arcabouço teórico de uma obra fundamental de nossa historiografia literária, a *Formação da Literatura Brasileira. Momentos Decisivos*, de Antonio Candido, pela crítica do que chama de "substancialismo logofânico" e que identificaria, de um modo geral, a historiografia literária brasileira, através da análise pontual das razões de poética que teriam *seqüestrado* a obra de Gregório de Matos e o Barroco de um livro que parece ter sido pensado, segundo o próprio poeta, "com a elegância e a coerência interna de um construto matemático".

Na verdade, os ensaios são, por assim dizer, complementares, na medida em que, por um lado, o argumento do primeiro se suporta, sobretudo, na negação de uma origem ingênua da literatura brasileira desde que esta surge sob o signo do barroco

(Direi que o Barroco, para nós, é a não-origem, porque é a não-infância. Nossas literaturas [isto é, as latino-americanas – JAB], emergindo com o Barroco, não tiveram infância (*infans*: o que não fala). Nunca foram afásicas. Já nasceram adultas (como certos heróis mitológicos) e falando um código universal extremamente elaborado: o código retórico barroco (com sobrevivências tardomedievais e renascentistas, decantadas já, no caso brasileiro, pelo maneirismo camoniano, este último, aliás, estilisticamente influente em Góngora). Articular-se como diferença em relação a essa panóplia de *universalia*, eis o nosso "nascer" como literatura: uma sorte de partenogênese sem ovo ontológico [...])

e o segundo encontra o seu argumento central precisamente naquilo que o poeta chama de seqüestro do Barroco em decorrência, quer da assunção de um "nacionalismo ontológico, calcado no modelo organicista-biológico da evolução de uma planta (modelo que inspira, sub-repticiamente, toda historiografia literária empenhada na individuação de um 'classicismo nacional', momento de optimação de um processo de floração gradativa, alimentado na 'pretensão objetivista' e na 'teleologia imanente' do historicismo do século XIX)"), quer do que chama de "privilégio da função referencial e da função emotiva" em prejuízo das funções poética e metalingüística da linguagem. E a conclusão do ensaio do poeta não poderia ser outra:

> A exclusão – o "seqüestro" – do Barroco na *Formação da Literatura Brasileira* não é, portanto, meramente o resultado objetivo da adoção de uma "orientação histórica", que timbra em separar literatura, como "sistema", de "manifestações literárias" incipientes e assistemáticas. Tampouco "histórica", num sentido unívoco e objetivo, a "perspectiva" que dá pela inexistência de Gregório de Matos para efeito da formação de nosso "sistema literário". Essa exclusão – esse "seqüestro" – e também essa inexistência literária, dados como "históricos" no nível manifesto, são, perante uma visão "deconstrutora", efeitos, no nível profundo, latente, do próprio "modelo semiológico" engenhosamente articulado pelo autor da *Formação*. Modelo que confere à literatura como tal, *tout court*, as características peculiares ao projeto literário do Romantismo ontológico-nacionalista. Modelo que enfatiza o aspecto "comunicacional" e "integrativo" da atividade literária, tal como este se teria manifestado na peculiar síntese brasileira de classicismo e romantismo ("mistura do artesão neoclássico ao bardo romântico"), da qual emerge "uma literatura empenhada", com "sentimento de missão" em grau tão elevado que chegava, por vezes, a tolher o "exercício da fantasia", mas que, por outro lado, era capaz de conquistar "sentido histórico e excepcional poder comunicativo" e, assim, de tornar-se a "língua geral duma sociedade à busca do autoconhecimento". Nesse modelo, à evidência, não cabe o Barroco, em cuja estética são enfatizadas a *função poética* e a *função metalingüística*, a auto-reflexividade do texto e a autotematização inter-e-intratextual do código (meta-sonetos que desarmam e desnudam a estrutura do soneto, por exemplo; citação, paráfrase e tradução como dispositivos plagiotrópicos de dialogismo literário e desfrute retórico de estilemas codificados). Não cabe o Barroco, estética da "superabundância e do desperdício", como o definiu Severo Sarduy.

Concorde-se ou não com a argumentação cerrada do poeta, que sabe, no entanto, ser equilibrada e justa quando, no final do livro, aponta o desvio enriquecedor do próprio Antonio Candido com relação ao que o poeta chama de "estrada real" do método adotado na *Formação*, ao assumir a leitura marginal do tipo "malandro" no romance de Manuel Antônio de Almeida, tal como se revela no ensaio *Dialética da Malandragem*, o fato é que a convergência daquele sentido para o poético da linguagem e do sentido histórico, conquista da experiência com a poesia e da reflexão sobre ela, dá, sem dúvida, a este texto de Haroldo de Campos o sainete de um ensaio seminal para toda a releitura futura que se vier a fazer de nossa tradição histórico-literária.

Não bastasse a prática histórico-crítica de que resultaram as reavaliações de autores e obras (Souzândrade, Odorico Mendes, José de Alencar, Oswald e Mário de Andrade etc. etc.), acrescentava-se agora uma reflexão teórica-historiográfica capaz de mexer com o próprio eixo de uma certa *tradição do impasse* que tem, desde o século XIX, dominado o nosso cenário histórico-literário.

É, na verdade, via Barroco, o instaurar-se ou restaurar-se de uma tradição que é também uma antitradição. Ou, como diz o próprio poeta:

> É uma antitradição que passa pelos vãos da historiografia tradicional, que filtra por suas brechas, que enviesa por suas fissuras. Não se trata de uma antitradição por derivação direta, que isto seria substituir uma linearidade por outra, mas do reconhecimento de certos desenhos ou percursos marginais, ao longo do roteiro preferencial da historiografia normativa.

VI

Creio que dois livros publicados por Haroldo de Campos nos anos 90, *O Arco-Íris Branco. Ensaios de Literatura e Cultura*, de 1997, e a reunião de poemas *Crisantempo. No Espaço Curvo Nasce Um*, de 1998, servem para mostrar, de modo cabal, aquela convergência dos sentidos poético e histórico da linguagem, ao mesmo tempo que, *et pour cause*, atestam a universalidade de sua prática e de sua reflexão.

No primeiro, reunindo ensaios que se distribuem por domínios lingüístico-culturais (o alemão, o chinês, o espanhol e o francês), a crítica da poesia, mas não só, se faz "via tradução", para usar a expressão preferida pelo poeta, deixando, por um lado, sempre entrever aquelas entranhas da máquina da criação, como ele próprio referia no texto sobre tradução e crítica de 1962, e, por outro, também de acordo com os primeiros postulados daquele texto, obrigando o repassar de uma historicidade que aparece como congenial à própria operação poética.

Deste modo, no primeiro daqueles domínios, por exemplo, Goethe, Arno Holz, Morgenstern, Stramm, Kafka e Brecht, não são escolhidos apenas por uma suposta representatividade no domínio a que pertencem mas pelo desafio que oferecem quer enquanto textualidade, quer enquanto articuladores de uma historicidade substancial da poesia. E o que dizer de um texto surpreendente como *Hegel Poeta*, que eu propositalmente omiti na relação de autores abordados neste domínio do livro, em que, de certa maneira, parece reler a partir das entranhas revoltas do filósofo, aquela relação iluminadora entre "poésie et pensée abstraite" que Paul Valéry foi capaz de fisgar em ensaio fundamental de 1939?

No mais antigo ensaio recolhido neste domínio, aquele sobre Christian Morgenstern, cuja primeira publicação é de 1958, já se percebe a leitura da poesia, de uma poesia do *nonsense* como esta, que, *via tradução*, não se satisfaz com a paráfrase fácil dos significados mas busca, pelo contrário, enfrentar a complexidade de versos que, para citar o poeta-crítico-tradutor, "revelam uma série de experiências com deformações de palavras, palavras-valise, efeitos de humor gerados no absurdo e no paradoxo, invenções tipográficas, aproveitamento do material sonoro e das possibilidades do campo visual, que só mais tarde seriam retomadas, de maneira sistemática, mas nem sempre com tanto êxito, pelos revolucionários do futurismo e do dadaísmo". E o que chama de *amostragem*, na verdade um iluminador percurso por aquela complexidade, vai oferecendo ao leitor atento os índices com que seja possível reconfigurar não apenas o espaço concreto do poema mas o tempo, ou a curva do tempo por ele descrita, em que a função poética, por isso mesmo, é intensificada pela metalingüística, como ocorre no seguinte texto, *O Teixugo Estético*, e que funciona como *leitmotiv* de todo o ensaio:

> Um teixugo
> sentou-se num sabugo
> no meio do refugo

Por que
Afinal?
O lunático
Segredou-me
estático:

o re-
finado animal
acima
agiu por amor à rima.

O comentário de Haroldo de Campos é por si um belo exemplo de como a crítica da poesia, isto é, a sua leitura pela tradução crítica, pode realizar a sutura fundamental entre o concreto do poema, o seu espaço construtor, e sua fissura histórica, tempo da poesia. Diz ele:

> Também neste poema Morgenstern desfecha uma sátira ferina ao esteticismo parnasiano, à cadeia da rima cultivada como pedra filosofal do poético. Traduzi *Wiesel* (doninha) por *teixugo* para manter o inusitado da rima e comunicar a atmosfera irônica. Nos três primeiros versos – apresentação do "teixugo estético" – fugi à letra do original, armando um esquema bem mais grotesco, mas que, de certo modo, a seqüência autoriza. No original, há uma aura de pseudobucolismo: a "doninha estética" senta-se em um calhau, cercada pelo rumor do arroio. Mais ou menos como (num *tour de force*):

Um teixu-
go sentou-se num seixo
à sombra de um freixo.

Seja lendo o poeta chinês Wang Wei, o espanhol Julián Ríos ou os franceses Ponge e Maurice Roche, arco generoso de uma relação, por assim dizer, onívora e, considerada a sua condição latino-americana, antropofágica, com a poesia universal, por onde a escolha do que é, de fato, nutritivo, insinua uma básica seleção, relativizando o primeiro termo, Haroldo de Campos, a meu ver, trabalha sempre no controle daquela complementaridade entre o sentido para o poético da linguagem e a historicidade da poesia que termina por conferir a seus ensaios uma unidade de base por onde é difícil e mesmo desnecessário distinguir o poeta, o crítico e o tradutor.

Navegando por esse mar de significantes que parece ser o significado último e mais radical daquele poema para o qual todos os poetas aportam suas significações – e já uma vez o chamei de *cosmonauta do significante* – atravessando bravamente as névoas da utopia e fincando pé numa *agoridade* que não deixa de ser também agônica – como, de certa maneira, ressalta da ampla meditação que está no texto com que encerra o volume, *Poesia e Modernidade: Da Morte do Verso à Constelação. O Poema Pós-Utópico* –, Haroldo de Campos realiza uma última, não certamente e felizmente a última, convergência: a do espaço-tempo que tanto está numa curvatura quanto naquela fragílima delicadeza que há muitos anos atrás, em texto de 1962 e aqui citado, ele via como tarefa principal do poeta-crítico-tradutor extrair: eis a poesia reunida em *Crisantempo. No Espaço Curvo Nasce Um*. As razões de um mestre no centro da literatura.

7

RARO ENTRE OS RAROS*

O PRIMEIRO livro de Sebastião Uchoa Leite, *Dez Sonetos Sem Matéria*, é de 1960 e reúne poemas dos dois últimos anos da década anterior. Seriam, portanto, quarenta anos precisos de trabalho com a poesia, se o trabalho com a poesia fosse apenas contado pela seqüência dos anos. É, por isso, melhor dizer anos de publicação ou, melhor ainda, anos de uma definição do poeta que agora convergem para o aparecimento deste novo livro, *A Espreita* (1993-1998). Para a leitura mais cabal do poeta, portanto, a pergunta essencial parece-me ser: o que se passou entre os *Dez Sonetos Sem Matéria* e o livro de agora?

De uma perspectiva meramente cronológica, a resposta está, sem dúvida, no livro publicado em 1988, *Obra em Dobras*, que reunia, além do primeiro, os outros cinco livros do poeta até aquela data, isto é, *Dez Exercícios numa Mesa sobre o Tempo e o Espaço (1958-1962)*, *Signos / Gnosis e Outros (1963-1970)*, *Antilogia (1972-1979)*, *Isso Não É Aquilo (1979-1982)* e *Cortes/Toques (1983-1988)*, devendo-se acrescentar os dois outros livros publicados depois daquela data: *A Uma Incógnita (1989-1990)*, de 1991, e *A Ficção Vida (1991-1992)*, de 1993, embora este

---

* Texto publicado como prefácio em Sebastião Uchoa Leite, *A Espreita*. São Paulo, Perspectiva, 2000, Signos 26, e republicado na CULT, *Revista Brasileira de Literatura*, Ano III, n. 33.

último tenha as datas entre parênteses apenas ao final de cada poema e não depois do título, como ocorre com os demais livros.

Em toda esta datação, apenas uma falha de seqüência: o ano de 1971, precisamente quando, entre *Signos / Gnosis e Outros* e *Antilogia*, parece ocorrer uma transformação substancial na obra do poeta. Mas isto já nada tem a ver com cronologia e sim com a própria figura desenhada, ou *design*, como prefeririam os mais moderninhos, pela poética de Sebastião Uchoa Leite. E é, sem dúvida, a apreensão desta figura que possibilita a melhor resposta para a pergunta de início que agora repito com variação: o que se passou entre o primeiro livro e este último de agora?

Falei antes em *transformação substancial*, e não em mudança, exatamente para acentuar que o que ocorre na passagem entre os três primeiros livros e os três seguintes tem mais a ver com uma espécie de potencialização de traços que já estavam presentes nos três primeiros do que num abandono ou substituição por outros trazidos pelos três últimos. Só que, em poesia, como se sabe, potencializar significa mais do que reforçar, pois implica um rearranjo de componentes da linguagem na instauração de novas estruturas significativas.

Deste modo, se nos dois primeiros livros dos anos 60 a relação com a realidade se fazia por intermédio de um domínio por assim dizer confiante das formas poéticas (e o uso do soneto, sob a epígrafe de Valéry, no primeiro livro, é marca inconfundível desta confiança) na exploração de tópicos onde está sempre presente uma voz que busca esclarecer articulações temporais ou espaciais, pessoa lírica que pesa em excesso e que não se desvincula de uma figura herdada de poesia, já no terceiro livro há uma como que fragmentação da personalidade que, não se satisfazendo com as formas anteriores e perdendo a confiança, faz implodir a linguagem através de rompimentos sobretudo léxicos.

Basta, como exemplo, examinar a transformação que se registra na passagem entre o belo e solene poema "Teoria do Ócio", último do segundo livro, e o explosivo "Solinércia", primeiro do terceiro. Se perguntas e respostas mais ou menos retóricas se sucedem no primeiro, movidas por aquele *ócio figurativo* da primeira estrofe, misturando transcendências e observações casuais, em que o lirismo ainda é um veículo confiável, em

"Solinércia" não há mais respostas porque não há perguntas e tudo não é senão afirmações imperativas criando, entre aquele lirismo e a linguagem, o espaço ácido de uma sátira mordaz a tudo que é, ou era, confiável, inclusive aquele ócio anterior, agora rebaixado a inércia e tédio.

Sendo assim, ao solene da *Teoria*, em que, no entanto, já se insinuava a desconfiança ("Para que serves senão indagar / a essência da poesia ou a essência da pulha / se são a mesma coisa?"), agora se substitui o auto-sarcasmo: "A tua metafísica / perfeita e contrafeita".

Em *Signos / Gnosis e Outros*, é como se o poeta ajustasse contas com aquela figura herdada de poeta, chame-se ela Valéry, Rilke ou Lorca, Drummond, Bandeira ou Cabral, e iniciasse o trabalho de corrosão da pessoa lírica que somente a corrosão da linguagem da poesia pode proporcionar. Mas neste livro o processo de recusa se dá ainda com referência a temas e usos da linguagem poética, como é possível ler nos poemas "Signos / Gnosis", "Retorno / Transtorno" ou "Non Possumus" e é no livro seguinte, *Antilogia*, que a linguagem se volta explicitamente contra tudo o que significava a herança cultuada nos primeiros livros.

Agora, sob a epígrafe de Tristan Corbière ("mélange adultère de tout / trop cru, – parce qu'il fut trop cuit, / ..../ trop réussi – comme raté"), azeita-se a máquina de contrariedades do poeta, engrenagem capaz de triturar qualquer que seja a *fable convenue* do lirismo, como está, por exemplo, nos últimos versos do poema que abre o livro:

> toneladas de versos
> ainda serão despejados
> no wc da (vaga) literatura
> ploft!
> é preciso apertar o botão da descarga
> que tal essas metáforas?
> 'sua poesia é um fenômeno existencial'
> olha aqui
> o fenômeno existencial.

Não mais apenas, como ainda ocorria no livro anterior, uma desmontagem dos arcanos da linguagem poética, mas uma por assim dizer decomposição das relações entre linguagem e poeta, em que as circunstâncias históricas que foram responsáveis pela instauração de uma imagem de poesia e de poeta são também submetidas à acidez de um verso que almeja ser o estilete flaubertiano, como está no segundo poema, "Não Me Venham com Metafísicas":

> o corpo e a matéria em prosa
> aqui e agora
> nada de primeiros motores
> nada de supremos valores
> isso fica para os filhos da pátria
> nem francisco de assis nem santa teresinha
> amai-vos uns sobre os outros
> nada de temores e tremores
> nem de noite escura da alma
> a prosa é preferível
> "sei de um estilo penetrante
> como a ponta de um estilete". Flaubert
> é só isso.

E nada escapa ao estilete agora conquistado neste livro: sejam as grandes idéias ou a crítica delas, e autores como Bertolt Brecht, Mallarmé, Augusto dos Anjos ou Gregório de Matos, na primeira parte da obra, sejam lemas ou estilemas culturais, na segunda, sejam as figurações do próprio poeta, na terceira, em que se tornam agudas as separações entre poesia e *persona* lírica, por onde a antilírica é objetivada numa antipessoa, como está no poema "Gênero Vitríolo":

> do outro lado é o meu não-corpo
> uns tomam éter outros vitríolo
> eu bebo o possível
> bebo os mordentes
> sou todo intestino
> com fome de corrosão
> bebo o anti-leite
> com gosto de anti-matéria
> salto para o lado do meu outro

aperto a mão
do anti-sebastião u leite
e explodo.

A recomposição dessas relações, mas já conquistado o necessário distanciamento por uma linguagem poética capaz de integrar as mais diferentes formas de experiência, seja pessoal, seja cultural, vai ocorrer nos dois livros seguintes dos anos 80: *Isso Não É Aquilo* e *Cortes / Toques*. O que quero dizer é que, nestes dois livros, depois do extremo a que chegou a crítica do próprio lirismo em *Antilogia*, Sebastião Uchoa Leite encontra, por assim dizer, os espaços e os tempos adequados para o registro de um certo modo de ver, sentir e pensar a realidade, através dos quais vai levando a condição desajeitada da poesia e do poeta que se sabem restos e fragmentos de uma história.

Por isso mesmo, aquilo que era acidez, sobretudo com relação a poéticas herdadas, passa a ser uma espécie de epistemologia portátil com que o poeta busca conhecer os versos, e sobretudo os reversos, de um discurso de inscrição metafórica de presença no mundo. Daí os vampiros, os assassinos, os mandriões, as mulheres-panteras, os cínicos e suas representações nos filmes, nos jornais, nos *comics*, que não apenas são veículos de extração para uma poesia *de fato* (para usar um termo de que os assim chamados formalistas russos se utilizavam para designar uma literatura presa à representação do real), como estabelecem um paralelo fundamental com toda a enorme massa de informação erudita de autores e obras que comparecem nos poemas, compondo um por assim dizer tempo literário próprio ao poeta.

A partir dos dois livros publicados no anos 90, *A Uma Incógnita* e *A Ficção Vida*, deste modo, poder-se-ia dizer que aquilo que passa a ser dominante na poesia de Sebastião Uchoa Leite é o trabalho quase agônico de deixar que sobre, na superfície desgastada das tradições líricas, um sinal de presença contrariada de poesia. Mas, atenção!, não é uma presença envergonhada em que se pudesse apontar resquício daquela *mauvaise conscience* tão do gosto dos existencialistas dos anos 40 a 60 e por onde, como resultado, surgissem versos fraudadores travestidos de metafísicas suspeitas e etéreas expressões. Não: *presença contrariada* significa a consciência de que se escreve por entre escombros, ruínas de uma tradição e que, por isso, talvez, há a desconfiança de que, em seu lugar, poderiam melhor funcionar outros meios de representação, tais o cinema, os jornais ou os *comics*. Mas como a expressão é mesmo a poética, então que se realize sem bajulações e, ao contrário, apontando sempre para os desvios a que este tipo de expressão está sujeito. Sobre a desconfiança paira sempre o iminente perigo da dissolução, começando pela mais forte, isto é, a metafórica, contra a qual se volta a máquina irritada (para roubar uma metáfora de Drummond!) do poeta.

Em *A Uma Incógnita* há um poema emblemático neste sentido, *Cisne*, em que aquela dissolução é trabalhada pela narrativa das transformações sofridas pelo tópico nas tradições romântica e pós-romântica:

> Primeiro
> O cisne se evade
> Depois é um cisne de outrora
> Depois torcem
> O pescoço da plumagem
> A eloqüência da linguagem
> Enfim torcem
> O pescoço do cisne.

Antes de se evadir na poesia pós-romântica de Gautier e, sobretudo, na de Baudelaire, onde encontra o seu paroxismo, o cisne e o poeta, ou melhor, a condição do poeta, se identificam por traços semânticos que se encarregam da tessitura metafórica; depois, e é onde começa o texto presente, sobretudo com Mallarmé, o topos é, pode-se dizer, interiorizado, e não mais aponta apenas para a condição do poeta mas para a própria poesia, numa contorção em que a identificação se dá entre plumagem e linguagem, imantadas, no poema de Sebastião Uchoa Leite, pela eloqüência. Em seguida, reduzido à sua condição primordial de metáfora, o topos ressurge desnudo de metaforização, exposta a sua condição de ave, apenas um pescoço que se torce.

Deste modo, a dissolução da metáfora, ou sua liquidação, se faz pela passagem do poeta por entre os restos da própria história da poesia e não por vagas intenções antimetafóricas, o que significa o redimensionamento de sua linguagem no sentido em que os versos do poema, integrando os termos da tradição (*cisne, evade, outrora, plumagem, linguagem*), encontram a sua resistência nos dois termos introduzidos por Sebastião Uchoa Leite na cadeia da metáfora histórica: *torcem* e *pescoço*, agora sim, para dizer com Paul Ricoeur, *a metáfora viva* do poema.

Mais uma vez, entretanto, é preciso acentuar, como já se fez anteriormente, que este trabalho de corrosão não se realiza apenas no nível da construção mas implica o deslocamento da pessoa lírica para fora de um eventual culto poético, o que, por um lado, permite o exercício pleno da auto-ironia, ou mesmo do auto-sarcasmo, e, por outro, amplia o leque das informações cabíveis no poema, eliminando de uma vez por todas os privilégios poético-temáticos. É o que, por exemplo, está no poema "A Se Stesso" do mesmo livro:

> Antitorcedor de tudo
> Fanático do nada
> Contra os ruídos da pólis
> A vida só metáfora
> Noética sem idéias
> Detetive sem mistério
> Seu projeto Hammet
> Afundou sem *drinks*
> a floresta petrificada
> em *coffee* & *cigarettes*.

Neste sentido, é de grande alcance o título do livro publicado em 1993: *A Ficção Vida* traz para o espaço do poema tudo aquilo que ficara marginalizado pelos desafios enfrentados na procura de uma dicção pessoal. A própria divisão do livro aponta para o modo pelo qual as ambivalências entre poesia e experiência são aceitas e resgatadas por essa dicção: Incertezas, Informes e "Anotações", prolongadas por um único texto, "A Ficção Morte". Se na primeira parte a questão da doença e da morte é tratada, quase sempre, pelo ângulo da ironia de quem se busca ver sem dramaticidades, embora recolhendo a intensidade de experiências-limites, na segunda, em que o título tanto serve para aquilo que se veicula como conteúdos culturais quanto pelo modo como são dadas as informações, mas sobretudo na terceira parte das "Anotações", a ruptura entre pessoa lírica e composição poética, aprendida e praticada nos livros anteriores, é acentuada pela utilização de um verso cada vez menos obediente aos cortes ditos poéticos e mais próximos de um ritmo prosaico.

Na verdade, os poemas em prosa informativos da segunda parte encontram a sua continuidade na presença dominante, por exemplo, dos *enjambements* dos textos de doze a quatorze versos da última. Desvinculando-se do lirismo pessoal, a informação poética é dada pela revelação das possibilidades inesperadas construídas por uma lógica da realidade que se suporta sobre a do imaginário. Ou melhor: o poético está naquilo que foi possível extrair como relações inesperadas entre os dados da realidade. É o que se pode ler, por exemplo, na primeira anotação, "O Pássaro Crítico":

> Mozart tinha um estorninho
> Que imitava a música dele
> Não só: uma paródia
> Ou desafino
> De ave zombeteira
> Certa vez achou-se uma peça
> Do próprio Mozart
> E era desarmônico
> Espirro musical
> Qual se o compositor
> Zombasse de si mesmo
> Era o próprio músico agora
> Seu escárnio estorninho.

São de uma espécie semelhante os cinqüenta e sete poemas de *A Espreita* que, de fato, parecem dar continuidade às "Anotações" do livro anterior, embora existam peculiaridades no último livro que devem ser ressaltadas como novas conquistas da poética de Sebastião Uchoa Leite.

A continuidade está, sobretudo, no ritmo e num imaginário que desconfia das analogias de raízes metafóricas, pendendo mais para os símiles metonímicos, embora o uso do *enjambement* seja mais discreto, não obstante a mesma recusa do encantatório que possa trazer, disfarçado, o fascínio das transcendências.

Por outro lado, a grande peculiaridade do novo livro está, precisamente, em recuperar o efeito poético por entre os mecanismos daquela prosa conquistada nos livros anteriores, sabendo resguardar os valores analógicos que ainda mais acentuam a marginalidade do lirismo com respeito à representação – traço, a meu ver, central da poética de Sebastião Uchoa Leite, e que aqui atinge o seu apogeu.

Não se trata mais de tematizar a marginalidade – aqueles monstros de toda ordem convocados pelo poeta em vários poemas anteriores –, mas de subtrair a lírica a fim de deixar passar, pela linguagem do poema, a condição terminal da poesia como veículo de representação da realidade. Daí o teor de objetividade e por assim dizer pictórico que se encontra em grande número de poemas de *A Espreita* sem que, no entanto, desapareçam a inquietude, as incertezas de uma linguagem cujo domínio é sempre precário em face dos mistérios do mundo. É a consciência daquilo a que me referi como condição terminal da poesia que, alimentando as incertezas, instaura o clima de inquietação e de suspeita que corrói as objetividades.

Assim, por exemplo, a leitura que faz da representação da cena bíblica em que Judith degola Holofernes, o general de Nabucodonosor, apreende não apenas a tensão erótica que levou ao gesto, mas deixa passar o frêmito, a inquietação, do espectador incluso na representação de tal modo que o fundamental passa a ser a própria maneira enviesada de olhar a cena:

> O que
> Espreita nas trevas
> Fascínio difícil
> Judith corta Holofernes
> A cabeça
> Semicerrados
> Olhos os
> Cabelos lábios
> Semiabertos
> Breve o busto
> Lúbrica

Híbris êxtase
Da morte crua.

Neste caso, portanto, mais do que os fragmentos pictóricos registrados pelos estilhaços de linguagem que são os curtos versos do poema, aquilo que organiza o texto é a presença insidiosa de uma figura sem nome, referida no início como "o que / espreita nas trevas", que tanto pode ser o "fascínio difícil" do terceiro verso quanto a instigação para a transcrição verbal da cena bíblica. De qualquer modo, o que fica é mais do que a tensa relação entre erotismo e crueldade: é, sobretudo, o clima de suspeita e de apreensão com que a relação é percebida.

Sendo assim, a corrosão da objetividade, que ocorre em numerosos poemas deste livro, não é uma saída para a subjetividade mas uma interiorização da marginalidade da pessoa lírica que foi sendo conquistada nos sucessivos livros de Sebastião Uchoa Leite, dando como resultado uma poesia que existe nos interstícios entre a lucidez e a claridade de uma dicção densa e despojada e a dramaticidade de uma percepção daquilo que se conserva nas regiões ensombreadas dos desajustes, das inadequações e das deformidades da existência. Num poema do livro anterior, "Anotação 2: Uma Palavra", o poeta referia a esdrúxula percepção de Clarice Lispector com respeito ao "gosto da palavra amêndoa" e sua precedência de dez anos ao mesmo gosto por Paul Celan, e transcrevia um verso do poeta romeno, perguntando-se no fim do poema:

Diria melhor ele
Que escrevia
"com som-
bras escritas por
pedras"?

Ora, este mesmo gesto poético parece dominar grande parte dos poemas deste livro, onde "o que espreita nas trevas", ainda que seja com os sentidos voltados para as luzes do Nordeste, como acontece nos poemas em que trata do Recife, de Candeias ou de São José da Coroa Grande, é uma espécie de substituto inalterável da pessoa lírica de livros mais antigos.

Na verdade, por todos os poemas deste livro passa o sentido de que não existe luz sem uma sombra que é a da própria pessoa lírica agora assumida em sua marginalidade essencial, como está dito, por exemplo, no poema "A Luz na Sombra":

Súbito – do outro lado –
Vejo-o projetado
No espaço
Deste lado
Os focos sobre almofadas
Uma luz amarela
Os quadros também
Esquálido
Amarelomagro
Na sombra
Do além-vidro
Vida em-si
Universo invisível
Vazio
Corpo absorto
Em queda
Na sombra-silêncio.

Deste modo, a redução da pessoa lírica a uma sombra que se projeta por entre feixes de luz da consciência, ao mesmo tempo que torna objetiva a própria presença de suas relações com o mundo, intensifica o ambiente de suspeição que uma linguagem poética de fragmentos retira de um discurso aparentemente descritivo. É, portanto, uma espécie de construção da própria sombra a partir dos valores luminosos da palavra, bem na esteira da poética devastada de Paul Celan. Mas que sombra é esta senão a do desajuste entre uma consciência da marginalização do poeta, enquanto possibilidade de linguagem, e o domínio de uma dicção que foge da autocomplacência marginal? Não é que Sebastião Uchoa Leite se queira marginal: é que a sua poética, extremando a crítica do lirismo, põe à margem da experiência com a palavra o fulcro enunciador da tradição lírica. Neste sentido, é uma poesia radicalmente marginal porque tira do centro da comunicação poética um sujeito de enunciação e, em seu lugar, propõe um enunciado que já surge problematizado pelas relações entre sujeito e objeto líricos. Aquilo, portanto, que aparece como *espreita* em vários textos deste livro é a metamorfose dessas relações e não uma atitude ainda a ser conquistada que estaria, por exemplo, se o seu título fosse submetido à contração: *à espreita*. Assim, no poema que leva por título a própria palavra:

É uma espécie de Cérbero
Ninguém passa
Não escapa nada
Olho central
Fixo
À espreita
Boca disfarçada
Que engole rápido
Sem dar tempo
Depois dorme
Aplacado.

Ou mesmo naquele poema em que o título já faz parte do texto, embora aqui seja ainda mais explícita a condição de espreita:

(*Ele, em geral*
Prefere enfiar-se
No canto
Parado
Como uma víbora
Antes do bote
Observa
Calado
O passar do tempo
Pelos relógios
Controlado
Passa pelas folhas
Do livro entreaberto
O úmido
Índice
Do medo).

Sendo assim, é possível dizer que não é um poeta *à espreita*, mas uma poesia *de espreita*, isto é, uma poesia que existe, ainda existe, por entre as frestas da história de desastres e ruínas que é a da poesia depois de Celan, de Trakl ou da literatura em geral após as sombrias meditações de um Dostoiévski – que comparece em dois poemas deste livro –, bastando, para isso, enviesar um modo de olhar e de criar relações que não se pretendem de antemão poéticas.

Uma poética rara mais do que de raridades que, desde a desmaterialização dos sonetos dos anos 60, foi aprendendo as lições que separam os poetas raros dos ralos até ser capaz, como neste livro, de deixar passar as sombras por caminhos feitos de pedras. Um raro entre os raros.

Índice Onomástico

A

Abreu, Capistrano de – 123
Abreu, Casimiro de – 120
Abreu e Lima – 59, 125
Adam, Antoine – 44
Adão – 38-39, 41-42
Agostinho, Santo – 40
Aires, Matias – 121
Akhmátova, Anna – 31, 34
Alberti – 300
Alcorta, Diego – 91
Alencar, Heron de – 117
Alencar, José de – 58, 64, 120, 124, 315, 319
Almansi, Guido – 227
Almeida, Fialho de – 97
Almeida, José Maurício Gomes de – 57n
Almeida, Manuel Antônio de – 120, 316, 319
Alter, Robert – 35n
Alvarenga, Peixoto – 120
Alvarenga, Silva – 62
Álvares de Azevedo – 120
Alves, Padre Gonçalo – 104
Amiel – 190
Ana Lia – 7
Anchieta, José de – 120
Andrade, Carlos Drummond de – 34, 252-253, 315, 325, 328
Andrade, Mário de – 313, 315, 319
Andrade, Oswald de – 313, 315, 319
Anfion – 258
Anjos, Augusto dos – 326
Apollinaire – 37, 52-53, 246
Araripe Júnior – 123
Ariosto – 168, 183, 224-225, 227-228
Aristóteles – 12
Arnos, Conde de – 216
Assens, Rafael Cansinos – 189-190
Aucouturier, Gustave – 190-191
Auden, W. H. – 31, 300
Auerbach, Erich – 14
Aulard, A. – 104
Ávila, Carlos Meyer d' – 205
Azevedo, Aluísio – 124

Azevedo, Artur – 124

B

Bachelier, Madame Henri – 178
Bacon, Francis – 38-39, 52
Bákhtin – 201
Balderston, Daniel – 162n
Bandeira, Manuel – 250, 271, 282, 300, 315, 325
Baptista Caetano – 123
Barbosa, Domingos Caldas – 121
Barbosa, Januário da Cunha – 114-115
Barbosa, João Alexandre – 88n, 103n, 129n, 175n
Barbosa, Rui – 124-125
Barenghi, Mario – 168n, 223, 225n
Barreiros, Artur – 68
Barreto, Luís Pereira – 124
Barreto, Moniz – 117, 121, 125
Barreto, Tobias – 116n, 123
Barthes, Roland – 23, 53
Bashô – 308
Bataille, J. – 53
Baudelaire, Charles – 20-21, 67-70, 75, 176, 309, 328
Bayley, John – 34
Beauvoir, Simone de – 53
Bell, Clive – 33
Benjamin – 310
Bennet, Arnold – 33
Bense, Max – 242, 311-312
Berceo – 300
Bérenger – 84
Berkeley – 167
Berrini, Beatriz – 203n, 208n, 216n
Bezerra Neto, José Maia – 76, 110
Bilac, Olavo – 124
Biré, Edmond – 94
Bittencourt, Edmundo – 76

Blacmur, R. P. – 21-23
Blaine, J. – 102-103
Blanchot, Maurice – 22-23, 242
Bloom – 25
Bocage – 100
Boiardo, Matteo Maria – 225
Bois-Reymond, Emil du – 39
Boissier – 89
Bonifácio, José – 62
Bordini, Maria da Glória – 161n
Borges, Jorge Luis – 9, 16, 27, 31, 34, 161-186, 316
Botelho de Oliveira, Manoel – 62
Bouterweck – 114
Boyle, Robert – 39
Brandes, Georges – 86, 117
Brecht, B. – 308, 320, 326
Breton, André – 243
Broch, Hermann – 21
Brooke-Rose, Christine – 32
Brooks, Cleauth – 36
Brunetière – 117
Budd, Billy – 47
Bulhão Pato – 97
Burgess, Anthony – 34
Burton, Richard – 162

C

Calvino, Italo – 10, 168, 223-229, 244
Calyle – 164
Campos, Augusto de – 32, 283, 308, 314
Campos, Cláudia de – 84
Campos, Haroldo de – 10, 242, 307-322
Camus, Albert – 23, 38, 47-49, 53, 188, 242, 246
Candido, Antonio – 9, 27, 57, 66, 68-70, 96, 114, 115n, 129n, 205, 207, 210, 257, 316-318
Caneca, Frei – 281-282

CARDIM, Fernão – 120
CARDOSO, Joaquim – 280, 300
CARLOS, Frei Francisco de São – 61-62
CARLYLE – 81, 90-91
CARPEAUX, Otto Maria – 35-36, 113
CARPENTIER, Alejo – 27
CARVALHO JÚNIOR – 66, 69-70
CARVALHO, Maria Amália Vaz de – 80, 82
CARVALHO, Ronald de – 123
CASARES, Adolfo Bioy – 174n
CASTELLO, José Aderaldo – 77n
CASTRO ALVES – 67, 120
CASTRO, Américo – 16, 172
CASTRO, Francisco – 66
CASTRO, João de – 84
CAVAFY, C. P. – 31, 34
CELAN, Paul – 332-333, 335
CELEYRETTE-PIETRI, Nicole – 234
CÉLINE, Louis Ferdinand – 178
CELSO JÚNIOR, Afonso – 66
CERVANTES, Miguel de – 9, 16, 100, 108-110, 161-186
CÉSAR, Guilhermino – 115
CÉSAR, Júlio – 64
CHAR, René – 296, 300
CHARQUES, R. D. – 34
CHATEAUBRIAND – 84, 94-95
CHIAMPI, Irlemar – 166n
CLÈVES, Princesa de – 46
CLÈVES, Príncipe de – 44, 46
CLUTTON-BROCK, Arthur – 32-33
COHN, Robert Greer – 309
COMTE, A. – 80, 83-84
CONRAD, Joseph – 33, 179
CORBIÈRE, Tristan – 21, 325
CORBUSIER, Le – 254, 256
CORREIA, Raimundo – 124
CORTÁZAR, Julio – 27

COSTA PINTO, Manuel da – 182
COSTA, Antônio Cândido Ribeiro da – 205
COSTA, Cláudio Manuel da – 61-62, 120
COSTA, Hipólito José da – 125
COSTA, Pereira da – 263, 300
COUTINHO, Afrânio – 59
COUTINHO, Frederico dos Reys – 188
CRANSTON, R. I. – 182n
CRESPO, Gonçalves – 124
CRISTO – 178
CROMWELL – 88-90
CRUZ E SOUSA – 123, 128, 315
CRUZ, San Juan de la – 165
CUNHA, Euclides da – 125
CUPIDO – 39

D

D. JUAN – 42, 68
D. QUIXOTE – 9-10, 42, 100, 108-109, 161-186, 188, 195
DANTAS, Rodolfo – 78
DANTE, Alighieri – 39, 40n
DARWIN, C. – 85
DEGAS – 301
DELFINO, Luís – 124
DENIS, Ferdinand – 114
DÉPRÉ, Inês Oseki- – 308
DIAS, Cícero – 280
DIAS, Teófilo – 66, 71, 124
DICKINSON, Emily – 45-47, 49
DIERX, Leão – 99
DOGON – 300
DOSTOIÉVSKI – 9-10, 187-193, 195-201, 335
DREYFUS – 84
DUAYEN, Cesar – 100
DUCLAUX, Mary – 33
DUMAS, Alexandre – 92, 94, 98

Durão, Santa Rita – 61-63, 66, 120
Duruy – 89

E

Eliot, T. S. – 20, 31, 33
Ellison, Ralph – 29
Emerson – 46, 91
Etienne, Servais – 26n,
Eva – 38-39, 41-42
Ewart, Gavin – 31

F

Fabri – 312
Faguet, Émile – 104
Farrell, James T. – 30
Faustino, Mário – 315
Fausto – 42
Fayette, Mme de La – 43-46
Ferrero, Guglielmo – 103
Fiske, John – 101-102
Fitzgerald, F. Scott – 29
Flaubert, Gustave – 17, 75
Flint, F. S. – 31
Fombona, Rufino Blanco – 100
Fonseca, João Severiano – 78
Forster, E. M. – 33
Foucault, Michel – 53
France, Anatole – 83, 94, 97
Frank, Joseph – 195, 197
Frankstein – 42
Fraser, G. S. – 32-33
Freire, Ezequiel – 66
Freire, Junqueira – 120
Freyre, Gilberto – 300
Fry, Roger – 33
Fuentes, Carlos – 169n
Fuller, Roy – 34
Funck-Brentano, Frantz – 92

G

Galdós, Pérez – 94, 97
Galvão, Patrícia – 314
Gama e Castro – 59-60
Gama, José Basílio da – 61-63, 66, 120
Gama, Lopes – 125
García, Márquez – 27
Gautier, Théophile – 328
Gavarni – 70
Gelernter, David – 196
Genette, Gérard – 315-316
Gide, André – 190, 233
Gifford, Henry – 34
Gilbert, Walter – 51
Ginsberg, Allen – 36
Ginzburg, Carlo – 92
Goeldi – 187
Goethe – 42, 189, 320
Gogol – 85
Gomes, Carlos – 79
Gomringer – 308
Gonçalves de Magalhães – 58, 62-63, 114-115, 120, 124
Gonçalves Dias – 58, 63-64, 71, 119-120
Góngora – 317
Gonnard, Philippe – 104
Gonzaga, Tomás Antônio – 61, 63, 66, 120
Gordon, Richard – 182n
Greene, Graham – 30
Grigórievna, Anna – 189, 192
Groethuysen, Bernard – 242
Gross, John – 30
Groussac, Paul – 91
Guérin, Eugénie de – 84
Guerle – 89
Guerra Junqueiro – 205
Guia, Ademir da – 300
Guillén, Jorge – 256

ÍNDICE ONOMÁSTICO

GUIMARAENS, Alphonsus – 123, 128
GUIMARÃES JÚNIOR, Luís – 124
GUIMARÃES, Bernardo de – 64, 120, 315
GUIMARÃES, Júlio Castañon – 242
GUIRALDES – 165
GUNN, Thom – 34

H

HAGGARD, Rider – 217
HAMBURGER, Michael – 34
HAMLET – 64, 171, 180, 184-185
HART, Thomas R. – 168n
HARTMANN – 25
HARVEY, William – 39
HAWTHORNE – 43
HEANEY, Seamus – 30-31
HEGEL, F. G. – 163
HELLER, Erich – 34
HELOFERNES – 331
HERCULANO, Alexandre – 203, 220
HOBBES – 39-40
HOELDERLIN – 308-309
HOLANDA, Sérgio Buarque de – 257, 307
HOLLIER, Dennis – 52, 53n
HOLSTEIN, D. Pedro de Souza e – 80
HOLZ, Arno – 308, 320
HOMERO – 168, 312
HONE, Joseph – 32
HUGO, Victor – 67-68, 84, 86, 107, 164
HUME – 167
HUXLEY, Aldous – 29, 33
HUXLEY, Thomas Henry – 39
HYTIER, Jean – 242

I

ÍCARO – 39, 52
ITAPARICA, Frei Manuel de Santa Maria – 121

J

JACKSON, David K. – 307n
JAKOBSON, Roman – 315-316
JAMES, Henry – 33, 179
JARRY, Alfred – 37
JESUS DE NAZARÉ – 97
JOÃO VI, D. – 83
JOYCE, James – 21, 29-31, 33, 178
JUDITH – 331
JULIANO, Imperador – 89
JULIETA – 64

K

KACZYNSKI, Theodore – ver Unabomber
KAFKA, Franz – 21, 31, 34, 178, 320
KAISER, Ernst – 34
KATSUE – 308
KEATS, John – 20
KEPLER – 198
KERMODE, Frank – 15
KIDD, Benjamin – 101
KILKERRY, Pedro – 314-315
KLOSSOWSKI – 53
KRONEBERG – 188
KROPÓTKIN – 84, 86, 90

L

LAFORGUE – 21
LANSON, Gustave – 23-24, 117-118, 121, 125, 128
LANTZ, Kenneth – 191n
LASSALLE – 85
LAUGHLIN, James – 36
LAWRENCE, D. H. – 31
LEAL, Antonio Henriques – 115, 120
LEGUIZAMON, Martiniano – 100

LEITE, Sebastião Uchoa – 323-335
LEMINSKI, Paulo – 315
LEOPARDI, G. – 226-227
LESTON, Eduardo Paz – 162
LEWIN, Willy – 253, 300
LEWIS, C. S. – 174
LEWIS, Wyndham – 31
LICHTENBERGER, Henri – 104
LICURGO – 198
LIMA, Augusto de – 124
LIMA, Lezama – 27
LIMA, Rocha – 123
LINS, Álvaro – 257
LISBOA, João Francisco – 120, 125
LISPECTOR, Clarice – 315, 332
LITTRÉ, Emílio – 79
LOMBROSO, Gina – 108
LORCA, García – 325
LORD, Otis – 46
LOT – 39
LUGONES – 165
LUÍS XIV – 62
LUIZ XVI – 93

M

MACEDO, Joaquim Manuel de – 64, 119-120, 124
MACH – 167
MACHADO DE ASSIS – 9, 57-73, 111, 118n, 124-126, 316-317
MAETERLINCK – 94, 98
MAGALHÃES, Valentim – 66
MAGNY, Claude-Edmonde – 242
MAIAKÓVSKI – 309
MALHEIRO DIAS – 94
MALLARMÉ, Stéphane – 24-25, 99, 128, 166, 176, 246, 252-253, 258, 277, 301-302, 305, 311, 326, 328

MAN, Paul de – 25-26
MANN, Thomas – 21, 31, 34, 43
MAOMÉ – 198
MARGUERITTE, Paul – 89
MARGUERITTE, Victor – 89
MARIA ANTONIETA – 93
MARINETTI – 128
MARLOWE, C. – 42
MARTINS JÚNIOR – 124
MARTY, Éric – 233
MARX, K. – 85
MASSON, André – 65, 296
MATISSE – 244
MATOS, Gregório de – 113, 120, 126-127, 315-318, 326
MELLO, José Antônio Consalves de – 280
MELO E SOUZA, Ronaldes de – 57n
MELO NETO, João Cabral de – 10, 27, 34, 238, 242, 249-300, 302-305, 313, 315, 325
MELO, Antonio Joaquim de – 115
MELVILLE, Herman – 38, 47-49
MENANDRO – 20
MENARD, Pierre – 16, 169, 173-178
MENDES, Murilo – 252-253, 267, 283, 315
MENDES, Odorico – 120, 312-315, 319
MENDES, Oscar – 188
MENDONÇA, Lúcio de – 124
MENEZES, Ademir – 300
METTERNICH – 188
MIGUEL, Arcanjo – 42
MIGUEL, D. – 82
MIGUEL-PEREIRA, Lúcia – 206n
MIKHÁILOVITCH, Mikhail – 189
MILL, Stuart – 80, 83
MILLER, H. – 25
MILTON, J. – 41-42
MINDLIN, Vera – 300
MIRBEAU, Octave – 84, 89, 93

MONDRIAN – 300
MONROE – 101
MONTAIGNE – 39-40
MONTEIRO, Joaquim do Rego – 300
MOORE, John Bassert – 101
MOORE, Marianne – 31, 34, 308
MORAES, Vinícius de – 302-304
MORGENSTERN, Christian – 320-321
MORRIS, Charles – 312
MORSON, Gary Saul – 191-193
MOTA, Lourenço Dantas – 111
MOTTA, Leda Tenório da – 243, 245n
MOURA, Helena Cidade – 208n, 216
MOZART – 328
MUIR, Edwin – 34
MURRY, Middleton – 33
MUSIL, Robert – 31, 34
MUSSET – 71

N

NABUCO, Joaquim – 125
NABUCODONOSOR – 331
NAPOLEÃO – 84, 90, 197-198
NAVAS, Rodríguez – 164
NEMOURS, Duque de – 44, 46
NERVAL, Gérard de – 220
NEWTON, Isaac – 198
NIETZSCHE – 54, 90, 91n, 100, 104-107, 117
NIKOLÁIEVNA, Liza – 191
NOBÓKOV, Vladímir – 29
NOLET, Émile – 242
NORBERTO, Joaquim – 114-115, 119
NORDAU, Max – 94, 98-99, 128-129
NUNES, Natália – 188

O

OCAMPO, Silvina – 174n

ODISSEU – 52
OLÍMPIO, Domingos – 123
OLIVEIRA LIMA – 87-88, 100, 102-103
OLIVEIRA MARTINS – 81-82, 205
OLIVEIRA, Alberto de – 66, 124
OLIVEIRA, Antônio Corrêa de – 94, 103
OLIVEIRA, Manuel Botelho de – 120
OLIVEIRA, Mariano – 66
OPPENHEIMER, J. Robert – 51
ORFEU – 39
ORLANDO, Arthur – 88, 100, 102
ORTEGA, Júlio – 182n
ORTIGÃO, Ramalho – 205
OTELO – 64
OZICK, Cynthia – 195-196

P

PAGU – ver GALVÃO, Patrícia
PALAZZESCHI – 308
PALMELLA, Duque de – 80-81, 83
PANDORA – 39
PASCAL – 39-40
PAULHAN – 53
PAVESE – 227
PAZ, Octavio – 27, 275, 309
PEDRO, D. – 82-83
PEIXOTO, Alvarenga – 61
PENA FILHO, Carlos – 280
PENA, Martins – 124
PEREIRA DA SILVA – 114-115, 119
PEREIRA, Astrogildo – 88
PEREIRA, José Mário – 76
PEREIRA, Nuno Marques – 121
PESSOA NETO, Anselmo – 226-229
PETRARCA – 39-40
PETRÔNIO – 89
PEVEAR, Richard – 197n
PEYRE, Henri – 128n

Picasso – 296
Picon, Gaëtan – 17
Pierron – 89
Pignatari, Décio – 308
Pilatos, Pôncio – 97
Pinheiro Chagas – 97
Pinheiro, Cônego Fernandes – 114-115
Pinto, Bento Teixeira – 120
Pita, Rocha – 121
Platão – 12
Plínio – 89
Plínio, O Velho – 164
Plutarco – 89
Poe, E. A. – 43, 164, 176, 309
Pompéia, Raul – 124, 315
Pompeu, Tomás – 124
Ponge, Francis – 241-246, 321
Porto Alegre, Araújo – 63, 71, 119
Pound, Ezra – 31-32, 35-36, 308, 313
Powell, Anthony – 34
Prévost, Marcel – 84
Prometeu – 38-39, 41, 171
Proust, Marcel – 31, 33, 38, 300
Psiquê – 39
Púchkin – 188, 191, 200

Q

Queirós, Eça de – 78, 94, 96-97, 203-221
Quental, Antero de – 205
Quevedo – 300

R

Rabelo, Laurindo de – 120
Racine – 43-44, 71, 300
Rafael – 42
Randall, Alec – 34
Rebelo, Marques – 220, 300
Rego, José Lins do – 270

Reis, Sotero dos – 114-115, 120
Renan – 89, 117, 123
Reverdy, Pierre – 243, 300
Reys, Câmara – 206n
Ribeiro, João – 314
Ribeiro, Júlio – 124
Ribeiro, Santiago Nunes – 58-61, 64, 317
Ribeiro, Tomás – 97
Ricoeur, Paul – 329
Rilke, Rainer Maria – 31, 34, 278, 283, 300, 325
Rios, Julián – 321
Riquer, Martín de – 163n, 172
Rivas, Ángel Oscar – 100
Roberty, Eugène de – 104
Robinson Crusoe – 42
Roche, Maurice – 321
Rodó – 87
Rodríguez Monegal, Emir – 87, 166, 169n, 177, 181
Rodríguez, Manuel (Manolete) – 264
Rohan, Cardeal de – 92
Romero, Sílvio – 57-59, 66, 114-116, 118-120, 124, 314
Romeu – 64
Roosevelt, T. – 79, 102-103
Root – 102
Rosa, João Guimarães – 27, 313, 315
Rosas, J. M. O. de – 88-89, 91
Rosas, Ernani – 314
Rosenberg, Mirta – 182n
Rousseau, Henri – 37
Rousseaux, André – 242
Royce, Josiah – 180
Ruskin, J. – 84-86, 90, 117

S

Sade, Marquês de – 35, 50, 52-54
Sainte-Beuve – 117-118

Í N D I C E   O N O M Á S T I C O

SALDANHA, Natividade – 280
SALVADOR, Frei Vicente do – 120
SARDUY, Severo – 318
SARRAUTE, Nathalie – 22, 28
SARTRE, J.-P. – 242
SATIE, Erik – 37
SAUSSURE, F. – 309
SCHERER – 117
SCHNAIDERMANN, Boris – 195
SCHWARTZ, Jorge – 166n
SCHWITTERS, Kurt – 308
SCOTT, Walter – 208, 220
SECCHIN, Antonio Carlos – 57
SEREIAS – 52
SHAKESPEARE – 64, 66, 108
SHATTUCK, Roger – 35, 37-43, 45-46, 48-52, 54
SHELLEY, Mary – 42-43
SIENKIEWICZ – 80, 84
SILVA ALVARENGA – 120
SILVA, Antônio de Moraes – 280
SIQUEIRA, Maiza Martins de – 175n
SISMONDI, Sismonde de – 114
SOARES, Gabriel – 122
SOLLERS, Philippe – 241
SÓLON – 198
SOUZA CALDAS – 61, 315
SOUZA, Gabriel Soares de – 120
SOUZA, Joaquim Gomes de – 120
SOUZA, Joaquim Norberto de – 114
SOUZA, José Cavalcante de – 77n
SOUZÂNDRADE – 314-315, 319
SOVERAL, Luís – 205
SPENCER – 85
SPENGLER, Oswald – 43
STEIN, Gertrude – 260
STENDHAL – 190
STEVENS, Wallace – 31, 34
STEVENSON, Robert Louis – 43, 162

STRACHEY, Lytton – 33
STRAMM – 320
STURROCK, John – 34
SVEVO, Italo – 31, 34

T

TÁCITO – 89
TAINE – 81, 104, 117-118, 123
TAUNAY – 120
TAVARES BASTOS – 125
TÁVORA, Franklin – 64, 120
TEIXEIRA E SOUZA – 119
TEIXEIRA, Bento – 111, 118n
TEIXEIRA, Múcio – 66
TESTE, Edmond – 176
THOMAS, Dylan – 300
TOLSTÓI, L. – 80, 84, 90, 94-95, 108, 117
TRAKL – 335
TRILLING, Lionel – 15
TURGUIÊNEV – 200
TWAIN, Mark – 162

U

UGARTE, Manoel – 100
UNABOMBER (Theodore Kaczynski) – 195-197
UNGARETTI – 308

V

VALÉRY, Judith Robinson – 233, 238
VALÉRY, Paul – 10, 17-20, 175-177, 187, 233-239, 246, 253, 256, 258, 300-301, 311, 320, 324-325
VARNHAGEN, Francisco Adolfo – 58, 114-115, 119
VASCONCELOS, Carolina Michaelis de – 103

VEIGA, Evaristo da – 125
VERÍSSIMO, José – 59, 75-129
VIEIRA, Antônio – 103
VIEIRA, Mary – 300
VIEIRA, Trajano – 308
VILLEMAIN – 61
VINCI, Leonardo da – 234-235, 237
VIRGÍLIO – 164-165, 312
VÍTOR, Nestor – 123
VITTORINI – 227
VOLOKHONSKY, Larissa – 197n
VOLTAIRE – 39, 62, 107

W

WALEY, Arthur – 33
WALPOLE, Hugh – 31
WATT, Ian – 42
WEI, Wang – 321
WEISSEMANN – 300
WELLS, H. G. – 162
WHITE, Hayden – 181n
WILDE, Oscar – 43
WOLF, Ferdinand – 114
WOODALL, James – 161n
WOOLF, Virginia – 31, 33

X

XAVIER, Fontoura – 66, 72

Y

YEATS, W. B. – 30-31

Z

ZOLA, Émile – 17, 84, 94-95, 301-303, 305

Coleção Crítica Hoje

1. *Alguma Crítica*
   João Alexandre Barbosa

2. *Em Louvor de Anti-Heróis*
   Victor Brombert

Título	*Alguma Crítica*
Autor	João Alexandre Barbosa
Projeto Gráfico	Ricardo Assis
Capa	Plinio Martins e Tomás Martins
Imagem da Capa	Ana Amália Tavares Bastos Barbosa
Revisão	Geraldo Gerson de Souza
Editoração Eletrônica	Aline Sato
	Amanda E. de Almeida
Formato	16 x 23 cm
Papel de Capa	Cartão Supremo 250 g/m^2
Papel de Miolo	Pólen Soft 80 g/m^2
Número de Páginas	336
Fotolito	Macincolor
Impressão	Lis Gráfica